grafit

Chemnitzer Str. 31, D-44139 Dortmund
Internet: http://www.grafit.de
E-Mail: Grafit-Verlag@t-online.de

Umschlagillustration: Peter Bucker
Druck und Bindearbeiten: Elsnerdruck GmbH, Berlin
ISBN 3-89425-238-3
1. 2. 3. 4. 5. / 2002 2001 2000

Horst Eckert

Die Zwillingsfalle

Kriminalroman

grafit

Der Autor

Horst Eckert wurde am 7.5.1959 in Weiden (Oberpfalz) geboren. Er studierte in Erlangen und Berlin Politische Wissenschaft. Seit 1987 lebt er in Düsseldorf und arbeitet als Fernsehjournalist.

1995 erschien sein erster Kriminalroman *Annas Erbe;* ein Jahr später folgte *Bittere Delikatessen.* Eckert drittes Buch *Aufgeputscht* wurde mit dem renommierten Krimipreis ›Marlowe‹ der ›Raymond Chandler Gesellschaft‹ für den besten deutschsprachigen Kriminalroman des Jahres 1997 ausgezeichnet. 1999 begeisterte Eckert erneut mit *Finstere Seelen.*

Immer wieder versucht, alles aufzugeben,
kam ich zu dem Schluss,
dass ich das Unglaubliche
nicht erklären kann, bestenfalls nachbuchstabieren.

Ich jagte immer verbissener und wurde selbst gejagt.
Bilder des Grauens, die ich nie mehr loswerde –
die Gesichter der Opfer werden niemals altern.
Damals: zu Schlagzeilen geronnene Sensationen.

Kalte Sätze für die Akten.
Die Wahrheit dahinter –
ihr Schrei nach dem Sinn hält mich am Leben,
während ringsum alles zerbricht.

In memoriam Rolf Nowak † 1997

TEIL EINS

Zugriff

»... dass alles Tun des Menschen den Gezeiten gleicht, die sich auf die Jagd nach dem Mond machen.«

Joseph Wambaugh, *Wasserpatrouille*

Donnerstag, 27. Juli, *Morgenpost*, Lokalteil:

POLIZEI SUCHT GELBEN GELÄNDEWAGEN

Zwei Tage nach dem Brandanschlag auf eine Diskothek in der Düsseldorfer Altstadt konzentriert die Polizei ihre Ermittlungen auf einen Geländewagen, den ein Augenzeuge in der Nacht zum Dienstag in unmittelbarem Tatzusammenhang bemerkt haben will. Konkrete Hinweise auf die Täter gibt es bislang nicht. Vermutungen, die Tat stünde in Zusammenhang mit ähnlichen Anschlägen in den letzten Wochen, bezeichnete die zuständige Staatsanwältin gestern als Spekulation.
Seit seiner Eröffnung vor drei Monaten hatte sich das ›Power House‹ auf der Bolker Straße zum beliebten Treffpunkt für Jugendliche entwickelt. Selbst wenn die Versicherung den Millionenschaden ersetzt, bedeutet der Anschlag für Inhaber Andreas Schalk (31) vermutlich das Aus. Einrichtung und Technik seien noch nicht abbezahlt. »Ein Monat Verdienstausfall genügt und die Zinsen drücken mir die Luft ab«, so Schalk, der in der Altstadtszene auch als ›Dr. House‹ bekannt ist und sich als Diskjockey einen Namen gemacht hat. Schalk hofft nun auf ein Entgegenkommen der Banken.
Eine Stunde nach Schließung der Diskothek in der Nacht zum Dienstag hatten Unbekannte die Eingangstür aufgebrochen und mehrere Brandbomben in das Lokal geworfen.
Ein Taxifahrer, der um diese Zeit unterwegs war, will beobachtet haben, wie ein gelber Geländewagen mit hoher Geschwindigkeit aus der Fußgängerzone in die Hunsrückenstraße bog und in südlicher Richtung davonraste. Zeugen, die dieses Fahrzeug ebenfalls bemerkt haben,

werden gebeten, sich zu melden. Hinweise nimmt die Polizei unter der Nummer 8700 entgegen.
Im Juni war ebenfalls in der Altstadt das Restaurant ›Zur Keule‹ (Ex-›Notorious‹) wenige Wochen nach der Eröffnung in Flammen aufgegangen. Sechs Wochen zuvor hatte es in einem Pempelforter Fitnesscenter gebrannt. Nach Informationen der Morgenpost *sind die Täter in beiden Fällen noch immer nicht ermittelt. Personen kamen wie beim jüngsten Anschlag nicht zu Schaden.*

1.

Die Welt hatte Löcher, in die er fiel, um an Orten aufzuschlagen, an die er nie und nimmer wollte. Eine erste Ahnung davon bekam Leo Köster am frühen Nachmittag des 27. Juli, einem Donnerstag.

Es war Routine, doch Leo hatte von Beginn an kein gutes Gefühl. Er stieg in das Klettergeschirr und zog die Maske über das Gesicht und sein kurz geschnittenes, rötliches Haar. Er schwitzte sofort – der Stoff war etwas Schwerentflammbares namens Nomex. Er setzte den Helm auf, fünf Kilo Stahl mit schussfestem Visier, Gehörschutz und eingebauten Kopfhörern.

Sein Kumpel Olli tat es ihm nach. Der Pilot zeigte den erhobenen Daumen, Leo und Olli schwangen sich hinaus auf die Kufen des Helikopters und klinkten sich mit dem Karabinerhaken an ihre Abseilgeräte. Der Kragen der schusssicheren Weste scheuerte gegen Leos Kinn.

Er hatte es tausend Mal zuvor getan. Es war Teil seines Lebens. Im Helmlautsprecher war die Stimme des Kollegen: »Du kommst zur Feier?«

Leo fiel ein, dass er noch kein Geschenk hatte. Die Hälfte seines Lebens sei am Sonntag vorüber, stöhnte Olli bei jeder Gelegenheit. Seinen eigenen Fünfunddreißigsten hatte Leo vor drei Monaten ohne Gejammer hinter sich gebracht. Er hoffte, älter als siebzig zu werden.

»Wird Brigitte da sein?«, fragte Leo zurück.

Olli wandte ihm das Visier zu. »Wär's ein Grund für dich, nicht zu kommen?«

»Unsinn. Dein Garten ist groß genug.«

»Heike meint, ihr solltet euch mal aussprechen, Brigitte und du.«

Da gibt's nichts auszusprechen, dachte Leo. Scheidung ist Scheidung.

Leo sah hinunter. Das Flachdach des Zielobjekts war jetzt genau unter ihnen, rund dreißig Meter vibrierende Sommerhitze hing dazwischen. Leo registrierte das Zittern seiner rechten Hand, das ihn seit Tagen irritierte – er umklammerte die Abseilvorrichtung.

Im letzten Jahr hatte die Reibung ein Seil schmelzen lassen, die Bremse hatte blockiert und er hilflos auf halber Höhe gebaumelt. Als Nummer eins der Gruppe wollte er eine solche Panne nicht noch einmal erleben.

»Bereit zum Zugriff«, krächzte die Stimme des Kommandoführers. Leo griff nach der Sprechtaste des Zweimeterfunkgeräts, das über ein Spiralkabel mit dem Helm verbunden war, und antwortete, indem er es zweimal klicken ließ – das Zeichen für Zustimmung.

Die Straße war leer, das Gebäudedach sauber. Ein paar Autos parkten auf dem Feld, trockenes Gestrüpp wuchs entlang des Zauns. Kein Mensch zu sehen.

»Zugriff«, befahl Kommandoführer Adomeit.

Leo ließ sich fallen. Das Seil surrte, er zählte die Sekunden, dann fing er sich mit einem Druck auf den Bremshebel ab – die Stiefel setzten hart auf den Kies. Fast gleichzeitig landete Olli neben ihm. Sie lösten ihre Karabinerhaken.

Leo rekapitulierte die Geländetaufe: Zwölf Uhr war die Position des Maschinenaufbaus für die Aufzüge, sechs Uhr das Ziel – der westliche Rand des Dachs. Aus ihren Taschen zogen sie das zweite Seil, ein mehrfacher Knoten am Geländer. Abseilen zum Balkon des ersten Stockwerks – die Hoteletage. Bis hierhin kein Problem.

Die Glastür stand offen. Dahinter ein kleiner Raum. Gerümpel, Holzschilder, Putzkram. Leo zog Taschenlampe und Dienstwaffe: die Sig Sauer P226, fünfzehn Schuss im Magazin, einer im Lauf. Olli nahm seine Maschinenpistole von der Schulter und murmelte grimmig den Lieblingsspruch des Kommandos: »Wir machen auch Hausbesuche.«

Leo öffnete die nächste Tür. Das Treppenhaus. Sie lauschten – nichts, nur der eigene Herzschlag und das Atmen zweier Männer, die aus dem Himmel gesprungen waren.

Hinter der dritten Tür begann die Finsternis. Ein langer, fensterloser Gang.

Sie klappten die Nachtsichtbrillen nach unten. Leo versuchte, sich im grünlichen Flimmern zu orientieren. Der Laser an Ollis MP zielte als grüner Strahl den Hotelflur entlang – wo er als gleißender Punkt auftraf, hellte sich die Umgebung auf. Ein kurzes Husten des Kollegen klang im Helm wie ein Rumpeln. Leo knipste die Taschenlampe mit dem Infrarotaufsatz an.

Zehn Türen an jeder Seite des Gangs.

Links die Nummer eins. Leo postierte sich frontal vor dem Eingang, Olli sicherte, indem er sich seitlich hinter ihm hielt und auf die Tür zielte. Leo trat auf die Stelle unterhalb der Klinke, die Tür sprang auf, Olli ging rein.

»Sauber«, hörte Leo den Kollegen sagen.

Nummer zwei: Jetzt sicherte Leo. In der Faust der Linken hielt er die Taschenlampe, die Waffenhand aufs andere Handgelenk gestützt und auf den Lichtfleck an der Tür zielend. Olli trat, Leo sprang hinein – ein langhaariger Blonder stand keine vier Meter entfernt und zielte aus der Hüfte.

»Täterkontakt«, rief Leo und drückte ab, zweimal.

Drei: Ein harmloser Typ – in der Hand nur eine Coladose.

Nummer vier und fünf waren leer.

Sechs: Ein Gangster hatte eine Geisel genommen, hielt

der Frau ein Messer an die Kehle. Nur Kopf und Arm waren von dem Mann zu sehen – wenig Angriffsfläche. Leo war dran und verlor keine Zeit. Er feuerte die übliche Dublette.

Sieben bis neun: ein bärtiger Täter, ein glatzköpfiger Schütze, dann ein Mann, der einen Blumenstrauß in der Hand hielt und keine Kugel verdiente.

Zügig arbeiteten sie sich weiter bis zum Ende des Flurs durch.

Bevor Adomeit im gläsernen Gang über ihnen das Licht anknipste, schalteten Leo und Olli die Sichtgeräte aus und klappten die Brillen nach oben. Sie rissen sich Helm und Maske vom Kopf und wischten den Schweiß aus den Augen. Seit der Hochsommer begonnen hatte, war es unerträglich heiß unter Overall und Weste, selbst im abgedunkelten Inneren des Übungsgebäudes.

Die Neonröhren flammten auf. Die beiden SEK-Beamten gingen zurück und überprüften die Scheiben.

Sperrholztafeln, auf die Poster getackert waren – verschiedene Typen in Lebensgröße. Es hieß, ein belgischer Zeichner habe sie entworfen. So genannte Overlaps machten aus Pistolenträgern harmlose Zeitgenossen. Die Figur mit dem Fotoapparat hatte Leo verschont, die mit der Pistole hatte Olli zweimal getroffen. Die Übungsmunition aus Plastik hatte Kopf und Brust sauber durchschlagen.

Im nächsten Raum: Leo ärgerte sich – danebengeschossen. Beide Male. Er hielt den landesweiten Rekord an Übungstreffern in Serie und hätte gern noch die dreihundert voll gemacht.

»Mach dir nichts draus«, sagte Olli im Weitergehen. »Im Ernstfall hatte der Typ 'ne Schreckschusspistole, du hast richtig reagiert und wirst nicht von den Hinterbliebenen verklagt. Keine Suspendierung vom Dienst, kein Skandal in den Medien.«

In Nummer sechzehn hatte Leo ebenfalls nicht getroffen.

»Jeder hat mal so 'nen Tag«, versuchte Olli ihn zu beruhigen.

Es kam noch schlimmer. Nur ein einziges Mal hatte Leo seine Dublette versenkt. Als er die Doppelscheibe mit dem Geiselnehmer kontrollierte, wusste er, dass er ein ernstes Problem bekommen würde – er hatte den Täter außer Gefecht gesetzt, aber auch die Geisel mit einem Schuss in die Herzgegend getötet.

Kommandoführer Bertram Adomeit stand hinter ihnen und kaute stumm auf seinem Nikotinkaugummi.

»Scheidungsstress«, erklärte Olli mit einem Blick auf Leo. »Renkt sich wieder ein.«

»Sicher«, antwortete Adomeit.

Leos Hand zitterte noch immer. Er verbarg sie in der Hosentasche.

2.

Haffke sang *Sex Bomb* vor sich hin, falsch, aber laut, als er in die zweite Querstraße nach dem Großmarkt bog und dabei den Dienstwagen mit nur zwei Fingern lenkte. Martin Zander fand, dass es sein junger Kollege mal wieder übertrieb: grellbuntes Hawaiihemd, verspiegelte Sonnenbrille, zu viel Gel im zurückgekämmten Haar.

Wahrscheinlich stellte Arnie Haffke sich gerade weibliches Publikum vor und fühlte sich noch unwiderstehlicher als ein junger Tom Jones: »Baby you can turn me on!«

»Meinst du mich?«, fragte Zander.

Der Kollege strich über sein Haar. »Ich mein alles, was nicht bei drei auf den Bäumen ist.«

»Fahr langsamer.« Zander kniff die Augen zusammen, um die vorbeihuschenden Hausnummern zu erfassen.

»Kauf dir 'ne Brille, Padre.«

»Elf, dreizehn ... Stopp. Hier muss es sein.«

»Ich hasse Wohnungseinbrüche«, sagte Arnie Haffke.

»Die EK ist nicht auf meinem Mist gewachsen«, antwortete Zander. EK stand für Ermittlungskommission und vom Abteilungsleiter Gefahrenabwehr/Strafverfolgung persönlich stammte die Idee, dass sich sämtliche Einsatztrupps der Stadt für ein Vierteljahr ausschließlich um Wohnungseinbrüche kümmern sollten, weil die Aufklärungsrate bei dieser Art von Delikt zu niedrig sei und die Zeitungen sich darüber beklagt hatten. *EK – Wohnungseinbruch* hatten die Bosse in der Festung das Projekt getauft – für alle Trickdiebe, Handtaschenräuber und Straßendealer, die Zander und seine Kollegen sonst jagten, waren paradiesische Zeiten angebrochen. Für den passionierten Dealerjäger Haffke eine besonders unerträgliche Vorstellung – Arnie hatte seine Laufbahn einst bei der Drogenfahndung begonnen und im Geiste war er noch immer dabei.

Er bremste und lenkte den Wagen über die Bordsteinkante. Es rummste und schaukelte gewaltig – Zander fürchtete um den rechten Vorderreifen des kackbraunen Opel Vectra.

»Sozialparadies«, kommentierte Haffke beim Aussteigen den freudlosen Bau aus den sechziger Jahren. Graue Fassade, morsche Fensterrahmen, an denen der Lack nur noch in Spuren haftete. Eine weitgehend aus Sperrholz genagelte Pommesbude lehnte sich daran, der Besitzer verkaufte auch Zeitschriften und Zigaretten. *Bernhards Billig-Büdchen* stand in roten Klebebuchstaben über der Durchreiche. Die übrigen Fenster voller Titelbilder: Silikonbrüste, gekrönte Häupter, erlogene Knüller. Am Zeitungsständer hing das führende Boulevardblatt der Stadt: *FEUERTEUFEL FLOH IN GELBEM GELÄNDEWAGEN – ANSCHLAG AUS EIFERSUCHT?*

Die meisten Klingeln waren ohne Namensschilder. Daneben klebte eine Suchanzeige: *Kater Schnurri entlaufen*. Hat was Besseres gefunden, dachte Zander.

»Weißt du, in welchem Stock die Frau wohnt?«, fragte sein Kollege.

Zander schüttelte den Kopf. Im Treppenhaus roch es nach altem Kohl und Pisse. Ein unrasierter Bursche, der Müll raustrug, gab Auskunft. Erster Stock.

Die Wohnungsinhaberin öffnete beim ersten Klopfen. Ein blasses Mädchen mit großen Augen und einem Kilo Metall im Gesicht. Zerrissene Jeans, ein Top mit verrutschten Trägern, der BH darunter war dunkelblau.

»Sina Dorfmeister?«, fragte Zander.

»Sind Sie die Bullen?«

»Ja.«

»Endlich. Kommen Sie rein.«

Zander dachte an seine Tochter Pia, die nur ein paar Jahre jünger war als diese Kundin. Pia hatte ihre rebellische Phase, es war nicht immer leicht. Immerhin stand sie nicht auf Piercing.

Die Mieterin ließ Zander und Arnie in ihre Einzimmerwohnung, deren Möblierung vom Sperrmüll zu stammen schien. Ein Wasserhahn tropfte, zwei Kochplatten setzten Rost an. An den Wänden der Bruchbude waren Stockflecken, zum Teil verdeckt von Postern – Werbeplakate für einen Laden namens *Skin Bizarre*: Models in Lack und Latex, Scheinwerfer warfen Lichtreflexe auf eng anliegende Kunsthaut und jede Menge Ringe. Die Frau mit dem meisten Silber in der Haut hatte Ähnlichkeit mit dem blassen Ding, das Zander und Arnie zum geöffneten, gardinenlosen Fenster führte.

Der Rahmen war gesplittert, etwa zwei Zentimeter breite Hebelspuren. Der Einbrecher war über das Dach des *Billig-Büdchens* gekommen.

Arnie packte das Spurenset aus: Federpinsel, Klebefolien. Er pumpte Rußpulver aus dem Griff in die Federn und begann Glas und Rahmen einzustauben.

Zander wusste, dass es nichts bringen würde. Ein beschissener Einbruch in eine noch beschissenere Wohnung. Und dafür mussten zwei Beamte Beflissenheit vortäuschen und Berichte schreiben, die niemand lesen würde.

»Fehlt etwas?«, fragte er.

»Wäsche.«

»Wie bitte?«

»Ich hatte ein Mieder aus Latex. Das fehlt. Und zwei Slips. Spezielle Slips.«

»Verstehe«, sagte Zander mit Blick auf das Poster.

Das Mädchen zeigte auf Kisten, die als Schrankersatz dienten – von ihrem Platz unter dem Bett hervorgezogen und durchwühlt. Zander erkannte BHs, weiße Spitze, rosa Billighöschen. Der Dieb hatte es auf Gummikram abgesehen.

Über ihm waren Schritte zu hören, Radiomusik – unwillkürlich hob Zander den Kopf und starrte auf braune Ränder und abblätternden Putz. Wieder dachte er an seine Tochter, die sich neuerdings eine eigene Bude wünschte. Niemals würde er Pia in solch einem Loch wohnen lassen.

Die Kundin sagte: »Ich hab extra nichts verändert. Wegen der Spuren.«

»Fein.«

»Seltsam, dass sie den Fernseher dagelassen haben.«

Jedes Opfer glaubte, dass es mehrere Täter waren. Und alle hielten ihren Fernseher für das wertvollste Stück – als interessierten sich Einbrecher für alte Kisten, deren Helligkeitsregler man bis zum Anschlag aufdrehen musste, um noch ein Bild zu erkennen.

»Geld, Schmuck?«

»Alles noch da.« Das Mädchen zog eine Schublade auf und entnahm eine mit Samt ausgekleidete Schatulle: antike Klunker, Ringe, Ohrstecker, ein Amulett. Zander dachte an Schmiedinger, der sein Partner war, wenn es um Nebengeschäfte ging – der Alte würde auf den ersten Blick wissen, ob die Steine echt waren.

»Hübsche Sachen«, sagte Zander.

»Hat mir meine Ma hinterlassen.«

»Haben Sie einen Verdacht, wer es auf Ihre Höschen abgesehen hat? Ein aufdringlicher Verehrer vielleicht?«

Sina Dorfmeister riss die Augen noch weiter auf und schüttelte den Kopf. Zander beschloss, nicht weiter zu fragen. Er würde ihr nur Angst machen.

»Ich hab hier so was wie 'ne Hand«, sagte Arnie.

»Ist es eine oder nicht?«

Arnie berührte mit der Nase fast die Scheibe. Er tätschelte das Glas mit den Federn des Pinsels. »Eine komplette linke Hand, würde ich sagen. Aber keine Papillarleisten.«

»Pappi- was?«, fragte das Mädchen.

Zander besah sich die Spur. Der junge Kollege hatte Recht. Keine Rillen zu erkennen.

»Wie kann es so etwas geben?«, fragte Arnie.

»Vielleicht trug er Handschuhe. Was weiß ich.«

Die Dorfmeister sagte: »Die müssen mich beobachtet haben. Die sind genau zu der Zeit eingestiegen, als ich nicht zu Hause war.«

Na klar, dachte Zander. Jeder glaubt, dass er beobachtet wurde.

»Womöglich kommen die wieder?«

»Unwahrscheinlich.«

»Es ist ein Scheißgefühl, in der eigenen Wohnung nicht mehr sicher zu sein«, sagte das Mädchen.

»Das gibt sich. Glauben Sie mir.«

»Werden Sie die Täter finden?«

Arnie sah nicht rüber. Er packte das Spurenset ein. Zander notierte, was er für den Bericht benötigte: Name, Adresse, Einstiegsweg, Art und Anzahl der geklauten Slips. Ein Höschendieb – so etwas Verrücktes war Zander in sechsundzwanzig Jahren Polizeidienst nicht begegnet.

»Was ist an dem Gummikram eigentlich so besonders?«, fragte er.

»Latex trägt sich wie eine zweite Haut. Sie nehmen Temperaturen ganz anders wahr. Sie bekommen ein ganz anderes Gefühl zu Ihrer Umwelt.«

»Brauch ich nicht. Du, Arnie?«

Haffke drückte das Fenster zu. Es hielt nicht.

Die Kleine sagte: »Wollen Sie nicht auch noch den Rest der Wohnung auf Spuren untersuchen? Ich hab extra nichts angefasst.«

Zander sagte: »Ich glaube nicht, dass es hier weitere Spuren gibt. Wenn wir einen Einbrecher schnappen, der Ihr Mieder oder Ihre Höschen hat, bekommen Sie Bescheid, Frau Dorfmeister.«

»Ich kann Ihnen eine Beschreibung der gestohlenen Sachen geben.«

Kleinscheiß. Die Kripokollegen in der Festung würden sich damit niemals abgeben. Zander hatte Hunger. Er sagte: »Ach ja. Das nimmt dann mein Kollege entgegen.«

Haffke hatte keine Einwände. Zander wusste, dass sein Partner die Gelegenheit nutzen würde, die Mieterin nach Kontakten zur Drogenszene zu befragen. Kein Kleindealer, den er nicht hopsnahm, keine Fixerin, die Arnie nicht belaberte, den Entzug zu probieren.

Die Pommes waren, wie sie sein sollten: heiß und fettig. Zander hatte die halbe Portion intus, als Arnie aus dem Haus kam.

Zander fragte: »Wo bleibst du so lange? Du hast sie doch nicht etwa gevögelt?«

»Ich wette, die Kleine kokst«, erwiderte Haffke.

»Vergiss es.«

»Wir sollten uns vielleicht umhören, ob die anderen in der Einsatzkommission ähnliche Fälle haben«, sagte Arnie.

»Hältst du *das* für einen Fall? Ein Latexfummel und zwei Höschen? Jetzt versteh ich, warum sie dich bei der Drogenfahndung nicht mehr wollten. Du verzettelst deine Kräfte, mein Junge.«

»Der Täter muss ganz schön schräg veranlagt sein. Ich meine, auf sexuellem Gebiet.«

»Passt zu dem Mädel. Sind dir die Poster aufgefallen?«

»Sie sagt, sie jobbt als Model für so 'n Laden, der diese Fetischmode schneidert.«

»Eben. Schräg veranlagt.«

»Irgendwie tut mir die Kleine Leid.«

»An einem Magneten darf die nicht vorbeigehen.«

»Du alter Spießer. Das hat heute jeder. Ich hätt mir selber mal fast 'n Piercing machen lassen. Das war, als ich das Tattoo bekam. Willste mal sehen?« Haffke drehte sich zur Seite und zerrte am Hosenbund.

»Nee, lass mal.«

»Ein roter Drache.«

»Schon gut, wirklich.« Zander fühlte sich in seiner Meinung bestätigt. Einen wie Arnie würde er niemals auch nur in Pias Nähe lassen.

Haffke stibitzte ein Stück Pommes von Zanders Pappschale und fragte: »Und was hat Bernhard mitgekriegt?«

Zander brauchte eine Sekunde, bis er kapierte, dass Arnie den Besitzer von *Bernhards Billig-Büdchen* meinte. »Es muss gestern nach zweiundzwanzig Uhr gewesen sein. Sonst hätte er's gehört. Sagt er.«

»Zwischen zwei zwohundert und null sechshundert also.« Arnie hatte neulich einen amerikanischen Militärfilm im Kino gesehen. Er nickte, als würde er über Schlussfolgerungen nachdenken. Dann klaute er sich eine weitere Pommes. »Sie ist mächtig stolz auf die Fotos. Ich glaub, sie hat das Zeug dazu.«

»Wozu?«

»Mit ihrer Figur Geld zu verdienen.«

»Auf dem Strich vielleicht. Vergiss die Kleine.« Zander zerknüllte die leere Pappschale und leckte sich die Finger ab. »Hat dir eigentlich schon mal jemand gesagt, dass du aussiehst wie ein beschissener Bademeister?«

»Ja, Padre. Du. Jeden Tag.«

MEMO

von: HK Bertram Adomeit, Kommandoführer
1. SEK

an: PR Markus Enders, Leiter Führungsstelle Spezialeinheiten
Betr.: PK Leonid Köster, Gruppenbeamter 1. SEK
Datum: Freitag, 28. Juli

Markus,
ich teile deine Auffassung, dass jeder Angehörige eines Spezialeinsatzkommandos stets in Topform zu sein hat, damit er im Ernstfall einer Reallage wie ein Teil eines Räderwerks funktioniert. Dazu gehört auch die Treffsicherheit. Es ist richtig, dass Leo Köster den Leistungstest am Donnerstag nicht bestanden und bei zwei vorangegangenen Schießübungen gefehlt hat.
Die Notwendigkeit, der Nummer eins meiner Gruppe deshalb einen anderen Platz im Kommando zuzuweisen, sehe ich jedoch nicht. Leo Köster verfügt über fünfzehnjährige SEK-Erfahrung. Er hat sich als enorm stresssicher erwiesen und kann sich wie kein anderer flexibel auf geänderte Situationen einstellen. Seine Belastbarkeit ist selbst für einen SEK-Mann weit über dem Durchschnitt. Im landesweiten Vergleich schnitt er bislang stets als einer der besten Schützen ab.
Für sein Fehlen bei zwei Übungen hatte er eine Entschuldigung (Termine bei Anwalt und Jugendamt bzw. Gericht). Sein schlechtes Abschneiden beim jüngsten Test liegt in der Anspannung aufgrund privater Umstände (Scheidungsverfahren gerade abgeschlossen) begründet. Da dies von vorübergehender Natur ist, finde ich darin keinen Grund zur Besorgnis.
Die Gemeinschaft des Kommandos und der Zusammenhalt der Kollegen sind m. E. besser als jede Familie geeignet, in Krisensituationen Halt und Geborgenheit zu bieten. Ich gehe deshalb davon aus, dass es Köster rasch wieder gelingen wird, mit voller Konzentration zu arbeiten.

In der nächsten Woche werden wir den Leistungstest wiederholen.

Gruß, Bertram Adomeit

3.

Als der Anruf kam, saß Ela Bach im Bikini auf dem Balkon ihrer Wohnung und lackierte die Zehennägel. In der Kastanie, die den Hinterhof beschattete, zeterten die Stare, der Geruch eines Grillfeuers stieg in Elas Nase. Hinter den gegenüberliegenden Dächern ragten die Wahrzeichen der Rheinfront auf: Fernmeldeturm, *Geminag*-Hochhaus, Lamberti, der neue Glasturm der *Victoria*. Darüber gab es nur noch flirrenden Dunst, der eine warme Abendbrise ankündigte.

Das Diensthandy schrillte – eine elektronische Variante der *Kleinen Nachtmusik* – und Ela wusste, dass es für sie mit der Sonntagsruhe vorbei war. Sie sah auf die Uhr: zehn Minuten vor sechs.

Rasch strich sie mit dem kleinen Pinsel über die letzten zwei Nägel, dann lief sie ins Zimmer. Auf dem Klappstuhl neben dem Bett türmte sich ein Klamottenhaufen, daraus zog sie das Mobiltelefon hervor und würgte die Tonfolge mit einem Knopfdruck ab.

»Bach.«

»Ritter, K-Wache«, meldete sich eine männliche Stimme, die ihr bekannt vorkam. »Sprech ich mit der Mordbereitschaft?«

Ela ging in die Küche und versuchte, sich den Kerl vorzustellen, der zu der Stimme gehörte. »Was gibt's?«, fragte sie und drückte mit der freien Hand eine Carotin-Tablette aus der Folie. Wenn sie sich schon nicht sonnen konnte, wollte sie wenigstens auf diese Art braun werden.

»Wir haben hier 'ne tote Oma. Der Wohnungsinhaber

sagt, er kennt sie nicht. Er sagt, sie klingelte, kam rein und kippte um. Die Sache kommt uns seltsam vor. Der Tünnes ist verletzt. Er sagt, er hat sich gestoßen.«

»Und der Arzt?« Sie ging zurück ins Schlafzimmer. Das Mineralwasser, mit dem sie die Tablette hinunterspülen wollte, stand neben dem Bett.

»Will sich wie immer nicht festlegen. Anzeichen von Fremdeinwirkung sind auf den ersten Blick nicht feststellbar.«

»Bei der Oma.«

»Ja.«

Sie nahm einen Schluck. Lauwarm. »Was ist mit dem Wohnungsinhaber?«

»Blutet aus der Nase wie ein Schwein. Sagt, er sei gegen die Glastür gelaufen. Kann sein, kann auch nicht sein.«

»Okay. Der Typ soll sich nicht von der Stelle rühren.« Sie ließ sich Namen und Adresse nennen und notierte alles am Rand eines Katalogs für Studienreisen, die sie sowieso nie antreten würde. Dann drückte sie die Nummer von Thilos Diensthandy.

»Becker.« Etwas Lateinamerikanisches schmeichelte im Hintergrund. Bossa Nova, ein alter Ohrwurm.

»Gib deinem Mädel einen Abschiedskuss und schwing dich ins Auto.«

»Was?«

»Frag nicht so dumm. Wir treffen uns bei mir.«

»Hast du endlich meine Gebete erhört?«

»Idiot.«

Ela bückte sich nach der Decke, die vom Bett hing – Nagellackflecken. Sie verfluchte ihre Angewohnheit, beim Telefonieren umherzulaufen. Sie wollte nicht auch noch ihre Jeans versauen, entschied sich für Shorts und stieg in leichte Sandalen. Sie wühlte im Klamottenhaufen und wählte ein weites, schwarzes T-Shirt. Der Sommer war mit dreiunddreißig Grad Celsius in Hochform. Ela riss die Seite mit der Adresse aus dem Katalog und sammelte ihre Utensilien ein: Handy, Zigaretten, das Holster mit der P6, der kleine Rucksack aus schwarzem Leder, in dem sie alles verstaute.

Sie wartete im Schatten des Hauseingangs. Es dauerte keine fünf Minuten. Fiat Barchetta, offenes Verdeck. Auf der Fahrerseite saß Thilo Becker und starrte auf ihre Füße.

Ela umrundete das Auto und stieg ein. »Zooviertel. Faunastraße neun, der Name ist Larue«, sagte sie und stopfte die Katalogseite in die Ablage.

Thilo bog in die Kaiserstraße und beschleunigte in nördlicher Richtung. Seine blonden Locken wirkten, als hätten sie nie einen Kamm gesehen.

»Ich muss gerade an meine erste Freundin denken«, sagte er.

»Und?«

»Auf grüne Zehennägel fahr ich ab. Ich kann nicht anders. Sie hatte auch manchmal welche.«

»Lass den Scheiß.«

Thilo bog in die Kleverstraße und gab Gas. »Grün«, stöhnte er. »Aaah, gib's mir, Baby!«

Die Straße war frei, halb Düsseldorf verbrachte die Ferienwochen in Holland oder auf Ibiza. Ela genoss den warmen Fahrtwind. Dass der Notarzt keine natürliche Todesursache bescheinigt hatte, besagte gar nichts – sie war noch keinem Arzt begegnet, der sich festgelegt hätte, ohne die Verstorbene gekannt zu haben. Fünfundneunzig Prozent aller Fälle, zu denen die Polizei hinausfuhr, erwiesen sich nach Leichenbesichtigung und Rücksprache mit Hausarzt und Angehörigen als natürlicher Tod. ›Toter Vogel‹ nannten die Leute der K-Wache solche Fälle und behelligten die Mordbereitschaft in aller Regel nicht damit.

Etwas Papierkram, und in einer Stunde würde Ela wieder auf ihrem Balkon sitzen und in der Abendsonne Weißwein schlürfen.

Das Handy spielte Mozart, noch im ersten Takt erwischte Ela die richtige Taste. Kollege Ritter live vom

Tatort. Er hatte die Leiche identifiziert: Es war die Nachbarin des Wohnungsinhabers. Sie hatte sich Zutaten für einen Kuchen borgen wollen. Sie war in Stress wegen des bevorstehenden Besuchs ihrer Kinder und sie war herzkrank gewesen.

Ein toter Vogel.

»Wir könnten die Schreiberei für euch erledigen, aber ich fürchte, die nächste Sache wartet schon auf uns«, sagte die Stimme im Handy.

Das Cabrio hatte das Eisstadion passiert. Brehmplatz. Thilo setzte den Blinker nach links.

»Lasst mal, wir sind gleich da«, sagte Ela.

Thilo fragte: »Ist die Oma wieder aufgestanden?«

»Nein. Vermutlich Herzschlag. Wir machen die Leichenschau und du kannst wieder zu deinem Mädchen. Den Hausarzt besuchen wir morgen.«

Thilo ließ das Cabrio auf der Faunastraße ausrollen. Er schenkte Ela einen Seitenblick. »Wann läuft dein Film?«

Vor drei Wochen hatte ein *WDR*-Team sie einen Tag lang bei der Arbeit begleitet. Eine Reportage über Frauen bei der Polizei – die Reporterin war jung, gut aussehend und wusste, was sie wollte. Es hatte Ela Spaß gemacht – an Kamera und Mikrofon hatte sie sich rasch gewöhnt.

»Es ist nicht *mein* Film. Keine Ahnung, wann sie ihn senden.«

»Ein paar Kollegen sind jetzt schon neidisch.«

»Sollen sie doch.«

»Es sind Gerüchte über dich in Umlauf.«

»Wegen des Films?«

»Nein, wegen Engel. Weil er dich protegiert.«

»Tut er das?«

»Es heißt, du gingst mit dem Langen ins Bett.«

»Mit Engel? Wer behauptet so einen Scheiß?«

Der Blondschopf antwortete nicht. Er zog den Schlüssel ab.

Ela fragte: »Gerres?«

»Nur so ein Gerücht. Aber dass der Lange dich gern als

seine Nachfolgerin hätte, wenn er zur Führungsakademie geht, ist offensichtlich.«

»Davon weiß ich nichts.«

»Echt nicht?«

Jetzt schwieg Ela.

Thilo sagte: »Seit der Kannibalensache bist du der Liebling der Obermuftis. Das ist Tatsache.«

»Wie kommst du darauf?«

»Du warst die große Heldin, hast all die Scheiße ohne Knacks überlebt. Sogar im Krankenhausbett hast du eine gute Figur gemacht. Der Lange hat einen Narren an dir gefressen. Und jetzt auch noch dieser Film.«

»Klar, das kommt daher, weil ich mit allen ins Bett gehe. Mit Engel, mit den Obermuftis bis rauf zum Präsidenten und mit der Redakteurin vom *WDR* dazu.«

»Hey, von mir stammt das Gerücht nicht. Ich fänd's prima, wenn du Chefin werden würdest.«

Ela kletterte aus dem Auto. Ja, sie rechnete sich Chancen aus, Engels Nachfolgerin als Dienststellenleiterin des KK 11 zu werden. Es hieß, dass die Behördenleitung den frei werdenden Posten mit einer Frau besetzen wollte, und Ela fand, dass es höchste Zeit dafür war.

Becker schloss den Wagen ab. »Da ist übrigens kein Mädchen bei mir zu Hause.«

Ela suchte die Hausnummer neun.

Sie wusste, dass es der Behördenleitung nicht um sie persönlich ging, sondern um die Erfüllung politischer Vorgaben: die Frauenquote in Führungspositionen des öffentlichen Dienstes. Vor einer Woche hatte Engel erklärt, dass er zum ersten September zur Führungsakademie nach Münster-Hiltrup gehen würde. Seitdem war die Stimmung unter den zwei Dutzend Beamten des KK 11 vergiftet. Konkurrenzkämpfe. Ela sah sich zunehmend angefeindet – es gab Männer, die weit länger dabei waren und sich etwas auf ihren angeblichen Erfahrungsvorsprung einbildeten.

Sie dachte an den Kannibalenfall vor zwei Jahren. Ela

Bach, die Heldin – natürlich hatten die Obermuftis diese Legende nur deshalb in die Welt gesetzt, um sich mit der jungen Kriminaloberkommissarin schmücken zu können.

Ob Thilo Becker sie tatsächlich unterstützte oder sich nur einschleimen wollte, war ihr egal. Letztlich musste sie es ohnehin aus eigener Kraft schaffen. Und die war nicht grenzenlos.

All die Scheiße ohne Knacks überlebt – schön wär's.

Sie traten in die Kühle eines herrschaftlichen Jugendstilhauses. Stuckwappen an der Wand, ein goldgerahmter Spiegel. Ela ignorierte den Aufzug – sie wussten nicht, in welchem Stockwerk der Tatort war. Auf einem von Messingstangen gehaltenen roten Teppich stiegen sie die Treppe hoch.

Ein Mann um die vierzig wartete auf dem zweiten Absatz. Ela erkannte ihn jetzt. Mit K-Wachen-Ritter hatte sie sich auf dem letzten Sommerfest über Nebenjobs unterhalten – er spekulierte mit Aktien und makelte Immobilien, während sie die Überstunden schneller auftürmte, als sie sie abfeiern konnte. Mit seinem Schnauzbart wirkte er wie eine Billigausgabe von *Magnum* – aber er war nicht unattraktiv. Sein bunt kariertes Hemd hing lässig über den Hosenbund, nur notdürftig das Holster einer Pistole kaschierend. Er blickte auf ihre nackten Beine, ohne zu erkennen zu geben, was er von ihnen hielt.

»Mordbereitschaft«, grüßte Thilo. »Wo liegt der tote Vogel?«

Ritter fragte Ela: »Wie geht's dir?«

Sie ging nicht darauf ein. »Hier drin?«

»Ja. Tragische Geschichte.«

Der Kollege hielt die Tür auf. Die Leiche lag auf dem Parkett der weiträumigen Diele, eine zierliche, weißhaarige Frau. Bauchlage, Kopf nach rechts gedreht, linker Arm angewinkelt. Sie trug einen tannengrünen Hosenanzug aus einem Stoff, der wie Seide wirkte, Goldkettchen an Hals und linkem Handgelenk, an den Füßen Pantoffeln. Ritter überreichte Ela den Bericht des Notarztes und drei Polaroids, die den Fundort dokumentierten.

Ein korpulenter, alter Herr im Rollstuhl hatte der Toten den Rücken zugewandt und starrte an die Wand, als würde er die Kohlezeichnungen studieren, die neben der Garderobe hingen.

»Larue?«, fragte Ela.

»Nein«, sagte Ritter. »Anton Niehaus, der Nachbar von gegenüber. Nachdem wir euch verständigt hatten, hat er geklingelt, weil er nachschauen wollte, wo seine Frau bleibt.«

Der alte Mann drehte sich zu Ela. Dicke Brillengläser verstärkten das Knopfige seiner Augen. »Morgen ist ihr Geburtstag. Sie war ganz aus dem Häuschen, wegen der Kinder. Ich sagte, sie sollen im Hotel schlafen und essen können wir im Restaurant, aber Klara wollte das nicht. Die ganze Arbeit. Filet Wellington, Aprikosentorte, dabei ist es dafür doch viel zu heiß.«

»Die Fundortaufnahme hab ich schon gemacht«, sagte Ritter. »Habt ihr morgen früh auf dem Tisch.«

Niehaus sagte: »Sie wollte sich nur rasch ein Ei borgen.«

»Larue ist dort drinnen.«

Durch die Glastür, die zum lichtdurchfluteten Wohnzimmer führte, sah Ela einen Mann auf einem orangefarbenen Sofa sitzen. Ritters Kollege war bei ihm und tippte etwas in einen Laptop, den er auf den Knien hielt. Aus dem hinteren Teil der Wohnung drang ein Rauschen wie von einer Dusche.

Ritter sagte: »Die Bestatter müssten gleich da sein.«

Der Rollstuhlfahrer ruckte an den Rädern. Fast wäre er gegen die Leiche gefahren.

»Duscht da jemand?«, fragte Ela.

»Larues Frau. Das geht schon so, seit wir da sind. Wir konnten ihre Aussage noch nicht aufnehmen.«

»Wir kümmern uns darum.«

Es klingelte, Ritter sah auf den Monitor der Sprechanlage und drückte den Knopf, um die Haustür zu öffnen.

Sein Kollege kam aus dem Wohnzimmer, den zusammengeklappten Laptop unter dem Arm.

»Was ist Larue für ein Typ?«, fragte Ela.

»Vorname Christoph, geboren 1962 in Remscheid. Beruf Mediaplaner, frag mich nicht, was das ist. Er und seine Frau Verena wohnen erst seit ein paar Tagen hier. Deshalb hat er die Nachbarin nicht erkannt.«

Die beiden Bestatter betraten die Wohnung, trotz der Hitze im dunkelblauen Anzug – ein wenig rochen sie nach Schweiß. Sie quittierten das Ambiente mit anerkennendem Nicken, legten die Trage ab und öffneten den Reißverschluss des Leichensacks. Das Geräusch erinnerte Ela an Campingurlaube längst vergangener Jahre.

Der Alte im Rollstuhl wurde laut. »Ich will, dass sie bei mir bleibt!«

Thilo und die K-Wachen-Kollegen versuchten, ihn zu beruhigen.

Ela ging durch die offen stehende Glastür – keine Blutspuren an der Scheibe. Larue erhob sich vom Sofa.

»Bach, Kriminalpolizei«, sagte sie.

»Scheußliche Sache, so seine neuen Nachbarn kennen zu lernen«, antwortete der Wohnungsinhaber.

Er war nicht größer als Ela, schlank und drahtig. Seine Nase war rot und geschwollen, der Notarzt hatte ihm Watte hineingestopft. Ela registrierte teure Freizeitkleidung: T-Shirt von Versace, weit geschnittene Hose, beides in Schwarz. Lederslipper, keine Socken.

Sie fragte: »Haben Sie der Aussage, die Sie gegenüber meinen Kollegen gemacht haben, noch etwas hinzuzufügen?«

»Nein.«

»Ich würde gern mit Ihrer Frau sprechen.«

»Das ist wirklich nicht nötig.«

Ela blickte sich um. Die Bestatter trugen die Leiche weg, Thilo schob den Witwer in dessen Wohnung zurück. Die K-Wachen-Kollegen hatten inzwischen den Abgang gemacht.

Unvermindert rauschte die Dusche.

Ela ging auf die Türen am Ende des Raums zu.

»Das ist völlig überflüssig«, sagte Larue. »Verena hat den Tod der Nachbarin gar nicht mitbekommen.«

Die eine führte in die Küche. Ela stutzte: geöffnete Hängeschränke, Terrakottafliesen mit Glasscherben übersät. Überall war weißes Pulver verstreut – auf dem Boden, in der Spüle, auf den Arbeitsflächen, mindestens ein Kilo Mehl oder Salz, schätzte Ela. Der Rest schien unversehrt, Regale mit Gewürzen, auf einem Sims antike Flaschen. Mitten im Raum stand der Herd, blitzblank, als wäre er noch nie benutzt worden. Darüber eine Abzugshaube in futuristischem Design.

Ela ging in die Hocke, tippte in die weißen Kristalle und kostete: Zucker.

Hinter der anderen Tür führte ein Flur zum Schlafzimmer. Durch Glasbausteine drang Tageslicht, rechts gingen weitere Türen ab: Gäste-WC, Abstellkammer. Larue lief Ela nach. »Verena war gar nicht ...«

Als Ela die nächste Tür öffnete, schlug ihr Dampf entgegen. »Frau Larue?«

Durch den Nebel erkannte sie eine gläserne Duschkabine. Der Wasserstrahl schlug auf eine nackte Gestalt, die auf dem Boden kauerte, die Knie mit beiden Armen gegen den Körper gepresst.

Larue stand hinter Ela und sagte nichts.

Sie schob die Kabinenwand zur Seite und stellte das Wasser ab. Verena Larue zuckte zurück, drängte sich gegen die Wandfliesen wie ein angeschossenes Reh. Ela erkannte Blutergüsse an Armen, Beinen und im Gesicht der Frau – ihre Oberlippe war aufgeplatzt.

»Ein Handtuch«, forderte Ela.

Larue reichte es ihr. Sie gab es an die Frau weiter, die zögernd aufstand und es vor ihren Leib drückte. Sie war sehr schlank, fast wie magersüchtig. Mit ihrem langen, nassen Haar und dem verschmierten Lidstrich wirkte sie wie ein Mädchen.

Etwa fünfzehn Jahre jünger als ihr Mann, schätzte Ela. »Ich bin Polizistin«, sagte sie. »Keine Angst.«

Thilo betrat das Badezimmer. Ela wartete, bis er zu begreifen schien, dann schickte sie die Männer hinaus und schloss die Tür.

»Verena?«

Die Frau nickte, ohne Anstalten zu machen, sich abzutrocknen. Auf dem Frotteeteppich lag Wäsche. Ein zerrissenes T-Shirt. Die Flecken auf dem Slip stammten von Blut und waren frisch.

Verena Larue tastete mit der Zunge nach der geplatzten Lippe.

Ela entdeckte einen Bademantel, schlang ihn um die junge Frau und nahm sie in den Arm.

»Wollen Sie mir erzählen, was vorgefallen ist?«

Die Frau begann zu zittern.

Kein toter Vogel.

Als Ela zurück ins Wohnzimmer kam, kritzelte Thilo in sein Notizbuch. Christoph Larue saß in dem orangefarbenen Sofa und starrte hinaus ins Grüne. Wenn das eine Befragung war, dann verlief sie nur stockend.

Ela musterte die Einrichtung. Wenige Möbel, die meisten wirkten fabrikneu. Eine Stehlampe, deren Schirm wie eine zerknitterte Tüte wirkte, daneben eine Plastik aus altem Holz und Nägeln. An den Wänden weitere Zeichnungen von der Art, wie sie in der Diele hingen.

Auf dem Teppich waren Flecken – Ela hatte das Gefühl, überall Blut zu sehen.

Sie wandte sich an ihren Kollegen: »Was hat er gesagt?«

»Zwei unbekannte Täter, der eine hatte eine Handfeuerwaffe, Pistole oder Revolver, der andere so etwas wie eine abgesägte Flinte. Sie wollten Geld, und weil nicht genug im Haus war, haben sie ihre Wut an der Frau ausgelassen.«

»Sie trugen so 'ne Art Motorradkappen«, erklärte Larue. »Schwarzer Wollstoff.«

Ela fuhr ihn an: »Warum haben Sie uns das nicht gleich gesagt?«

»Verena wollte das nicht.«

Ela atmete tief durch. Die Aussage der Frau: *Mein Mann meinte, das wäre zwecklos. Die Polizei würde die Einbrecher ohnehin niemals schnappen.* Als ginge es hier nur um einen Wohnungseinbruch.

Das Chaos in der Küche fiel ihr ein. »Bewahren Sie Ihr Geld im Zuckerbehälter auf?«

»Ja, das Haushaltsgeld.«

»Und wie war das mit Ihrer Nachbarin?«

»Als es klingelte, hauten die beiden ab und rannten die alte Frau fast über den Haufen. Sie machte noch ein paar Schritte in den Flur hinein und ...« Larue machte eine unbestimmte Geste mit der Rechten.

Ela zog Blondschopf Becker hinaus in den Flur. Sie verschloss die Glastür, durch die Scheibe behielt sie Larue im Auge. Auf dem Diensthandy wählte sie die Nummer der Leitstelle, nannte das Codewort der Woche für die Personenüberprüfung und gab die Namen des Mediaplaners und seiner jungen Frau durch. Dann verständigte sie den Bereitschaftsdienst der Spurensicherung.

Zu Thilo sagte sie: »Verstehst du den Kerl? Zuerst behauptet er, seine Frau hätte nichts mitbekommen, und dann stellt sich heraus, dass sie vergewaltigt wurde.«

»Sie wollte es nicht anzeigen.«

»Ach was, dieser Arsch hätte es anzeigen *müssen*.«

»Reg dich nicht so auf, Ela.«

»Erzähl mir nicht, worüber ich mich aufregen soll! Du gehst jetzt rein und lässt dir von ihm noch mal den genauen Hergang erzählen. Vielleicht kann er uns auf eine Spur bringen.«

»Hör mal ...«

»Unterbrich ihn nicht, auch wenn er weitschweifig wird. Nachbohren lohnt sich nicht, verstehst du?«

»Ela, ich bin kein Anfänger.«

»Frag die Details erst ab, wenn er mit seiner Erzählung fertig ist. Merk dir die Stellen, bei denen er nervös oder angespannt wirkt. Bestell ihn für morgen in die Festung, damit er das Protokoll unterzeichnet. Wenn die Erkennungsdienstler da sind, machst du dich an die Befragung der Nachbarn.«

»Liebste Kollegin, für Sexualdelikte ist bekanntlich das KK 12 zuständig. Und Raub macht das KK 31, falls du's vergessen hast.«

»Es ist Sonntag, 18.42 Uhr. Bis morgen um acht ist das unsere Sache.«

»Pass bloß auf, dass dir der Ehrgeiz nicht aus den Ohren fließt.«

Das Handy schrillte – die Leitstelle. Die Larues hatten sich noch nicht umgemeldet, die alte Adresse war die Krahkampstraße in Volmerswerth. Ihnen gehörten ein Porsche und eine Limousine Marke Jaguar. Autofreaks. Gegen das Paar lag nichts vor: keine Vorstrafen, keine Ordnungswidrigkeiten.

Verena Larue kam ins Wohnzimmer, eine Reisetasche in der Hand. Die junge Frau hatte frische Sachen angezogen. Langer Rock, Strümpfe, Bluse, eine Jacke – zu viel für den Sommerabend. Die Eheleute wahrten Distanz. Kein Versuch, Trost zu empfangen oder zu geben.

Ela öffnete die Glastür. Die junge Frau kam ihr entgegen.

»Wo willst du hin, Verena?«, fragte Larue.

Ela lieh sich Thilos Autoschlüssel und sagte: »Ins Krankenhaus.«

»Muss das sein?«

Auf dem Weg zur Klinik glaubte Ela zu spüren, dass Verena froh war wegzukommen. Ihr neues Zuhause – seit diesem Sonntagnachmittag der Ort des größten Schreckens ihres Lebens.

4.

»Warum heiratet sie ihn nicht?«, fragte Leo den Kurzen.

Dani biss vom Hamburger, ließ Ketchup vom Kinn tropfen und antwortete mit vollem Mund: »Thomas hat auch eine Ex. Er muss sein ganzes Geld für sie ausgeben. Er sagt, er kann Mama nicht heiraten, weil wir auf deine Kohle angewiesen sind. Deswegen.«

»Das nennt man Teufelskreis.«

»Was?«

»Eine Katze, die sich in den Schwanz beißt.«

Eine Gruppe lärmender Teenies zog vorbei. Am Nachbartisch saßen zwei Frauen und unterhielten sich angeregt über ihren Milchshakes. Sie trugen Jeans und bunte Tops und hatten beide schulterlanges Haar. Leo schätzte sie auf Anfang zwanzig.

Dani fragte: »Gehen wir nächsten Sonntag wieder zu den Pinguinen?«

»Wenn das Wetter wie heute ist, sollten wir ins Freibad gehen.«

Die Teenies standen am Tresen an, Leo fiel auf, dass fast alle Zigaretten pafften.

Sein Blick schweifte wieder zu den Frauen am Tisch nebenan. Die ihm den Rücken zuwandte, war dunkelblond mit hellen Strähnchen. Die andere, honigfarbene, gestikulierte mit der Rechten, die ebenfalls eine Zigarette hielt. Sie strich sich eine Strähne aus der Stirn. Ein Muttermal unter dem linken Auge. Ein Gesicht, das keinem gängigen Schönheitsideal entsprach, aber Leo sah nicht mehr weg, bis sie für einen Moment seinen Blick erwiderte.

»Oder wir paddeln auf dem Unterbacher See«, sagte er zu Dani. »Wie Lederstrumpf und der letzte Mohikaner.«

Er verstand seinen Sohn nicht. Statt sich selbst zu bewegen, beobachtete der Junge lieber die Robben und

Pinguine, die ihre Bahnen durchs Betonbecken zogen. Für sein Alter war der Kurze viel zu schmächtig.

»Auf'm See war ich neulich mit Thomas«, sagte Dani. »Thomas ist ein Stinner.«

»Was?«

»Er arbeitet in einem Büro.«

»Du meinst Stino.«

»Du sagst doch immer, wer ins Büro geht, ist ein Stinner.«

»Stino. Stinknormal.«

»Ich möchte mal kein Stinner werden.« Sein Sohn trank lange von der Cola. Sein Schlucken war laut, als würde etwas in seiner Kehle umknicken. Als er das Glas abstellte, war noch fast genauso viel drin wie vorher.

Leo sah hinüber zu der Blonden und war sich sicher, dass sie ebenso wenig auf Stinos stand.

Dani fragte: »Hast du heute Bereitschaft?«

»Nein.«

»Warum darf ich dann nicht bei dir übernachten?«

»Dani, du weißt, dass es nicht geht. Deine Mama will das nicht.«

Leo beschloss, auch am nächsten Sonntag zu tun, was Dani wollte. Acht Stunden Besuchsrecht pro Woche – er konnte froh sein, dass der Kurze ihn noch Papa nannte. Also wieder Aquazoo.

Ein Blick aufs Handgelenk: sieben Uhr. Jeden Moment würde Brigitte oder ihr Freund vor dem McDonald's-Schuppen aufkreuzen. Leo spähte durch die Scheiben: nur ein paar Passanten, kein weißer GTI in Sicht. Er überlegte. Wenn Thomas den Kurzen abholte, würde das bedeuten, dass Brigitte zu Ollis Geburtstagsfeier ging.

Sein Sohn malte mit einem Pommesstück Ketchupkreise aufs Tablett. Für Leos Geschmack zu laut sagte er: »Mama hat einen an der Waffel.«

Das Mädchen am Nachbartisch sah herüber und lächelte.

Leo spürte, wie sein Puls schneller ging. Er fuhr seinem

Sohn zärtlich durch das verschwitzte Haar. »Das darfst du nicht sagen, Dani. Sonst behauptet sie wieder, ich hätte dir das eingeredet.«

»Aber du hast doch selber gesagt, dass sie einen an der Waffel hat.«

Leo griff nach der klebrigen Hand des Zehnjährigen. Ein aufgewecktes Kind, das trotz der Scheidung in der Schule nicht nachgelassen hatte. Nach den Ferien würde sein Sohn aufs Gymnasium wechseln. Schlechte Noten hatte er nur in Sport – Leo hatte Brigitte gesagt, sie solle Dani bei einem Fußballklub anmelden. Sie hörte nicht auf ihn.

»Papa, du zitterst ja.«

Leo zog seine Hand zurück.

Von draußen war ein kurzes Hupen zu hören. Dani rutschte vom Stuhl und schlang die Arme um den Rucksack mit dem Batman-Zeichen. »Kannst du Thomas nicht erschießen, mit 'nem Präzisionsgewehr?«

Mit der Serviette wischte Leo dem Jungen über das Kinn.

»Nie darf ich fernsehen. Nicht mal *Star Trek*. Is' nicht korrekt.«

Leo drückte ihn. Ein verletzlicher, kleiner Mensch, kaum Fleisch auf den Rippen. »Denk an die Krokodile. Die lassen sich auch nicht unterkriegen. Korrekt?«

»Korrekt.« Dani schnappte in die Luft, als sei er der gefährlichste aller Alligatoren.

Die Honigblonde blickte wieder herüber. Leo zwinkerte zurück. Möglicherweise galt ihr Lächeln nicht nur dem süßen Jungen.

»Mit dir ist es am schönsten. Mama und Thomas streiten nur.«

Sie wollte einen Stino – jetzt hat sie einen, dachte Leo. Er sagte: »Vergiss nie, dass dein Papa dich lieb hat.«

Der Kurze drückte ihm einen Kuss aus Ketchup und Cola auf die Wange. Ein zweites Hupen. *Mein* Auto, dachte Leo. *Mein* Kind.

Er schaute zu, wie Dani hinaustrottete und noch einmal herüberwinkte, bevor er in den Golf GTI stieg. Eine legale Entführung.

Brigitte saß am Steuer.

Ein Schwarzer trat an Leos Tisch und sammelte die Abfälle ein, eine lächerliche Papiermütze auf dem Kopf.

Die beiden Frauen vom Nebentisch waren gegangen.

5.

Vom Krankenhaus aus fuhr Ela mit Thilos Cabrio zum Unigelände. Der Pförtner gab ihr den Schlüsselbund für die Baracke des rechtsmedizinischen Instituts.

Sie schaltete sämtliche Lichter ein und zog die Bahre mit der toten Klara Niehaus aus dem Kühlraum. Die alte Frau war jetzt nackt, Hosenanzug und Wäsche lagen nachlässig gefaltet auf ihren Unterschenkeln.

Dem Fragenkatalog des Formblatts folgend brauchte sie fünf Minuten für die Leichenbeschreibung. An der Hüfte entdeckte sie rote Stellen, die sie als sichtbare Verletzungen interpretieren konnte. Christoph Larues Aussage: *Sie rannten die alte Frau fast über den Haufen.*

Wenn sie das *fast* strich, war es ein Tötungsdelikt.

Sie rief den Dienststellenleiter des KK 11 an, ihren direkten Vorgesetzten. Elas Stimme hallte von den weiß gefliesten Wänden wider, als sie ihm den Sachverhalt beschrieb.

»Beruhig dich«, antwortete Benedikt Engel. »Die Alte ist und bleibt ein toter Vogel.«

»Aber die Hämatome an ihrer Hüfte ...«

»Kann sie sich zugezogen haben, als sie fiel. Die Täter haben geraubt und vergewaltigt. Das ist offensichtlich. Aber Körperverletzung mit Todesfolge wirst du ihnen kaum nachweisen können. So wie du mir den Fall geschildert hast, ist er beim KK 12 in guten Händen.«

»Larue wollte die Sache nicht zur Anzeige bringen. Er

wollte nicht, dass seine Frau untersucht wird. Die Sache stinkt. Ich hab das Gefühl, sie gibt ihm irgendwie die Schuld an der Geschichte. Und dann ist da die Sache mit dem Geld.«

»Welche Sache?«

»Er sagt, die Räuber hätten Geld im Zuckerbehälter in der Küche gesucht. Seine Frau wusste von dem Geldversteck erst auf Nachfrage. Dabei ist sie die Hausfrau.«

»Worauf willst du hinaus, Ela?«

»Ich weiß es noch nicht.«

Für einen Moment war Stille im Hörer. Dann fragte Engel: »Wie schlimm sind die Verletzungen der Frau?«

»Sie wurde vergewaltigt. Reicht das nicht?«

»Nicht nur Leichensachen fallen in unser Ressort. Auch schwere Verletzungsdelikte.«

Ela begriff. »Danke, Ben.«

»Kann natürlich sein, dass das KK 12 den Fall trotzdem haben will. Letztlich entscheidet das der Gruppenleiter.«

»Poetsch? Der Giftzwerg hasst mich.«

»Nicht nur dich. Ich werde es morgen in der K-Leiter-Runde zur Sprache bringen. Vielleicht setzt sich der neue Kripochef über den Giftzwerg hinweg. Wär natürlich gut, wenn du bis dahin etwas in der Hand hättest.«

Ela überlegte: Datenstation und automatisierte Vorgangsverwaltung waren zur Stunde nicht besetzt, ein Abgleich des Delikts mit ähnlichen Raub- und Vergewaltigungsfällen würde erst morgen möglich sein – zu spät. Auch die Kripo der Polizeiinspektionen könnte über V-Leute und Gewährspersonen nicht vor Ablauf der Nacht weiterhelfen.

»Versprochen«, sagte sie.

»Damit könntest du bei Kripochef Dresbach weitere Punkte sammeln.«

»Ich tu's nicht nur deswegen.«

»Natürlich.«

Ela schob die Tote zurück in den Kühlraum. Einige Rollbahren waren aus Platzmangel doppelt belegt, Namen und Datum waren mit Filzstift auf die weißen Schenkel geschrieben. Ein verkohltes Brandopfer krümmte sich in Fechterstellung.

Das Handy spielte Mozart und Ela trug es zurück durch die Edelstahltür ins Warme. Es war Thilo. »Ist mein Auto noch heil?«, fragte er.

»Gibt's was Neues?«

»Der Erkennungsdienst glaubt, dass er eine Fingerspur hat, und ein Nachbar will zwei Männer beobachtet haben.«

»Wir treffen uns bei dem Nachbarn. Ich bin in fünfzehn Minuten da.«

»Hausnummer elf. Und fahr vorsichtig. Ich hab den Fiat noch nicht abbezahlt.«

6.

Eine Windbö trieb Rauchschwaden vom Grill herüber. Leo sah den Gastgeber am anderen Ende des Gartens Bier zapfen. Olli war sein Spitzname, im Ausweis stand Heinz-Dieter Olschewski. Sein Kumpel hatte sich gewünscht, dass man dem Sozialwerk der Polizei spendete, aber Leo hatte trotzdem ein Geschenk besorgt. Er drückte das schmale Päckchen gegen den Leib und schlängelte sich durch die Schar der Kollegen und ihrer Frauen. Ein Song von *Police* schepperte aus den beiden Boxen, die Olli in die Apfelbäume gehängt hatte. Lampions hoben sich immer strahlender vor dem Abendhimmel ab, der im Westen orangerot verglühte.

Heike Olschewski fiel Leo um den Hals. »Schön, dass du da bist. Seit ihr euch getrennt habt, sieht man euch so selten.«

»Ist sie da?«

»Nein. Sie sagt, sie will dir den Spaß nicht verderben.«

»Spaß? Wenn der Kurze am Sonntag zu ihr ins Auto steigt, ist für mich der Spaß gelaufen.«

»Eure Scheidung war ein Fehler und das weiß Brigitte auch.«

»Ach ja?«

»Ich glaube, sie wartet nur darauf, dass du den ersten Schritt machst.«

»Etwa, indem ich beim SEK aufhöre?«

»Vielleicht solltest du mal mit ihr reden.«

»Du bist süß, Heike.«

Leo dachte an den letzten Urlaub zu viert. Langstreckenradeln im Death Valley, 80-Kilometer-Etappen durch die kalifornische Wüste. Schwere Beinarbeit für die Männer in der kargen Ebene zwischen Amargosa und Panamint Range – die Frauen fuhren mit dem Campingmobil voraus. Egal, in welche Richtung sie strampelten, der Wind blies immer von vorn. Er hatte gehofft, dabei abschalten zu können. Nach dem endlosen Aufstieg zu Dante's View traf es ihn dann umso härter. Die Frauen servierten Fruchtsäfte und Isodrinks, 1.800 Meter über der Salzkruste von Badwater – eine grandiose Aussicht. In der Ferne schimmerte der Mount Whitney.

Heike und Olli küssten sich ohne Ende und Brigitte plauderte mit amerikanischen Touristen, während Leo auf die Weiterfahrt wartete. Nie hatte er sich vorher so einsam gefühlt.

Sie hatten die Tour gebucht, als er noch nicht ahnen konnte, dass zwischen seiner Frau und diesem Thomas etwas lief. Später hielt er an der Reise fest, weil er wie Brigitte zu stur war, um auf den Urlaub mit den besten Freunden zu verzichten. Die schlimmsten zwei Wochen seines Lebens – jeder Abend auf dem Campingplatz war von Heikes Schlichtungsversuchen bestimmt.

Zwei Tage nach ihrer Rückkehr war der Termin beim Amtsgericht.

Leo sagte: »Soll sie doch ihren Tom ficken, bis ihr das Hirn kocht.«

»Wenn du nicht so stur wärst, wäre es gar nicht so weit gekommen«, erwiderte Heike.

Leo fiel auf, dass er das Päckchen knetete – das Geschenkpapier war völlig zerknittert.

Olli musste das Fass bereits kippen – die Feier ging schon seit dem Nachmittag. Leo sagte seine Glückwünsche auf und übergab das Päckchen.

Sein Kumpel riss es auf – schwarzer Stoff kam zum Vorschein, polizeigrüne Aufschrift: *Wir machen auch Hausbesuche.*

Olli hielt sich das T-Shirt vor den Bauch und kriegte sich vor Vergnügen nicht mehr ein. Er streifte es über. An Muskelmasse war er jedem anderen in der Einsatzgruppe überlegen – am Ende des kleinen Gartens stand ein Schuppen, den er sich zur privaten Muckibude ausgebaut hatte.

»Was willst du trinken?«, fragte Olli, zwei Schnapsflaschen aus einem Karton angelnd.

Leo entschied sich für Saft und nahm das Glas mit der Linken entgegen.

»Wie war's am Freitag beim Jugendamt?«

»Das Kind gehört zur Mutter, sagen sie. Als Vater bist du der Arsch. Sie haben mich behandelt wie einen Kinderschänder.«

»Wenn du dich mal aussprechen willst, ich meine, du kannst jederzeit ...«

»Ich weiß. Danke, Olli.«

Leo begrüßte den Rest der Truppe. Bis auf eine Hand voll Leute kannte er jeden. Beamte der Spezialeinsatzkommandos verrieten nicht einmal ihren Nachbarn, in welcher Dienststelle sie arbeiteten, und so ergab es sich, dass sie auch in der Freizeit meist unter sich blieben. Der Dienst schweißte zusammen. Und je gefährlicher die Arbeit, desto hemmungsloser der Umtrunk nach dem Einsatz. Spitzencops – Spitzenzecher.

Leo bediente sich am Grill. Rolf, ein Kollege aus dem zweiten Kommando, redete ihn von der Seite an: »Stimmt es, dass du neulich eine Geisel umgenietet hast?«

»Themenwechsel.«

»Okay. Könntest du heute meinen Bereitschaftsdienst übernehmen?«

Leo erkannte, dass der Kollege bereits angeschlagen war, und sagte zu. Die restliche Nacht für den gesamten kommenden Sonntag. Er würde mit Dani in den Aquazoo gehen können, ohne fürchten zu müssen, dass man ihn zu einem Einsatz rief.

»Ich meld uns bei der Leitstelle um«, sagte Rolf und gab Leo seinen Piepser.

Die *Stones* spielten *Saint of me* und man hatte beschlossen, Massimo zu taufen. Sein Strampeln nützte nichts – der Junge mit den langen schwarzen Haaren und dem italienischen Vater wurde festgehalten und aus mehreren Pullen mit Sekt übergossen.

Am Freitag war sein dreimonatiger Probedienst abgelaufen und das Kommando hatte entschieden, dass Massimo Buonaccorso bleiben durfte. Rund ein Drittel aller Leute, die sich für den SEK-Dienst meldeten, scheiterte an den Fitnesstests oder während der Lehrgänge, ein weiteres Drittel am Veto der Kollegen. Jeder der elf Beamten eines Kommandos musste mit dem Neuen einverstanden sein. Massimo war fit, schoss passabel und vor allem hatten sie das Gefühl, dass er ins Team passte. Sie nannten ihn ›das Küken‹.

Es wurde dunkel. Nur im Westen leuchtete der Himmel noch türkis und die in Richtung Lohausen einschwebenden Ferienjets reflektierten das Licht der untergegangenen Sonne wie Sternschnuppen.

Leo überschlug seine Chancen bei den anwesenden Frauen und stellte fest, dass jede von ihnen mit einem Kollegen liiert war. Das Küken trat auf ihn zu, klatschnass, eine Freundin im Arm.

»Ivana, ich möchte dir Leo vorstellen. Mein großes Vorbild.«

Massimos Freundin war ein aufgedonnertes Ding mit hochgestecktem, dauergewelltem Haar. Sie strahlte vor Stolz auf ihren Kerl, der sich im ärmellosen T-Shirt aufplusterte und seine verklebten Strähnen zurückstrich. Leo musste daran denken, dass er nicht anders gewesen war, als er so alt war wie das Küken. Es dauerte drei Jahre, bis ein Neuling zu einem kompletten Mitglied des Kommandos herangereift war.

»Leo ist unsere Nummer eins. Neben Adomeit der Erfahrenste im ganzen SEK.«

»Dein Freund übertreibt, Ivana.«

»Hast du schon mal jemanden erschießen müssen?«, fragte sie.

»Immer wieder. Zuletzt am Donnerstag.«

Das Mädchen starrte ihn an.

Massimo lachte. »Das war eine Übung. Eine Scheibe, kein Mensch. Aber im Ernstfall muss ein SEK-Angehöriger einen Menschen genauso erschießen können, wie der Kollege auf der Straße einen Strafzettel ausstellt.«

»Unser Ziel ist es, eine Gefahrenlage zu beenden, ohne dass es zum Schusswechsel kommt«, erklärte Leo.

»Er redet jetzt wie ein Stino«, sagte Massimo. »Aber eigentlich ist er ganz anders.«

Das Mädchen hakte sich bei dem Küken unter und wirkte auf Leo ein bisschen wie seine Ex, als sie in Ivanas Alter war. Brigitte hatte sich sehr verändert, dachte er. Am Alter allein lag das nicht.

Olli machte die Runde, aus einer Flasche mit braunem Rum nachgießend. Leo wehrte ab.

»Komm schon, du hast keine Bereitschaft.«

»Doch. Ich hab mit Rolf getauscht.«

»Was macht deine Hand?«

Der Kumpel war der Einzige, dem er sich anvertraut hatte. Leo blickte sich kurz um – kein anderer hörte mit. Er hielt die Hand hoch. Das Zittern war fast verschwunden. Es kam und ging.

Olli machte ein besorgtes Gesicht.

»Ich trink 'ne Weile keinen Alkohol«, sagte Leo. »Bei der nächsten Übung treff ich wieder.«

»Sicher.«

»Und du?« Leo deutete eine Trinkbewegung an. Auch Olli war nüchtern.

»Ebenfalls Bereitschaft«, sagte sein Kumpel. »Ich hab das dumme Gefühl, wir kriegen noch einen Einsatz. In letzter Zeit fordern sie wegen jedem Furz ein SEK an. Und weißt du, was mir am meisten stinkt? Für die Herrschaften von der Kripo sind wir immer bloß die dummen Rambos.«

»Reg dich ab, Olli. Die sind nur neidisch.«

»Auf dem Sommerfest in der Festung hab ich mit so einer Kripotussi geschwoft. Ich hab ihr verraten, was meine Dienststelle ist. Danach hat sie mich nicht mal mehr mit dem Arsch angeguckt.«

»Man mag uns nicht, aber man braucht uns. Was juckt es die Eiche ...«

»... wenn die Sau sich an ihr reibt. Du hast Recht, Leo.«

»War der Arsch wenigstens hübsch?«

»Kleines Herzchen, wackelt mit dem Sterzchen«, grinste Olli und übte einen Tanzschritt.

Sie lachten und gesellten sich zu Bertram Adomeit, der sich mit einigen Männern über ein *Downhill*-Rennen unterhielt, an dem das halbe Kommando im Frühjahr teilgenommen hatte. Adomeit geriet ins Schwärmen. Mit achtzig Stundenkilometern und mehr waren sie in den französischen Alpen auf gemieteten Spezialrädern über Geröllfelder, Wiesen und verschlammte Waldwege ins Tal gerast. Der Höhepunkt war natürlich die anschließende Party gewesen. »Mit Bierchen statt Isodrink«, sagte der Kommandoführer und kaute auf seinem Nikotinkaugummi – seit zwei Wochen rauchte er nicht mehr.

Er legte einen Arm um Leos Schulter: »Weißt du noch?«

»Wieso sollte ich das nicht mehr wissen?«

Adomeit entdeckte das Küken und erklärte: »Massenstart auf dem Pic-Blanc-Gletscher auf 3.300 Meter Höhe. 30 Kilometer runter bis ins Dorf. Wo alle anderen ihr Rad geschoben haben, ist unser Leo vorbeigerast als wär's 'n einfacher Feldweg.«

Von mehr als sechshundert Teilnehmern war Leo Fünfter geworden.

Adomeit erzählte: »In Thüringen gibt's ein stillgelegtes Salzbergwerk, wo sie jetzt Rennen in tausend Meter Tiefe veranstalten. Das Salz ist glatt wie Eis. Es ist dunkel wie die Nacht und du siehst nur, was du im Lichtkegel hast. Das wär doch was für dich, Leo.«

Mike, dem in Alpe d'Huez die scharfen Steine schon nach hundert Metern den Vorderreifen zerfetzt hatten, sagte: »Sie sollten das Schießen aus dem Leistungstest streichen und stattdessen Radfahren werten.«

»Lass ihn in Ruhe«, entgegnete der Kommandoführer.

»Musst du wirklich wiederholen?«, fragte Rolf, dessen Piepser Leo am Gürtel trug. Er lallte leicht.

Adomeit sagte: »Leo hat Scheidungsstress. Wer's nicht erlebt hat, hat's noch vor sich, Jungs.«

Es ärgerte Leo, dass seine Trennung von Brigitte in aller Munde war. Die Kollegen mussten annehmen, dass er ein Weichei war, das von einer Beziehungskrise gleich Nervenflattern bekam.

Massimo grinste, als ginge ihn das Thema nichts an. Seine Ivana stand drüben bei den Frauen. Die typische SEK-Fete: zwei Grüppchen, nach Geschlecht getrennt. Und mindestens die Hälfte der Männer war dabei, sich die Birne zuzuknallen. Alle, die nicht Bereitschaft hatten.

Mike fragte: »Habt ihr gehört, was mit Herbert los ist?«

»Motorradunfall«, sagte Olli. »Sitzt im Rollstuhl wie Stephen Hawking, aber ohne dessen Grips.«

Massimo sagte: »Ich würd mich erschießen, wenn es bei mir so weit wäre.«

Rolf schenkte sich nach, machte einen Ausfallschritt und fing sich wieder. »Lesses Jahr isser noch mit uns durche Eifel gebrummt, weissu noch, Olli?«

»Im Paragliden hat er jedem von uns etwas vorgemacht. Im Windsurfen auch. Jetzt kann er nicht mal mehr allein essen.«

»Ich würd mich mit der Dienstwaffe erschießen«, wiederholte das Küken. »Dann taugst du wenigstens noch als Organspender.«

Leo gefiel auch dieses Thema nicht.

Mike sagte: »Vielleicht kann er sich noch einen blasen lassen.«

»Da fällt mir ein Witz ein«, meinte ein Kollege. »Was haben die Ehe und ein Hurrikan gemeinsam?«

Die Männer warteten auf die Antwort.

»Mit leichtem Blasen fängt es an und am Ende ist das Haus weg.«

Leo fiel auf, dass die glücklich Verheirateten am lautesten lachten. Er bedauerte, dass er mit Rolf den Dienst getauscht hatte. Jetzt hätte er sich gern betrunken.

7.

Der Nachbar hieß Danziger. Am Nachmittag hatte er zwischen halb fünf und halb sechs Uhr den Rasen des Vorgartens gestutzt und die Hecken gewässert. Er hatte beobachtet, wie zwei Unbekannte das Haus Nummer neun betraten und zwanzig Minuten später wieder verließen – kurz bevor Streifenwagen, Notarzt und Kriminalwache vorfuhren.

Danziger führte Ela und Thilo auf seine Terrasse. Eine ganze Schar von Windlichtern flackerte auf dem Gartentisch und auf den Fensterbrettern. Frau Danziger servierte Apfelsaftschorle und ihrem Mann machte es nichts aus, seine Aussage für Ela zu wiederholen. Er war Besitzer einer kleinen Druckerei. Zeuge zu sein fand er sichtlich spannend.

Die Männer seien zu Fuß aus Richtung Tiergartenstraße gekommen. Sie trugen Jeans und kurzes Hemd oder T-Shirt sowie Turnschuhe und waren nach Danzigers Schätzung etwa Mitte zwanzig. Der Größere von beiden habe etwas gegessen, das wie ein Brötchen aussah, und die Verpackung auf den Gehsteig geworfen. Ein rüpelhaftes Benehmen, fand Danziger – der Grund, warum er sich an die Männer erinnerte, als Thilo bei ihm klingelte. Der zweite Mann sei kahlköpfig gewesen. Der Druckereibesitzer schätzte den Umweltsünder auf einsachtzig, die Glatze auf einssiebzig.

Ela stand auf, ging drei Schritte auf Distanz und fragte: »Wie groß bin ich?«

»Einssechsundsechzig.«

Um nur einen Zentimeter verschätzt. »Fiel Ihnen an den beiden noch etwas auf?«

Danziger zögerte.

»Hatten sie etwas bei sich, als sie rauskamen?«

»Der eine trug etwas Schwarzes in der Hand, wie ein zusammengeknüllter Pullover. Auch schon beim Reingehen.«

Die Mützen, dachte Ela. Und darin eingewickelt die Waffen. Die abgesägte Flinte hatte einen Klappschaft oder einen Pistolengriff anstelle des Schafts. Dann passte es.

»Und sonst?«, fragte sie.

»Sie hatten es eilig zu ihrem Auto zu kommen.«

Thilo fragte: »Haben Sie das Fahrzeug gesehen?«

»Nein, aber der Kleinere hatte einen Schlüssel. Ich hielt ihn für einen Autoschlüssel.«

Ela überlegte. Viel konnten die Täter demnach nicht geraubt haben. Nicht mehr als sich in eine Hosentasche stecken oder in die Wollmützen wickeln ließ. Vielleicht tatsächlich nur das Geld aus der Zuckerdose.

Sie fragte: »Was glaubten Sie, was die beiden nebenan wollten?«

»Ich dachte, vielleicht besuchen sie das Ehepaar, das vor ein paar Tagen eingezogen ist.«

»Wieso die Larues?«

»Am Wochenende ist es hier ruhig, bis auf Spaziergänger im Zoopark sieht man hier keine Fremden. Außer dem neuen Ehepaar wohnen in Nummer neun nur ältere Leute, und deren Kinder kenn ich. An Einbrecher hab ich jedenfalls nicht gedacht, denn sie haben geklingelt. Jemand muss ihnen aufgemacht haben.«

Ela bedankte sich und vereinbarte mit Danziger einen Termin, um die Aussage zu protokollieren.

Nach der Sandwichtüte mussten sie nicht lange suchen. Sie war aus weißem Papier mit einem länglichen Fenster aus Cellophan. Kein Werbeaufdruck, keine Beschriftung. Thilo holte Polaroidkamera und Spurenbeutel aus dem Auto. Ela war froh, dass er nicht mehr über die Arbeit meckerte.

Sie drückte gegen die Haustür – verschlossen. Im ersten Stock schimmerte Licht durch die Vorhänge, Larue war jetzt vermutlich allein. Seine Frau übernachtete im Krankenhaus.

Ela fragte: »Warum hat er die Täter reingelassen?«

Thilo richtete seine Kamera auf die Tüte. Er ließ es blitzen, dann antwortete er: »Er sagt, er hat den Schreiner erwartet, der einen Einbauschrank für die Abstellkammer liefern sollte.«

»Sonntags?«

»Wir sind auf dem Weg in die Dienstleistungsgesellschaft.«

»Wir müssen den Schreiner anrufen und die Angaben überprüfen.«

»Du glaubst doch nicht, Larue kennt die Täter?«

»Glauben ist was für kleine Kinder und für Leute kurz vorm Abnibbeln.«

»Danke für die Belehrung.« Der Kollege betrachtete das Polaroid, trat weiter zurück und löste wieder aus.

»Ich schließe erst mal nichts aus.«

»Okay, ist ja schon gut.«

»Warum so genervt, Thilo?«

»Du sprichst echt schon wie ein Dienststellenleiter. Ich hatte gehofft, weibliche Chefs wären anders.«

Ela begutachtete die Klingelanlage. Neben den Namensschildern glotzten ihr zwei Augen entgegen. Das eine war ein Lämpchen, das andere ein Weitwinkelobjektiv. »Was meinst du«, fragte sie, »zeichnet das Ding etwas auf?«

»Nein. Es überträgt nur ein Bild auf den Monitor in der Wohnung. *Glaube* ich zumindest.« Thilo schob das Sandwichpapier in den Spurenbeutel, die Kante eines Polaroidfotos benutzend.

Elas Handy gab Alarm. Eine Frau meldete sich mit einem Namen, der ihr zunächst nichts sagte.

»Es ist mir peinlich, aber sie haben die Reportage heute Abend gesendet, ohne mir Bescheid zu sagen. Die Redaktion hat das kurzfristig entschieden. Als freie Mitarbeiterin erfahre ich das nicht immer vorher.«

Die *WDR*-Reporterin – Ela erinnerte sich, der Frau ihre Mobilfunknummer gegeben zu haben. »Mist«, antwortete sie. »Ich hätte mir den Film gern angeschaut.«

»Deswegen rufe ich an. Er wird wiederholt. Heute Nacht um eins und morgen Nachmittag um zwei.«

Ela nahm sich vor, den Videorekorder zu programmieren.

»Was macht die Karriere?«, fragte die Fernsehfrau.

Ela sah sich nach Thilo um. Der Kollege beschriftete ein Klebeetikett und strich es auf die Tüte mit dem Sandwichpapier. »Drücken Sie mir die Daumen. Und bei Ihnen?«

»Vielleicht moderiere ich demnächst die *Aktuelle Stunde*. Der Chefredakteur sucht frische Gesichter.«

»Gratuliere.«

»Noch ist es nicht in trockenen Tüchern. Vielen Dank noch mal fürs Mitmachen.«

Ela beendete das Gespräch und ging zu Thilo zurück.

»Was sagt dir die Brötchentüte?«, fragte sie.

»Dass wir sie ins Spurenlabor bringen und danach Feierabend machen.«

»Was noch?«

»Dass ich schrecklichen Hunger habe. Lass uns endlich was essen gehen.«

»In Ordnung. Wir suchen ein Büdchen oder eine Tankstelle, wo wir ein Sandwich bekommen, das genau so verpackt ist. Du fährst. Neue Autos machen mich nervös.«

Sie kreuzten durch das Wohngebiet, ohne ein Büdchen zu finden, stießen auf die Brehmstraße und entschieden sich für die nördliche Richtung. Cafés und Eckkneipen reihten sich an erloschene Fenster von Waschsalons und Lotto-Annahmestellen.

»Tabak-Börse«, las Thilo, doch Ela ließ ihn weiterfahren, bis kurz vor dem Mörsenbroicher Ei auf der linken Seite eine Tankstelle im Neonlicht strahlte.

Während Thilo tankte, begutachtete Ela im Shop das Warenangebot. So könnte es gewesen sein, dachte sie: Der Fahrer war fürs Benzin zuständig, während der andere die Pause nutzte, um seinen Hunger zu stillen. Die in Frage kommende Tankstelle konnte nicht weit von der Faunastraße entfernt sein, sonst hätte er das Sandwich nicht erst kurz vor der Tür aufgegessen.

Zeitschriften, Grillkohle, Bierkisten. Regale mit Softdrinks, Schokoriegeln, Knabberzeug. Im untersten Fach belegte Brötchen, Käse und Salami mit Salatblatt, Gurke und Tomatenscheibe.

Identische Verpackung. Papier mit transparentem Sichtfenster.

Ela wählte ein Sandwich von jeder Sorte als Vergleichsprobe fürs Labor. Dabei stellte sie fest, dass die Tüten beschriftet waren. Mit Filzstift war der Preis aufs Papier gekritzelt. Keine der Tüten war ohne Beschriftung – im Unterschied zur gesicherten Spur.

Ela ging zur Kasse und zeigte ihren Dienstausweis. »Schreiben Sie den Preis auf jede Tüte?«

»Muss isch doch. Jesetzlisch vorjeschrieben«, sagte der Kassierer, ein freundlicher Graumelierter mit Kugelbauch und üppigem Schnäuzer.

Ela erklärte ihm, dass es ihr nicht um die Kontrolle der Preisauszeichnung ginge. Der Mann räumte ein, dass er erst am Abend dazu gekommen war, die Tüten zu beschriften.

Ela beschrieb die Gesuchten – er konnte sich nicht erinnern. Ihr fiel das Kameraauge an der Tür der Faunastraße neun ein. »Haben Sie Videoüberwachung hier im Laden?«

»Natürlisch. Seit den Überfällen vor zwei Jahren hat die, glaub isch, jeder in der Stadt.«

Sie ließ sich den Rekorder zeigen. Ein Endlosband, bei jedem Durchlauf wurde gelöscht, was vorher aufgenommen war. Kurz vor fünf mussten die Täter hier gewesen sein, jetzt war es kurz nach zehn. Aber nur vier Stunden passten auf das Band. Es war zum Verzweifeln.

Trotzdem hielt Ela die Aufzeichnung an und drückte die *Play*-Taste.

Was der Monitor zeigte, ließ ihr Herz schneller pochen.

Standbilder, alle zwei Sekunden sprang die Einstellung. Rechts unten eine andere Uhrzeit als erwartet: 06.14.10 ... 06.14.20 ... 06.14.30. Die Phasen zwischen diesen Zeiten waren nicht aufgenommen, das Fassungsvermögen des Bandes war dadurch auf das Fünffache erhöht. Ela spulte weiter. Als die Anzeige auf 16.00.00 stand, holte sie Thilo hinzu.

Sie starrten auf die Bilder aus dem Tankstellenshop, die im raschen Takt aufeinander folgten. Menschen sprangen über die Mattscheibe, tauchten auf, verschwanden. Als eine Dreiviertelstunde im Zeitraffertempo vorübergezogen war, brannten Elas Augen und ihre Hoffnung, die Kerle zu entdecken, schwand allmählich.

Plötzlich hockte ein Mann hinten rechts vor einem Regal und suchte etwas. Ela drückte die Pausentaste, das Bild blieb stehen.

Treffer, 16.50.20: An der Stelle lagen die Brötchen.

Weiter, zehn Sekunden später: Das Alter stimmte. Ein etwas dicklicher Kerl, circa einsachtzig groß. Er hatte gefunden, was er wollte, und schaute sich um – sein Gesicht war leider abgewandt.

16.50.40: Auch der Kleinere hatte jetzt den Laden betreten. Seine Glatze stach ins Auge.

16.50.50: Nur der Größere war zu sehen. Im Schatten der Regale. Ein undeutliches Profil.

Das nächste Bild – es wurde immer besser. Der Glatzkopf stand jetzt an der Kasse. Er hatte die Tüten an sich genommen und bezahlte – eindeutig der Anführer.

Dann – Spitzenklasse – 16.51.10: Der Kleinere wartete auf das Wechselgeld. Er schaute fast direkt in die Kamera. Ein smarter Typ, der eckige Schädel kahlrasiert, ein dünnes Bärtchen umrahmte wie ein U das Kinn. Eitel, dachte Ela. Mitte zwanzig.

Das Bild sprang weiter, die Kerle waren weg. Kein Trödeln – die beiden wussten, was sie wollten. Ela notierte die Uhrzeit.

Der Kassierer kannte die Kerle nicht.

Ela und Thilo beschlagnahmten das Band und weitere Brötchen – Vergleichsproben. Zwei davon aßen sie auf der Fahrt zurück in die Faunastraße.

Danziger spielte trotz der späten Stunde mit. Er zappte die Christiansen-Show weg, drückte den Videokanal und legte das Band ein.

»Ja«, sagte er, ohne lange nachzudenken.

»Sicher?«

»Wasserdicht.«

»Und außer diesen beiden hat zwischen fünf und halb sechs niemand das Nachbarhaus betreten oder verlassen?«

»Niemand«, antwortete der Druckereibesitzer. »Wenn ich sage wasserdicht, dann ist es wasserdicht.«

Im Labor der Festung am Jürgensplatz fanden sie den Erkennungsdienstler inmitten Dutzender Spurenkarten und in Folien verpackter Asservate. Inzwischen war es zwanzig nach elf.

»Wie geht's?«, fragte der Spurenmann, als er Ela erkannte.

Sie packte das Video, die weggeworfene Tüte und die

letzte nicht verzehrte Vergleichsprobe auf den Tisch und berichtete, was sie und Thilo in den letzten Stunden herausgefunden hatten.

Der Daktyloskop wickelte das Sandwich aus und biss hinein. »Nett, dass ihr daran gedacht habt«, sagte er mit vollem Mund.

»Mein Kollege sagt, ihr habt eine Fingerspur gefunden.«

»Ja und nein. Sieht aus, als hätten die Täter ihre Hände mit Sprühwachs beschichtet. Skifahrer benutzen das Zeug, um die Gleitfähigkeit ihrer Bretter zu erhöhen. Es verklebt die Papillarleisten. Der eine hatte das Zeug nicht richtig aufgesprüht. Ich hab einen rechten kleinen Finger gefunden, bei dem der Verlauf noch erkennbar ist. Ein Teilabdruck auf einem der Zuckergläser, den ich durch Bedampfen mit Cyanacrylat sichtbar machen konnte.«

»Das ist doch prima.«

»Nein.« Der Daktyloskop hielt eine Vergrößerung hoch. Schwach sichtbare Linien, sechs Merkmale mit rotem Filzschreiber markiert. »Kein ganzes Muster und zu wenig Minutien. Das reicht, um den Wohnungsinhaber und seine Frau auszuschließen, aber nicht für eine Täteridentifizierung, die vor Gericht standhält.«

»Vielleicht ist hier mehr drauf.« Ela gab ihm den Beutel mit der leeren Papiertüte.

Der Spurenmann hielt sie ins Licht. »Ich werd's mit Jodpulver versuchen.«

»Außerdem hätten wir gern ein Videoprint.«

»Jetzt?«

Ela nickte.

»Wenn's geht«, bekräftigte Thilo – endlich war auch sein Eifer geweckt.

»Kommt mit«, sagte der Spurenmann.

Es war fünf Minuten vor eins, als Ela im Stadtteil Mörsenbroich gegen eine Kneipentür drückte. Verschlossen. Innen war noch Licht. Ela klopfte.

»Die meisten Lokale in dieser Gegend schließen jetzt«, sagte der Uniformierte, der Ela begleitete. »Die Zeit läuft uns langsam davon.«

Ela hörte ein Schlurfen, eine Silhouette zeichnete sich vor dem Milchglas des Eingangs ab.

»Schlecht gesichert«, sagte der Kollege vom Wachdienst der Polizeiinspektion Nordost und meinte die Kneipentür.

»Geschlossen«, meldete sich von innen eine Frauenstimme.

»Polizei!«, rief Ela.

Ein Schlüssel rasselte, eine dralle Frau um die sechzig öffnete. Sie wirkte angetrunken. Ela hatte das Holster mit der Waffe aus dem Rucksack genommen und am Gürtel ihrer Shorts befestigt – irritiert starrte die Wirtin darauf.

»Können wir reinkommen?«

»Aber machenses kurz. Ich brauch mein' Schlaf. Muss in fünf Stunden wieder op die Beine sein.«

»Ich auch.« Ela zeigte einen Ausdruck des Videoprinters. Thilo und sieben weitere Beamte der PI-Hauptwache an der Goethestraße taten in diesem Moment das Gleiche – Klinkenputzen in Pinten und Restaurants zwischen Düsseltal und Lichtenbroich. Einem Schupo-Kollegen war der Glatzkopf mit dem Kinnbart vage bekannt vorgekommen – Ela spürte, dass sie auf dem richtigen Weg war. »Kennen Sie diesen Mann?«

Der Größere. Er hatte einen halben Schritt vom Regal weg ins Helle gemacht, mit Phantasie und gutem Willen waren seine Gesichtszüge im Profil zu ahnen.

»Nee. Hamse kein besseres Foto?«

Das andere Print. Der Kleinere: gestochen scharf *en face.*

»Hm. Stammgast isser nich'. Wat zu trinken?«

Ela sah auf die Uhr, dann auf den Kollegen. Der schien unschlüssig. Ela bestellte Wasser.

Die Wirtin verriegelte die Tür und goss zwei Gläser voll. »Wat hat er denn ausgefressen?«

»Er verkehrt also bei Ihnen?«

»Ab und zu. Dirk nennt er sich. Schafft als 'n Bodyguard. Markiert gern den großen Macker, der Kleine.«

Das Funkgerät, das der Kollege mit sich trug, rauschte und knackte. »Düssel achtundvierzig an KK 11, achtundvierzig an KK 11.«

Ela ließ sich das Gerät geben. Sie drehte die Lautstärke auf. »Hier KK 11.«

Das Krächzen aus dem Äther war gerade noch zu verstehen: »Haben Hinweis auf einen gewissen Matysek in Rath. Adresse bekannt.«

»Vorname?«, fragte sie.

»Dirk.«

Bingo, würde Engel sagen. Das Knistern wurde lauter. Dann hörte sie den Kollegen fragen: »Sollen wir hinfahren?«

Ela rief: »Nein, der Mann ist bewaffnet, vielleicht ist sein Komplize bei ihm. SEK-Lage. Wir brechen die Klinkenputzerei ab und treffen uns an der Polizeiwache Rath. Kein Blaulicht, kein Martinshorn.«

Sie gab dem Uniformierten das Gerät zurück und bedankte sich bei der Wirtin. Ungeduldig wartete sie, bis die Dicke aufgeschlossen hatte.

Acht Stunden nach Verübung eines schweren Gewaltdelikts hatte sie Namen und Adresse eines der beiden Täter ermittelt. Der Fall war weitgehend gelöst. Ohne großen Apparat. Ohne Hilfe ihres Chefs.

8.

Leo hatte eine knappe Stunde geschlafen, als ihn der Piepser weckte. Er sah auf das Display: 1.43 Uhr, darüber ein durchlaufender Text: *Einsatz – Sofort Dienststelle aufsuchen – Einsatz – Sofort ...*

Er zwang sich aufzustehen, zog sich an und steckte die P226 ein. Mit steifen Muskeln, die ihm kaum gehorchten, stolperte er die Treppe hinunter zum Auto. Ein Fiesta, den er sich nach der Scheidung gebraucht gekauft hatte, ein zerbeultes Ding. Es war Leo ein Gräuel, dass er sich keine zuverlässigere und schnellere Karre leisten konnte.

Er setzte das Blaulicht aufs Dach und raste los, das Fenster geöffnet, damit er wach wurde. Südring, Völklinger, Rheinufertunnel. Wenig Verkehr, Leo holte das Äußerste aus der Kiste.

Am Tunnelende stand die Ampel auf Rot, Leo tastete sich über die Kreuzung. Zwei Wahlkämpfer hängten Plakate an einen Lichtmast und glotzten herüber.

Aus Richtung Hofgartenrampe bog ein Streifenwagen auf die Uferstraße. Die Schupos entdeckten Leo, setzten sich vor ihn und winkten mit der Kelle. Leo hielt hinter dem Kolorierten an.

Ein Uniformierter trat neben seine Tür.

Leo zeigte seinen Dienstausweis. »Spezialeinsatzkommando. Muss zum Einsatz.«

»Alles klar.«

Der Schupo rannte zurück. Leo winkte den Wahlkämpfern zu – junge Burschen mit akkurat gekämmten Scheiteln. Auf den Plakaten Parolen der Grünen.

Mit Martinshorn und quietschenden Reifen beschleunigte der Streifenwagen. Leos Fiesta hatte Mühe mitzuhalten.

In persönlicher Bestzeit erreichte er den Parkplatz der Dienststelle am Kieshecker Weg, mitten im Gewerbegebiet, das an den Flughafen grenzte. Mit einem kurzen Hupen verabschiedete Leo den grün-weißen Vectra.

Nur die Kollegen, die im Düsseldorfer Norden wohnten, waren schon da. Das Tor stand offen, Licht brannte in der ersten Etage. Männer liefen mit gepackten Einsatztaschen über den Hof, die ersten Dienstwagen starteten.

Leo fühlte sich noch immer steif, als seien seine Muskeln verspannt oder unterkühlt. Auf der Treppe holte ihn Olli ein – sein Kumpel trug noch das T-Shirt, das Leo ihm geschenkt hatte. Er roch nach Grillfeuer.

»Kradfahrerlage, wetten?«, sagte Olli – der Ausdruck für Situationen, die auch eine Motorradstreife bereinigen könnte. »Sind wir früher so oft rausgeschickt worden? Nur weil einem Entscheidungsträger die Muffe eins zu tausend geht, muss ich am Geburtstag ran.«

Leo hievte seine Tasche vom Schrank und folgte Olli. »Dein Geburtstag war gestern.«

»Ach, scheiß drauf.«

»Sag dem Abenteuer, dass wir kommen. Denk dran, wie langweilig ein Bürojob wäre.«

»Ich denk dran, wie schön es jetzt bei Heike im Bett wäre.«

Auf dem Hof gab Adomeit die erste Lageeinweisung: »Es gibt Hinweise vom KK 11 auf einen bewaffneten Täter, der bei einem Raubüberfall beteiligt gewesen sein soll. Er heißt Matysek, Vorname Dirk, und wohnt in einem Mehrparteienhaus in Rath. Ich hoffe, er schläft, wenn wir kommen.«

Die Gerätebasis, ein kolorierter Mercedes-Kastenwagen, unterbrach ihn. Eine Rußwolke schoss aus dem Auspuff, der 7,49-Tonner röhrte davon.

»Klaus und Mike, Massimo und Bruno, ihr macht die Aufklärung und fahrt schon mal los. Vergesst die Nachtsichtgeräte nicht. Die anderen treffen sich an der Rather Wache zum Aufrüsten.«

Leo stieg zu Olli in einen BMW. Der Kollege startete.

»Doch keine Lage für 'n einfachen Kradfahrer«, sagte Leo und checkte die Pistole. Er entnahm das Magazin, zog trocken ab, schob das Magazin wieder hinein, repetierte durch, entspannte. Eine Patrone lag nun im Lauf. Mannstoppende Neunmillimeter-Hohlspitzmunition, die sich besonders leicht verformte und hässliche Löcher reißen konnte. Kein Täter lief nach einem Treffer weiter. Nur SEK-Beamte durften solche Munition verwenden.

Leo bemerkte, dass Olli ihm Blicke zuwarf. »Was ist?«, fragte er.

»Brigitte hat angerufen.«

»Willst du jetzt auch den Vermittler spielen?«

»Sie sagt, du hättest Dani gegen sie aufgehetzt.«

»Nicht einmal *Star Trek* darf er bei ihr anschauen.«

»Ihr solltet wirklich mal miteinander reden. Dieser Kleinkrieg macht doch keinen Sinn.«

»Ich hab's versucht, das weißt du.«

»*Wir* haben's versucht, Heike und ich. Ihr habt immer nur auf stur geschaltet.«

»Du hast Recht, Olli. Der Kleinkrieg macht keinen Sinn. Und genau deshalb rede ich mit der Frau nicht mehr. Basta.«

Sein Kumpel ließ den Wagen ausrollen – sie hatten die Wache erreicht.

Auf einem leeren Otto-Mess-Parkplatz rüsteten sie auf: Overall, Weste, Stiefel, Maske, Handschuhe. Leo schwitzte – die Nacht hatte noch mehr als zwanzig Grad.

Er sah Adomeit mit einigen Beamten der PI Nordost zusammenstehen, darunter ein Huhn in Zivil, das nervös Zigarette paffte: die Mordermittlerin, die den Einsatz veranlasst hatte. Sie trug eine knapp geschnittene, kurze Hose und eine Oberweite, bei der sie sicher sein konnte, dass man sie wahrnahm. Neuerdings wehrten sich Beamtinnen dagegen, wenn man sie als Hühner bezeichnete. Dabei hatten sie gewusst, worauf sie sich einließen, als sie sich für den Polizeidienst beworben hatten.

Der Kommandoführer sprach in ein Handy. Leo kannte den Ablauf. Die Jungs von der Aufklärung hatten ihre Zivilklamotten anbehalten. Sie spähten Haus und Umgebung aus, suchten an den Klingelschildern nach einem deutschen Namen, einem Nachbarn der Zielperson, der ihnen die Haustür öffnen und Auskunft geben würde, wo genau die Täterwohnung lag, falls Namensschilder an den Wohnungstüren fehlten. Adomeit gab den Namen des Nachbarn an die Leitstelle durch, dort wurden seine Daten überprüft. Wenn der Nachbar sauber war, klingelte die Leitstelle bei ihm an und ließ sich über 110 zurückrufen, damit der Mann wiederum sicher sein konnte, dass er es mit der Polizei zu tun hatte und nicht mit einem Witzbold.

Der obligatorische Notarztwagen traf ein.

Leo dachte an das Küken. Es war Massimos erste Reallage. Leo hatte ebenfalls als Aufklärer angefangen, bevor er sich hochgearbeitet hatte zur Nummer eins.

Die Gruppe war jetzt bereit – jeder Mann eine hochgerüstete Kampfmaschine. Jeder Schritt, jeder Handgriff, jeder Schuss tausendfach geübt. Sie waren vermummt und grau wie der Asphalt. Nur die Großbuchstaben des Klettschilds auf dem Rücken der Weste verrieten, auf welcher Seite sie standen: *POLIZEI.*

Adomeit versammelte die Männer um sich und schob sich ein weiteres Nicotinell in den Mund. »Das Zielobjekt liegt keine Autominute von hier mit der Vorderseite zur Straße. Sechs Uhr der Eingangsbereich. Neun Uhr ein unmittelbar angrenzendes Nachbarhaus. Zwölf Uhr ein Hinterausgang mit Garten. Drei Uhr der Lagerhof einer Fabrik für Betonfertigteile. Die Wohnung liegt auf der Neun-Uhr-Seite im ersten Stockwerk. Keine Blendgranaten. Ihr kriegt ihn, bevor er richtig wach ist.«

Die Männer setzten die Helme auf und stiegen in einen neutral lackierten Mannschaftstransporter. Leo spürte, wie die Adrenalinproduktion anlief – der Kick, für den er lebte.

Über die Helmlautsprecher verfolgte er die Funksprüche der Aufklärer: »Eingangstür aus Holz. Leichtbauweise. Aus Wohnung keine Geräusche.«

»Von sechs Uhr kein Licht zu sehen.«

»Von zwölf Uhr auch nicht.« Das war Massimos Stimme. Das Küken würde also im Garten lauern, um den Fluchtweg abzuschneiden. Doch dorthin würde die Zielperson nur kommen, wenn einer im Kommando einen Fehler machte.

Leo sprang als Erster vom Transporter. Die Haustür war angelehnt. Sie liefen die Treppe hoch bis zur linken Wohnungstür im ersten Stock. Charly trug die Ramme.

Leo postierte sich neben ihn, Waffe und Lampe im Anschlag. Olli und drei weitere Männer standen auf den Stufen unter ihnen und zielten mit ihren MPs auf die Tür. Sure-Fire-Lampen waren an den Läufen montiert – die Halogenlichter verschmolzen auf der Tür zu einem Fleck.

»Ramme«, sagte Leo.

Charly stieß zu, mit lautem Krach sprang die Tür auf, Splitter flogen. Leo lief hinein, zwei menschenleere Zimmer, eine dritte Zimmertür war geschlossen. Leo trat sie auf, zielte auf ein Bett und schrie: »POLIZEI! NICHT BEWEGEN!«

Hinter ihm stand Olli und leuchtete.

Ein Rentnerpärchen blinzelte ihnen entgegen.

Leo spürte, wie sein durchschwitztes T-Shirt zwischen Haut und Overall klebte. »Wo wohnt Matysek?«

Stumm deuteten die beiden Alten gegen die Wand.

In den Helmlautsprechern schnarrten die Rufe der Kollegen durcheinander. »Falsche Wohnung! Scheiße! Wer hat was von neun Uhr erzählt?«

Leo lief ins Treppenhaus und schrie: »Wo ist die Ramme?«

Er ließ Charly die rechte Wohnungstür einschlagen und ging hinein. Ein einziges Zimmer, ein zerwühltes Bett. Das Fenster stand offen, der Vorhang bauschte sich im Durchzug, draußen trappelten Schritte über ein Blechdach.

Leo rannte zum Fenster. Vor ihm das Garagendach, dahinter der Fabrikhof. Schemenhaft konnte er Betonröhren erkennen. Große, kleine, kreuz und quer durcheinander. Irgendwo knirschten Schritte auf Schotter.

»Er ist raus«, gab Leo über sein Kehlkopfmikro durch.

»Hinterher«, antwortete Adomeit. »Zwei MP-Schützen bleiben auf dem Dach und geben Feuerschutz. Die anderen bilden eine Kette. Die Aufklärer überwachen das Fabrikgelände von außen. Massimo bleibt, wo er ist, und sichert den Zaun zum Garten.«

Vier Männer sprangen vom Blechdach, verteilten sich

in einer Linie und suchten Deckung. Leo hielt sich auf der linken Seite, der nächste war Olli.

Die Betonteile boten Verstecke fast auf jedem Meter. Eine Reihe von Kanalröhren lag vor Leo, zu klein, um durchzulaufen, groß genug, um sich darin zu verkriechen. Er spähte in eine nach der anderen – leer.

Er lehnte sich gegen den rauen Beton und atmete tief durch, dann kreuzte er die Handgelenke und leuchtete die Umgebung ab, zugleich mit der schussbereiten Waffe zielend.

Leo erschrak. Der Lichtfleck wackelte, er konnte ihn nicht ruhig halten. Er zitterte wie ein Tattergreis.

Er hob die Rechte, damit sich ihr Schütteln nicht auf die linke Hand übertrug. Der Lichtfleck beruhigte sich – die Waffenhand zitterte weiter.

»Von oben was zu erkennen?«, fragte er leise ins Mikro.

Im Helmlautsprecher knackte es einmal – das Zeichen für nein.

Leo gab Anweisung: »Kette vorrücken in Richtung zwölf Uhr. Vorsicht. Er darf nicht in unseren Rücken geraten.«

Röhre für Röhre arbeiteten sich die Männer voran.

Leo bemühte sich, Olli nicht aus den Augen zu verlieren – sie durften sich nicht gegenseitig für die Zielperson halten. Mehrmals hörte Leo den Kies knirschen, ohne den Täter lokalisieren zu können. Zu seiner Linken war jetzt der Zaun, vor ihm erhob sich ein Container aus orange lackiertem Stahl.

»Ich komm rüber.« Das war Massimos Stimme.

»Nein«, antwortete Leo.

Er umrundete den Container. Immer wieder blieb er stehen, um zu lauschen. Scheinbar ziellos huschten Lichter über das Gelände. Weiter rechts war es heller als hier, die Laternen an der Querstraße warfen ihren Schein über die Mauer.

Leo war klar, dass sich der Täter im Dunkeln halten würde. Auf seiner Seite.

»Ich hab was gesichtet«, sagte eine Stimme in den Helmlautsprechern. Einer der MP-Schützen auf dem Garagendach. »Neun-Uhr-Seite.«

Leo kroch vorwärts und spähte um die Kante der nächsten Röhre – nichts.

Plötzlich knallte ein Schuss und traf Beton, ein Querschläger surrte an Leos Ohr vorbei. Er warf sich zu Boden. Sein Puls raste.

Er drehte sich um. In höchstens acht Meter Entfernung lauerte der gesuchte Glatzkopf: ein etwas kurz geratener, junger Typ, die Pistole, die er auf Leo richtete, glich die geringe Körpergröße spielend aus.

Die Kollegen auf dem Dach konnten den Mann nicht sehen, der Container deckte ihn. Der Lauf seiner Pistole war verdammt lang – Leo konnte nur hoffen, dass die Energie des Geschosses nicht ausreichen würde, seine Weste zu durchschlagen.

Er hob die P226 – und hielt inne.

Eine Gestalt in hellen Zivilklamotten sprang vom Container und warf sich auf den Täter. Die beiden wälzten sich auf dem Schotter. Leo erkannte das Küken – entgegen des Befehls war der junge Kollege über den Zaun geklettert. Eine Waffe schlitterte über den Kies, eine P226 – Matysek hatte das Küken entwaffnet.

Leo zielte.

Der Täter benutzte Massimo als Deckung, dem Jungen die Waffe an die Schläfe haltend. Der Mann wirkte nervös. Er konnte jeden Moment durchdrehen und abdrücken.

Leo hatte keine Wahl. Er visierte die Glatze an und schoss. Was jetzt geschah, würde Leo sein Leben lang nicht vergessen.

Das Küken sackte in sich zusammen, Matysek rannte los, Leo schoss ein zweites Mal und verfehlte. Der Täter sprang gegen den Zaun und hangelte sich in den Garten, der nun unbewacht war.

Leo lief zum Container hinüber. Der junge Kollege krümmte sich auf dem Schotter. Unter dem Hemd trug er eine leichte, kragenlose Unterziehweste. Sie hatte nichts genutzt – Leos Kugel hatte über ihrem Rand das Schlüsselbein durchschlagen und war in die Brust des Jungen gedrungen.

»Habt ihr ihn?« – Adomeits Stimme über Funk.

Leo rief: »Wir brauchen den Notarzt! Massimo ist verletzt, Lungensteckschuss!«

Adomeit fluchte.

Im Funk brach Chaos aus.

Dass Massimo hustete, wertete Leo als Hoffnungsschimmer. Er zog den schlaffen Oberkörper des Jungen hoch und lehnte ihn gegen den Container – vielleicht würde der zweite Lungenflügel noch Luft bekommen. Er riss sich den Helm vom Kopf und sprach auf Massimo ein. Das Küken durfte nicht ohnmächtig werden.

Massimos Kopf sackte nach vorn, Leo hielt ihn fest und schrie auf den Jungen ein: »Du Idiot! Warum bist du über den Zaun gekommen?«

Das Küken hustete wieder, blutiger Schaum trat aus dem Mund. Seine Stimme war kaum zu verstehen: »Habt ihr ihn?«

Dann flatterten seine Lider, kalter Schweiß stand auf der Stirn. Leo klatschte gegen Massimos Wangen. Er riss das Hemd auf, schälte den Jungen aus der Unterziehweste. Leo hörte ihn etwas murmeln und fürchtete, er bilde sich das nur ein.

Olli kam hinzu, kurz darauf waren sie vom gesamten Kommando umringt. Der Arzt, zwei Sanitäter – eilig trugen sie Massimo weg. Das Martinshorn des Notarztwagens ertönte, dann ein zweites.

Leo dachte an den kleinen Dani, der so stolz auf seinen Vater war. Ihm fielen Massimos Worte ein und dessen aufgebrezelte Freundin: *Leo ist mein großes Vorbild*. Dann spürte Leo, dass jemand ihn festhielt und zum Auto führte.

Tränen durchnässten den schwer entflammbaren Stoff seiner Gesichtsmaske. Er ließ sie laufen.

TEIL ZWEI

Kochendes Blut

»Was ist so schlecht daran, hin und wieder eine Dummheit zu begehen?«

Elmore Leonhard, *Volles Risiko*

9.

Arnie Haffke trommelte auf das Lenkrad und hatte einen nervösen Gasfuß, eine gelverklebte Strähne rutschte ihm in die Stirn. Martin Zander überflog die Zeitung, die Arnie ihm beim Einsteigen in die Hand gedrückt hatte.

Der *Blitz* von heute, Montag, 31. Juli, Lokalseite:

> *WÄHREND POLIZEI AM EINGANG WARTETE: EINBRECHER ERBEUTETEN SCHMUCK FÜR ZWEI MIO*
>
> AV – *Die Chronik der jüngsten Polizeipanne, peinlich, peinlich: Am Samstagmorgen gegen vier Uhr wird an der Königsallee die Alarmanlage eines Juwelierladens ausgelöst. Schutzpolizei und Kriminalwache rücken an, stellen fest: Die Vordertür ist unbeschädigt. Während sie auf den Besitzer warten, räumen die Täter seelenruhig Uhren und Schmuck im Wert von zwei Millionen Mark aus den Vitrinen und fliehen über Hinterhof und Dächer. Als der Juwelier schließlich eintrifft, wird die Bescherung entdeckt. Die Täter hatten die Wand zwischen Laden und benachbartem Hausflur aufgebrochen, deshalb war von der Straße aus nichts zu sehen. Die Polizisten hätten korrekt gehandelt, so ein Polizeisprecher. Paradiesische Zustände für Einbrecher. Man könnte lachen – wenn's nicht so traurig wäre.*

Den jungen Kollegen hatte die Meldung ganz fickrig gemacht. Zander schätzte, dass Haffke seinen Anteil bereits wieder verzockt hatte. Kaum hatte er Geld, trug er es zu seinen Pokerfreunden oder zu einem Junkiemädchen, das er bekehren wollte. Er nannte es: *sich in der Szene umhören* – dem Jungen war nicht zu helfen.

Zander verschob den Erlös seiner Nebengeschäfte brav nach Luxemburg. Investmentfonds, seriöse Anlagen, diskrete Filialen namhafter deutscher Banken. Ein hübsches Polster war zusammengekommen – Rücklagen für den Lebensabend und für die Zukunft seiner Tochter.

Arnie bog in die Roßstraße und fuhr langsamer. Zander wies auf die Parklücke vor dem Trödelschuppen.

Die alte Türglocke schepperte, als die beiden Beamten des Einsatztrupps den Laden betraten. Staub tanzte im Sonnenlicht, das durch das schmierige Schaufenster in den Laden sickerte. Zander nahm die Sonnenbrille ab, Arnie schob seine ins Haar.

Schmiedinger schlurfte aus einem Hinterzimmer nach vorn, sein fleckiger Blaumann stand offen und ließ ein weißes Unterhemd sehen.

»Soll wieder heiß werden heute«, sagte Arnie und wippte auf seinen Zehen.

»Ist es schon«, brummte der Alte mit seinem Bud-Spencer-Bass. Aus dem Ausschnitt des Unterhemds quollen Büschel von grauem Brusthaar. »Kaffee?«

»Immer«, sagte Zander und hoffte, sein Kollege würde sich zurückhalten. Er sah sich um. Schnörkelige Lampen mit vergilbten Schirmen, Vitrinen voll mit angelaufenem Silberkram und trüben Weingläsern, von denen meist eins zum ganzen Set fehlte. Dazwischen wacklige Stühle aus dem vorletzten Jahrhundert und Kommoden mit klemmenden Schubladen und vermackten Intarsien. Nicht gerade die Sorte Waren, mit denen der alte Trödler wohlhabend geworden war – immerhin besaß Schmiedinger Jacht und Finca auf Mallorca.

Die wertvollen Sachen bewahrte er woanders auf. Die Klunker aus dem Bruch vom Samstagmorgen zum Beispiel hatten Zander und Arnie in einer Garage beim Volksgarten übergeben – der Antiquitätenladen war nur Tarnung fürs Finanzamt.

Der Kaffee kam in dünnen Sammeltassen mit Blümchen und Goldrand. Er war, wie er sein sollte: heiß, schwarz und bitter. Schmiedinger stellte Milchkännchen und Zuckerdose dazu. Meißner Porzellan.

»Schon die Zeitung gelesen?«, fragte Arnie ein wenig zu laut – Zander tätschelte mahnend den Arm des Kollegen.

Der Alte nahm ein Fläschchen Odol aus der Kitteltasche und sprühte eine Ladung in seinen Rachen. Schmiedinger litt unter Magenproblemen und hatte Angst, aus dem Hals zu stinken. Er sagte: »Sie machen sich über eure Kollegen lustig. Nicht ganz fair, oder?«

»Im Wert von zwei Millionen Mark, schreiben sie«, sagte Haffke.

»Der Juwelier übertreibt.«

»Ach ja?«

»Muss er, wenn er auch was davon haben will.«

»Uns hast du mit zweihunderttausend abgespeist. Das ist gerade mal ...«

»Ein Zehntel«, sagte Zander. Nur die Beute, die sie im letzten Jahr einer Pelzräuberbande abgeluchst hatten, war einträglicher gewesen. Die Räuber saßen im Knast und verdächtigten sich gegenseitig, die Nerze und Persianer beiseite geräumt zu haben. Alles in allem ein prächtiger Coup.

Haffke schimpfte: »Halt's Maul, Padre. Ich kann rechnen.«

»Sicher. Mein junger Kollege war sogar mal bei der richtigen Kripo in der Festung. Hatte einen Schreibtisch mit Blick auf den Präsidentengarten.«

»Ja, und Martin Zander ist neidisch, weil er in seinem Leben nicht mehr von der Straße wegkommen wird.«

»Hört auf zu streiten«, sagte der Hehler. »Gleiche Teile für jeden von uns. Mehr als dreihundert Riesen krieg ich nicht für das Zeug. Jeder in der Branche weiß, dass die Klunker heiß sind. Keiner zwingt dich, mit Zander und mir Geschäfte zu machen.«

Zander beschwichtigte: »Lass gut sein, Schmiedi, Arnie meint es nicht so.«

»Und dabei hätte ich schon wieder einen Anschlussauftrag.«

Haffke lenkte rasch ein: »Okay, Schmiedi, ich hab's nicht so gemeint.«

»Kriegst den Hals nicht voll, was, Junge?«

»Sag schon, was für 'n Anschlussauftrag?«

Zander sagte: »Du solltest lieber das Zocken aufgeben, Arnie.«

»Halt's Maul, Padre.«

Schmiedinger schenkte Kaffee nach. In der Kitteltasche spielte er mit dem Odolfläschchen. »Ich kenn da einen Autohändler, der vierzig Riesen dafür bietet, wenn jemand seinen Nebenbuhler aus dem Verkehr zieht.«

»Kommt nicht in Frage«, antwortete Zander.

»Warum nicht?«, fragte Haffke. »Hat der Nebenbuhler vielleicht mit Drogen zu tun? Dann wäre es ein Kinderspiel, ihn dranzukriegen.«

Schmiedinger sagte: »Hat er nicht. Aber ihr könnt ihm ein wenig Dope zustecken, damit er für 'ne Weile im Knast verschwindet. Zwanzig für jeden von euch. Der Autohändler ist 'n guter Kumpel von mir und der Kerl, der seine Frau fickt, hat wirklich 'ne Abreibung verdient.«

»Nein«, wiederholte Zander.

Einbrecher schnappen und ihren Fang versilbern – in Ordnung. Bei einem Juwelier einsteigen, dem die Versicherung den Schaden ersetzt – auch nicht schlecht. Aber einen Burschen drankriegen, dessen einziges Vergehen darin bestand, dass er sein Ding in die falsche Frau steckte, das ging entschieden gegen Zanders Verständnis von Moral. Sollte Schmiedis Kumpel allein mit seinem Problem fertig werden.

»Wenn Martin nein sagt, meint er nein«, stellte Arnie resigniert fest, schaufelte sich Zucker in die Tasse und rührte mit einem von Schmiedingers angelaufenen Silberlöffeln um, die zum Verkauf in einer Schachtel auf dem Tresen lagen.

Zander beschloss, auf den jungen Kollegen aufzupassen – die Zockerei machte ihn zum Risikofaktor. Genauso wie Arnies Fanatismus in Sachen Rauschgift.

Zander zog ein Fax aus der Hemdtasche und entfaltete es: »Übrigens, kennst du den, Schmiedi?«

Der Alte nahm eine der antiken Brillen aus dem Regal hinter ihm und klemmte sie auf die Nase. Er hielt sich das Bild dicht vor die Augen und schüttelte den Kopf.

Zander erklärte: »Matysek, Dirk Matysek.« Bei Dienstantritt hatte der Fahndungsaufruf auf seinem Tisch gelegen. Gesucht wegen Raub und Vergewaltigung.

»Wer soll das sein?«

»Hat 'ne Bude drüben in Rath. War mal bei der Drogenfahndung, zusammen mit unserem Arnie. Wurde rausgeschmissen, weil er die Finger nicht vom Stoff lassen konnte. Jetzt geht er auf Raubzüge.«

Schmiedinger gab das Fax zurück. »Die Visage sagt mir nix. Ist er auf was Bestimmtes spezialisiert? Pelze, Bilder, alte Briefmarken?«

»Darüber habe ich keine Angaben. In der Festung stehen sie jetzt wahrscheinlich Kopf, weil der Tünnes mal bei unserer Fakultät war.«

Arnie schimpfte: »Wegen dem Idioten bin ich strafversetzt worden. Dabei war ich wahrscheinlich der Einzige, der nicht wusste, dass das Arschloch dealte und süchtig war. Als Jüngster musste ich den Sündenbock spielen und darf jetzt für den Padre den Harry machen.«

»Das war's dann wohl«, sagte Zander. Es war der Fall der Kripokollegen in der Festung, nicht seiner – er leitete nur den beschissenen Einsatztrupp der PI Nord.

Der Trödler holte ein Kruzifix aus einer Schublade. Eine Schnitzerei mit allerlei Schnörkeln, an manchen Stellen waren Reste von Blattgold. »Für deine Frau«, erklärte der Alte. »Siebzehntes Jahrhundert.«

»Ich hoffe, es steht auf keiner Fahndungsliste.«

»Auf keiner, die ich kenne. Mensch, Zander, denkst du, ich würd dich reinlegen?«

»Nie im Leben, Schmiedi. Dank dir schön.«

Zander nahm das Kreuz, trennte Arnie von seiner Sammeltasse und schob den Kollegen aus dem Trödellager, vorbei an der bimmelnden Ladenschelle hinaus ans Tageslicht. Sie setzten die Sonnenbrillen auf und steuerten ihre braune Karre an.

»Und jetzt?«, fragte Haffke.

»Wohnungseinbrüche, was sonst. Es gibt genug davon.«

»Scheiße. Die Dealer auf den Schulhöfen geben sich schon nicht mal mehr Mühe, ihr Zeug heimlich zu verkaufen.« Arnie fuhr sich durch die Haare, um die Strähnen in Form zu bringen. Er trug ein gelbes Hemd mit grünen Elefanten drauf.

Zander sagte: »Wehe, du lässt dich auf die Sache mit dem Autohändler ein!«

»Was ist eigentlich los mit dir? Du hast doch sonst alles mitgenommen, was zu kriegen ist.«

»Ich hab keine Lust, wegen dir im Knast zu landen. Ich hab Familie.«

»Du stehst unter dem Pantoffel deiner Alten, und seit sie diesen Christusfimmel ...«

»Red nicht schlecht über meine Frau! Wir sind 21 Jahre verheiratet und ich kann mit ihr immer noch über alles reden. Na ja, fast alles.«

Haffke schloss den Wagen auf. »Du Glücklicher. Meine Alte ist dumm wie ein Stück Knäckebrot.«

»Sag, dass du mich verstanden hast, Arnie. Kein Deal hinter meinem Rücken!«

»Ich hab verstanden.« Er sah auf die Uhr. »Null achthundertvierzig. Wie wär's mit Frühstück?«

»Und lass wenigstens das Gel weg. Du siehst mal wieder aus wie ...«

»... ein Bademeister. Ich weiß.«

Zander warf das Kruzifix auf den Rücksitz. »Wie ein *beschissener* Bademeister.«

10.

Benedikt Engel wirkte wie aus dem Ei gepellt. Weißes, perfekt gebügeltes Leinenhemd, taubenblaue Krawatte mit dezentem Muster – der Verzicht auf das Sakko war sein einziger Tribut an den Sommer. Ela hoffte, in ihrer Aufmachung ebenfalls einen seriösen Eindruck zu machen. Die Shorts hatte sie gegen eine lange, schwarze Baumwollhose getauscht. Dazu trug sie eine flatternde Bluse aus dem gleichen dünnen Stoff. Im Gehen blätterte Engel Papiere in einem Schnellhefter durch, Ela hatte Mühe, mit ihrem Chef Schritt zu halten.

»Das Wichtigste ist, dass du dich kurz fasst«, sagte er. »Dresbach hasst es, wenn jemand nicht auf den Punkt kommt. Keine langen Erklärungen, sonst sieht es so aus, als müsstest du dich rechtfertigen.«

Die Rambos hatten es vergeigt. Matysek war spurlos verschwunden, kein Hinweis auf die Identität des zweiten Täters. Sie musste sich am wenigsten rechtfertigen, dachte Ela.

»Geh nicht darauf ein, wenn Poetsch dir die Schuld am Fiasko in die Schuhe schieben will. Keiner nimmt den Giftzwerg wirklich ernst, auch nicht Dresbach. Der neue Kripochef ist in Ordnung. Ich hab mit ihm telefoniert, er ist auf unserer Linie. Übrigens auch, was die Frauenförderung angeht.«

Ela sprang hinter dem Langen in die Kabine des Paternosters und sie ratterten nach unten. Ein Hauch seines Rasierwassers drang in ihre Nase. Nahe genug, um die Marke zu erraten, war sie ihm noch nie gekommen.

Engel sah auf sie hinunter und sagte: »Um wie viel geht dein Puls jetzt schneller, hier drinnen?«

»Gar nicht«, log sie.

»Keine Probleme mehr im Paternoster?«

»Nein.«

»Aufzüge, U-Bahn, enge Toilettenkabinen?«

Kein arrogantes Grinsen, auch nicht bei den letzten Worten. Dafür war der Lange nicht der Typ. Einer der Gründe, warum Ela ihn mochte.

»Das ist vorbei«, antwortete sie. Es gehörte dazu, sich nichts anmerken zu lassen. Das hatte sie gelernt.

»Schön zu hören«, sagte der KK-11-Leiter.

In der Mahagonietage sprangen sie ab, Engel nahm wieder sein Tempo auf.

»Poetsch hat Probleme mit weiblichen Beamten. Es geht nicht um dich persönlich.«

»Stimmt es, dass er Gerres durchdrücken will?«

»Gerres ist ein Arschloch. Das weiß jeder, deshalb wird Gerres es nie schaffen. Poetsch ist der Einzige, der das nicht erkennt. Der Giftzwerg ist sogar zu blöd zum Pinkeln.«

Sie erreichten das Sitzungszimmer. Engel ließ Ela den Vortritt. Für einen Moment verstummten die Gespräche der bereits Versammelten, Gruppenleiter Poetsch warf Ela einen raschen Blick zu, dann wandte er sich an seinen Sitznachbar und erregte sich darüber, wie peinlich die Panne sei. Ela bezog es sofort auf sich, stellte jedoch fest, dass sie von dem Juwelenklau an der Königsallee sprachen.

Engel bedeutete ihr, dass sie den Stuhl wählen sollte, der Dresbachs Platz gegenüberlag – der Lange dachte einfach an alles. Ein älterer, bulliger Kerl setzte sich neben Ela. Er stank nach Zigarre und glotzte auf Elas Brüste, wenn er meinte, sie bemerke es nicht.

Poetsch schwieg jetzt. Er faltete Zettel und riss sie entlang der Falzlinien in kleine Rechtecke – eine nervöse Marotte. Der Gruppenleiter hatte den Beförderungsschritt hinter sich, den Engel demnächst tun würde. Vor nicht allzu langer Zeit war auch Poetsch noch im gehobenen Dienst, Hauptkommissar und Chef der Drogenfahndung gewesen. Dann hatte er das Ticket nach Münster-Hiltrup bekommen und war als Kriminalrat von der Führungsakademie zurückgekehrt. Als Gruppenleiter konnte er sich wichtig fühlen und nicht mehr viele Fehler machen.

Zuletzt betraten Dresbach und Abteilungsleiter Friedrichsen den Raum. Dresbach war der Nachfolger des alten Kripochefs Sonntag. Seit der Strukturreform hieß die Kripo ›Zentrale Kriminalitätsbekämpfung‹, kurz ZKB. Sie war mit der Schutzpolizei zur Abteilung ›Gefahrenabwehr/Strafverfolgung‹ zusammengefasst worden und Friedrichsen war Chef des Ganzen – nach dem Präsidenten und der Chefin der Verwaltung die Nummer drei der Behörde.

Intern galt die Strukturreform als furios gescheitert, sie hatte den Apparat vor allem an der Spitze der Hierarchie aufgebläht und verteuert. Wo die eigentliche Arbeit getan wurde, musste gespart werden und die Vorteile der Neuordnung standen nur auf dem Papier. Jeder Obermufti misstraute dem anderen und versuchte über Seilschaften seine Position zu stärken.

Kripochef Dresbach eröffnete die Sitzung, indem er Ela namentlich begrüßte.

Ihre erste Teilnahme an einer solchen Runde – Elas Pulsfrequenz kletterte auf Paternosterniveau.

»Ich habe gehört, dass Sie im Fernsehen eine gute Figur gemacht haben«, sagte Dresbach.

»Danke.«

»Wer von Ihnen hat den Beitrag gesehen?«

Poetsch hob als Einziger den Finger.

»Und? Wie fanden Sie die Sendung?«

»Angemessen.«

Typisch Giftzwerg: sich nur nicht festlegen. Wäre es nach Poetsch gegangen, hätte das Fernsehteam keinen Fuß ins Präsidium setzen dürfen.

Dresbach hieß Abteilungsleiter Friedrichsen willkommen sowie den älteren Bullen neben Ela, der sich als Polizeirat Enders entpuppte, dem die Spezialeinsatzkommandos unterstanden. Auch diese beiden nahmen üblicherweise nicht an solchen Konferenzen teil.

Zuerst ging es um den Einbruch in den Juwelierladen. Der Kripochef gab die Parole aus, dass die Kollegen der

Kriminalwache sich ordnungsgemäß verhalten hätten. Friedrichsen nickte dazu – Poetsch stapelte Papierschnipsel und hütete sich, seine Meinung von vorhin zu wiederholen.

Nächster Punkt: Elas Fall. Polizeirat Enders gab bekannt, dass der verletzte SEK-Beamte nach wie vor in Lebensgefahr schwebe. Die Schuld an seiner Verletzung liege bei dem Beamten selbst, ein übereifriger Neuling im Kommando, der entgegen den Anweisungen seinen Platz verlassen habe und dadurch ins Schussfeld geraten war.

Engels Rat gemäß fasste sich Ela kurz. Nach dem Fiasko hatte sie die Erkennungsdienstler aus dem Schlaf geklingelt und mit ihnen gemeinsam die Wohnung Dirk Matyseks durchstöbert. Sie hatten alles eingesackt, was Auskunft über sein Umfeld geben konnte. Die Waffen, die beim Überfall verwendet worden waren, hatten sie nicht gefunden, weder eine Pistole noch ein abgesägtes Gewehr mit Klappschaft oder Pistolengriff.

Thilo Becker vernahm zur Stunde die Nachbarn des Gesuchten. Aus einer Gehaltsabrechnung war hervorgegangen, dass der Täter bei *Fichte Security* arbeitete, Abteilung Wach- und Pförtnerdienst. Ein weiterer Kollege aus ihrer Mordkommission hörte sich dort um.

Matyseks Vergangenheit als Exkollege sorgte in der K-Leiter-Runde für Bestürzung – nicht jeder war schon darüber informiert. Der Räuber und Vergewaltiger ein ehemaliger Drogenbulle und Junkiejäger aus dem Bahnhofsviertel, der schließlich selbst der Versuchung von Aufputschmitteln und anderen Drogen erlegen war. Vor zwei Jahren war Matysek aufgeflogen und gefeuert worden, laut offizieller Version ein freiwilliges Ausscheiden aus dem Dienst – keine gerichtliche Verfolgung, keine Überprüfung seiner Kollegen, kein Aufschrei in den Medien. Diesen Aspekt erwähnte Ela nicht – sie hätte ihre Empörung nicht verhehlen können. Poetsch war Matyseks Dienststellenleiter gewesen, Friedrichsen war damals bereits in hoher Position. Sie wusste nicht, wer verantwortlich war, dass man den Skandal unter den Teppich gekehrt hatte. Es in dieser Runde zu verurteilen konnte bedeuten, sich die Finger zu verbrennen.

»Unschöne Sache«, bemerkte Poetsch.

»Allerdings«, stellte Friedrichsen fest.

Ela fuhr fort. Gegen Morgen war Matyseks Auto in einer Tiefgarage gefunden worden – hier wie in der Wohnung keine Fingerspuren des zweiten Täters. Seit Dienstbeginn waren die Fahnder des KK 41 unterwegs, sämtliche Funkstreifen und die zivilen Einsatztrupps der Polizeiinspektionen mit dem Foto des Flüchtigen ausgestattet. Flughafen, Bahnhöfe und zentrale Plätze wurden überwacht. Ein Richter hatte den Haftbefehl unterzeichnet, über das BKA ging das Mitfahndungsersuchen an die Polizeien der Nachbarländer.

Noch heute würde der Glatzkopf mit dem Kinnbart im Fernsehen sein, morgen früh in allen Zeitungen. Seine Ergreifung war nur eine Frage der Zeit.

Dass Ela in der vergangenen Nacht keine drei Stunden geschlafen hatte, musste sie nicht eigens erwähnen. Sie war sich sicher, dass man es ihr ansah, und fand, dass die dunklen Ringe ihr ausnahmsweise standen.

Giftzwerg Poetsch bemängelte, dass die Mordermittlerin ihn als zuständigen Gruppenleiter nicht vor dem Einsatz des SEK verständigt hatte. Die Lage hätte es erfordert, die Wohnung des Täters erst einmal zu observieren.

Engel erwiderte, dass er als direkter Vorgesetzter über jeden Schritt informiert gewesen sei.

Dombrowski vom Kommissariat für Raubdelikte regte an, die weiteren Ermittlungen seiner Dienststelle zu übertragen. Hillu Sachs stellte klar, dass Sexualstraftaten das Ressort ihres KK 12 seien.

Kripochef Dresbach schmetterte alle Einwände ab und dankte Ela. Er wies Raub und Sitte an, das KK 11 in der Sache Larue/Matysek zu unterstützen. Es war *ihr* Fall.

Abteilungsleiter Friedrichsen übernahm das Schlusswort und gab die Parole aus, dass die Behörde Matyseks

Kündigung akzeptiert hatte, ohne von seiner Drogensucht gewusst zu haben. Falls anders lautende Gerüchte in Umlauf kämen, würde man sie dementieren – Ela verstand die Botschaft: Wer redet, fliegt.

Giftzwerg Poetsch zupfte an den Papierschnipseln und machte Konfetti daraus.

»Bingo. Gute Arbeit«, sagte Engel beim Hinausgehen zu Ela.

»Danke.«

»Beim nächsten Mal bitte geschlossene Schuhe. Deine Zehennägel haben Friedrichsen fast aus dem Konzept gebracht. Ausgerechnet Polizeigrün.«

Ela rang sich ein Lächeln ab. Sie war noch nicht dazu gekommen, die Farbe abzumachen. Dass sie farbenblind war, musste Engel nicht wissen. Sie verwechselte manche Rot- und Grüntöne. Bei schlechter Beleuchtung sah beides irgendwie grau aus. Die blöde Kuh vom Drogeriemarkt hatte den grünen Nagellack offenbar mitten unter die Fläschchen mit rotem gestellt.

Der Lange sagte: »Fehlen nur noch drei silberne Sterne auf jeder Seite.«

»Drei? Ich bin nur Oberkommissarin.«

»Koketterie steht dir nicht, Ela. Ich habe die Beurteilung abgegeben, deine Beförderung zur Hauptkommissarin ist nur eine Frage der Zeit. Spätestens, wenn sie dich zur Kommissariatsleiterin machen.«

Der Lange zwinkerte und eilte weiter.

Die nächste Stunde verbrachte sie mit Papierkram: Verena Larues erste Aussage, als Ela sie im Badezimmer beruhigt hatte. Die Beobachtung des Nachbarn Danziger. Das Protokoll des missglückten Festnahmeversuchs.

Dann eine Aufstellung der Spuren und der beschlagnahmten Gegenstände aus Matyseks Wohnung und Auto – wenig genug. Schließlich tippte sie den Bericht der Leichenbesichtigung. Die Nachbarin, deren Herzattacke die Geschichte ins Rollen gebracht hatte.

Anrufe bei Raub und Sitte brachten sie nicht weiter: keine vergleichbaren Fälle bekannt. Ela wollte sichergehen und verlangte eine Auflistung sämtlicher Wohnungsüberfälle der letzten fünf Jahre sowie die Zusammenstellung aller Vergewaltigungen des gleichen Zeitraums, bei denen Nichtfamilienangehörige die Täter waren. Ihr war klar, dass sie den Kollegen damit auf die Nerven ging.

Weitere Telefonate. Keiner der Rauschgiftleute wollte nach Matyseks Sündenfall von dem Exkollegen gehört haben – als sei er mit dem Ausscheiden aus dem Polizeidienst auch aus der Drogenszene verschwunden. Ela kam das seltsam vor.

Keine Neuigkeiten aus den Polizeiwachen vor Ort. Die Leiter der Polizeiinspektionen versprachen, ihre Leute weiterhin auf Trab zu halten. Ela hoffte, dass sie es wirklich taten.

Kollege Biesinger kam herein und berichtete: Matyseks Abteilungsleiter bei *Fichte Security* hatte nur Positives zu berichten gewusst – sein Mitarbeiter sei ein korrekter, unauffälliger Einzelgänger, der unter den Kollegen weder Freunde noch Feinde hatte und nie über Privates sprach. Ela bedankte sich bei Biesinger und nahm sich vor, den Securityleuten persönlich auf den Zahn zu fühlen. Wenn der Glatzkopf an der Nadel hing, musste das aufgefallen sein.

Sie sprach mit den Spurenleuten. Die wenigen Fingerprints in Matyseks Wohnung, die nicht vom Flüchtigen selbst stammten, waren unbekannt. Keine Übereinstimmung mit einem in der bundesweiten AFIS-Datei gespeicherten Straftäter.

Ein Gedankenblitz: Matysek als möglicher Drogenkunde, das seltsame Verhalten Larues, der die Vergewaltigung seiner Frau verheimlichen wollte – Larue als Matyseks Dealer, die Vergewaltigung als Demütigung, ein Racheakt, weil Larue seinen Abnehmer mit schlechtem Stoff betrogen oder bei der Polizei verpfiffen hatte?

Dass der Mediaplaner nicht vorbestraft war, musste nichts bedeuten.

Ela wählte noch einmal die Nummer des KK 34 – auch der Name Larue war den Rauschgiftleuten angeblich nicht bekannt, weder als Dealer noch als Konsument oder heimlicher Gewährsmann. Sie kannte die Drogenfahnder nicht gut genug, um zu wissen, wem sie vertrauen konnte. Vielleicht sagten sie ihr die Wahrheit und Elas Verdacht gegen Larue war Einbildung. Oder es gab eine Szene, von der selbst das KK 34 nichts wusste.

Gegen elf Uhr brachte Thilo Becker das Protokoll der Vernehmung Larues vom Vortag – fertig getippt und ausgedruckt. Die Befragung der Nachbarn Matyseks hatte nichts ergeben. »Ich hoffe, du hast nichts dagegen, wenn ich Feierabend mache«, sagte Becker. Wie Ela hatte er fast durchgearbeitet.

Sie überflog die Aussage des Ehemanns: die Forderung der Täter nach Bargeld, das Versteck der Haushaltskasse im Zuckerglas, die Wut der Ganoven über die zu geringe Beute.

»Was macht eigentlich ein Mediaplaner?«, fragte sie.

»Er hat's mir erklärt. Irgendwas mit Reichweiten und Tausend-Kontakt-Preis. Was auch immer das bedeutet.«

»Bleib bitte noch, bis er kommt, um das Protokoll zu unterzeichnen. Sollte ich bis dahin nicht zurück sein, halt ihn fest. Ich hab noch Fragen an ihn.«

»Was hast du vor?«

»Krankenhaus. Seine Frau. Was wir von ihr haben, reicht noch nicht.«

Verena Larue würde es als eine zweite Vergewaltigung empfinden, aber Ela hatte keine Wahl. Nur eine detaillierte Schilderung des Ablaufs würde das Gericht davon überzeugen, dass die junge Frau und ihr Mann die Tat nicht erfunden hatten.

Becker ging in sein Büro zurück. Ela wollte los. Es klopfte, Benedikt Engel trat ein. »Die Staatsanwältin hat sich nach deinem Fall erkundigt.«

»Und?«

»Larues Vater ist Richter am Oberlandesgericht. Ich hab ihr gesagt, dass sie den schriftlichen Bericht abwarten soll. Lass es mich wissen, wenn sie Einfluss auf deine Ermittlungen nehmen will.«

»Ich werd mich schon zu wehren wissen. Noch was?«

»Ela, nimm dir den Nachmittag frei. Bis die Fahndung den Täter schnappt, kannst du ohnehin nicht viel tun. Du solltest dich ausruhen.«

»Vielen Dank, aber wann ich Ruhe brauche, entscheide ich selbst.«

»Du nimmst den Fall zu persönlich.«

»Zu persönlich? Da ist eine Frau von zweiundzwanzig Jahren in ihrer eigenen Wohnung vor den Augen ihres Mannes vergewaltigt worden. Weißt du, was es bedeutet, vergewaltigt zu werden? Das sind Schweine, die sich stark fühlen, wenn sie eine Frau zerstören! Das soll ich nicht persönlich nehmen?«

Mit einem Schulterzucken ging der Lange hinaus.

Als Ela sich beruhigte, fiel ihr ein, was sie Engel eigentlich hatte sagen wollen: dass auch er dazu neigte, Fälle persönlich zu nehmen. Dass sie Engel dankbar war für alles, was er für sie tat.

11.

Intensivstation. Ein Gang, der offenbar als Bettenlager diente. Ein Zettel an einer weiß gestrichenen Tür wies den dahinter liegenden Raum als Besuchszimmer aus. Leo Köster ging hinein, ignorierte die Sitzgruppe aus Plastik und drückte eine Klingel an der gegenüberliegenden Tür. Eine Asiatin im blauen Kittelanzug öffnete.

Leo erklärte, dass er ein Kollege von Massimo Buonaccorso sei.

Die Schwester gab ihm Umhang und Überziehschuhe. »Zimmer fünf«, sagte sie und ließ ihn ein.

Durch breite Glasfenster sah Leo ein Mädchen, das vor sich hin dämmerte, einen abgemagerten Greis mit offenem Mund, eine Frau, die mit Geistern redete.

Das Küken lag mit grauer Haut und geschlossenen Augen zwischen aufgestellten Seitengittern. Schläuche verschwanden in Mund und Nase, fixiert mit Leukoplast. Sein Gesicht war gewaschen und rasiert. Die Klimaanlage summte, das Beatmungsgerät keuchte und ab und zu brummte ein Automat, der den Blutdruck maß. Dutzende von Schläuchen und Kabeln verschwanden unter dem weißen Laken, das Massimo bedeckte. Der Junge war ohne Bewusstsein.

Hinter dem Kopfende zuckten Balken auf einem blauen Monitor, grüne Kurven rasten über schwarzen Grund – Systole, Diastole. Rote Digitalanzeigen, Blinklichter. Leo starrte auf die Geräte. Einmal piepste es, niemand kam.

Leo tastete nach Massimos Hand. Sie fühlte sich heiß an. »Es tut mir Leid.«

Der Raum mit seinem Geruch nach Desinfektionsmitteln und den Geräuschen der Apparate rief in Leo eine alte Erinnerung wach: das Bild eines von Medikamenten aufgeschwemmten Gesichts, spärliches Haar auf weißer Kopfhaut. Leos kleiner Bruder, der zuletzt so fröhlich gewesen war – er fühlte sich schon viel besser und sprach davon, dass er bald wieder zur Schule gehen würde. Am nächsten Tag war sein Bett leer.

Daniel Köster war mit zehn an Leukämie gestorben. Seitdem hatte Leo sich eigentlich geschworen, nie wieder ein Krankenhaus oder eine Arztpraxis zu betreten, wenn es nicht unbedingt nötig war. Nicht einmal, als Brigitte das Kind bekam, hatte er sie begleitet. Dani hatten sie nach Leos totem Bruder benannt.

»Du musst es schaffen«, sagte Leo zu dem Küken. »Bitte.«

Leo glaubte ein Zucken in Massimos Fingern zu spüren.

Eine Gruppe von vier Leuten drängte sich von der anderen Seite in das Zimmer. Sie trugen weiße Kittel und waren sichtlich guter Laune. Die Anführerin trug ein

Klemmbrett und scheuchte Leo hinaus, bevor sie den Ausdruck eines Diagramms studierte. Ihre Gefolgsleute plauderten und scherzten, dann redeten sie über den Patienten, ohne das Küken überhaupt anzusehen.

Leo stopfte Kittel und Überschuhe in einen Papierkorb.

Zombies in Schlappen und Jogginganzügen schlurften durch die Eingangshalle und verqualmten die Cafeteria. Leo zog eine Fantadose aus dem Automaten. Als er den Ausgang ansteuerte, sah er die Kripobeamtin. Die kleine Dunkelhaarige, die den SEK-Einsatz bestellt hatte, hetzte vorbei, zögerte vor den Aufzügen, nahm die Treppe.

Wegen meiner Dusseligkeit ist ihrem Tünnes die Flucht gelungen.

Vor dem Dienstgebäude stieg Leo in den klapprigen Fiesta. Minutenlang saß er da, bis ihm einfiel, wo er hinfahren wollte.

Auf dem Parkplatz am Kieshecker Weg traf er Rolf, mit dem er gestern den Dienst getauscht hatte. Der Kollege bastelte an seinem Auto, einem alten VW Scirocco.

»Meine Kiste kannst du dir auch gleich vorknöpfen«, scherzte Leo.

Rolf blickte hoch und wischte seine Hände an einem öligen Lappen ab. »Danke für gestern Abend.«

»Na ja, war nicht so doll.«

»Hab gehört, dass dir das Küken in die Schussbahn gelaufen ist. Wie konnte der Trottel nur seinen Platz verlassen?«

»Hauptsache, die Ärzte kriegen ihn wieder hin.« Leo wollte das Thema wechseln – Rolf war erst seit kurzem Vater. »Wie geht's deinen Frauen?«

»Anna ist ein süßer Wurm und lässt uns keine Nacht durchschlafen. Karin ist mit ganzem Herzen Mutter und, na ja ... Ich beneide dich.«

»Wieso das denn?«

»Tu nicht so, Leo. Du kannst dich umsehen und zugreifen, wann es dir passt. Ich denk oft daran, wie es früher war. Die wilden Zeiten.«

Leo verschwieg, dass er seit einem halben Jahr nicht mehr mit einer Frau geschlafen hatte. Dass er zudem im Moment andere Sorgen hatte.

Der Kollege schraubte eine Wasserflasche auf und sagte: »Wir müssen mal einen trinken gehen und du erzählst mir von deinen Eroberungen.«

Leo winkte und ging in das Gebäude, das die Spezialeinheiten beherbergte.

Dichter Zigarrenrauch hing im Büro von Polizeirat Enders, dem Herrn über SEK, MEK, Verhandlungsgruppe und allem, was an Waffen, Spreng- und Pyrotechnik, Videoausrüstung und sonstigem Gerümpel dazu gehörte – die Elite der Behörde. Den Namen *Häuptling* hatte Enders die Art eingebracht, wie er den Laden weitab der Festung leitete: väterlich, aber keinen Widerspruch duldend.

Leo hatte Kommandoführer Adomeit gebeten, als Zeuge an der Unterredung teilzunehmen. Der Häuptling forderte sie auf, Platz zu nehmen, und rückte eine Akte in die Mitte seines Schreibtisches. Leo glaubte zu wissen, um welchen Vorgang es sich handelte. Noch in der Nacht hatte er an dem Bericht gefeilt. Nach zwei Anläufen hatte er sich zur ungeschminkten Wahrheit entschlossen und aufgeschrieben, was zu der Tragödie geführt hatte – schonungslos: *seine* Nachlässigkeit, durch die der Täter in den Rücken der voranrückenden Kette geriet, *sein* Versagen beim entscheidenden Schuss.

Als er glaubte, sein Gewissen erleichtert zu haben, war es draußen hell geworden und Leo hatte versucht, Schlaf zu finden. Doch jedes Mal, wenn er die Augen schloss, trat das Bild Massimos vor ihn – Blut hustend.

Adomeit räusperte sich. Enders stand auf, öffnete das Fenster und sagte: »Respekt vor deiner Willenskraft, Bertram. Seit wann bist du sauber?«

Der Zigarrenqualm zog ab und machte der Kerosinluft Platz, die der benachbarte Flughafen ausdünstete.

»Heute ist der sechzehnte Tag«, antwortete Adomeit

und nahm einen frischen Nikotinkaugummi.

Leo fragte sich, ob die Unterredung bereits Teil eines Disziplinarverfahrens war.

Der Häuptling begann: »Haben Sie mal überlegt, Köster, was Sie nach Ihrer Zeit beim SEK tun werden?«

»Nein. Ich hab noch zehn Jahre bis zur Altersgrenze.«

»Strecken Sie mal die Hand aus.«

Leo hielt ihm die Linke hin.

»Die andere.«

Leo gehorchte.

»Was ist das? Liegt's am Saufen? Ihr Männer sauft zu viel!«

»Ich habe seit fast einer Woche keinen Alkohol mehr getrunken.«

»Der Stress«, mischte Adomeit sich ein. »Leo hat die ganze Nacht nicht geschlafen. Ist doch kein Wunder.«

»Und neulich? Hatte er da auch die ganze Nacht nicht geschlafen?«

»Leo hat gerade eine Scheidung hinter sich. Streit um das Sorgerecht, der finanzielle Engpass und so. Ist nicht einfach für ihn.«

Leo nickte.

»Ach was, Bertram. Du schreibst selbst ...« Enders klappte die Akte auf und blätterte. »Hier, ... hat sich als enorm stresssicher erwiesen, ... kann sich wie kein anderer auf geänderte Situationen einstellen.«

Das war nicht sein Text, schoss es Leo durch den Kopf. Nicht die Akte über den Einsatz. Es ging um ihn und hatte mit der versauten Übung zu tun.

»Köster, was ist los?«, fragte der Polizeirat.

»Ein eingeklemmter Nerv, was weiß ich?« Er fand es nicht gut, dass Adomeit es auf den Stress schob. Er hatte noch nie Psychoprobleme gehabt und würde auch diese Krise meistern. »Ich schmier den Arm mit Mobilat ein. Es ist schon besser geworden.«

»Nichts ist besser. Buonaccorso schwebt zwischen Leben und Tod. Weil Sie glaubten, es sei nicht so schlimm.

Sie sind alles andere als fit. Sie sind eine Gefahr für Ihr Kommando, Köster. Dieses Zittern ist doch nicht normal.«

Leo schwieg.

»Nach außen trägt Buonaccorso die Verantwortung für das Fiasko, weil er den ihm zugewiesenen Platz verlassen hat. Ihren blödsinnigen Bericht habe ich vernichtet, Köster. Wenn rauskommt, dass Sie gezittert haben, wird man fragen, warum niemand davon wusste. Und Adomeit wird sagen, dass er es mir mitgeteilt hat. Die letzte Schießübung und so weiter. Er hat es sogar schriftlich gemacht, um sich abzusichern. Stimmt's, Bertram?«

»Du warst nicht da. Deshalb.«

Der Häuptling knetete seine Schläfen mit den Fingerspitzen. »Das ist doch alles nur gequirlte Kacke! Fünfzehnjährige Erfahrung, Nummer eins der Gruppe, nur vorübergehend etwas angespannt. Wisst ihr was? Ich hab mich von euch Jungs einlullen lassen. Wen wird Friedrichsen wohl zum Sündenbock machen, wenn das rauskommt? Ich werde auch deinen Bericht vernichten, Bertram. Es *gab* keine Schießübung. Ich hoffe, ihr Männer haltet dicht.«

Leo gefiel zwar nicht, wie der Häuptling über Massimo geredet hatte, trotzdem fiel ihm ein Stein vom Herzen. »Das Zittern ist bald wieder weg«, sagte er.

»Falsch. Es war nie da.«

»Geht klar, Chef. Und ich dachte schon, Sie wollten mich rauswerfen.«

Enders zündete ein Streichholz an und nahm den angerauchten Stummel aus dem Aschenbecher. »Wie kommen Sie darauf, dass ich das nicht tun werde?«

Er paffte, drehte den Zigarrenrest zwischen den Fingern und blies auf die Glut. »Meinen Sie, ich würde Sie jemals wieder in eine Reallage wie heute Nacht rausschicken? Mensch, Köster, machen Sie kein solches Gesicht. Natürlich können Sie beim SEK bleiben, ich will kein Unmensch sein. Sie können bei mir im Geschäftszimmer arbeiten.«

Leo sah Adomeit an, der ein schiefes Lächeln zeigte, aber Enders nicht widersprach.

Der Häuptling sagte: »Wenn wir uns einig sind, hat keiner von uns ein Disziplinarverfahren zu befürchten.«

Leo konnte es nicht fassen. Man bot ihm einen Sesselfurzerjob an. »Ich weiß nicht, ob ich bei einer Verwaltungstätigkeit das Zittern vor Friedrichsen verheimlichen könnte.«

»Leo, der Polizeirat meint es gut mit dir.«

»Stimmt, Köster, ich kann auch anders!«

Ich kann ebenfalls anders, dachte Leo. Dann fiel ihm siedend heiß ein, dass Enders ihn zur medizinischen Untersuchung schicken würde, wenn er sich gegen die Versetzung wehrte. Womöglich würde der Polizeiarzt feststellen, dass er nicht nur für den SEK-Job untauglich war, sondern für den Dienst überhaupt. Wenn Leo auf Konfrontationskurs ging, konnten die Obermuftis seine nervliche Anspannung zum Vorwand nehmen, ihn loszuwerden. Er würde weit mehr verlieren als die SEK-Zulage von monatlich 250 Mark und das Gefühl, einem außergewöhnlichen Beruf nachzugehen – er hatte nicht genügend Dienstjahre auf dem Buckel, um bereits eine nennenswerte Pension zu erhalten.

Enders stieß Qualmwolken aus und spielte mit einer kleinen Plastikpalme, die neben dem Telefon stand. Leo beobachtete ihn und konnte nur hoffen, dass es zwischen Rauswurf und Sekretärinnenjob noch etwas anderes gab.

Schließlich sagte der Häuptling: »Lassen Sie uns nach einer einvernehmlichen Lösung suchen, Köster. Irgendwo haben Sie ja Recht. Fünfzehn Jahre beim Kommando. Immer in vorderster Front. Sie haben tatsächlich etwas Anständiges verdient. Nennen Sie mir eine Dienststelle, die für Sie in Frage kommt, und ich werde sehen, was sich machen lässt.«

Leo erinnerte sich an die Kommissariate, in denen er seine Praktikantenzeit verbracht hatte. Keine Dienststelle kam dem SEK auch nur annähernd gleich. Er sah sich

Akten schleppen, Berichte tippen, Statistiken auswerten. Er hörte seinen Sohn fragen, ob er jetzt ein Stino sei.

Enders wartete auf Antwort und paffte.

»Wenn ich wirklich nicht mehr im Kommando ...«

»Nein.«

»Auch nicht als Aufklärer oder an der Ramme?«

»Unmöglich, Köster.«

»Ich hab mal ein halbes Jahr im KK 11 ...« Leo spürte den Kloß in seinem Hals und sprach nicht weiter.

»Mordfälle aufklären. Warum nicht. Ich kenn den zuständigen Gruppenleiter. Poetsch heißt der Knabe, leitete früher mal das KK 34. Ich werd's versuchen. Alles Gute, Köster.«

Leo ergriff die ausgestreckte Hand des Polizeirats. Er hatte sich den Abschied anders vorgestellt. Ein Besäufnis mit den Jungs. In einem Table-Dance-Schuppen an der Mintropstraße die Sau rauslassen. Mit fünfundvierzig, keinen Tag früher.

Adomeit begleitete ihn hinaus. Der Mann, der fast ein Jahrzehnt lang sein Kommandoführer gewesen war, fragte: »Willst du Urlaub nehmen, bevor du wechselst?«

Leo dachte daran, dass er kein Geld hatte, um wegzufahren. Er schüttelte den Kopf.

Adomeit knetete Leos Schulter – noch ein Abschiedsgruß. »Du gehörst zum Team, egal bei welcher Dienststelle.«

»Natürlich«, sagte Leo und wusste, dass es hohle Worte waren.

12.

Ela betrat das Zimmer keine Minute zu früh. Verena Larue war angekleidet und packte ihre Tasche. Vornehm und zart wie eine Prinzessin – die Oberlippe verschorft und geschwollen, die blauen Flecken an Kinn und Wangen notdürftig mit Puder abgedeckt. Ein Strauß roter

Mohnblumen mit Zittergras stand auf dem Beistelltisch, daneben lag ein Kärtchen mit Larues Unterschrift: *In Liebe, Christoph.*

Die Bettnachbarin hatte Besuch: ein dicker Mann und zwei Blagen mit abstehenden Ohren, die Ela anglotzten – die Mordermittlerin beschloss, Verena in der Festung zu vernehmen. Die Prinzessin ließ den Blumenstrauß zurück.

Im Auto redeten sie über das Krankenhaus, über Seelenklempner und über Beruhigungsmittel. Ela war froh, dass die junge Frau einen gefassten Eindruck machte.

Als Ela das Foto Matyseks zeigte, verstummte Verena und begann, das Nagelbett ihres Daumens mit den Zähnen zu bearbeiten. Dann zuckte sie mit den Schultern.

Ela bot Kaffee und Zigaretten an. Die Prinzessin lehnte ab. Ela legte ihren Rekorder auf den Tisch und drückte die *Record*-Taste. Sie sagte: »Eins, zwei, drei« und spulte zurück. Sie hörte sich an, was das Gerät aufgenommen hatte, spulte erneut auf Anfang und begann mit der Befragung.

Ihren Mann hatte Verena kennen gelernt, als sie nach dem Abitur als Trainee in der Marketingabteilung eines Konzerns arbeitete, der zu Larues Kunden gehörte. Seit einem halben Jahr waren die beiden verheiratet. Sie war zweiundzwanzig, er achtunddreißig. Das Paar hatte die Wohnung an der Faunastaße bezogen, nachdem Verena festgestellt hatte, dass sie ein Kind erwartete.

Sie war im dritten Monat schwanger. Sie bat um einen Schluck Wasser: »Der Arzt sagt, ich werde es behalten. Es ist ihm nichts passiert.«

Der kleinere der beiden Täter, also Matysek, war der Wortführer gewesen und hatte sie vergewaltigt. »Er nannte mich eine Hure, die es nicht verdiene, dass ein Mann sich in sie verliebt. Er sagte, er würde dafür sorgen, dass ich mein Kind verliere. Es war so schrecklich. Er zwang mich dazu, mich auszuziehen. Dabei hatte Christoph doch schon verraten, wo er das Geld versteckt hatte. Christoph redete auf den anderen ein, weil er hoffte, der würde seinen Komplizen daran hindern, mich zu vergewaltigen. Doch der größere Kerl schlug Christoph und bedrohte ihn mit der Waffe. Mein Gott, ich hatte solche Angst. Die Verbrecher hätten meinen Mann fast erschossen.«

Unter Tränen beschrieb sie den zweiten Täter als etwa einsachtzig groß, zwischen zwanzig und dreißig Jahre alt und etwas füllig. Bekleidet sei er mit hellblauer Jeans und schwarzem T-Shirt mit Aufdruck *Hard Rock Café Los Angeles* gewesen.

Ela suchte in ihrer Schublade nach einem Taschentuch. »Was ist Ihnen noch aufgefallen? Ein Sprachfehler, Dialekt, Ausdrucksweise?«

»Ich weiß nicht. Ich glaub, er hat überhaupt kein Wort gesagt.«

»Hat ihn Matysek mit Namen angesprochen?«

»Nein.«

»Erzählen Sie mir noch einmal von dem Versteck in der Küche.«

Die junge Frau schob ihre Hände zwischen Sitz und Schenkel und drückte den Rücken durch. »Christoph bewahrte Geld darin auf.«

»Wo genau?«

»Im Zucker oder im Salz.«

»War es seine Idee, dort Bargeld aufzubewahren?«

»Ja.«

»Wie viel war es?«

»Das müssen Sie Christoph fragen.«

»Kannten Sie das Versteck?«

»Nein, das heißt ja. Wieso sollte ich es nicht kennen? Wir haben keine Geheimnisse voreinander.«

»Woher wussten die Täter, dass Sie schwanger sind?«

»Keine Ahnung.«

Ela warf einen Blick auf die Liste mit den vorbereiteten Fragen. »Haben Sie eine Erklärung dafür, warum Sie überfallen wurden und nicht zum Beispiel Ihre Nachbarn?«

»Nein.«
»Sie haben die Männer wirklich nicht erkannt?«
»Das hab ich Ihnen doch schon gesagt.«
»Kannte Ihr Mann sie?«
»Woher sollte er ...?«
»Hat er jemals den Namen Matysek erwähnt?«
»Mein Gott, nein.«
Es klopfte, Thilo steckte den Kopf ins Büro. »Er ist da.«
»Lass ihn warten.«
»Er sagt, er hat nicht viel Zeit.«
»Mach ihm klar, wer hier das Sagen hat.«
Thilo verschwand.
»Christoph?«, fragte Verena Larue.
»Hatten Sie oder Ihr Mann jemals mit Drogen zu tun?«
»Warum behandeln Sie uns wie Verbrecher?«
»Hatten Sie Drogen im Haus? War es das, was die Männer bei Ihnen suchten?«
»Lassen Sie mich doch in Ruhe. Ich kann doch nichts dafür, dass man uns überfallen hat.«
»Ich weiß, Frau Larue. Ich bin auf Ihrer Seite.« Ela zog die Tastatur des Computers zu sich heran. »Es tut mir Leid, aber wir müssen jetzt den Ablauf noch einmal Punkt für Punkt durchgehen.«
Die junge Frau starrte auf ihre wund gekauten Fingerkuppen. »Der Arzt hat mir Blut abgenommen. Sie wollen einen Aidstest machen.«

Zwanzig Minuten später betrat Ela Beckers Zimmer. Larue saß auf dem Besucherstuhl und sprach aufgeregt in ein Handy, sein Blick wanderte über die Abzüge von Urlaubsdias, die Thilo an die Wand gepinnt hatte.
»Meine Kunden fragen nach Wirkung«, rief Larue. »Nach Nutzen, nicht nach Fun, verstehen Sie? Die definieren ihre Zielgruppe etwas präziser. Ach, hört mir auf mit euren Events, ist doch alles Schnee von gestern.« Er drehte sich vom Palmenstrand weg und nahm Ela wahr. »Wir sehen uns. Telemesse, genau. Okay. Du auch.«

Larue klappte das Handy zu und schnauzte Ela an: »Ich hab unterschrieben. Ich hab gesagt, was ich weiß. Wozu lassen Sie mich hier schmoren? Ich hab zu tun. Ich bin kein Beamter, wenn Sie verstehen, was ich meine.«

»Nicht ganz. Was tut ein Mediaplaner denn so?«

Larue blickte Thilo an, dann erhob er sich und baute sich vor Ela auf. »Meine Firma wird Ihnen unser Profil zuschicken. Okay? Kann ich jetzt gehen?«

Ela setzte sich auf den zweiten Besucherstuhl, legte ihr Bandgerät auf Thilos Tisch und drückte die Aufnahmetaste. »Herr Larue, woher kannten Sie die Täter?«

»Wie kommen Sie darauf?«

»Sie haben mit dem einen geredet. Sie dachten, Sie könnten ihn dazu bringen, sich gegen seinen Kollegen zu wenden.«

»Ja, das stimmt.«

»Warum haben Sie das bei Ihrer Vernehmung nicht erwähnt? Geben Sie zu, dass Sie zumindest ihn gekannt haben.«

»Nein. Die Kerle waren vermummt. Wie oft soll ich Ihnen das noch sagen? Ich hab nur gedacht, ich könnte ihn auf unsere Seite ziehen, weil er sich so seltsam verhielt.«

»Wie meinen Sie das?«

»Er benahm sich, als sei er nicht damit einverstanden, was sein Komplize mit meiner Frau machte. Mir war fast, als ...«

»Reden Sie weiter.«

»Als würde er ... weinen.«

Ela sah Thilo an. Der zuckte mit den Schultern – diese Version war ihm neu.

Larue sagte: »Ich weiß, das klingt seltsam.«

»Das tut es allerdings. Was hat er auf Ihre Überredungsversuche geantwortet?«

»Nichts. Er hat mir auf die Nase geschlagen.«

Ela kontrollierte den Rekorder – das Band lief noch. Larue setzte sich noch immer nicht – als würde sie ihn eher gehen lassen, wenn er stand.

»Herr Larue, wie viele Personen wussten, was im Zuckerglas war?«

»Die Haushaltskasse? Verena und ich, sonst niemand.«

»Wie viel hatten Sie dort versteckt?«

»Ein paar Hunderter, was weiß ich. Verena führt den Haushalt. Steht alles im Protokoll.«

»Ihre Frau stellt es anders dar.«

»Bitte?«

»Haben Sie eine Erklärung dafür, warum gerade Sie überfallen wurden?«

»*Was* sagt meine Frau?«

»Woher wussten die Täter, dass sie schwanger ist?«

»Verena steht unter Schock. Sie weiß nicht, was sie sagt.«

»Hatten Sie Drogen in Ihrer Wohnung?«

Larue packte das Aufnahmegerät und sprach in das eingebaute Mikro: »Ich beschwere mich über die Methoden der Kommissare Bach und Becker. Damit kommen Sie nicht durch. Deutschland ist kein Polizeistaat. Noch nicht.« Er knallte das Kästchen zurück auf den Tisch. Die Spulen knirschten weiter.

Ela hielt ihm das Videoprint vor die Nase. Der Exbulle.

»Das hat mir Ihr Kollege schon gezeigt.«

»Matysek, Dirk Matysek. Vermutlich rauschgiftsüchtig.«

»Nicht die Sorte Leute, mit denen ich *Fang den Hut* spiele.«

»Immerhin haben Sie ihn und seinen Komplizen in die Wohnung gelassen. Und kommen Sie jetzt nicht wieder mit dem Märchen vom Schreiner.«

Der kleine, drahtige Mann starrte Ela an. Dass er nicht der Typ war, der sich mit einem Straßenköter wie Matysek einließ, glaubte sie ihm. Trotzdem traute Ela ihm nicht.

»Wir würden gern noch einmal Ihre Wohnung durchsuchen.«

»Ohne die Unterschrift eines Richters setzen Sie keinen Fuß mehr über meine Schwelle, Frau Bach.«

»Haben Sie oder Ihre Frau jemals Rauschgift genommen?«

»Das werden Sie bereuen! Außerdem ist diese Befragung vor Gericht nicht verwendungsfähig. Sie haben mir nicht gesagt, was Sie mir zur Last legen, Sie haben mich nicht auf mein Zeugnisverweigerungsrecht hingewiesen und auch nicht auf das Recht, mir einen Anwalt zu nehmen.«

»Sie haben das schon öfters erlebt?«

»Nein, ich stamme aus einer Juristenfamilie.«

Ela schaltete den Rekorder ab. »Sie müssen schon mir überlassen, ob ich Sie als Zeugen, als Verdächtigen oder als Beschuldigten vernehme. Fragen Sie noch mal in Ihrer Familie nach, in welchem der drei Fälle Belehrungspflicht besteht. Sie können jetzt gehen, Herr Larue.«

Er stürmte an Ela vorbei auf den Gang, entdeckte seine Frau, die auf der Bank gewartet hatte, und nahm sie in den Arm. Schweigend ging das Paar zum Paternoster.

Ela schloss die Tür, lehnte sich dagegen und fragte: »Was hältst du von ihm?«

Thilo sagte: »Wusstest du, dass allein die Fernsehwerbung pro Jahr einen Umsatz von acht Milliarden macht? Nur in Deutschland. Zwei Millionen Werbefilme. Larue berät seine Kunden, in welchen Sendungen sie ihre Spots platzieren sollen. Ein Spezialistenjob. Du glaubst nicht, wie viel Geld die Firmen dafür ausgeben.«

»Wer sind seine Kunden?«

»Industrie, namhafte Marken.« Thilo sah in seine Notizen. »Autos, Telekommunikation, alles Mögliche.«

»Kann man dabei Schwarzgeld machen?«

»Wie meinst du das?«

»Hör zu, Thilo: Er hatte etwas im Zuckerglas, das illegal war, und Matysek wusste davon. Ich wette, er rechnete damit, dass Larue keine Anzeige erstatten würde. Und das hätte er tatsächlich nicht.«

»Er sagt, sie wollte das nicht.«

»Ach was. Jedenfalls ging es Matysek nicht um schnellen Sex. Der wollte einschüchtern, demütigen. Vielleicht spielt er den Handlanger für einen, dem Larue in die Quere kam. Um Werbespots geht's dabei nicht. Wäre die Nachbarin mit ihrem schwachen Herzen nicht gewesen, wären Matysek und sein stummer Komplize ungestraft davongekommen.«

»Das sind sie bislang auch.«

Die Tür wurde aufgerissen, Biesinger wehte in den Raum. »Ich hab mit Larues Schreiner telefoniert. Er liefert den Einbauschrank heute Nachmittag. Von einem Termin am Sonntag sei nie die Rede gewesen, sagt er. Da rührt er keinen Finger.«

»Du erzählst Ela nichts Neues. Aber frag mich nicht, woher sie's wusste.« Becker steckte sein Diensthandy ein und schloss die Schreibtischschublade ab.

Biesinger sagte: »Ela, wenn du auch Feierabend machen willst, kann ich die Sache gern übernehmen.«

»Nein, danke«, erwiderte Ela und ging zurück in ihr Büro. Sie machte noch einmal den Rundruf: PI Ost, Nordost, Nord, Mitte, Süd, Südwest – deren Kripoleute waren zuständig für das so genannte kleine Verbrechen und hatten überall ihre Informanten sitzen. Sie sollten herausfinden, ob Larues Name mit dreckigen Geschäften verknüpft war. Wenn jemand die Straße wie die eigene Westentasche kannte, dann waren das die Schupos und die Einsatztrupps vor Ort.

Ein Bild wich nicht aus ihrem Kopf: Verena, wie sie in der Dusche kauerte, ein Bündel aus bebenden Nerven und zerschundener Haut.

13.

Von Haffke keine Spur. Martin Zander machte die Runde durch sämtliche Diensträume der Hauptwache. Polizeihauptmeister Erlenmeier gab an, Haffke habe sich seit der Mittagspause nicht mehr blicken lassen.

Als Zander zurückkam, lag auf seinem Tisch eine Notiz: *Ela Bach, KK 11, umgehend zurückrufen.*

Ein Sachbearbeiter aus der Führungsstelle platzte mit einem Haftbefehl herein. Ladendiebstahl, Verstoß gegen die Bewährungsauflagen. Adresse bekannt, kein Gewalttäter. Eins der armen Schweine, an denen sich die Kollegen von der Fahndung erst gar nicht die Finger schmutzig machten. Zander gab die Sache an Erlenmeier weiter.

Er rief Schmiedinger an, der Trödler war in seinem Laden. Nein, Arnie habe nicht hinter Zanders Rücken den Auftrag des Autohändlers angenommen. Schmiedinger erklärte, er habe seinem Kumpel geraten, die Vierzigtausend in einen guten Scheidungsanwalt zu investieren.

Zander sagte sich, dass Haffke vielleicht nur den sonnigen Nachmittag genoss. Oder er besuchte Sina Dorfmeister, das Mädchen, in dessen Wohnung eingebrochen worden war. Spielte den eifrigen Ermittler, um sich an sie ranzumachen. Haffkes Masche bei Frauen.

Das Telefon riss Zander aus seinen Gedanken.

»Zander.«

»Ich bin's, Bodo.«

Es dauerte eine Sekunde, bis Zander den Anrufer einordnen konnte. Bodo Heintze arbeitete als Kurierfahrer und Pförtner für eine Sicherheitsfirma. Im letzten Jahr hatte sein Job darin bestanden, das Lager des *Pelzateliers Schenkenstein* zu bewachen, als Unbekannte ihn niederschlugen und das Lager ausräumten. Heintze war ein einfältiger Typ, der manchmal zu viel redete. So hatte Zander erfahren, dass Heintze der Tippgeber der Bande gewesen war – der Nasenbeinbruch hatte ihm zwanzig Riesen beschert.

Zander hatte Heintze das Geld behalten lassen. Seitdem war er Zanders Tippgeber.

»Was gibt's?«

»Das W-W-Wiesel ist draußen.«

»Unmöglich.« Fred Wiesmann, genannt das Wiesel, war als Kopf der Bande zu neun Jahren Haft verurteilt worden. Sechs Jahre bei guter Führung waren das mindeste.

»Doch. Er ist g-g-getürmt, weil er Angst hat, die anderen b-b-bringen ihn um. Die glauben, dass er sich die P-Pelze unter den Nagel g-gerissen hat. Und er hat geglaubt, *ich* hätte ...«

»Nicht am Telefon. Wo bist du?«

»Zu Hause.«

»In einer halben Stunde bin ich da.«

»B-Beeil dich, ich hab Spätschicht.«

Zander legte auf und im selben Moment schlug der Apparat wieder Alarm.

»Ja?«

»Sprech ich mit dem Leiter ET?« Eine Frauenstimme, jung, resolut. Eine Kollegin, so wie sie die Abkürzung für den Einsatztrupp gebrauchte.

Zanders Blick fiel auf den Zettel, der vor ihm lag. »Persönlich am Draht. Und du bist Ela Bach von den Mördern, stimmt's?«

»Ich hatte Sie mehrfach um Rückruf gebeten.«

Die Tussi siezte. Wahrscheinlich dachte sie, Mordermittler seien etwas Besseres.

Er schaltete auf stur: »Hier rufen 'ne Menge Leute an.«

»Die Fahndung nach Matysek. Haben Sie Erkenntnisse? Konnte einer Ihrer Informanten etwas mit dem Namen Larue anfangen? Sie haben mir am Vormittag versprochen, sich darum zu kümmern. Jetzt ist es vier Uhr nachmittags.«

Die Kollegin versuchte Druck zu machen. Zander kannte Hühner, die beim Gedanken ans Karrieremachen regelrecht durchdrehten. Weiber mit schmalen Lippen, die zickten, sobald etwas nicht lief, wie sie wollten. Er konnte sich nicht daran erinnern, mit Frau Bach telefoniert zu haben – geschweige denn dieser Wichtigtuerin Versprechungen gemacht zu haben.

»Hören Sie, Kollegin, wenn meine Leute etwas gehört hätten, hätte ich mich schon längst gemeldet.«

»Hören *Sie*, Kollege Zander, ich weiß, was man sich über Sie erzählt.«

»Und was soll das sein?«

»Dass Sie hervorragende Kontakte zur Szene haben. Dass keiner so gut mit Informanten umgehen kann wie Sie. Dass Sie nur manchmal einen Tritt in den Hintern brauchen, um in die Gänge zu kommen.«

»Mir tritt seit dreißig Jahren keiner mehr in den Hintern.«

»In fünfzehn Minuten bin ich bei Ihnen an der Ulmenstraße. Ich will, dass wir uns gemeinsam ein paar Ihrer Informanten vorknöpfen.«

Sie legte auf, bevor er antworten konnte.

Scheiß auf deine Karriere, Zicke, dachte Zander. Deinen Informanten kannst du haben.

14.

Der Chef des Einsatztrupps der PI Nord war ein stämmiger Mann von Ende vierzig, mit Hang zu Stirnglatze und Bauchansatz. Ela bestand darauf, dass sie ihren Dienstwagen nahmen. Er ließ sich auf den Beifahrersitz fallen und nannte ihr eine Adresse in Derendorf.

»Was ist das für ein Kerl?«, fragte Ela.

»Arbeitet in der gleichen Firma wie Ihr Matysek. *Fichte Security*. Sicher hat er Kenntnisse über ihn. Kann sein, dass er zunächst etwas schüchtern ist. Er weiß nicht, dass ich jemanden mitbringe.«

Ela spürte, dass Zanders Blick ihre Brüste streifte. Dass sie am Steuer saß, gab ihr das Gefühl, die Situation zu kontrollieren.

»Es ist Grün«, sagte er.

»Danke.« Sie trat das Gaspedal durch.

Nach einer Weile erklärte Zander: »Kann sein, dass ich ihn erst mal unter vier Augen bearbeiten muss. Danach gehört er Ihnen. Heintze ist nicht sehr schlau und ein furchtbares Sensibelchen. Gehen Sie behutsam mit ihm um. Gute Informanten sind wertvoll.«

»Ist er gut?«

»Er wird Ihnen Matysek liefern, was wollen Sie mehr?«

Bodo Heintze wohnte im zweiten Stock eines Nachkriegshauses mit schmuckloser Fassade, das zwischen zwei Altbauten an der Moltkestraße eingeklemmt war. Eine Frau wischte die Treppe – im Vorbeigehen starrte Zander ihr unverhohlen auf den Hintern.

Heintze, ein blasser Kerl mit scharfem Seitenscheitel, wirkte nervös. Er ließ sie ein und behandelte Ela, als sei sie schon immer Zanders Partnerin gewesen. Er führte sie in ein stickiges Zimmer, in dem eine alte Frau vor dem Fernseher saß, trotz der Sommerhitze in eine Decke gehüllt. Die Glotze lief, ein Western. Heldenhafte Kavallerie verfolgte einen Trupp Rothäute – Fanfaren, Befehle, Pferdegetrappel. Überlaut. »Guten Tag«, grüßte Ela.

»Sie ist taub«, sagte Zander. »Nicht wahr, du alte Schachtel?«

Mit deiner Art von Charme hättest du Probleme in der Festung, dachte Ela.

Die Alte lächelte zurück.

Heintze sagte: »Red nicht so mit meiner Mutter.«

»Ich liebe alte Schachteln. Das weißt du doch, Bodo. Wolltest du uns nicht einen Kaffee anbieten?«

Zanders Informant fuhr sich durch das strähnige Haar. »Ich hab doch gesagt, dass ich keine Zeit hab. Ich muss zur Sp-p-...«

»Ich helf dir, Bodo.«

Zander bugsierte ihn aus dem Zimmer. Ela fragte sich, was die taube Mutter vom Western mitbekam.

Zander schüttete Kaffeepulver in die Filtertüte. Heintze hörte nicht auf, seine Frisur zu ordnen – er machte Zander damit ganz kribbelig.

»Das Wiesel sagt, er macht dich k-kalt, wenn du das Geld nicht rausrückst, das du für die P-Pelze ...«

»Sprich leiser, Bodo.«

»Drei Tage gibt er dir. Und k-keine Tricks, sagt er.«

»Du hast mich also verraten?«

»Der hat mir 'n Gewehr unter die N-N-Nase gehalten. Der Typ ist völlig d-durchgedreht, ehrlich. Sei v-v-vorsichtig. Wenn du ihm das G-Geld gibst, legt er dich vielleicht trotzdem um.«

Aus dem Wohnzimmer knallten Schüsse, Soldaten und Indianer schrien durcheinander – Sensibelchen Heintze zuckte zusammen.

Zander verwuschelte ihm die Haare, bis der Scheitel unkenntlich war. Er packte ihn am Kragen und machte ihn eng. »Du Arschloch hast mich also verraten.«

Der Informant schnappte nach Luft und brachte kein Wort hervor.

Zander dachte nach. Wiesmann war nicht schlauer als der Stotterer, aber unberechenbar und gewalttätig. Die Chancen standen fifty-fifty, aber Zander wusste, dass es nicht anders ging. Mit einem Schubs ließ er Heintze los und fragte: »Weißt du, wo das Wiesel wohnt?«

»Er sagt, er k-k-knallt dich ab, wenn du ohne die Knete dort aufkreuzt. Er k-kennt deine Tricks, sagt er.«

»Er weiß also, dass du auch ihn verraten wirst.«

»Das w-werd ich aber nicht. Ich h-hab Angst.«

Die Maschine ließ ein Röcheln hören. Zander suchte im Hängeschrank nach Tassen. Er fand eine Flasche Wodka und füllte eine Tasse halb voll. Er reichte sie Heintze – manchmal verging sein Stottern schon nach dem ersten großen Schluck.

»Pass auf, Bodo. Wir gehen jetzt wieder zurück ins Wohnzimmer. Die Tante mit den dunklen Haaren ist Mordermittlerin.«

»M-M-M ...«

»Genau. Sie wird dir ein paar Fragen über einen gewissen Dirk Matysek stellen. Der Bursche arbeitet in der gleichen Firma wie du.«

»Ich w-w-weiß.«

»Trink!«

Heintze gehorchte. Der Kaffee war jetzt durchgelaufen. Zander stellte alles auf ein Tablett. »Sie wird dich fragen, wo er sich aufhält. Zuerst wirst du dich ein wenig zieren, dann nennst du der Tante die Adresse.«

»Die kenn ich aber nicht.«

»Du sagst ihr die vom Wiesel.«

»Aber ich hab ihm versprochen, es nicht zu verraten.«

Das Stottern war vergangen. Der Wodka wirkte. Zander drängte Heintze gegen den Kühlschrank, presste ihm die Faust gegen die Nasenspitze und zischte: »Du tust, was ich sage. Und wenn du noch einmal irgendjemandem etwas über mich und den Pelzraub zuflüsterst, dann wird deine liebe Frau Mama den Tod ihres Sohnes zu beklagen haben. Das würde ihr das Herz brechen und das wollen wir doch beide nicht, oder?«

Ela jagte das Auto Richtung Süden: Dorotheen, Kettwiger, dann ostwärts in den Höher Weg, Richtung Lierenfeld. Die Wohnbebauung löste sich auf, Gewerbe, Kleingärten, Brachflächen. Ihre Müdigkeit war wie weggeblasen. Der Kaffee hatte gut getan.

Sie sagte: »Das ist eindeutig eine SEK-Lage. Matysek ist bewaffnet.«

»Wir sind zu zweit und auch bewaffnet. Er rechnet nicht mit uns. Wir sollten nicht lange warten. Und die Rambos haben es schon einmal versiebt.«

Das Gelände eines Schrotthändlers. Hinter einem stacheldrahtgekrönten Zaun stapelten sich Altautos, so weit das Auge reichte. Ela ließ den Dienstwagen auf dem unbefestigten Seitenstreifen ausrollen.

Sie stiegen aus, Zander nahm die Sonnenbrille ab und zeigte auf die Wellblechhütte unweit der Toreinfahrt. »Das muss es sein«, sagte er.

»Wem gehört das Gelände?«

»Keine Ahnung.«

Möglicherweise gab es eine Verbindung zwischen dem

Besitzer und Larue, dachte Ela. Wenn der Schrotthändler Matysek versteckte, dann hatte er ihn vielleicht auch beauftragt, die Larues zu überfallen.

Ela öffnete den Kofferraum, wühlte nach der schusssicheren Weste und zog sie über. Ein schweres Ding, das die Bewegungsfreiheit einschränkte. Für leichte Westen fehlte der Behörde das Geld. Wer nicht zu einem Spezialkommando gehörte, musste sie privat besorgen, auf eigene Kosten. Ela bot Zander die zweite Weste an, doch er winkte ab – ein echter Macho.

Das Tor war nur angelehnt, es gab kein Schloss. Ela hoffte, dass kein scharfer Köter Matysek warnen würde. Sie schlichen über die staubige Zufahrt und erreichten das Häuschen. Von drinnen waren Stimmen zu hören. Ein Mann und eine Frau.

Zander und Ela zogen ihre Waffen. Sie versuchte, durch ein Fenster zu spähen – es war von innen mit einer Decke verhängt.

Die Frau in der Hütte stöhnte.

Zander machte Zeichen. Ela sollte hinter ihm bleiben. Steine und Scherben knirschten unter ihren Sohlen. Sie näherten sich der Tür.

Lustschreie.

Der Mann vom Einsatztrupp hob die Pistole und trat gegen die Tür. Blech donnerte, die Tür schwang auf und krachte gegen die Wand. Auf einem Feldbett lag ein nackter Mann, in der einen Hand eine Dose *Schlösser*, in der anderen hielt er seinen Schwanz.

»Du Arschloch, du Niete!«, schrie Zander und ging hinein.

Ela folgte und zuckte zusammen – die Tür fiel hinter ihr ins Schloss. Plötzlich war es dunkel, bis auf das blaue, zuckende Licht, das ein Monitor verstrahlte.

Der bartlose, dunkelhaarige Kerl hechtete von der Liege und verschwand hinter dem Schreibtisch. Der Fernseher wackelte, Bier spritzte, die Dose flog durch den Raum. Ein Gewehrlauf hob sich über die Tischplatte.

»Runter!«, rief Zander. Ela warf sich zu Boden.

Ein Schuss krachte – Schrot riss Löcher in die Blechwand, Sonnenlicht stach herein, wo Ela eben noch gestanden hatte.

»Besorg's mir«, keuchte die Frau auf dem Bildschirm. »Fester. Jaaa!«

Ela presste sich gegen den verdreckten Teppich. Es war heiß, die Sonne knallte auf das Blechdach.

Das war nicht Matysek.

Sie waren ohne rechtliche Handhabe auf Privatgelände eingedrungen. Der Informant hatte ihnen einen Bären aufgebunden.

Der Kerl musste sie und Zander für Verbrecher halten.

»Polizei!«, schrie Ela. »Wir wollen nur mit Ihnen reden!« Mit einer Hand streckte sie den grünen Dienstausweis in die Luft, mit der anderen zielte sie auf die Beine, die sie schemenhaft unter dem Korpus des Schreibtisches hervorlugen sah.

»Mmmh. Gib mir deinen Zauberstab«, gurrte die Stimme aus dem Fernsehgerät.

Die Mündung der Flinte zeigte in Elas Richtung, sie zog die Hand mit dem Ausweis zurück. Ein zweiter Schuss, schlecht gezielt – noch mehr gleißende Punkte, Sternzeichen an der Wand.

Der dritte Schuss klang anders, der Typ kippte hinter dem Tisch in sich zusammen, sein Kopf rollte zur Seite.

»Sooo guuut. Gib mir deine Sahne. Spritz mich voll, du geiler Bock!«

Zander schlug gegen den Fernseher, das Stöhnen brach ab, der Bildschirm erlosch. Der Kollege riss die Decke vom Fenster, endlich wurde es hell. Korditgeruch hing in der Luft. Zanders Hände griffen nach Ela. Sie wehrte den alten Macho ab und rappelte sich hoch.

Sie beugte sich über den Toten und zwang sich, langsamer zu atmen. Kein Traum, kein Trugbild überspannter Nerven. Ein rotes Loch auf der Stirn wie ein drittes Auge. Ela tastete nach der Halsschlagader des Kerls:

verschwitzte Haut, kein Puls. Etwas Blut war aus dem Hinterkopf gesickert, wo die Kugel aus Zanders P6 ausgetreten war. Die Erektion des Toten wirkte absurd.

An der Wand hing ein Telefon mit altertümlicher Wählscheibe. Ela nahm den Hörer. Nach dem dritten Klingeln hob die Sekretärin des KK 11 ab und verband mit Schranz, dem Einzigen, der greifbar war. Schranz war Leiter einer Mordkommission wie sie, dienstältester Beamter im KK 11 und neben Gerres ihr schärfster Konkurrent.

Elas Blick suchte Zander, als sie Schranz die Adresse durchgab. Der Kollege vom Einsatztrupp studierte die Hüllen von Pornokassetten, die er mit einem Taschentuch anfasste. Als Ela auflegte, sagte sie: »Jetzt werden *wir* zum Gegenstand von Ermittlungen.«

Sie ging hinaus und schälte sich aus der Weste.

Zander folgte ihr. »Der Bursche hat's herausgefordert. Der hat sicher nicht weniger Dreck am Stecken als Matysek.«

Er setzte sich in den Staub, Ela tat es ihm nach. Schulter an Schulter, gegen die warme Wellblechwand gelehnt. Sie sagte: »Dieses Muttersöhnchen ist ein Scheißinformant. Er trinkt. Ich hab's gerochen.«

Der ältere Kollege zog einen Müsliriegel aus der Hemdtasche, brach ihn durch und hielt ihr eine Hälfte hin. »Bist du okay?«, wollte er wissen.

Nach einer Weile fragte sie: »Habt ihr etwas über Christoph Larue erfahren, oder nicht?«

»Wer soll das sein?«

»Ihn und seine Frau hat Matysek überfallen. Ich hab dir doch die Geschichte erzählt. Dass Larue den Raub und die Vergewaltigung seiner Frau verheimlichen wollte. Dass ich den Verdacht habe, es ginge um Drogen und Larue hänge mit drin.«

»Mir hast du nichts erzählt. Du musst mit einem anderen telefoniert haben.«

»Okay, vergiss es.«

»Glaub nicht, dass mir das da drinnen nichts ausmacht«, sagte Zander, zerknüllte die Verpackung und warf das Papier ins Unkraut. »Aber was ändert es schon, ob's einem was ausmacht oder nicht?«

Vier Zivilwagen, ein grüner Transit, zwei grün-weiße Vectras vor dem Zaun. Auf dem Gelände ein knappes Dutzend Kollegen. In Kutte, in Zivil, im weißen Plastikoverall der Spurensicherung. Ela fragte sich, ob die Bruchbude jemals zuvor so viele Menschen auf einem Haufen gesehen hatte.

Ihre Kollegen betrachteten den Toten – Engel war fassungslos, Schranz und Gerres konnten sich vor Freude wahrscheinlich nicht einkriegen. Blutflecken auf Elas weißer Weste.

Thann und zwei seiner Leute vom Inneren Dienst trafen ein. Sie jagten die KK-11-Männer aus der Hütte, als befürchteten sie, dass die Kollegen Spuren manipulieren würden, um Ela zu schützen. Sie wusste, dass zumindest Gerres eher das Gegenteil tun würde.

Engel fragte: »Und ihr habt wirklich keine Ahnung, wer der Tote ist?«

Ela sagte: »Wir dachten ...« Sie unterbrach sich.

Sie beobachtete, wie Gerres hinüber zu den Autos schlenderte, das Diensthandy am Ohr. Sicher telefonierte das intrigante Schwein mit Giftzwerg Poetsch. Neuigkeiten.

Martin Zander erklärte: »Mein Informant nannte ihn das Wiesel. Er hatte gehört, dass das Wiesel mit Matysek zusammensteckte. Wir fuhren hierher, um den Mann zu befragen. Wir gaben uns als Polizeibeamte zu erkennen, trotzdem eröffnete der Mann das Feuer. Ich habe ihn in Notwehr erschossen. Das ist die ganze Geschichte.«

Bei den letzten Worten fixierte er Ela. *Woher zum Teufel wusste Zander, wer der Tote war?*

Sie nickte. Er hatte den tödlichen Schuss zugegeben, sein Informant hatte sie hierher geschickt – sie war aus dem Schneider, wer auch immer sich hinter dem Namen Wiesel verbarg.

Engel blickte auf Elas Weste, die am Boden lag. Das Handy an seinem Gürtel schrillte. Er fragte Ela: »Dann weißt du es also noch nicht?«

»Was denn?«

Ihr Chef machte sein Handy los. »Matysek wurde vor vierzig Minuten gefunden. Drüben in Neuss. Die Kollegen sagen, es sieht nach Selbstmord aus. Du warst nicht da, deshalb habe ich Biesinger hingeschickt.«

Engel nahm das Mobiltelefon ans Ohr und meldete sich. Er hörte zu, dann sagte er: »Bingo. Lass ihn rüberbringen. Ich will, dass Rosenbaum die Obduktion macht.«

Er beendete das Gespräch und erklärte: »Biesinger glaubt nicht, dass es Selbstmord war. Ein aufgesetzter Schuss, aber keine Schmauchspuren an den Händen.«

»Larue«, sagte Ela.

»Weil du den Namen gerade erwähnst. Ich habe einen Anruf bekommen. Du sollst den Mann nicht so terrorisieren.«

»Die Staatsanwältin?«

»Nein, Larues Vater, der Richter vom OLG.«

»Hat er wirklich terrorisieren gesagt?«

»Ich hab ihm geantwortet, dass du meine beste Mitarbeiterin bist und weißt, was du tust.«

»Danke.«

Engel ließ seinen Blick zu Gerres schweifen, der noch immer bei den Fahrzeugen stand und telefonierte. Er sagte: »Sieh zu, dass ich damit Recht behalte.«

15.

Leo steuerte in seinem Fiesta das Rheinufer entlang – der alltägliche Nachhauseweg, den er selbst im Schlaf finden würde. Auf dem Rücksitz die persönlichen Sachen, die er aus der Dienststelle mitgenommen hatte: Klamotten, Kaffeebecher, eine gerahmte Urkunde. Eine Flasche Grappa, die seine Kollegen ihm zum Fünfunddreißigsten geschenkt hatten, kullerte in den Kurven durch den hinteren Fußraum. Keiner der Jungs hatte Lebewohl gesagt – sie waren draußen bei irgendeiner Übung.

In seiner Wohnung erwartete ihn kein Trost. Er verließ die Uferstraße und bog ein paar Mal ziellos ab, bis er auf der Bankenseite der Königsallee einen freien Stellplatz fand. Er schlenderte in Richtung Altstadt und fragte sich, ob die dreißig Mark, die er bei sich hatte, ausreichen würden, um sich zu betrinken.

Ein Großteil der Marktstände am Karlplatz hatte am Montag geschlossen, an der Altbierbude war nichts los. Leo sah den Hamburgerladen und dachte an das blonde Mädchen von gestern. *Du kannst dich umsehen und zugreifen, wann es dir passt* – er wusste gar nicht mehr, wie das ging.

In einem Kiosk kaufte er ein Fläschchen Weinbrand. Am Rheinufer fand er in der Nähe des *Geminag*-Hochhauses eine freie Parkbank. Er schluckte den Zehntelliter, wartete in der prallen Sonne auf die Wirkung und schaute den Menschen zu, die vorübergingen. Jeder von ihnen schien ein Ziel zu haben, zumindest eine Heimat.

Er redete sich ein, dass Häuptling Enders Recht hatte. Es war Massimos Schuld. Leo beobachtete seine rechte Hand, bis er feststellte, dass sie fast ruhig war. Sobald morgen oder übermorgen das Zittern endgültig weg sein würde, würde er noch einmal mit dem Polizeirat reden. Der Häuptling konnte ihn nicht einfach fallen lassen. Wenn sich der Stress gelegt hatte und seine Nerven sich beruhigten, würde er vielleicht die polizeiärztliche Untersuchung riskieren, um seine Rückkehr zum SEK zu erstreiten.

Dann fiel Leo die Intensivstation ein. *Buonaccorso schwebt zwischen Leben und Tod.*

In einem Tabakladen, der auch Wein und Spirituosen führte, suchte Leo den billigsten Weinbrand aus. An der Kasse entdeckte er, dass er sein Portemonnaie nicht mehr bei sich hatte, und lief zurück zum Kiosk. Der Verkäufer erinnerte sich nicht an seine Geldbörse. Unter der Parkbank konnte Leo sie auch nicht finden. Er ging zu seinem Auto, holte das Geburtstagsgeschenk heraus und entkorkte die Flasche. *Grappa di Brunello* – feinster Fusel. Er nahm einen Schluck und spie in hohem Bogen aus – ein Witzbold hatte den Schnaps durch Leitungswasser ersetzt.

Leo wollte noch immer nicht in seine leere Wohnung. In Gedanken an Fehler und verpasste Chancen ließ er sich treiben. Durch die Unterführung am Ende der Königsallee erreichte er den Hofgarten und schlenderte am Teich entlang, wo Rentner die Wasservögel fütterten, obwohl Schilder es verboten. Radler und Jogger überholten ihn, Leo spazierte weiter, bis er im nordwestlichen Teil des Parks ein kleines Tal erreichte. Auf dem sonnenzugewandten Hang lagerten ein paar Leute. Leo machte es sich bequem, zog sein T-Shirt aus, drehte es zu einer Rolle und schob es unter den Nacken. Vielleicht war das die absolute Freiheit: wenn es egal war, was man tat.

Er verschloss die Augen vor der Spätnachmittagssonne – der Lärm der Stadt schmolz zum Hintergrundrauschen.

Ein Aufschrei weckte ihn. Ein Kleinkind, das kaum laufen konnte, war von einem zotteligen Hund gekniffen worden und plärrte zum Steinerweichen. Die Mutter schimpfte mit dem Kind, offenbar hatte der Hosenscheißer das Tier geärgert. Die beiden entfernten sich, der Köter jagte weiter zu zwei langmähnigen Studenten, die Frisbee spielten – dürre Hänflinge, aber mit ihrer Scheibe zogen sie eine gekonnte Show ab.

Leo schätzte, dass er höchstens fünf Minuten gedöst hatte. Der Piepser in der linken Gesäßtasche begann ihn zu drücken. Er drehte sich auf den Bauch und sah das Mädchen, keine zehn Meter entfernt.

Sie saß auf einem Badetuch, nur mit einem blauen Bikinihöschen bekleidet, und blätterte in einer Zeitschrift, die Kleidung neben sich fein säuberlich zusammengefaltet. Trotz ihrer Sonnenbrille erkannte Leo sie sofort wieder: honigblondes Haar, das kleine Muttermal unter dem linken Auge, die etwas zu große, schmale Nase. Nur ihr Lächeln fehlte – sie bemerkte ihn nicht. Dani war nicht bei ihm.

Er vergrub sein Gesicht in der Armbeuge, roch das frisch gemähte Gras, lauschte dem Rascheln des Windes in den Bäumen über ihm und linste ab und zu hinüber.

Sie legte es nicht darauf an, braun zu werden. Vornübergebeugt warf sie Schatten auf ihre kleinen Brüste, den flachen Bauch. Die Zeitschrift lag zwischen ihren Beinen, was sie las, konnte er nicht erkennen.

Ab und zu blickte sie hoch und suchte den Weg ab, der weiter oberhalb hinter den Parkbänken verlief, als erwarte sie jemanden.

Leo schloss die Augen und dachte daran, wie es wäre, sie anzusprechen – ihr junges, festes Fleisch zu fühlen, ihr Haar zu riechen. Er malte sich aus, wie er ihre Brüste in den Mund nahm. Ihr Ohr leckte, ihren Hals schmeckte, ihre Scham.

Schritte neben seinem Kopf rissen ihn aus dem Traum. Leo sah wieder auf die Uhr, auf den Piepser – Adomeit hatte angekündigt, ihm Bescheid zu geben, wann er bei den Mordermittlern anfangen konnte. Er wollte nicht noch einmal einschlafen. In der Nacht würde er nur wach liegen, wenn er jetzt der Müdigkeit nachgab. Er setzte sich auf und zog das T-Shirt an, um keinen Sonnenbrand zu bekommen. Als typischer Rothaariger bekam er allenfalls Sommersprossen, keine Bräune.

Der junge Mann im bunten Hemd, der dicht an ihm vorbeigegangen war, kauerte jetzt neben dem Mädchen. Er hielt eine *Blitz*-Ausgabe von letzter Woche in der Hand: *FLOH FEUERTEUFEL IN GELBEM JEEP?*

Das Pärchen tuschelte, eine kurze Meinungsverschiedenheit, wie eine geschäftliche Verhandlung. Dann griff der Mann nach der Stofftasche der Frau und untersuchte sie. Leo sah ihr an, dass ihr das nicht gefiel. Der Typ steckte seine alte Zeitung in die Tasche und drückte dem Mädchen einen Kuss auf die Wange. Er zischte ihr etwas zu, wartete, bis sie mit einem Lächeln antwortete, dann stand er auf und ging mit in sich gekehrter Miene zurück, vorbei an den Frisbeespielern und weiter in Richtung Tonhalle.

Die junge Frau zog sich an, schüttelte das Tuch aus und faltete es. Für den Bruchteil einer Sekunde traf ihr Blick Leo – er war noch immer Luft für sie. Sie verstaute das Tuch und warf die Tasche über die Schulter. Als sie sich über die Wiese entfernte, beschloss Leo, ihr zu folgen.

Er wählte einen Weg, der parallel zu ihrem führte, auf die glitzernden Scheiben des Hochhauses am Gustav-Gründgens-Platz zu, dann nach rechts abknickend, vorbei an einer Skulptur von Henry Moore und an den Teichen, über die Schwäne glitten und Entenpärchen sich jagten.

Ihr Schritt war zielstrebig, durch die Unterführung verließ sie den Park.

Auf der Königsallee lastete eine Hitze, als glühten die Fassaden der Geschäfte und Büros. Angestellte, die jetzt Feierabend hatten, mischten sich mit Touristen, Schickimickis, ersten Kinogängern, letzten Schnäppchenjägern im Sommerschlussverkauf. Den Luxusläden zur Linken schenkte die junge Frau keinen Blick. Im Getümmel der Passanten verringerte Leo den Abstand. Er konnte das Designerlabel ihrer Jeans entziffern. Er entdeckte feine blonde Härchen auf dem Streifen Haut, den das Top freiließ. Er spürte den Impuls, sie zu berühren. Ihr zu sagen, dass sie ihm gefiel.

Leo wurde sich bewusst, wie sinnlos es war, was er tat. Das Mädchen war zehn Jahre jünger und hatte einen Freund – dass sie am Vortag im Hamburgerschuppen Dani ein Lächeln geschenkt hatte, bedeutete wirklich nichts.

Sie verschwand in einer Ladenpassage.

Er blieb stehen und betrachtete in einem Schaufenster sein Spiegelbild. In knapp fünf Jahren würde er vierzig sein. Noch war er schlank, sein roter Schopf hatte sich noch nicht gelichtet. Er machte eine gute Figur, doch das würde nicht von Dauer sein – zum ersten Mal spürte er, dass es nicht viel wert war.

Bilder einer Modenschau flatterten über Monitore, die zu Säulen gestapelt waren. Models in wehenden Tüchern stolzierten und drehten sich, junge, teure Dinger mit ausdruckslosen Gesichtern. Neben den Bildschirmen waren die gleichen Stoffe über kopflose Puppen drapiert, transparentes Nichts, das ein Vermögen kostete. Unsichtbare Lautsprecher übertrugen Sphärenklänge, eine Inszenierung luxuriöser Leichtigkeit.

In einem verspiegelten Pfeiler entdeckte Leo das Mädchen. Es stand in einem Hauseingang und tippte auf die Tasten eines Handys.

Überall waren Spiegel. Überall Monitore, Puppen, Passanten. Zwei ältere Damen traten an die Scheibe. Sie machten sich über die durchsichtigen Fummel lustig, versuchten die Preisschilder zu entziffern, dann schwiegen sie und warfen Leo Blicke zu.

Es war nicht verboten, sich die Auslagen einer Damenboutique anzusehen. Seine Augen suchten noch einmal den Pfeiler – das Mädchen war verschwunden.

Weiter vorn zeigten blaue Schilder den Zugang zur U-Bahn an. Sein Fiesta stand auf der anderen Seite des Kö-Grabens. Leo erinnerte sich daran, dass er nur Münzen für eine halbe Stunde in die Parkuhr gesteckt hatte. Er löste sich vom Schaufenster.

Die Honigblonde stellte sich ihm in den Weg. Sie hielt das Handy wie eine Waffe und fragte ihn: »Wer sind Sie? Was wollen Sie?«

»Tut mir Leid.«

»Sie laufen mir nach.«

»Wir haben uns bei McDonald's gesehen.«

»Ach ja?«

»Gestern. Sie waren mit einer Freundin dort.«

Sie musste ihn für übergeschnappt halten. Sie zögerte. Dann sagte sie: »Sie hatten einen kleinen Jungen dabei.«

»Daniel«, antwortete Leo. »Mein Sohn.«

»Warum verfolgen Sie mich?«

Er versuchte ein Lächeln, das charmant wirken sollte. »Was halten Sie davon, wenn ich es Ihnen bei einer Tasse Kaffee erkläre?«

Das nächste Straßencafé war nur einen halben Block entfernt. Zu Leos Überraschung willigte sie ein. Sie setzten sich an den einzigen freien Tisch und bestellten beide Milchkaffee.

Die junge Frau nahm die Sonnenbrille ab und sagte, sie heiße Jasmin.

Er sagte, wie schön er das Grün ihrer Augen fand.

»Und wo steckt der süße Daniel?«, fragte Jasmin.

»Bei seiner Mutter. Ich seh ihn nur sonntags.«

»Verstehe.«

Der Kellner setzte den Kaffee zu schwungvoll auf den Tisch, er schwappte über und durchnässte die Rechnung, die unter Leos Tasse geklemmt war. Der Kellner erwartete offenbar kein großes Trinkgeld – ein Hellseher. Leo fand ein paar Münzen in der Hosentasche und war froh, dass Jasmin darauf bestand, ihren Anteil selbst zu bezahlen. Neben Leo quetschte sich ein Porsche-Cabrio in eine Parklücke. Zu langsam für den Geschmack eines Mercedesfahrers, der seine Hupe dröhnen ließ. Leo nippte vom Kaffee und entdeckte Grasflecken auf seinem T-Shirt.

»Hast du 'ne Stunde Zeit?«, fragte Jasmin.

»Um was geht es?«

»Voll in Ordnung, wenn du nein sagst. Wir kennen uns ja gar nicht.«

Ihr Problem bestand darin, dass sie Streit mit ihrem Exfreund hatte. Sie wollte zu ihren Eltern ziehen, traute sich jedoch nicht, allein ihre Sachen zu holen. Sie sagte, ihr Ex sei kokainsüchtig und unberechenbar, wenn er unter Drogen stand. Noch unerträglicher sei er, wenn er nichts genommen habe. Ein total uncooler Typ, sagte sie.

Leo willigte ein, sie zu begleiten – für Opfer zerbrochener Beziehungen hatte er ein Herz.

Im Auto erzählte Jasmin, dass sie Zahntechnikerin sei. Ihr Chef sei ein reicher Zahnklempner mit prominenter Klientel und zugleich ein kleinlicher Ausbeuter seiner Angestellten. Da er der Vater ihres Ex war, sei es auch aus mit ihrem Job. Wegen der Reformen im Gesundheitswesen werde es schwer sein, etwas anderes zu finden.

»Verstehe«, sagte Leo, als ob er sie damit trösten könnte. »Aber besser klar Schiff, als sich ständig zu ärgern.«

»Du kennst dich da aus, was?«

»Es hinauszuzögern macht es nur schlimmer.«

Jasmin lächelte und streichelte Leos Knie.

Ihre Wohnung war ein kleines Apartment an der Merkurstraße, Neubau, dritter Stock.

Leo glaubte, Jasmins Anspannung zu spüren, als sie die knarrende Holztreppe hochstiegen. Neben ihrer Tür ein selbst bemaltes Holzschild: *Jasmin Horn* – eingerahmt von Blümchen und Schmetterlingen. Jasmin wartete ein Stockwerk tiefer.

Er klingelte, und als er niemanden hörte, öffnete er mit Jasmins Schlüssel. Er kontrollierte jeden Raum der Zweizimmerwohnung. Kein Exfreund, nur seine Spuren: teure Männerklamotten über einer Stuhllehne, Rasiersachen auf der Ablage im Bad, ein paar dunkle Anzüge, dezente Krawatten und weiße Hemden in einem Schrank, dessen Schiebetür halb offen stand. Ansonsten war es die Wohnung einer Frau mit Geschmack.

Im Wohnzimmer ein Sofa, mit einem Bettlaken überzogen. Darauf ein Schlafsack – auch Leo hatte nächtelang auf der Couch geschlafen, bevor Brigitte endlich gegangen war. Großformatige, gerahmte Fotos fielen ihm auf: exotische Gesichter, Menschen aus einer fernen Welt.

Leo fand es falsch, dass sie auszog. Ihr Ex hätte gehen müssen.

Er rief das Mädchen herein – die Luft war sauber.

Jasmin bat ihn zu bleiben, bis sie ihre Sachen gepackt hatte. Sie griff sich einen Koffer und riss Kleidung aus dem Schrank, sammelte CDs vom Fußboden auf. Sie wühlte nach Papieren und persönlichen Wertgegenständen. Als sie bemerkte, dass Leo ihr zusah, forderte sie ihn auf, das Treppenhaus zu kontrollieren. Leo stellte sich vor die Eingangstür.

Aus der gegenüberliegenden Wohnung kam ein Rentner, eine kleine Mischlingstöle an der Leine. Das Tier zeigte Zähne, zerrte in Leos Richtung. »Mein Hund beißt nicht«, sagte der Alte misstrauisch. »Nur, wenn einer Angst hat.« Endlich ging er weiter und zog den Kläffer die Stufen hinab.

Leo gewann plötzlich die Gewissheit, dass er hier nichts zu suchen hatte. Er mischte sich ein in den Streit eines Pärchens, das er nicht kannte. Vielleicht war Jasmins Typ weder süchtig noch gewalttätig. Womöglich machte sich Leo nur zum Narren. Nur weil seine Hormone verrückt spielten.

Er zog die Tür zu und ging ins Schlafzimmer, um ihr zu sagen, dass sie sich beeilen sollte.

Sie stand vor dem Schrank und sprühte sich mit Parfum ein, sich dabei im Spiegel begutachtend – nackt bis auf das blaue Bikinihöschen. Sie bemerkte ihn und hielt zwei Sommerkleidchen hoch. »Das Gestreifte sieht richtig kultig aus, oder?«

Leo ging auf sie zu – sie ließ die Kleider zu Boden gleiten.

Er beugte sich zu ihr und küsste ihren Mund, ihre Schulter, die Brustwarzen.

Sie fragte: »Hast du die Tür zugemacht?«

Er umfasste ihren Körper und drückte ihn gegen seinen. Sie war weder muskulös noch knochig, einfach schlank und fest. Ein wenig zu viel Parfum.

Jasmin machte sich los, stieg aus dem Slip und nestelte an seiner Hose. Sie griff nach seinem Schwanz, doch der war schlaff geblieben.

»Tut mir Leid«, sagte Leo. »Es geht zu schnell.«

»Du spielst hier doch den Draufgänger.«

»Mir geistert so viel im Kopf rum.«

»Warte«, sagte sie und riss eine Schublade auf. Sie holte ein Tütchen heraus und kippte das, was drin war, auf die Kommode. »Das hilft.«

Weißes, zum Teil körniges Pulver, das Jasmin mit dem Ende eines dünnen Metallröhrchens hackte und hastig zu einer Linie zusammenschob. Viagra ist das nicht, dachte Leo.

Sie hielt ihm das Röhrchen hin.

Leo schnupfte, wie er es aus Fernsehfilmen kannte, bis Jasmin ihn beiseite schob und den Rest in ihre Nase zog. Dann zerrte sie ihn auf die Matratze.

Er vergaß das Desaster der letzten Stunden – den Einsatz, die Intensivstation, seinen Rauswurf. Er verdrängte Jasmins Ex und die Risiken, die Drogenkonsum mit sich brachte. Er konnte sich auf das Mädchen konzentrieren, noch bevor die Wirkung des Kokains mit aller Wucht einsetzte.

Die Müdigkeit fiel von ihm ab.

Als Jasmin bald darauf schwer keuchte und ihre Lider flatterten, verflogen seine letzten dunklen Gedanken. Er war im allerbesten Alter. Er begann ein neues Leben. Die Welt stand ihm offen und er griff zu.

Ein Siegertyp.

Irgendwann kamen sie schweißnass zur Ruhe. Jasmin strich sich die Haare aus der Stirn und angelte über ihn hinweg nach einem Päckchen Zigaretten, das auf einer Obstkiste neben der Matratze lag. Ein Foto lehnte dort an der Wand, schwarzweiß, ein älterer Herr – vielleicht Jasmins Vater. Leo studierte ihren Rücken, ihren Po. Er nahm die Veränderung des Geruchs wahr. Weniger Parfum, mehr Jasmin selbst.

Sie sagte: »Zieh dich draußen an, ich hab hier noch was zu erledigen. Geh schon, ich komm gleich nach.«

Leo klaubte seine Klamotten auf und ging ins Wohnzimmer. Er zog sich an und betrachtete die Fotos an der Wand: ein alter Mann mit Holzpflock in der Nase, eine Frau, deren Hals in einem Turm von Metallringen steckte. Grimmige und lachende Gesichter. Leo sah sich weiter um. Er nahm eine alte Motorradjacke vom Sessel und befühlte das Leder, beschnupperte den Futterstoff.

Sein Piepser meldete sich, auf dem Display stand Adomeits Nummer.

Auf dem Tisch lag das Ladegerät für ein schnurloses Telefon. Er suchte den Hörer und fand ihn auf dem Schreibtisch. Er tippte die Ziffern ein – für einen Moment fürchtete er, Adomeit könne merken, wie sehr er unter Strom stand.

Der Kommandoführer seines vergangenen Lebens sagte: »Ich soll dir ausrichten, dass es mit dem KK 11 nichts wird.«

»Heißt das, ich bleibe im Kommando?«

»Es heißt, dass irgendwer im KK 11 Veto gegen dich eingelegt hat. Der Häuptling sagt, an Poetsch liegt es nicht. Stattdessen sollst du zur Kriminalwache wechseln. Bleibt es dabei, dass du keinen Urlaub nehmen willst?«

»Scheiße, ja.«

»Dann meldest du dich morgen zur Spätschicht in der Festung. Fünfzehn bis zweiundzwanzig Uhr. Dienstgruppe zwei, der Chef heißt Ritter. Die K-Wache findest du im Erdgeschoss.«

»Ich weiß.«

»Ist ein guter Job. Abwechslungsreich. Viel Eigenverantwortung. Und mit dem KK 11, das kann ja noch werden.«

Leo beendete das Gespräch. Jasmin stand in der Tür, angezogen, den Koffer in der Hand.

»Time to say goodbye«, sagte sie und pflückte einen kleinen Bären mit Kordhose und Holzfällerhemd aus dem Regal. »Er heißt Gordon. Schenk ich dir. Für deinen Sohn.«

Er bedankte sich und steckte den Bären in die Gesäßtasche seiner Jeans. Er zeigte auf die Bilder an der Wand. »Hast du die Fotos gemacht?«

Jasmin rollte den Schlafsack zusammen und antwortete nicht. Leo nahm den Koffer und folgte ihr die Treppe hinunter. Sie fragte: »Stimmt was nicht? Lass mich raten. Du hast mit deinem Sohn telefoniert.«

»Nein, das war mein ehemaliger Chef.«

»Arbeitslos?«

»Nein. Ich wechsle die Dienststelle innerhalb der Behörde.«

»Bist du zufällig *Bulle*?«

»Sieht man mir das an?«

»Ey, ich hab dich in der Hand.«

Sie lachten. Er sagte: »Ein schönes Gefühl, in deiner Hand zu sein.«

Draußen dämmerte es. Jasmin winkte nach einem Taxi.

»Nicht nötig, ich fahr dich«, schlug Leo vor.

Sie erwiderte: »Kannst du mir einen Gefallen tun?«

»Gern.«

Der cremefarbene Mercedes hielt, ein rasselnder Diesel.

Leo sah erst jetzt, dass Jasmin einen Umschlag in der Hand hielt. »Kannst du das für mich abgeben? Die Adresse steht drauf. Steck es einfach in den Kasten und drück auf die Klingel, damit er rauskommt und es gleich abholt.«

Der Fahrer stieg aus, nahm Leo den Koffer ab und öffnete die Heckklappe.

Leo griff nach dem Brief. »Dein Ex?«

»Kein Kommentar.«

Er lachte. »In was ziehst du mich da hinein?«

»Frag nicht. Denk dran, dass ich dich in der Hand habe. Wir haben gekokst und gevögelt, mein süßer Bulle.«

Er sah sich um. Der Taxifahrer verstaute den Schlafsack und ließ sich nicht anmerken, ob er zuhörte.

Leo fragte: »Sehen wir uns wieder?«

»Klaro. Meinst du, ich lass dich so schnell wieder los?«

»Morgen Abend? Um zehn habe ich Schichtende. Sagen wir um halb elf? Unser Café an der Kö?«

»Meinetwegen. Vergiss nicht, den Brief abzugeben. Jetzt gleich.«

»Gib mir noch eine Belohnung vorab.«

Er rechnete mit einem Kuss, doch Jasmin griff in den Ausschnitt ihres Kleides und steckte ihm zwei kleine Tütchen zu – rasch und verdeckt vor den Augen des Fahrers. Offenbar hatte sie das Kokain ihres Exlovers geklaut und bunkerte es im BH. Als verdiene Leo ein Trinkgeld, fasste sie noch einmal zwischen ihre Brüste und gab ihm augenzwinkernd einen dritten Beutel.

Die Autotür knallte, das Taxi brauste mit Jasmin davon. Ihm fiel ein, dass er vergessen hatte, sie nach der Telefonnummer ihrer Eltern zu fragen.

Leo zog den kleinen Teddy aus der Tasche und presste die Nase an das Holzfällerhemd. Ein Hauch von Holzwolle war alles, was er roch.

Er las die Adresse auf dem Umschlag: *Darius Jagenberg, Albrecht-von-Hagen-Platz 14.*

Der Name kam Leo bekannt vor.

Er sah sich um. Kein Mensch auf der Straße. Die Leute saßen jetzt beim Abendessen oder vor der Glotze. Nur ein Typ mit Sonnenbrille, der in einem roten Honda-Coupé auf seine Flamme wartete.

Leo stieg in seinen Fiesta. Er tastete nach dem Inhalt des Couverts. Hoffentlich machte das Mädchen ihn nicht zum Drogenkurier, dachte Leo. Und sagte sich, dass Jasmin sogar das wert sei.

Die Straße entpuppte sich als piekfeine Gegend. Alte Bäume, Vorgärten, Gartenlaternen. Richtige Villen. Leo war froh, dass der Briefkasten am Gartentor hing. Er warf den Brief ein, drückte dreimal auf die Klingel und machte sich aus dem Staub.

Er fuhr weiter. Einbahnstraßen mündeten in einen

Platz, der einzige Ausweg war durch eine Baustelle versperrt. Leo blieb nichts anderes übrig, als zu wenden. Er passierte die Villa ein zweites Mal ohne hinzusehen.

Am Rande des Platzes stand ein rotes Coupé, Marke Honda. Der Fahrer trug trotz der Dämmerung eine Sonnenbrille. Als Leo vorbeifuhr, schirmte der Typ sein Gesicht hinter einer vorgehaltenen Hand ab. Als würde er vor sich hin dösen.

Leo gab Gas und machte, dass er wegkam.

16.

Als seine Frau ins Schlafzimmer kam, legte Zander den Krimi weg. Beate verrieb eine nach Pfirsich duftende Creme in ihrem Gesicht. Seit einem Jahr färbte sie ihr Haar nicht mehr und trug es kurz. Er konnte sich kaum noch vorstellen, wie sie davor ausgesehen hatte.

Sie öffnete das Fenster, um kühle Nachtluft hereinzulassen. Verkehrslärm drang von unten herauf. Zander drehte die Leselampe so, dass Beate nicht geblendet wurde.

»Fast elf Uhr«, sagte er.

»Pia ist alt genug«, erwiderte seine Frau. Nach einundzwanzig Jahren Ehe brauchten sie nicht viele Worte. Ihre Tochter hatte mit ihrem Freund und einigen Gleichaltrigen das Open-Air-Kino besucht und danach würde die Clique wahrscheinlich noch in einen dieser Altstadtschuppen gehen. Es würde spät werden – es waren noch Ferien. Er sei schließlich auch mal jung gewesen, antwortete Pia, wenn Zander ihr Vorhaltungen machte. Eben, sagte er dann nur. Was er in seiner Jugend getrieben hatte, erzählte er lieber nicht.

Beate hielt Schmiedingers Kruzifix an die Wand. »Du hast nichts dagegen?«

»Soll er uns beim Vögeln zusehen?« Ab und zu taten sie es immerhin noch.

»Ich werde ihn ins Gästezimmer hängen.« Sie meinte Pias Zimmer, das sie zum Gästezimmer machen würden, sobald das Mädchen auszog. Wenn es nach Zander ging, hatte das noch ein paar Jahre Zeit. Übermorgen war Pias achtzehnter Geburtstag. Am Tag darauf wollte sie mit Freunden nach Holland fahren, Campingurlaub. Zander würde Ängste ausstehen – Polizisten wittern überall Gefahr.

Beate löschte das Deckenlicht. »Doktor Heinrich aus dem Kirchenvorstand sagt, ich könnte in seiner Praxis arbeiten.«

Seine Frau hatte als Arzthelferin gearbeitet, bevor ihre Tochter geboren wurde. Zander dachte an das Geburtstagsgeschenk, das er für Pia ausgesucht hatte. Ein nagelneuer VW-Lupo, Zander hatte ihn schon angezahlt. Zum ersten Mal tastete er die ›Rücklagen‹ an. Er dachte an das Menschenleben, das sein Nebenerwerb heute gekostet hatte, und wog das Risiko ab, das der Stotterer Heintze und die noch inhaftierten Pelzräuber für ihn bedeuteten. Zum ersten Mal überlegte er, die Gaunereien zu beenden. Schmiedinger würde es verstehen, wenn Zander ihm sagte, dass seine Frau ihn zu dem Entschluss drängte.

»Häng den Balkensepp, wohin du willst«, sagte er und sah zu, wie Beate den BH öffnete, aus dem Slip stieg und ein dünnes Nachthemd überstreifte.

»Du sollst nicht so über den Erlöser sprechen.«

Vor einem Jahr war Sebastian, Pias kleiner Bruder, bei einem Autounfall ums Leben gekommen. Seitdem hatte Beate den Glauben entdeckt und ihr gefiel Zanders Nebenerwerb nicht mehr. Vielleicht wollte sie nur deshalb ihren alten Beruf wieder aufnehmen, um ihm zu demonstrieren, dass man auch mit ehrlichen Mitteln das Familieneinkommen steigern konnte.

»Wie war dein Tag?«, fragte sie.

Zander erkannte, dass er es nicht für sich behalten konnte. »Ich habe jemanden getötet. Notwehr.«

Beate setzte sich.

»Er hat auf uns geschossen. Ein entflohener Sträfling.«

Dass es einer der Pelzräuber war, sagte er nicht. Sie kannte große Teile der Geschichte und würde sich einen Reim darauf machen.

Sie fragte: »Fallen jetzt auch entflohene Sträflinge unter Straßenkriminalität?«

»Keiner wusste, dass der Kerl eine Waffe hatte.«

»Es wäre leichter für dich, wenn du mit dem Herrn Zwiesprache halten könntest. Versprich mir, dass du in Zukunft auf dich aufpasst.« Beate schlüpfte unter die Decke und drückte sich an ihn. Sie ergriff seine Hand. »Es war Notwehr und dieser Mann trägt die Schuld. Gott wird dir vergeben.«

»Es geht nicht nur um den Burschen.«

»Sondern?«

»Ich hab dabei eine Kollegin in Gefahr gebracht. Sie war ahnungslos. Der Frau hätte was passieren können.«

»*Dir* hätte etwas passieren können. Du warst doch auch ahnungslos.«

»Stimmt. Du hast Recht.«

»Sag mal, Martin?«

»Hm?«

»Du ... du hast doch nichts mit der Kollegin?«

»Unsinn.« Je älter sie wurde, desto häufiger stellte sie solche Fragen. Er stand auf, um das Fenster zu schließen. Er würde Stille brauchen, um zu schlafen.

»Holst du mir ein Glas Wasser?«, fragte Beate.

»Deine Tablette?«

»Nein, ich nehm sie nicht mehr.«

Als Zander in die Küche ging, hörte er, dass sie den Radiowecker einschaltete. Er nahm das Gerolsteiner aus dem Kühlschrank und goss ein Glas halb voll.

Er kehrte zurück. Es liefen die Elf-Uhr-Nachrichten.

Seine Frau saß aufrecht im Bett und starrte ihn an.

Der Tod von Fred Wiesmann war die erste Meldung. Ein entflohener Sträfling, in Notwehr von Polizisten erschossen. Zweimal fiel das Wort ›Pelzräuber‹. Dass Martin Zander das Wiesel in den Knast gebracht hatte, brauchten sie gar nicht zu erwähnen.

Beate knipste das Radio aus, drehte sich weg und begann zu weinen.

Zander starrte eine Weile auf ihren Rücken. Dann löschte er die Lampe auf seinem Nachttisch.

17.

Dienstag, 1. August, *Blitz*, Seite eins:

LEICHE EINES GESUCHTEN RÄUBERS AM RHEINUFER GEFUNDEN

AV – *Ravioli schmoren auf dem Gaskocher vor dem Zelt, Wäsche flattert an einer Leine – Beine einer Leiche ragen aus dem Gebüsch. Ein schreckliches Bild bot sich gestern Nachmittag einem Spaziergänger am Rheinufer bei Neuss. Der Tote: Dirk Matysek (26), ein wegen Raubes und Vergewaltigung mit Haftbefehl gesuchter Wachdienstmitarbeiter aus Düsseldorf. In der Hand hält er eine Pistole. War es Selbstmord?*
Gemeinsam mit einem noch unbekannten Komplizen hatte Matysek am Sonntagnachmittag in der Landeshauptstadt ein Ehepaar in seiner Wohnung überfallen und ausgeraubt, die Frau brutal missbraucht. Bereits wenige Stunden nach dem Überfall konnte die Polizei den Täter identifizieren, doch als Spezialkräfte in der Nacht zum Montag versuchten, Matysek in seiner Wohnung festzunehmen, gelang dem Gewaltverbrecher die Flucht.
Im Naturschutzgebiet Ölgangsinsel hielt er sich offenbar versteckt. Die Polizei fahndet nach seinem Komplizen (siehe Phantombild). Für Hinweise, die zur Ergreifung führen, wurde eine Belohnung ausgesetzt.
Die grausame Tat des Räuberduos, wie es ein jung verheiratetes Paar quälte – *weiter auf Seite 4.*

Seite eins, weiter unten:

AUSBRECHER STARB IM KUGELHAGEL

Der wegen Pelzraubs verurteilte und vor zwei Tagen aus der JVA Geldern entwichene Fred Wiesmann (28) wurde gestern bei einer Schießerei in Düsseldorf-Flingern von Kripobeamten in Notwehr getötet. Nach Mitteilung der Polizei versuchten Mitglieder des für Verhaftungen zuständigen zivilen Einsatztrupps den Ausbrecher festzunehmen, der jedoch das Feuer auf die Beamten eröffnete. Wiesmann galt als Kopf der Bande, die bei einem Einbruch in das Lager eines Düsseldorfer Pelzgeschäfts im Mai letzten Jahres Pelze im Wert von zweieinhalb Millionen Mark stahl. Die Beute wurde nie gefunden. Wiesmann war zu neun Jahren Haft verurteilt worden. Es wird vermutet, dass er sich mit dem Erlös der Beute ins Ausland absetzen wollte.

Als es hell wurde, erwachte Zander – eine Stunde vor der eingestellten Alarmzeit des Radioweckers. Zu viel ging ihm durch den Kopf, um noch einmal einzuschlafen. In Gedanken legte er sich Antworten zurecht, die er den internen Schnüfflern geben würde. Zudem plagte ihn die Vorstellung, dass weitere Pelzräuber aus dem Gefängnis fliehen könnten – unwahrscheinlich, hoffte er.

Der Wecker plärrte los. Nachrichten. Zander schaltete das Radio aus und sah, dass Beate ebenfalls längst wach war.

Zander fragte: »Hast du gehört, wann Pia nach Hause gekommen ist?«

Sie starrte gegen die Zimmerdecke. Keine Antwort, keine Regung.

Als Zander aus dem Bad kam, war seine Frau noch immer nicht aufgestanden. Er suchte frische Klamotten aus dem Schrank und zog sich an.

»Es war Notwehr. Glaub mir doch!«

Beates Schweigen trieb ihn aus dem Zimmer. Er rief die Kollegin Bach an, um sich mit ihr zu verabreden, und verließ die Wohnung ohne Frühstück.

Er kaufte sämtliche lokalen Tageszeitungen und trank seinen Kaffee in einer Bäckerei an der Tannenstraße, unweit der Hauptwache der PI Nord. Was der *Blitz* über das Wiesel geschrieben hatte, gefiel ihm.

Er hatte die erste Seite des Boulevardblatts noch nicht durch, als die Mordermittlerin eintraf. Sie verbrachten eine halbe Stunde damit, die Details durchzukauen. Rollenspiele: Sie verhörten sich gegenseitig, mimten abwechselnd den Schnüffler. Sie kannten die Tricks, mit denen sie rechnen mussten.

Die Bach wirkte noch angespannter als gestern, aber sie war ein taffes Mädchen. Sie hatte den Stress der Schießerei verkraftet und würde auch die Befragung durchstehen – trotz aller Pedanterie, für die der Innere Dienst bei Ermittlungen gegen die eigenen Leute berüchtigt war. Die Obermuftis hatten in der Mitteilung, mit der sie die Presse gefüttert hatten, bereits die Weichen gestellt: Notwehr beim Versuch der Festnahme.

Auch die Bach stellte Zander keine unangenehmen Fragen.

Er zahlte und ging hinüber zur Hauptwache, froh, keinem Kollegen zu begegnen. Sein Büro lag im ersten Stock. Das Erste, was Zander beim Eintreten sah, waren Arnie Haffkes Füße auf seinem Schreibtisch. Der Kollege hing in Zanders Drehstuhl und zeigte sein schmierigstes Bademeistergrinsen. Ein frischer Kratzer schmückte seine Wange.

Er blickte auf die Uhr. »Null achthundertzehn. Spät dran, *Cleaner*.«

Zander schloss die Tür. »Was meinst du mit ›Cleaner‹?«

»Hab mal 'n Film gesehen, in dem sie einen so nannten, weil er sämtliche Mitwisser abgeknallt hat.«

»Und da soll noch einer sagen, dass Fernsehen nicht bildet.«

»In der Zeitung steht, die Beute aus dem Pelzraub war zwo Komma fünf Millionen wert.«

»Nimm die Füße von meinem Tisch.«

»Wieso hab ich damals nur hundertzwanzig Riesen gekriegt?«

Zander wischte Haffkes Schuhe von der Tischplatte, Papiere segelten herab, Stifte kullerten zu Boden. Er packte den jungen Kollegen am Kragen seines violetten Hemds und lotste ihn auf den Besucherstuhl. »Schmiedi hat's dir doch gestern erst erklärt. Und dass das Wiesel tot ist, nützt dir genauso wie mir.«

»Wieso mir? Ich bin doch nur dein Harry. Der Padre befiehlt, Harry gehorcht.«

Zander zeigte auf Haffkes Wange. »Wo hast du dir das Ding geholt?«

»Weiber.«

»Deinen Freund Matysek hat's übrigens erwischt.«

»Scheißfreund. Ich setz 'n Haufen auf sein Grab.«

»Wir sollen uns umhören, ob ein gewisser Christoph Larue an Drogengeschäften beteiligt ist«, sagte Zander.

»Und wer soll das sein?«

»Der Bursche, bei dem Matysek eingebrochen ist. Hast du nicht den Anruf der zuständigen Sachbearbeiterin entgegengenommen?«

»Nein.«

»Du solltest öfter mal deine Dienststelle aufsuchen. Du hast mir gestern gefehlt.«

»Als Hilfs-Cleaner?«

»Wo hast du dich rumgetrieben?«

»Geht dich 'n Scheißdreck an.«

»So redet man nicht mit seinem Chef.«

»*Chef* mich nicht an, sonst geb ich dem Inneren Dienst einen Tipp, du Mörder.«

Zander baute sich vor Haffke auf. »Sag das noch mal.«

»Mörder.«

Zander gab ihm einen Stoß gegen die Brust, der Holzstuhl kippte um, Arnie knallte zu Boden. Zander griff in Haffkes klebrige Tolle, hob den Kopf an und knurrte: »Du wirst *nicht* zum Inneren Dienst gehen. Mitgegangen, mitgefangen, mitgehangen.« Beim letzten Wort ließ er los – Arnies Kopf knallte auf das Linoleum.

Die Tür ging auf, Hauptmeister Erlenmeier trat zögernd in das Zimmer.

»Morgen. Geht's euch gut?«

Arnie stand auf und tupfte sich die Wange – der Kratzer war aufgeplatzt und blutete. »Bestens.«

Zander fragte: »Was ist los, Erlenmeier?«

»Ein Einbruch. Der PI-Leiter sagt, du sollst selbst nach dem Rechten sehen, Zander.«

»Ich fahr nicht mit«, sagte Haffke und deutete auf Zander. »Der Padre macht mir heute Angst.«

Der Dienstvectra hatte in der Morgensonne gestanden, die schon jetzt so kräftig war, dass die Hände auf dem Lenkrad brannten. Zander fuhr selbst, Erlenmeiers Fahrkünsten traute er nicht. Der Kollege nannte die Adresse: Albrecht-von-Hagen-Platz – bestes Golzheimer Villenviertel.

»Habt ihr euch gestritten?«, fragte der Hauptmeister.

»Deine Beobachtungsgabe ist beneidenswert.«

»Hier musst du dich rechts halten, sonst kommst du auf die Brücke.«

»Ach nee.« Zander wechselte auf die äußere Spur und schnitt einen Lkw. Eine pressluftbetriebene Dreiklanghupe dröhnte hinterher.

»Jetzt musst du abbiegen.«

»Du nervst.« Er setzte den Blinker und fädelte sich auf die Uferstraße ein.

Sein Beifahrer sagte: »Ich versteh, dass es einem an die Nieren geht, wenn man einen umnietet. Macht dich sogar irgendwie menschlich. Lass es nur immer an deinen Untergebenen aus. Dafür sind wir ja da.«

»Klappe, Erlenmeier.«

Sie erreichten das Villenviertel, ruhige Einbahnstraßen, von Alleebäumen gesäumt. An den Rändern parkten die Autos der Gärtner und Kindermädchen.

Zanders Kollege sagte: »Die Geschädigten heißen Jagenberg. Er muss ein ganz hohes Tier sein, so wie sich der PI-Leiter aufgeführt hat.«

Also *der* Jagenberg, dachte Zander. Vorstandschef der *Geminag*, der zweitgrößten Telefonfirma der Republik, die gerade versuchte, eine feindliche Übernahme durch einen ausländischen Konkurrenten abzuwehren – die gesamte Nation fieberte mit. Darius Jagenberg war die typische Stütze der bürgerlichen Gesellschaft. Nach seiner Pfeife tanzten Minister, Aufsichtsräte und Medienbosse, die er zur Bärenjagd in die Karpaten flog, zum Jachturlaub einlud oder zum gelegentlichen Konzertabend in die Tonhalle, wo die vorderen Reihen stets für gute Freunde reserviert waren. Zander hatte den Eindruck, dass Jagenberg die Abwehrschlacht gegen die Übernahme nur deshalb betrieb, um seinen Job zu behalten – das Telefongeschäft florierte, ob die *Geminag* geschluckt wurde oder nicht.

Auf den Seiten für Buntes füllte seine Frau die Zeitungsspalten. Kein Bericht über Events der besseren Gesellschaft ohne ein Foto der Unicef-Botschafterin Claudia Jagenberg. Einmal im Jahr veranstaltete sie den Ball aller Bälle – für den guten Zweck.

»Der PI-Leiter meint, du sollst mit diesen Leuten nicht so umspringen, wie du es mit den Gaunern auf der Straße tust«, warnte Erlenmeier.

»Lass das mal meine Sorge sein.«

Die Luft über dem Asphalt flirrte, die weißen Fassaden der Golzheimer Villen leuchteten. Im Schatten einer Linde fand Zander eine Parklücke. Durch einen üppig begrünten Vorgarten gingen die Beamten auf den Eingang zu. Eine Hausangestellte öffnete und sie wiesen sich aus.

Zu ihrer Überraschung zeigte sich die Frau in der weißen Kittelschürze widerspenstig. »Aber Frau Jagenberg wollte nicht, dass Polizei ...«

Erlenmeier sagte: »Ein Nachbar hat den Einbrecher gesehen und die Tat gemeldet.«

Zander fragte: »Ist Frau Jagenberg da?«

»Nein, aber sie ist vor ein paar Minuten gelandet. Ich hab sie auf ihrem Handy erreicht, da wartete sie gerade auf ihr Gepäck.«

»Zeigen Sie uns schon mal, wo eingebrochen wurde. Wenn Frau Jagenberg zurückkommt, werden wir uns gemeinsam überlegen, ob die Geschichte eine Anzeige wert ist.«

Die Perle zögerte, dann führte sie die beiden Beamten durch die Diele in ein Wohnzimmer, von dem der Blick in einen parkähnlichen Garten ging. Ein Trupp Arbeiter setzte Sträucher und hob eine Grube aus. Eine breite Wendeltreppe führte in den ersten Stock. Überall sah Zander Gemälde, Vasen, Skulpturen – die Wohnung war eine Museum für Kunstgegenstände verschiedener Kontinente und Epochen. Die Haushälterin trug jede Menge Goldschmuck an Hals, Ohren und Handgelenken – offenbar verpflichtete ein solches Haus auch das Personal zum Luxus.

Oben betraten sie das Schlafzimmer, einen großen, ganz in Weiß gehaltenen Raum mit breiter Glasfront, die zu einer Terrasse führte – neben dem Türgriff fehlte ein Stück der Scheibe. Sämtliche Spiegeltüren der Schrankwand waren zerschlagen, desgleichen die Vorderfront eines Fernsehers und der Spiegel über dem Frisiertisch. Scherben bedeckten den gesamten Teppichboden.

Was Zanders Atem stocken ließ, war das Arrangement, das der Täter auf dem Doppelbett in der Mitte des Raums hinterlassen hatte: ein halbes Dutzend pornografischer Bilder, die eine selbst gebastelte Collage umrahmten – Zeitungsfotos und eine Überschrift auf einem Stück weißen Karton. Am Kopfende lag eine Art Overall aus hauchdünnem, schwarzem Material – die Beine waren gespreizt und wie ein Rahmen um die Bilder drapiert.

Zander schickte Erlenmeier zum Auto, um den Werkzeugkoffer zu holen. Das schwarze Kleidungsstück erinnerte ihn an den Einbruch bei Sina Dorfmeister – es war aus Latex, wie Fetischisten es offenbar liebten: runde Ausschnitte, wo die Brüste saßen, und im Schritt offen.

Die Collage zeigte das Bild eines Rennfahrers, der die Faust als Zeichen des Sieges in die Luft reckte, der Kopf überklebt mit einem Porträt Jagenbergs. Die Überschrift stammte aus einer Zeitschrift: *Manager des Jahres*. Der Rennfahrer war flankiert von Unfallfotos: zerknautschte Autos, die gegen Bäume und Betonpfeiler gekracht waren, Feuerwehrleute, die Opfer aus dem Blech schnitten. Darunter war ein Herz gemalt, von einer gezackten Linie in zwei Hälften geteilt – Kitsch vom Feinsten.

Die Pornoaufnahmen beschrieben einen Halbkreis um das Klebebild, ausgeschnitten aus Hochglanzmagazinen, in Deutlichkeit und Detailfreude kaum zu übertreffen.

Der Einbruch selbst war saubere Arbeit. Ein quadratisches Stück war aus der Scheibe der Terrassentür getrennt worden, es lag draußen auf den Fliesen. Erlenmeier kam mit der Tasche zurück, langsam wie ein Briefträger im Bummelstreik.

»Wieso liegt das Glas draußen?«, fragte der Kollege. »Wenn man die Tür von außen einschlägt, muss es doch drinnen liegen.«

»Er hat einen Glasschneider benutzt und einen Saugnapf, um möglichst wenig Erschütterungen zu verursachen. Er ist vorsichtig gewesen, weil er mit einer Alarmanlage rechnen musste. Gibt es eine?«

Die Frau in der Kittelschürze antwortete: »Natürlich. Ich weiß noch, wie sie früher jedes Mal losgegangen ist, wenn ich mit dem Staubsauger gegen die Terrassentür gestoßen bin.«

Erlenmeier schwang den Rußpinsel. Zander schlüpfte an ihm vorbei ins Freie. Die Terrasse bildete zugleich das

Dach einer Schwimmhalle. Der Gedanke an den Höschendieb von neulich ließ Zander nicht los – Ähnlichkeiten mit dem Dorfmeister-Einbruch fielen ihm auf. Beide Male war der Eindringling über einen Vorbau gekommen. Auch hier hatten die Fenster keine Gardinen. Das Grundstück war von Tannen umgeben, keiner konnte von außerhalb ins Schlafzimmer schauen, es sei denn, er kletterte hier herauf.

Zander suchte den Rand der Terrasse ab: das rissige Holz des Geländers – an mehreren Stellen hingen Textilfasern. Aus Erlenmeiers Tasche holte er Pinzette und Spurenbeutel und tütete die Fusseln ein. Er untersuchte die Strecke bis zur Glastür nach Fußspuren und fand verwischte Abdrücke in beide Richtungen, die nicht von ihm selbst stammten. Eine Spur war passabel, Staub auf Terrakotta.

Zander setzte die durchhängende Mitte einer Klebefolie auf den Abdruck und senkte die Ränder vorsichtig ab, damit die Folie weder Falten noch Blasen warf. Er drückte sie fest, zog sie ab und legte sie mit der gleichen Sorgfalt auf eine Spurenkarte. Die Rückseite der Karte füllte er mit einem weichen Bleistift aus, der weder durchdrückte noch durchfärbte.

Noch war er sich nicht sicher, ob er sich die Mühe machen würde, die Spur mit den Schuhen aller Leute zu vergleichen, die Zugang zur Terrasse hatten und sie seit dem letzten Regen betreten hatten.

Zander spähte hinunter auf neu gepflanztes Gebüsch. Die Arbeiter machten gerade Frühstückspause. Wenn alles fertig war, würde der kleine Park einem Paradies gleichen – die Bäume entlang des Zauns garantierten eine geschützte Privatsphäre. Kein Schimmer eines Nachbarhauses war durch die Zweige zu erspähen.

Ein Gedanke durchzuckte Zander: *Der Täter selbst hatte angerufen.*

Sein seltsames Arrangement war für die Öffentlichkeit bestimmt. Die Bilder bedeuteten etwas – zumindest in der krausen Phantasie, die dem Hirn des Täters entsprang.

Zander malte sich aus, dass der Täter ein Voyeur war, der tatsächlich seine Opfer beobachtete, bevor er einstieg. Dem gepiercten Mädchen aus der Unterrather Sozialwohnung hatte er Fetischwäsche gestohlen, der Dame, die in dieser Villa lebte, hatte er einen solchen Fummel aufs Bett gelegt – *etwas hatten die beiden Frauen gemeinsam.*

»Fingerspuren?«, fragte er den Kollegen.

»Ja und nein«, antwortete Erlenmeier.

»Was soll das heißen?«

»Jetzt flipp doch nicht gleich aus. Es gibt Spuren, aber keine Dings ...«

»Papillarleisten, Rillen in der Haut?«

»Genau.«

Zander hörte, dass die Dame des Hauses eintraf. Er wies Erlenmeier an, Fotos vom Tatort zu schießen, und ging hinunter.

Claudia Jagenberg war überrascht, als sie Zander sah. Ein Taxifahrer lenkte sie ab, indem er zwei Koffer in die Diele stellte. Die Jagenberg legte die Post auf den Tisch, die sie von draußen mit hereingenommen hatte, und wühlte in ihrem Portemonnaie nach Geld.

Zander wartete. Sein Blick fiel auf den Stapel mit Werbezetteln und Briefen. Zuoberst lag ein großer Umschlag, handschriftlich adressiert und ohne Marke – persönlich abgegeben.

Als der Fahrer gegangen war, stellte Zander sich vor. Auf Zeitungsfotos wirkte Claudia Jagenberg wesentlich jünger und strahlender. Für seinen Geschmack hatte sie zu tief in den Schminktiegel gegriffen – und trotzdem nicht die Sorgenfalten auf der Stirn und an den Mundwinkeln überdecken können. Sie war etwa fünfzig und für dieses Alter sehr schlank, was ihr Kostüm noch betonte.

Sie gab sich Mühe, locker zu wirken. Ihre etwas fahrigen Bewegungen ließen Zander an den Schampus denken, den man im Flieger den Gästen der Business-Class schon am Morgen servierte. Er bat sie, sich die Bescherung anzusehen.

Im Schlafzimmer fragte er: »Kennen Sie diesen Gummifummel?«

»Meinen Sie, ich trage so etwas?«

Zander verkniff sich einen anzüglichen Scherz.

»Natürlich nicht«, beantwortete die Jagenberg ihre eigene Frage – er glaubte ihr kein Wort.

»Fällt Ihnen spontan jemand ein, der hier eingestiegen sein könnte?«

»Nein«, sagte sie und verschränkte die Arme. »Frau Stiegler, räumen Sie das bitte sofort weg.«

»Das besorgen wir schon«, sagte Zander. Erlenmeier begann, die Bilder einzutüten.

Sie gingen in die Küche, wo die Haushälterin Mineralwasser und Eiswürfel in getrennten Karaffen servierte. Im Wasser schwammen Limonenstücke. An der Eiskaraffe kondensierte die Luftfeuchtigkeit, Tropfen rannen auf den Tisch und ließen das alte Teakholz noch dunkler werden.

Zander blickte auf die Uhr – Schnüffler Thann würde warten müssen. »Wann waren Sie zuletzt in Ihrem Schlafzimmer?«

»Ich war eine ganze Woche weg, aber Frau Stiegler kommt freitags und dienstags.«

»Das heißt, der Einbruch geschah in der Zeit von Freitagabend bis heute früh.«

»Ja, aber es ist ja nichts passiert.«

»Die Scheibe, die Spiegel?«

»Ich bitte Sie.«

»Worauf könnte der Täter anspielen?«

»Anspielen?«

»Ja. Was sagt uns das Ganze? Die Bilder, die zerbrochenen Spiegel, das Gummiteil, das er dazugelegt hat?«

»Dass der Mann krank ist, ein Fall für die Ärzte. Und dass ich ernsthaft mit Frau Stiegler reden muss, denn ich habe ihr untersagt, die Polizei anzurufen, bevor ich da bin.«

»Frau Stiegler hat uns nicht gerufen. Das hat jemand getan, der sich als Nachbar und Zeuge der Tat ausgab.«

»Unsinn. Die Nachbarn würden es gar nicht sehen, wenn bei uns einer ins Haus einsteigt.«

Zander sagte: »Dann war es der Täter selbst.«

»Warum sollte er das tun?«

»Das kann ich Ihnen sagen, wenn wir ihn haben.«

»Ich denke nicht daran, Anzeige zu erstatten. Für das bisschen brauchen wir keine Versicherung.«

»Eine Anzeige ist gar nicht nötig. Wir ermitteln ohnehin gegen den Täter.«

»Wissen Sie denn, wer es ist?«

»Nein, aber es gab vor kurzem einen ganz ähnlichen Einbruch.«

Die Unicef-Botschafterin erhob die Stimme: »Sollten Sie in irgendeiner Weise in unserem Privatleben herumschnüffeln oder irgendetwas davon an die Öffentlichkeit geben, mache ich Ihnen die Hölle heiß. Ihr Polizeipräsident ist ein Golfpartner meines Mannes. Wir spenden jedes Jahr dem Sozialwerk der Polizei. Und mit dem Innenminister geht mein Mann zur Jagd.«

»Haben Sie in letzter Zeit einen Eindringling auf Ihrem Grundstück bemerkt, der Sie beobachtete?«

»Wollen Sie mir Angst machen?«

»Sagt Ihnen der Name Sina Dorfmeister etwas?«

»Sina wer?«

»Kennen Sie einen Laden namens *Skin Bizarre*? Sie verkaufen Fetischmode, Dinger wie das auf Ihrem Bett.«

»Klar, Claudia Jagenberg, die heimliche Domina. Eine tolle Schlagzeile.«

»Ich frage nicht zu meinem Vergnügen, Frau Jagenberg.«

Sie klopfte mit den Knöcheln auf den Tisch. »Ich meine es ebenfalls ernst. Für meine Ohren klingt das, was Sie sagen, nach großem Unsinn. Ein armer, kranker Mensch hat sich in unser Haus verirrt. Wie soll ich Ihnen da helfen können? Ich kenne keine Frau Dorfmeister und keinen Sado-Maso-Laden. War es das, Herr Kommissar?«

Sie wich Zanders Blick nicht aus. Ihre Hand spielte mit der Perlenkette – das einzige Zeichen von Nervosität.

Er sagte: »Sie sollten die Alarmanlage besser einstellen. Lieber ein paar Mal Fehlalarm als einen Einbruch. Auch mit armen, kranken Menschen, die sich zufällig verirren, ist nicht immer zu spaßen.«

18.

Am Ende gab ihr der Kollege vom Inneren Dienst die Waffe zurück. Ela verstaute sie in ihrem Rucksack und konnte es kaum fassen, dass das Verhör so glimpflich verlaufen war. Sie hatte berichtet, er nur wenige Male nachgefragt – Karl Thann war ihrem Eindruck nach völlig zu Unrecht als scharfer Hund verschrien. Ein Kerl von kaum mehr als dreißig Jahren.

Irritiert hatten Ela nur seine Fragen nach dem Pelzraub, in den der Ausbrecher verwickelt gewesen war – als hätte sie davon wissen müssen.

»Zanders Informant hat die Geschichte nicht erwähnt«, erklärte Ela.

Thann hakte nach: »Und Zander selbst? Die verschwundenen Pelze und dass Wiesmann aus dem Knast getürmt ist?«

»Sollte Zander das gewusst haben?«

»Immerhin ist Wiesmann durch seine Ermittlungen aufgeflogen.«

Ela gab sich ahnungslos. Zander hatte sie möglicherweise benutzt – ihn deshalb beim Inneren Dienst anzuschwärzen, würde ihr nichts bringen. Vielleicht revanchierte sie sich bei Zander selbst. Benutzte ihn, wenn sie ihn brauchte.

Der Rekorder gab ein lautes Geräusch von sich. »Okay, das Band ist durch«, sagte Thann und stand auf. »Dann will ich die Kollegin nicht länger aufhalten. Schönen Gruß an Benni Engel. Sagen Sie ihm, in spätestens einem Jahr bin ich auch in Hiltrup.«

Auf ihren Chef war Ela sauer. Ausgerechnet Gerres hatte er gestern Abend noch zu Larue geschickt. Der Mediaplaner hatte ein Alibi für die Zeit, in der Matysek am Rheinufer erschossen worden war.

Gerres warf Ela vor, Larue grundlos verfolgt zu haben. Der Mediaplaner überlege, die Polizei zu verklagen – Ela fragte sich, ob der feiste Kollege den Werbemann nicht erst auf die Idee gebracht hatte.

Als die Sitzung beendet war, sagte die Sekretärin: »Für dich ist Post abgegeben worden, Ela.«

»Ich komme«, antwortete sie.

»Aber bitte nicht so laut«, bemerkte Schranz.

Die Männer lachten. Das atemlose Wiehern stammte von Gerres.

»Lasst euch mal was Neues einfallen«, gab Ela zurück.

In ihrem Fach lagen dicke Hauspostumschläge – die Antworten von Sitte und Raub auf ihre Anfragen nach einschlägig Vorbestraften. Zwei lange Listen.

Sie nahm Biesinger und Becker mit in ihr Büro. Besprechung der Mordkommission Matysek.

Biesinger hatte mit dem Rechtsmediziner telefoniert. Rund um die Eintrittswunde oberhalb der rechten Schläfe des Toten war die Haut mehrstrahlig aufgeplatzt und durch Pulvergase geschwärzt – ein klarer Hinweis auf einen Nahschuss. Aber unter dem Mikroskop hatte der Rechtsmediziner an den Händen weder Pulverteilchen noch Rückstände von Schmauchgasen feststellen können. Auch der Daktyloskop bestätigte den Verdacht auf Fremdeinwirkung. Die Position der Fingerabdrücke auf der Tatwaffe entsprach nicht der Schusshaltung – der Selbstmord war vorgetäuscht.

Die Leiche des Exbullen war vor einem Zelt am Rheinufer gefunden worden, einen halben Kilometer unterhalb der Hammer Eisenbahnbrücke auf der Neusser Seite des Flusses. Keine Tatzeugen. Es sah aus, als habe sich Matysek in dem abgelegenen Gelände verstecken wollen.

Ela und ihre Kollegen kamen zu dem Schluss, dass dies ohne Helfer, die ihn versorgten, nicht möglich gewesen war. Der Mann mit dem markanten Schädel hätte sich in keinem Supermarkt, keiner Tankstelle der Region mehr blicken lassen können, ohne erkannt zu werden. Auf sich allein gestellt hätte er sich besser in ein anderes Bundesland abgesetzt.

Der Schuss hatte Matysek überrascht. Keine Kampfspuren oder Abwehrverletzungen. *Der Mörder war jemand, den der Flüchtige kannte.* Ela zählte eins und eins zusammen: wahrscheinlich sein Komplize oder der Auftraggeber – es lag in beider Interesse zu verhindern, dass Matysek gefasst würde und redete.

Zelt, Schlafsack, Isomatte und Campinggeschirr – die Ausrüstung schien nagelneu gewesen zu sein. Ein gutes halbes Dutzend Geschäfte für Campingbedarf gab es laut Gelben Seiten in der Stadt, hinzu kamen Kaufhäuser und Baumärkte. Biesinger und Becker machten sich auf die Tour.

Ela überflog die Listen: Vergewaltiger, bewaffnete Einbrecher – kein Name kam in beiden Ordnern vor, kein Fall erinnerte sie an die Tat in der Faunastraße. Trotzdem heftete sie die Papiere zu den anderen Unterlagen der Akte Matysek.

Sie erledigte Schreibarbeiten und nervte noch einmal die Polizeiinspektionen. Sie wurde hin und her verbunden – niemand konnte ihr Erkenntnisse über Larue mitteilen, nichts über den Vergewaltiger oder seinen Komplizen. Mal bekam Ela einen Wachdienstleiter an die Strippe, mal jemanden von der Führungsstelle. Einige Kollegen wollten von der gestrigen Anfrage nicht einmal etwas gehört haben – jedem rang sie das Versprechen ab zurückzurufen.

Die Resonanz auf das veröffentlichte Phantombild des Komplizen blieb gering. Ela hoffte, dass Becker und Biesinger in den Campingläden damit mehr Erfolg haben würden. Das Bild stammte von der Überwachungskamera aus dem Tankstellenshop am Mörsenbroicher Ei. Der Zeichner hatte es eingescannt, den Ausschnitt mit dem pummeligen Kerl aufgeblasen und überarbeitet. Ela fand das Foto nichts sagend. Auf Engels Zuraten hatte sie es trotzdem an die Zeitungen gegeben. Vielleicht würde der Täter sich erkennen und nervös werden. Einen Fehler begehen.

Ela schauderte bei dem Gedanken daran, wie brutal und blutig solche Fehler manchmal endeten.

Immer wieder kehrte ihre Überlegung zu Christoph Larue und dessen Frau zurück. Wie stolz der Werbeunternehmer auf seine Juristenfamilie war, auf seine Geschäftsbeziehungen, die schicke Wohnung, die Vorzeigeprinzessin. Auf Verena, die vergewaltigt worden war, weil ihr Mann sich mit Verbrechern eingelassen hatte.

Dass niemand außer Ela an Larues Schuld glaubte, war für sie kein Grund, klein beizugeben.

19.

Leo wachte spät auf und fühlte sich steif, zittrig und übel. Irgendwann in der Nacht hatte er versucht, die Wirkung des Kokains mit Whiskey zu bekämpfen. Trotzdem hatte er noch stundenlang über den Umständen seines Schusses auf Massimo gebrütet.

Nie wieder Kokain, nie wieder Alkohol.

Es dauerte Minuten, bis er es aus dem Bett schaffte. Er mixte einen Cocktail aus Aspirin, Magnesium und Vitamin C und spülte drei Lecithin-Kapseln hinunter, die er als Nervennahrung gegen das Zittern gekauft hatte. Auf dem Weg zur Dusche stolperte er, ohne dass es ein Hindernis gab.

Es ärgerte ihn, dass das Mädchen ihn für einen Kurierdienst eingespannt hatte. Noch mehr wurmte ihn, dass er nicht wusste, wohin sie umgezogen war.

Er wollte Jasmin wieder sehen.

Als er die Brause abstellte, hörte Leo das Klingeln an der Tür. Er wickelte sich ein Handtuch um die Hüfte und tropfte den Flur nass. Er lugte durch den Spion. Es war Dani.

Leo öffnete. Er hob den Kurzen in die Luft, Dani schlang die Arme um seinen Hals und erwürgte ihn fast.

»Was machst *du* hier? Normalerweise wäre ich jetzt im Dienst.«

In den Augen seines Sohnes standen Tränen. Dani hatte ein Veilchen. »Was ist los?«, fragte Leo.

»Der Stinner hat mich geschlagen.«

Der Kurze zog sein Hemdchen aus der Hose und zeigte einen großflächigen Bluterguss an seiner rechten Seite.

Leo musste im Telefonbuch nachschlagen, um die Hausnummer des Arztes zu erfahren, der drei Straßen weiter seine Praxis hatte – es war Brigittes Job gewesen, Dani hinzubringen, wenn der Junge krank war.

Der Arzt bescheinigte die Verletzungen schriftlich. Leo packte den Jungen ins Auto und fuhr zum Jugendamt hinter dem Hauptbahnhof. Die Amtsleiterin, eine biestige Tante, studierte das Attest, sprach mit Leo, dann mit Dani allein. Schließlich sagte sie zu, den Fall zu prüfen. Leo glaubte, einen wichtigen Etappensieg im Streit um das Sorgerecht errungen zu haben.

»Darf ich jetzt bei dir bleiben, Papa?«, fragte der Kurze auf der Rückfahrt.

»Vielleicht, mein Schatz.«

Vor dem Haus stand der weiße GTI.

Brigitte saß auf dem Treppenabsatz vor seiner Wohnungstür.

Sie erhob sich und klopfte Staub vom Rock. »Du hast ihn tatsächlich entführt! Ich hab's mir gedacht. Wenn das noch einmal vorkommt, hetze ich deine Kollegen auf dich!«

»Er ist zu mir gekommen. Und ich glaube, du weißt, warum.«

Brigitte wandte sich an Dani. »Es ist alles gut, Dani. Ich habe Tom rausgeschmissen. Er wird nicht mehr bei uns wohnen. Versprochen.« Sie streckte die Hand nach dem Kleinen aus, doch der bewegte sich nicht.

Leo schloss auf. Dani rannte hinein. Vor seinem Zimmer blieb er ratlos stehen – es war zu Leos Rumpelkammer umfunktioniert, sämtliche Spielsachen des Kurzen waren in Brigittes Wohnung.

Leo ging in die Küche. Zwischen den Resten seines Frühstücks saß der kleine Bär, den Jasmin ihm geschenkt hatte – Leo versteckte ihn in einem Schrank hinter den Dosen mit Linseneintopf.

Für Dani schenkte er ein Glas Apfelsaft ein. Noch eine knappe Stunde bis Schichtbeginn. Leo stellte die Kaffeemaschine an. Er war noch immer nicht völlig wach.

Seine Ex lehnte sich mit verschränkten Armen gegen den Türrahmen. Als warte sie darauf, dass er ihren Entschluss kommentierte, Thomas an die Luft zu setzen. Leo schenkte ihr nur einen kalten Blick.

Sie sagte: »Mein Gott, wie siehst du denn aus?«

»Als würde dich das interessieren. Offenbar wechselst du deine Partner jetzt in immer kürzeren Abständen. Mach nur weiter so. Bei deinem Lebenswandel krieg ich umso schneller das Sorgerecht.«

Brigittes Kaumuskeln arbeiteten. Sie antwortete: »Du hast dich nicht geändert.«

»Hast du Danis Rippen gesehen? Wer sagt mir, dass dein nächster Kerl ihn nicht noch schlimmer zurichtet? Nur weil einer mehr verdient als ich, muss er nicht ein besserer Vater sein.«

Der Kurze saß am Tisch und starrte in sein Glas. Brigitte forderte ihn auf, den Ursprung seiner blauen Flecken zu erklären.

Dani ließ sich Zeit. Er trank ein paar kleine Schlucke.
»Sag's deinem Vater, Dani.«
»Ich bin über den Eimer von Frau Klausen gefallen.«
»Das ist die Nachbarin«, erklärte Brigitte. »Sie hat das Treppenhaus geputzt. Wenn du deinem Sohn nicht glaubst, kannst du Frau Klausen fragen. Die Adresse kennst du ja.«
Dani fragte seine Mutter: »Tom wohnt wirklich nicht mehr bei uns?«
»Nein. Den sehen wir nie wieder.«
»Können wir dann nicht wieder korrekt bei Papa wohnen?«
»Das geht nicht. Papa ist mit seinem Job und seinen Kollegen verheiratet, nicht mehr mit uns.«
Leo ignorierte sie. Er ermahnte seinen Sohn: »Lügen ist auch nicht korrekt, Dani.«
»'tschuldigung.«
Brigitte drängte: »Komm, Dani, wir gehen jetzt.«
Der Kurze rutschte vom Stuhl. »Tschüs, Papa. Bis Sonntag!« Die Wohnungstür fiel hinter Brigitte und dem Kind ins Schloss.
Immer die alte Leier. Um zu rechtfertigen, warum sie sich mit anderen Typen einließ, musste das SEK herhalten – Leos Einsätze an Wochenenden und rund um die Uhr, die Kneipengelage mit den Jungs, Brigittes Angst um ihn bei brenzligen Reallagen.
Ihr mitzuteilen, dass er nicht mehr beim Kommando war, hatte keinen Sinn.

20.

Zander fand ein Faltblatt auf seinem Tisch: *Beratung nach Schusswaffengebrauch – Hilfestellung in Krisensituationen.* Rührend, wie der Polizeiseelsorger Mitgefühl zeigte. Zander ließ die Einladung zum Selbsthilfe-Workshop in den Papierkorb segeln.

Bevor er das Protokoll zum Jagenberg-Einbruch tippte, rief er beim KK 11 an. Ela Bachs Durchwahl war besetzt. Er hätte ihr gern gesagt, dass sie sich in Wiesels Blechhütte tapfer geschlagen hatte, und sie mit ein bisschen Macho-Lob geärgert. Er hätte vor allem gern gewusst, wie ihr Rendezvous mit den internen Schnüfflern verlaufen war.

Seine Vernehmung war ein Witz gewesen. Wie Zander vermutet hatte, wollte Thann nur eine Bestätigung der Version hören, die seine Chefs an die Presse gegeben hatten. Die gefürchtete Genickschussabteilung würde Zander in Ruhe lassen. Der jüngste Hauptkommissar der Behörde war ein Karrierehengst, wie er im Buche stand – er hatte ihn nicht einmal zu Ende erzählen lassen.

Bevor Zander zu dem Punkt kam, an dem er und die Bach in die Hütte gingen, unterbrach ihn Thann: »Den Rest kenn ich. Ihr habt eure Aussagen aufeinander abgestimmt, du und die Bach.«

Für einen Moment überlegte Zander, ob der Schnüffler das auch der Kollegin vorgehalten hatte. Er fragte sich, was sie darauf geantwortet hatte.

»Klar haben wir uns abgestimmt.« Zander zeigte ein Lächeln, das ehrlich wirken sollte. »Wen ihr Burschen am Schlafittchen habt, den lasst ihr nicht los, ob schuldig oder nicht. Ihr wartet nur auf einen Widerspruch, auf dem ihr herumreiten könnt. Wäre purer Leichtsinn, wenn wir uns nicht abgesprochen hätten.«

»Schon hab ich den Widerspruch. Sie hat gesagt, ihr hättet es nicht getan.«

»Martin Zander ist eben eine rechtschaffene Haut.«

»Ausgekocht passt besser, Mister Pelzraub. Es gibt Leute, die glauben, dass die Kerle, die du geschnappt hast, gar keinen Schimmer haben, wo die Beute abgeblieben ist. Man sagt, jemand anders hätte die Nerze verscherbelt.«

»Interessant«, nickte Zander. »Ich werd mich mal umhören. Einen Namen hast du nicht zufällig?«

»Nein, aber einen Tipp: Bring nicht wieder jemanden um.« Thann schob Zanders Sig Sauer P6 über den Tisch.

»Danke«, sagte Zander. »Ich werd mich bemühen.«

Die Tötung des Wiesels war abgehakt.

Zander ärgerte die überhebliche Art, mit der Karrierehengst Thann signalisiert hatte, wer von ihnen beiden am längeren Hebel saß. Ein Arschloch. Unter anderen Vorzeichen ein harter Gegner.

Als Zander an die Ulmenstraße zurückkehrte, wollte er Arnie vor dem internen Schnüffler warnen. Er suchte vergeblich – Haffke hatte wieder nicht hinterlassen, wo er sich herumtrieb.

Der PI-Leiter rief Zander zu sich. Er zog die Tür zu und machte ein verdrießliches Gesicht.

»Wo liegt das Problem?«, fragte Zander.

»Bei dreizehn Prozent«, antwortete der PI-Leiter.

»Was meinst du damit?«

»Ihr könnt die Wohnungseinbrüche nicht weiter bearbeiten. Ihr treibt mich in den Ruin.«

Er erklärte Zander, dass die EK Wohnungseinbruch in den ersten vier Wochen so erfolgreich gewesen war, dass die Aufklärungsquote auf das Jahr verteilt schon jetzt bei überdurchschnittlichen dreizehn Prozent lag. Falls die Ermittlungskommission so weiter machte, würde der Leiter der Polizeiinspektion im nächsten Jahr große Schwierigkeiten bekommen, wenn es keine solche Kommission mehr gab. Denn die Zielvorgaben der Obermuftis richteten sich nach den Zahlen des Vorjahres, egal unter welchen Umständen sie zustande gekommen waren. So funktionierte modernes Polizei-Management, wie es die Behördenleitung propagierte. Der PI-Leiter würde den Erfolg des EK-Projekts ausbaden müssen.

Zander versprach, Einbruchsanzeigen nur noch aufzunehmen, sie jedoch nicht mehr zu bearbeiten. Stattdessen würde sich sein Einsatztrupp wieder Dealern und Handtaschenräubern widmen.

Er wusste, Haffke würde sich freuen.

Dem PI-Leiter fiel ein Stein vom Herzen.

Zander beschloss, dass sein Zugeständnis nicht für Einbrecher galt, die Latexteile stahlen oder hinterlegten.

Eine halbe Stunde benötigte er für den Schreibkram in Sachen Jagenberg. Er packte die Tüte mit den Fasern vom Geländer und die Karte mit der Fußspur in den Ordner und stellte ihn zu den übrigen Akten in den Schrank.

Plötzlich hatte er eine Idee. Er packte den Latexoverall aus und breitete ihn auf das Stück Fußboden zwischen Schreibtisch und Tür. Er blätterte in der Akte Dorfmeister, bis er die Beschreibung des gestohlenen Teils fand, die Haffke aufgenommen hatte:

Ein Mieder mit halb langen Ärmeln und Beinen. Farbe: schwarz, Material: Latex (Naturgummi), Größe: 34–36. Rundgeschnittenes Dekolleté, auf dem Rücken vom Nacken bis zur Taille geschlitzt und mit Ösen und schwarzen Lederbändern versehen (zum Schnüren). Kreisrunde Ausschnitte im Bereich des Busens, im Schritt ebenfalls eine Öffnung von ca. 10 cm Durchmesser.

Zander verglich: Übereinstimmung in allen Details.

Er studierte noch einmal die Collage und den Schweinkram. Der Täter hatte Jagenberg als Rennfahrer dargestellt, der Konkurrenten an die Wand fährt. Auf den Pornofotos war der Mann jeweils deutlich älter als die Frau, die Gesichter mit Filzstift geschwärzt. Die Botschaft schien klar. Der Manager vögelte junge Frauen – war das etwas Besonderes?

Die beiden Einbrüche stanken nach einem schrägen Vogel, der es liebte, in fremde Wohnungen zu spähen und sexuelle Vorlieben auszuforschen. Dabei beschränkte der Bursche sich nicht nur auf die Rolle des Zuschauers. Wahrscheinlich erregte es ihn, wenn er aktiv wurde. Noch begnügte der Spanner sich damit, Duftmarken zu setzen, indem er Wäsche klaute oder Bilderrätsel fabrizierte. Kaum vorstellbar, dass dieser nächtliche Kletterer ausschließlich die Wohnung der kleinen Dorfmeister und die Villa der Jagenbergs im Visier hatte. Und was würde er als Nächstes tun, wenn ihm der Kick des Einbrechens nicht mehr genügte? Einsame Frauen überfallen? Nötigen, foltern, ermorden?

Zander begriff, dass der Bursche, den er suchte, gefährlich war. Er griff zum Telefon.

Er kannte die Kollegen, die in den anderen Polizeiinspektionen für Einbruchssachen zuständig waren oder wie er vorübergehend zur Ermittlungskommission gehörten. Einige der Sachbearbeiter schuldeten ihm einen Gefallen, bei den übrigen machte er Smalltalk, bis sie sich für sein Anliegen interessierten: Höschenräuber und ähnliche sexuell motivierte Einbruchsdelikte sowie Beschwerden über Spanner im letzten halben Jahr.

Bis Feierabend trudelten die Rückrufe ein – viermal nichts, was in Zanders Muster passte.

Erlenmeier schneite ins Zimmer und meldete, dass über den anonymen Anrufer nichts herauszubekommen war. Der Unbekannte hatte die Zentrale am Jürgensplatz angewählt, nicht die Notrufnummer – die Stimme des angeblichen Nachbarn war nicht auf Band gespeichert worden.

Dann klingelte es zum fünften Mal und ein Kollege der PI Südwest war dran, der ihm die Ohren voll quasselte über ein Ehepaar im Stadtteil Volmerswerth, das ihm vor gut einem Monat wegen eines angeblichen Spanners keine Ruhe gelassen habe.

»Aufgeblasene Schickimickis, ein Werber und sein Luxusweib. Ich wollte ihnen verklickern, dass sich ein Mann, der vom gegenüberliegenden Garagendach aus in ihre Wohnung späht, nicht strafbar macht. Und dass wir zu viel zu tun haben, um uns wegen einer popeligen Ordnungswidrigkeit nächtelang auf die Lauer zu legen. Statt wie andere Leute abends die Vorhänge zu schließen, führten die zwei sich auf, als wären wir nur für sie da. Nervten sogar den Wachdienstleiter.«

»Kannst du dich noch an den Namen erinnern?«

»Komischer Zufall. Erst gestern bekamen wir eine Anfrage rein, ob der gleiche Werbefuzzi in Zusammenhang mit Rauschgiftsachen bekannt ist. Negativ. So Leid es mir tut. Ohne diese Anfrage aus dem KK 11 hätte ich die Spannerbeschwerde von Anfang Juni schon längst vergessen. Du hast Glück, Zander. Ich hab noch mal in meinen Schmierzetteln geblättert und sogar die Adresse gefunden. Hast du was zu schreiben? Krahkampstraße in Volmerswerth. Der Name des Ehepaars ist Larue, Christoph und Verena, geborene Meweling. Meinst du, deren Spanner ist der Typ, den du suchst?«

21.

Der Chef der Dienstgruppe zwei war ein Hauptkommissar um die vierzig namens Ingo Ritter – ein freundlicher Typ mit Schnäuzer, der sofort begann, Leo die Räumlichkeiten zu zeigen und ihm die Kollegen vorzustellen, mit denen er es ab jetzt zu tun haben würde. Außer Ritter selbst waren drei Männer und eine Frau sowie eine Auszubildende da. Drei weitere Kollegen hatten Urlaub.

»Unser Neuer«, erklärte Ritter. »Kommt vom SEK. Ein echter Elite-Cop.«

Ein Zimmer für Schreibarbeiten und Vernehmungen, ein Wachraum mit Theke, ein Aufenthaltsraum, der voll gestellt war mit Sesseln und Sofas, die nach Secondhand aussahen. Gegenüber der Teeküche standen Spinde voller Parkas und Gummistiefel. Die Innenseiten der Blechtüren waren mit Polaroids gepflastert. Erst auf den zweiten Blick erkannte Leo, was sie darstellten: Leichen aller Art – verwest, aufgebläht, frisch aus dem Wasser gezogen, Strangulationsopfer, die sich eigentlich nur einen Steifen verschaffen wollten. Ritter deutete an, dass er zu jedem Foto eine nette Anekdote auf Lager hätte.

Herzstück der Dienststelle war der Raum mit dem

Funktisch. Auf einem Bildschirm war abzulesen, wo im Stadtgebiet die Schutzpolizei Einsätze fuhr. Sobald eine der Streifen eine Straftat feststellte, würde die Leitstelle über eine der drei Telefonleitungen die Kriminalwache alarmieren. Ein Kollege saß vor dem Bildschirm, koordinierte die Teams über Funk und Handy, schickte sie zu den Tatorten.

Ritter erklärte: »Wir sind Notdienst und Servicestelle für die anderen Kommissariate. Wenn deren Sachbearbeiter Feierabend oder Wochenende haben, sind wir da. Wir treffen die notwendigen und unaufschiebbaren Maßnahmen und am nächsten Werktag holen die Fachkollegen die Akten aus ihren Fächern im Wachraum.«

Leo erinnerte sich an seine Praktikantenzeit. »Das KK 11 hat seine eigene Bereitschaft.«

»Wir fahren auch Leichen. Nur bei Fremdeinwirkung verständigen wir die Mordbereitschaft. Die toten Vögel machen wir allein.«

Tote Vögel – interessant klang das nicht.

Ritter zeigte Leo einen Kalender und blätterte. »Hier tragen wir ein, was auf jeder Schicht passiert. L wie Ludwig zum Beispiel steht für Leiche. Bei dieser Hitze kippen die Leute schon mal gern um. TO wie Tatort steht für Einbruch. Das beschäftigt uns am meisten, vor allem im Winter, wenn es länger dunkel ist. Raub, Sitte, Feuer, alles vertreten. Die Abwechslung macht den Dienst interessant.«

»Aber die Schutzpolizei ist immer schon vor Ort gewesen.«

»Wenn du Action suchst, wärst du mal besser beim SEK geblieben. Wir sind Kripo. Wir arbeiten mit Köpfchen. Nicht als ferngesteuerte Befehlsempfänger.«

Die Kollegen hinter dem Funktisch grinsten.

Leo wurde klar, wie der Spruch vom Elite-Cop gemeint war – reiner Spott. Er antwortete: »Mit so viel Köpfchen, dass Juwelenräuber in Ruhe fliehen können, während die intelligente Kripo vor dem Laden Schmiere steht.«

»Touché«, nickte Ritter. »Wer diese Geschichte erwähnt, zahlt bei uns zehn Mark in die Kaffeekasse. Einmal hattest du frei.«

Leo schaute sich den Monitor genauer an. Ihm gefiel die Vorstellung, mit einem Blick sehen zu können, was in der Stadt los war. Kriminaloberkommissar Gundlach, ein braun gebrannter Kollege mit fast schulterlangem Haar, den sie Onkel Jürgen nannten, erklärte die Buchstabenkombinationen auf dem Bildschirm: »Hier haben wir einen Unfall ohne Personenschaden auf der Corneliusstraße. An der Kruppstraße hat jemand einen Einbruch gemeldet, aber nach dem, was über Funk kommt, ist da nichts. Das hier könnte interessant werden. Ein möglicher Ludwig in Gerresheim. Ein Streifenwagen ist schon dort. Würde mich nicht wundern, wenn gleich das Telefon klingelt.«

»Ludwig?«, fragte Leo.

Das Telefon klingelte. Der Langhaarige tippte in die Tastatur, der Drucker spuckte einen Zettel aus, den Ritter abriss.

»Leiche«, sagte Gundlach alias Jürgen Drews.

Ritter wedelte mit dem Zettel, auf dem die Adresse stand. »Einsatz!«

Leo fuhr, ein blau lackierter Omega mit ausgeleierten Stoßdämpfern, die Lenkung knirschte. Er schwärmte Ritter von den Flitzern vor, die dem SEK als Dienstwagen zur Verfügung standen: BMW, Mercedes, Audi quattro – gut motorisierte Limousinen mit doppelt so viel PS unter der Haube. Als Leo begriff, dass dem Schnauzbart das Thema nicht gefiel, beschloss er, die Motorräder und Hubschrauber nicht zu erwähnen, mit denen er unterwegs gewesen war, und nicht die Waffen, die ihm zur Verfügung gestanden hatten. Seit heute musste Leo sich mit einer Sig Sauer P6 an seiner Hüfte begnügen, ein leichtes Ding, das längst nicht so gut in der Hand lag wie seine alte P226. Sieben Schuss weniger im Magazin. Über die Munition wollte er gar nicht erst nachdenken.

Die Adresse erwies sich als Zweifamilienhaus in einer ruhigen Wohngegend Gerresheims. Ein kolorierter Funkwagen parkte vor dem Gartentor. Ritter holte die Kamera aus dem Kofferraum, eine Movica von Sony. »Digital«, sagte er zu Leo. »Man glaubt kaum, wie modern unsere Behörde manchmal sein kann.«

Aus der Wohnung im ersten Stock drang Verwesungsgeruch. Auf das Klingeln reagierte ein Schäferhund mit lang anhaltendem Gekläffe. Leo verstand nicht, warum Ritter erst den Schlüsseldienst rufen wollte. Er trat die Tür ein, sah die tote Frau in einem Sessel – der Köter zog seine Schnauze aus der Leiche und trottete mit triefenden Lefzen auf Leo zu. Als das Tier zum Sprung ansetzte, streckte er es mit zwei Schüssen nieder.

»Mein Gott«, stöhnte Ritter. Er zog ein Fläschchen Chinaöl aus der Tasche und rieb sich einen Tropfen auf den Schnurrbart, bevor er es Leo anbot. Dann bat er die Schupos, die Nachbarfamilie in ihre Wohnung zu schicken und den Notarzt zu verständigen. Er hielt Leo zurück, der erst jetzt die Pfütze entdeckte, die sich um den Sessel ausgebreitet hatte.

Der Kollege packte die Tasche aus: Plastiküberzieher für die Schuhe, Kunststoffschürzen, Handschuhe, die bis über den Ellbogen reichten. Gemeinsam zogen sie die angefressene Leiche aus, um sie auf weitere Verletzungen zu untersuchen – Leo spürte, dass Ritter verärgert war.

Er fragte ihn: »Was hast du?«

»Ich hoffe, du schießt nicht bei jedem Einsatz.«

»Was seid ihr für Leute? Bewaffnete Verwaltung? Soll ich mich beißen lassen? Okay, du hast Köpfchen. Das hab ich begriffen. Aber sag mir eins: Was tust du, wenn du mal auf einen Gewaltverbrecher triffst?«

»Schon gut, Köster.«

»Ich sag dir, was du dann tust. Du kneifst die Arschbacken zusammen und rufst nach dem SEK. Die beginnen da, wo es dir zu brenzlig wird. Die machen die Arbeit und schnüren das Päckchen. Die Kripo quittiert nur den Empfang. Stinknormale Verwaltung mit Pistole an der Hüfte.«

»Willkommen. Immerhin bist du freiwillig zu uns gekommen. Oder etwa nicht?«

»Jedenfalls bin ich nicht zur K-Wache gegangen, um mich von einem Köter beißen zu lassen.«

Der Schnauzbart nahm die Kamera aus der Tasche und knipste das Zimmer, die Tote, den Hund. Neue Bilder für den Spind. Neue Anekdoten.

Um halb sechs waren sie fertig und beschlossen, dass sie frische Luft brauchten. Sie fuhren in die Innenstadt und parkten unterhalb der Rheinterrassen. Ritter schlug vor, auf Kollers Kahn in der Sonne zu dösen, bis es den nächsten Einsatz gab. Er hatte ein Handy dabei, sein privates – Diensthandys spendierte die Behörde nur Mordermittlern und Obermuftis.

Bei Apfelsaftschorle erzählten sie sich Erlebnisse aus ihrer Polizeilaufbahn und Leo erkannte, dass Ritter kein übler Typ war. Irgendwann fragte der Schnauzbart ihn nach dem SEK-Einsatz in der Nacht zum Montag und Leo antwortete: »Das eine Mal hattest du frei. Ab jetzt kostet es zehn Mark.«

Ritter lieh ihm sein Handy, damit er Adomeit anrufen konnte, um zu erfahren, wie es Massimo ging – das Küken hatte eine weitere Operation hinter sich, sein Zustand galt als stabil, was nicht hieß, dass er über den Berg war. Der Junge hatte Fieber bekommen, wurde noch immer künstlich beatmet und lag im Koma – Adomeit nannte es Tiefschlaf. Sein alter Kommandoführer fragte, wie es bei der Kriminalwache sei. »Stell dir vor«, antwortete Leo. »Wir machen auch Hausbesuche.« In Gedanken war er auf der Intensivstation.

Ritter bezahlte beide Getränke mit dem Hinweis auf eine Eigentumswohnung, die er am Vormittag mit hoher Provision verkauft hatte. Als sie aufbrachen, dachte Leo an seine Verabredung mit Jasmin. Er war gespannt, ob sie sich daran halten würde. Er fieberte dem Treffen entgegen – ein quirliges, unkonventionelles Mädchen.

Dann gab es einen Fehlalarm in einer Bankfiliale, der sie eine Stunde lang auf Trab hielt, weil Ritter sichergehen wollte, dass sich das Fiasko mit dem Juwelenraub vom Samstag nicht wiederholte.

Sie fuhren zurück zur Festung, tippten Berichte und aßen Hühner-Chop-Suey, das die Praktikantin vom China-Imbiss auf der Bilker Allee geholt hatte. In der Glotze lief *n-tv* mit den Börsennotierungen der wichtigsten Dax-Werte – Ritter und einige Kollegen spekulierten mit Aktien, die halbe Dienstgruppe litt an Börsenfieber.

Leo schnappte sich eine Zeitung und stieß auf den Namen Darius Jagenberg. *Haifisch gegen Superhirn – Wer gewinnt die Schlacht um die Aktionäre?* Der Chef der *Geminag* suchte nach Verbündeten, um der feindlichen Übernahme zu widerstehen. Der Oberbürgermeister wurde zitiert – er sorgte sich um die »Handystadt Düsseldorf«.

Onkel Jürgen fragte Ritter: »Tauschst du deine *Geminag* gegen *Skyphone*?«

»Nein, ich hab sie beide abgestoßen. Die steigen nicht weiter, ob Fusion oder nicht.«

Nächster Einsatz: ein Einbruch in einem Wohnblock – viel Aufruhr wegen läppischer fünfzig Mark und eines tragbaren Radios. Dann ein Perverser auf einem Aldi-Parkplatz an der Kettwiger Straße.

Ein stinkender, unrasierter Typ mittleren Alters hatte in der Dämmerung einen Jungen in das Schrottauto gelockt, in dem er offenbar hauste. Einem Türken, der nebenan eine Werkstatt betrieb, waren die beiden aufgefallen. Leo und Ritter fanden Kuscheltiere, Dildos und uringefüllte Flaschen in der muffigen Karre. Sie befragten den verstörten Jungen. Eine Anfrage bei der Leitstelle ergab, dass der Täter einschlägig vorbestraft war. Leo dachte an Dani und musste sich beherrschen, um den Stinker nicht zu vermöbeln. Auf die Frage nach seinem Wohnsitz sah sich der Typ hilflos um und antwortete: »Keinen.«

»Jetzt hast du einen«, sagte Ritter und ließ den Päderasten abführen.

Es war Nacht geworden. Auf der Rückfahrt erklärte Ritter, dass sie wegen des Kinderschänders in die Überstunden kommen würden. Schreibkram.

Leo schaute auf die Uhr: zehn Minuten vor zehn – er hoffte, dass Jasmin notfalls auf ihn warten würde. Er wurde immer aufgeregter und fragte sich, ob er Ritter bitten konnte, die Schreibarbeit allein zu erledigen.

Der Schnauzbart griff nach dem Funkgerät. »Düssel 24, wir kommen jetzt rein.«

Plötzlich krächzte ein Durcheinander verschiedener Stimmen aus dem Äther. Leo verstand, dass es um eine Ruhestörung ging.

Ritters Handy gab Alarm. Der Kollege legte die Stirn in Falten und rieb mit der freien Hand über den Schnäuzer, als er in den Apparat horchte. »Das ist nicht dein Ernst! Sollen wir jetzt Schupo spielen?«

Zu Leo sagte er: »Richtung Pempelfort, Bagelstraße.«

»Was ist los?«

»Diese Scheißruhestörung. Die Leitstelle meint, wir sollten nach dem Rechten sehen. Die haben sie nicht mehr alle! Gib Zunder, damit wir's rasch hinter uns bringen!«

Noch fünfunddreißig Minuten bis zu seinem Date mit Jasmin.

Sie waren noch vor dem ersten Streifenwagen da. Leo lenkte den Omega durch die Einfahrt und stellte ihn im Hinterhof ab. Ritter schimpfte, dass die Kriminalwache für solche Geschichten nicht zuständig sei: Anwohner hätten Krach gehört und das Fitnessstudio im Hinterhaus als Quelle geortet.

Auf das Pflaster fiel Licht aus den breiten Fenstern des flachen Anbaus. Hinter den Scheiben standen Reihen von Trimm-dich-Rädern und Rudergeräten – alles hell erleuchtet. Über dem Eingang leuchteten Neonbuchstaben: *Body and Soul Gym*. Die Schrift darunter verhieß: *Trainie-*

ren mit Europameister Schwarzenberg – das Beste für Körper und Seele.

Die Tür stand auf. An der Scheibe hing ein Aufkleber: *Öffnungszeit von zehn bis zehn.* Drinnen mischte sich das Summen der Klimaanlage mit Musik, die vom Band kam. Robbie Williams sang *No Regrets.* Einlullende Melodie, treibender Rhythmus – die ideale Muckibudenmucke.

Der große Trainingsraum war menschenleer.

Dutzende von Maschinen: Chrom und schwarzes Eisen, fabrikneu und vom Feinsten, soweit Leo es beurteilen konnte. Der Geruch von Schweiß und etwas Scharfem, Undefinierbarem hing in der Halle.

»Ist da wer?«, rief Ritter.

A bitter aftertaste and a fantasy of how we all could live ...

Niemand an der Kasse, zwei halb volle Becher auf der Theke der Saftbar. Als er die Tropfen auf dem Linoleumboden entdeckte, zog Leo seine Waffe – er folgte der roten Linie, die immer wieder abriss. Auch Ritter löste die P6 aus dem Holster.

We were having the time of our lives. Well, thank you, it was a real blast ...

Sie erreichten den Ankleideraum. Auch hier kein Mensch, nur drei oder vier Taschen, Klamotten an den Haken. Die Tropfen führten weiter durch den gefliesten Gang, an dem die Duschkabinen lagen. Der scharfe Geruch wurde stärker. Leo dachte an seine Singleküche: verbranntes Fleisch. Die Spur endete in einem dunklen Raum. Leo tastete nach dem Schalter. Nichts.

Ritter knipste eine MAG-LITE an und gab Leo eine zweite Lampe – der Mann hatte an alles gedacht. Leo nahm das Licht in die Linke: braune Kacheln auf dem Boden und an den Wänden. Ein großer Bottich mit Wasser, eine Bank, eine Ablage mit Handtüchern. Glasscherben, die unter den Sohlen knirschten. Leo leuchtete nach oben. Von der Deckenlampe waren nur noch Splitter übrig. Am Ende des Raums eine Holzwand. Darin ein kleines Fenster, in dem Leo sich spiegelte. Eine Tür.

Er sah sich nach seinem Partner um. Ritter nickte. Leo packte den Griff. Die Tür klemmte. Er riss sie auf – der Hitzeschwall traf ihn wie ein Schlag ins Gesicht, zugleich rutschte drinnen etwas Schweres zu Boden.

Suppose it's just a point of view, but they tell me I'm doing fine.

Zwei Füße waren in den Vorraum gerutscht. Leo stieg über sie hinweg in die enge Kammer. Der Gestank war überwältigend. Leblose Körper, wohin Leo auch blickte.

Sie lagen kreuz und quer, ein blutdurchtränkter Haufen aus Klamotten, Fleisch und Knochen. An den Wänden zerfetztes Holz, noch mehr Blut und milchige Brocken – Hirnmasse. Leo dachte, dass es wichtiger war, Überlebende zu retten als Spuren zu erhalten. Er hielt die Luft an und tastete nach Handgelenken, nach einer Halsschlagader – und starrte auf einen Brei aus Haut und Zähnen.

Der Saunaofen knisterte und zischte, die Luft kochte. Blut bedeckte den Boden als dunkler Spiegel, in dem Patronenhülsen schwammen.

»Mein Gott«, stieß Ritter hinter ihm hervor und würgte. Dann entfernte er sich und Leo hörte, wie der Kollege telefonierte.

Leo versuchte, die Leichen zu zählen. Eine mollige Frau im T-Shirt, ein Bodybuilder im Sportdress, die Gesichter zur Unkenntlichkeit zerschossen. Eine Frau in Straßenklamotten. Tattoos, Hände, die schlaff zu Boden hingen, Schenkel, ein Goldkettchen am Fußgelenk. Eine Radlerhose, im Schritt durchnässt. Blendend weiße Turnschuhe, die Masern bekommen hatten. Verzweifelt versuchte Leo, unter all diesen reglosen Körpern einen Pulsschlag zu finden.

Gegenüber der Tür zwei unbekleidete Leichen. Ein Mann und eine Frau – der Typ war mit dem Gesicht auf den Ofen gestürzt. Alte Bilder aus dem Religionsunterricht drängten sich Leo auf: Visionen von Fegefeuer, Verdammnis und Hölle.

Die nackte Frauenleiche glänzte, der Schweiß war noch nicht ganz in der Hitze verdunstet. Sie war jung. Fast ein Dutzend Einschusslöcher im gesamten Oberkörper, über der Herzgegend klaffte eine Wunde. Schmauch und Pulvereinsprengsel in der umgebenden Haut – ein Nahschuss. Leo richtete die MAG-LITE auf blondes, schulterlanges Haar. Er tastete nach der Halsschlagader und spürte wieder nichts.

Als er ihr Haar zur Seite strich und das Gesicht der Toten im Schein seiner Lampe aufleuchtete, spürte Leo, wie seine Knie nachgaben.

Er tapste durch das Blut nach draußen. Er hielt sich am Einstieg zum Tauchbecken fest und rang nach Luft. Ritter kam mit der digitalen Kamera zurück. Der Schnauzbart sagte etwas – in Leos Ohren rauschte es wie aus einem voll aufgedrehten Funkgerät, das eingestellt war auf eine Frequenz, auf der sich nichts tat.

Der Kollege schüttelte ihn. Leo zwang sich, ruhiger zu atmen. Er hörte ein Knacken und endlich verstand er, was Ritter sagte: »Hey, Köster! Bist du okay?«

Leo nickte. Martinshornlärm kam mehrstimmig von draußen.

Ritter hielt die Kamera durch die Saunatür und löste ein paar Mal aus. Er sagte: »Du musst hier raus. Du brauchst frische Luft.«

Schritte im Eingangsbereich: der Notarzt. Rettungssanitäter drängten in den Vorraum.

Leo machte Platz. Robbie Williams sang: *We've got stars directing our fate and we're praying it's not too late ...*

Ein zweiter Notarzt rannte vorbei, noch mehr Sanitäter. Jemand rief: »Sie lebt noch!«

Leo schöpfte Hoffnung und eilte hinzu – es war die Mollige, die sie hinaustrugen.

Ritter sagte: »Die Schupos sperren den Hof ab und versuchen, die Leute aufzutreiben, die angerufen haben. Die Mordbereitschaft hab ich verständigt. Jetzt können wir nur noch warten.«

Irgendwann zogen die Sanis ab.

Fünf Leichen lagen im Vorraum, abgedeckt mit dünnen Planen. Überall blutige Sohlenabdrücke. Fünf Tote, ermordet wegen des Inhalts der Kasse. Ein sechstes Opfer lebensgefährlich verletzt im Krankenhaus.

Leo kniete sich hin. Er fand das Mädchen und zog das Tuch zurück.

Meinst du, ich lasse dich so schnell wieder los?

Die grünen Augen blickten starr an ihm vorbei. Die halb geöffneten Lippen blutleer. Die Haut immer noch heiß. Leos Finger berührten das Muttermal.

Jasmin, Jasmin, Jasmin.

Als er bemerkte, dass Ritter ihn beobachtete, zupfte er den weißen Stoff wieder zurecht. Es gelang nicht – entweder lugten die Fußspitzen hervor oder der Kopf.

Warum sitzt du nicht in unserem Café und wartest dort auf mich?

22.

Als Ela um halb drei Uhr morgens nach Hause kam, verriegelte sie die Wohnungstür und knipste sämtliche Lichter an.

Sie sagte sich, dass Leichen sie nur als Spurenträger interessierten. Dass Mitleid nicht zu ihrem Job gehörte. Im Moment funktionierte es. Sie fühlte sich leer.

Ela zog ihre verschwitzten Klamotten aus und stopfte sie in die Waschmaschine. Aus dem Kühlschrank angelte sie eine angebrochene Flasche *Entre-deux-mers* und goss ein Glas voll. Eine Zigarette.

Sie hatte von Ritter eine Diskette mit Fotoaufnahmen entgegengenommen, den Tatort selbst mit der Handycam gefilmt und zudem jedes Detail in ihrem Kopf gespeichert. Es war ein Schlachthaus.

Vielleicht hatten sie ihre Opfer in die Sauna getrieben, weil sie dachten, der Schusslärm würde nicht nach draußen dringen. Wenn es so war, hatten sich die Täter geirrt. Es gab Zeugen.

Ela setzte sich auf die vibrierende Maschine und inhalierte tief – das Rauschen und Rotieren der Trommel beruhigten sie und der Weißwein brachte sie auf Normaltemperatur.

Als die Spurenleute eingetroffen waren, hatte Ela ihnen das Fitnesscenter überlassen. Draußen drängten sich Fotografen, Blitzlichtgewitter, Kameraleute schalteten ihre Lampen ein und blendeten Ela. Die Straße war voller Anwohner, Passanten, Schaulustiger im Jogginganzug oder Pyjama. Leute, die Schüsse gehört hatten. Ein Auto gesehen hatten, das wegfuhr.

Kunden des Fitnesscenters waren nicht unter den Zeugen. Keine Überlebenden der Tat. Die Angestellte, die man ins Krankenhaus gebracht hatte, war kurz nach Mitternacht ihren Verletzungen erlegen. Zu viel Schrot im Kopf.

Engel hatte alle verfügbaren Mordermittler zusammengetrommelt. Sie teilten sich auf und klingelten in den umliegenden Häusern. Rechtsmediziner Rosenbaum trieb einen schlaftrunkenen Assistenten vor sich her und fragte nach den Leichen. Kripochef Dresbach und sogar der Polizeipräsident ließen sich blicken. Gruppenleiter Poetsch tat gegenüber den Fernsehkameras, als leite er die Ermittlungen.

Die Staatsanwältin war die Erste, die Ela daran erinnert hatte, dass das Fitnessstudio bereits im Frühjahr Ziel eines Anschlags gewesen war – die Fassade war von Brandbomben angekokelt worden, die Täter unbekannt.

Die Kerle mit den Molotow-Cocktails – jetzt restlos durchgeknallt?

Ela veranlasste, dass die Kleidung der fünf Toten zum Trocknen in den Keller der Festung gebracht wurde. Gemeinsam mit dem Pressesprecher formulierte sie die WE-Meldung an Landeskriminalamt und Innenministerium. *Wichtiges Ereignis.*

Die Mediengeier harrten aus, bis die Bestatter die Leichen abtransportierten – die Bilder der Nacht. Dann wurde es endlich ruhig.

Das Schleuderprogramm ließ die Trommel kreischen. Die Flasche, die Ela auf der Waschmaschine abgestellt hatte, geriet ins Schlingern. Ela goss den Rest in ihr Glas. Noch eine Zigarette. Die letzte.

Ein großer Fall.

Ela dachte an ihren Vater, der als Bankangestellter in Erkelenz zwei Überfälle innerhalb eines Vierteljahres erlebt hatte. Seitdem war er berufsunfähig und bezog Rente. Nicht einmal als Kunde hatte er je wieder einen Schalterraum betreten. Er konnte es nicht. Er war ein Nervenbündel geworden und zerbrach an der Verzweiflung über seine eigene Schwäche.

Sie dagegen hatte nur zwei Monate nach ihrer Begegnung mit dem ›Kannibalen‹ ihren Dienst wieder aufgenommen – sie hatte bewiesen, dass die Neigung zum Nervenzusammenbruch nicht in den Genen steckte.

Das Waschprogramm beendete den Schleudergang, die Schaltung krachte, frisches Wasser lief nach, die Trommel drehte sich langsam weiter.

Ela fröstelte. Das Glas war leer.

Beim Hinausgehen fiel ihr Blick auf das runde Fenster der Maschine. Für einen Moment war Ela überzeugt, dass es Blut war, das hinter der Scheibe schwappte.

TEIL DREI

Golden Twins

»Das Anwachsen von Unordnung oder Entropie mit der Zeit ist ein Beispiel für das, was (...) die Vergangenheit von der Zukunft unterscheidet, indem es der Zeit eine Richtung gibt.«

Stephen Hawking, *Eine kurze Geschichte der Zeit*

Mittwoch, 2. August, *Blitz*, Titelseite:

DREI FRAUEN UND DREI MÄNNER IN SAUNA ERSCHOSSEN
IRRE KILLER RICHTEN BLUTBAD AN

Von Alex Vogel. *Die abscheulichste Bluttat der Nachkriegsgeschichte, Düsseldorf ist entsetzt. Das Fitnesscenter ›Body and Soul Gym‹ des ehemaligen Bodybuilding-Europameisters Thomas Schwarzenberg im Stadtteil Pempelfort um 21.45 Uhr, kurz vor der Schließung – so nahm das Massaker seinen Lauf: Eine Angestellte zählt die Tageseinnahmen, drei Mitglieder beenden gerade ihr Training, ziehen sich um. Ein Pärchen entspannt sich noch ahnungslos in der Sauna. Plötzlich betreten kaltblütige Killer den Flachbau in einem Hinterhof an der Bagelstraße. Sie treiben die Anwesenden durch den Sanitärbereich in die kleine Sauna des Studios und schießen auf sie mit tödlichem Achtmillimeter-Schrot, unter Jägern auch »Sauposten« genannt. Eine Hinrichtung, die Opfer haben keine Chance, den Kugelhagel zu überleben.*
Hubert Preuß, 72, sitzt zur Tatzeit auf dem Balkon seiner Wohnung im Vorderhaus – mit Blick auf das Fitnesscenter. Der Lateinlehrer im Ruhestand glaubt zunächst an eine Explosion. Als das Krachen aufhört, beobachtet er einen Geländewagen, der den Hof verlässt. Dass er die Flucht der Massenmörder mitverfolgt hat, wird erst klar, als die Polizei eintrifft, die von mehreren Nachbarn wegen vermeintlicher Ruhestörung gerufen wurde.
Minuten später stellt der Notarzt den Tod von fünf Menschen fest. Ein sechstes Opfer wird in das Marienhospital gebracht, wo es seinen schweren Verletzungen erliegt. Ein Großaufgebot an Polizeikräften schwärmt aus, um weitere

Anwohner zu befragen. Exeuropameister Schwarzenberg, der sein ›Body and Soul‹ erst vor wenigen Wochen renovierte, bricht fassungslos zusammen, muss selbst von Sanitätern behandelt werden.
Polizeipräsident Bewerunge erklärt noch am Tatort, seine Behörde werde »nicht ruhen, bis dieser schreckliche Massenmord lückenlos aufgeklärt ist«. Innenminister Lemke lässt sich an seinem Urlaubsdomizil telefonisch über die Ermittlungsschritte informieren.
Über die Identität der Opfer war am späten Abend noch nichts zu erfahren. Fest steht: Im Mai hatten Unbekannte Benzinbomben gegen den Eingang des ›Body and Soul‹ geworfen. Was ist der Hintergrund für den Straßenkrieg bislang unbekannten Ausmaßes, für diese Eskalation der Gewalt? Eine Sonderkommission unter Leitung des erfahrenen Hauptkommissars Benedikt Engel soll jetzt die irren Saunakiller schnappen, die eine ganze Großstadt in Angst und Schrecken versetzen.

23.

Das Telefon weckte Martin Zander. Das Bett neben ihm war leer, der Wecker zeigte halb sieben. Als keines der anderen Familienmitglieder abhob, stand Zander auf.

Seine Frau schlich durch den Flur, ein Foto ihres verunglückten Sohnes an die Brust gedrückt.

Zander hielt sie fest. »Ich bin kein Mörder, Beate. Und du kannst auch nichts dafür, was damals ...«

Sie entwand sich seinem Griff.

»Beate, bitte. Lass uns wieder wie normale Menschen ...«

Ohne ihn anzusehen, verschwand sie in der Küche.

Das Telefon klingelte hartnäckig. Er griff nach dem Hörer.

»Zander.«

»Hallo, Martin, hier ist Tina.« Arnie Haffkes Frau.

»Was ist los?«

»Arnie ist nicht nach Hause gekommen. Ich wollte dich fragen, ob er bei euch übernachtet hat.«

»Nee. Hier ist er nicht. Ich wüsste auch manchmal gern, wo der Bursche steckt.«

»Wenn er wieder etwas mit dieser Maria angefangen hat, werf ich ihn raus!«

Das sagst du jedes Mal, dachte Zander.

Er duschte ausgiebig. Er fand ein gebügeltes Hemd. In der Küche saß Beate und streichelte eine Baseballmütze, die Sebastian gehört hatte. Er fragte sie, wo Pia war. Als sie nicht antwortete, beschloss er, in der Bäckerei an der Ecke seinen Kaffee zu trinken.

Auf einem der Stehtische lag eine zerfledderte Zeitung – Großbuchstaben schrien Zander die Sensation entgegen: DREI FRAUEN UND DREI MÄNNER IN SAUNA ERSCHOSSEN.

Fotos. Ein langer Artikel, der alles andere von der Titelseite verdrängt hatte. Zander kannte die Straße, das Studio. Es lag im Bezirk seiner Polizeiinspektion. Sein Partner hatte dort sogar eine Zeit lang trainiert. Auch wenn Zander nicht zur Sonderkommission gehören würde, war sein Interesse geweckt. Er ließ den Kaffeebecher stehen – zu heiß, um ihn rasch auszutrinken.

Während der Fahrt schlang er das Brötchen hinunter. Nach zwanzig Minuten erreichte er den Parkplatz des Präsidiums. Der Paternoster trug ihn in den dritten Stock – Zander vermutete, dass die Sonderkommission den so genannten ›Frühbesprechungsraum‹ benötigte, den einzigen größeren Saal der Festung.

Tatsächlich: Die Versammlung war in vollem Gang.

Zander schob sich hinein. Gedränge, stickige Luft, fast jeder Dienst habende Beamte der Zentralen Kriminalitätsbekämpfung schien anwesend zu sein. Am Kopfende saßen die Bosse: Kripochef Dresbach, sein vorgesetzter Abteilungsleiter Friedrichsen, sogar Polizeipräsident Bewerunge höchstpersönlich.

Das Wort führte der KK-11-Leiter. In den Gängen der Festung flüsterte man, dass Benedikt Engel ein paar alte Flecken auf der Weste hatte. Aber er schien die Kurve gekriegt zu haben – mit Hilfe einiger Ermittlungserfolge und einer großen Portion Anpassungsvermögen. Zander sah voraus, dass Karrierebengel Engel sich nicht mehr daran erinnern würde, dass er seine Mitarbeiter duzte, wenn er einst als Kriminalrat von der Führungsakademie Hiltrup zurückkehren würde.

Neben dem Langen duckte sich Gruppenleiter Poetsch und faltete Papierschnipsel – offensichtlich hatte er den Kampf um die Leitung der Sonderkommission verloren. Poetsch und Engel, ein Paar wie Pat und Patachon. Der Gruppenleiter war rascher zur Führungsakademie gekommen, aber der Lange hatte den besseren Draht zum Kripochef, wie man hörte.

Engel hatte Fotos auf Folie ausdrucken lassen. Der Tageslichtprojektor warf sie an die Wand. Nichts für zart besaitete Gemüter.

»Wir haben zehn Patronenhülsen gezählt, Kaliber 12-70. Der letzte Schuss galt der Deckenlampe im Vorraum. Der Täter hat Null-Null-Schrot verwendet, bekannt auch als Buckshot oder Sauposten, vermutlich aus einer Automatikflinte abgefeuert. Das erklärt, warum keines der Opfer die Zeit hatte, sich zu wehren. Pro Schuss sind das zehn leicht verformbare Bleikugeln mit jeweils acht Millimeter Durchmesser. Die Zerstörungskraft können Sie sich vorstellen.«

Jemand rief dazwischen: »Das nennt man subtiles Vorgehen!«

»Wieso *der Täter*? War es nur einer?«, wollte ein anderer wissen.

Engel fuhr fort, als habe er den Einwand nicht gehört: »Wir haben eine ganze Anzahl Zeugen. An einem warmen Sommerabend sitzen die Leute gern auf dem Balkon und die Balkone der Häuserzeile gehen allesamt auf den Hof. Drei der Zeugen haben den Täter sogar gesehen. Ja, wir müssen davon ausgehen, dass es sich um *einen* Täter handelt. Darin stimmen die Zeugen überein. Die Beschreibung gibt nicht viel her: männlich, mittelgroß und eher jung als alt. Aber es kommt besser. Das Fluchtfahrzeug – die einen sprechen von einem Jeep, die anderen von einem Landrover. Jedenfalls handelt es sich um einen Geländewagen mit gelber Lackierung.«

Wieder schwoll das Gemurmel an. Dresbach hob die Hand und rief: »Ich bitte Sie! Wir haben hier keine Lautsprecher. Fahren Sie fort, Engel.«

»Wie ihr alle wisst, suchen die Kollegen von der Brandermittlung seit gut einer Woche einen oder mehrere Täter, die nach einem Brandanschlag auf eine Altstadtdisko in einem Fahrzeug geflohen sind, das genauso beschrieben wurde. Wenn man bedenkt, dass auch im *Body and Soul* Feuer gelegt wurde, dann tut sich hier möglicherweise eine ganz heiße Spur auf.«

Noch einmal wartete der Lange, bis es still wurde.

»Wenn man außerdem in Betracht zieht, dass Gelb eine äußerst seltene Farbe für Geländewagen ist, müsste es mit dem Teufel zugehen, wenn wir den Kerl nicht bald finden.«

Zander erkannte die Bach vorn bei den Obermuftis. Leute von Mord, Raub und Feuer. Schnüffler Thann nickte ihm zu.

Sokochef Engel lief zur Höchstform auf – kurz vor seinem Weggang zur Führungsakademie noch ein richtig großer Fall. »Jetzt zu den Opfern. Drei von ihnen waren Mitglieder des Fitnessstudios, ihre Ausweise waren in den Taschen, die wir im Umkleideraum gefunden haben. Es handelt sich um Paula Becker, Mirko Divkovic und Heinz Lazarus, allesamt Stammkunden mit Verträgen, die seit Monaten laufen. Opfer Nummer vier ist eine Angestellte des Studios namens Svetlana Pokornovska, zweiunddreißig Jahre alt. Sie war für eine erkrankte Kollegin eingesprungen. Pokornovska war allein erziehende Mutter zweier Kinder, drei und fünf Jahre alt.

Aber es kommt noch dicker. Der fünfte Ausweis, den wir fanden, ist ein Dienstausweis unserer ...«

Der Saal kochte.

Engel versuchte, die Rufe zu übertönen: »... ist ein Dienstausweis unserer Behörde. Ja, es stimmt und es macht mich wütend und betroffen. Unter den Opfern ist ein Kollege, Arnold Haffke, Kommissar der PI Nord. Der Mord an einem Kollegen sollte uns allen ein Ansporn sein, den Fall so rasch und gründlich wie möglich zu lösen!«

Zander spürte, wie sich sein Magen verkrampfte. Das musste ein Irrtum sein! Er beobachtete, wie Ela Bach am anderen Ende des Konferenztisches Stapel von Unterlagen weiterreichen ließ.

»Das sechste Opfer ist als Einziges noch nicht identifiziert. Wir konnten ihr Kleidungsstücke zuordnen, die in der Umkleide hingen, aber weder Ausweis noch Führerschein, Kreditkarte oder etwas Ähnliches finden. Die Überprüfung der Fingerabdrücke brachte keine Übereinstimmung mit allem, was in AFIS gespeichert ist. Sie ist also nicht vorbestraft. Es handelt sich um eine junge Frau, zwanzig bis fünfundzwanzig Jahre alt. Auf sie wurden gleich drei Schüsse abgegeben. Eine Aufnahme des Gesichts und eine Auflistung der Kleidungsgegenstände findet ihr in den Materialien, die gerade verteilt werden.«

Die Stapel machten quälend langsam die Runde. Zander drängte sich dem entgegen, der auf seinem Weg entlang des Tisches am weitesten vorangeschritten war. Er wollte es schwarz auf weiß sehen.

»Kollegin Bach wird euch in Gruppen einteilen und alles weitere mit euch besprechen. Denkt daran, jede Beobachtung umgehend unter der Nummer zu melden, die vorne auf dem Deckblatt steht. Anlaufstelle ist das MK-Zimmer weiter hinten auf diesem Flur. Kollege Mühlental von den Brandermittlern wird euch jetzt noch etwas über die Anschläge der letzten Wochen erzählen.«

Zander schnappte sich eine Portion der zusammengehefteten Kopien. Hastig blätterte er sie durch. Seitenweise Namen und Daten, endlich die Bilder: Das Studio von außen. Der Trainingsraum. Das Innere der Sauna vor Bergung der Toten – ein Berg von Körpern. Gesichter: Männer, Frauen, die hübsche Unbekannte. Kein Haffke.

Zander schlug die letzte Seite auf und spürte, wie sein Atem schneller ging.

Eine Aufnahme der Drachentätowierung.

Der nackte Bademeister auf der Saunabank zwischen all den anderen Leibern. Ganz unten Haffkes Gesicht. In Großaufnahme: zerschossen und halbseitig verschmort, weil es auf den Ofen gefallen war.

Zander rannte hinaus, ignorierte die Proteste der Kollegen, die er zur Seite rempelte, fand gerade noch rechtzeitig die Toiletten und übergab sich in eine Kloschüssel.

24.

Die Neonröhre im Kellerverschlag summte. Leo Köster schluckte Staub, als er den Bücherkarton unter Mülltüten und alten Farbeimern hervorzerrte. Er wühlte Bände heraus, die er vor Jahren als Praktikant in einem Anflug von Strebsamkeit bestellt hatte, einige davon nur angelesen oder überflogen: *Strafprozessordnung, Handbuch der Kriminalistik, Einführung in die Tatortarbeit, Leichensachen und Leichenöffnung*.

Zurück in der Wohnung räumte er nach kurzem Überlegen Pokale und Plaketten vom Schreibtisch, der im Schlafzimmer stand und bislang nur als Ablage gedient hatte – die Erinnerungen an gewonnene Wettbewerbe im Schießen und Radfahren machten den Büchern Platz. Als Erstes knöpfte Leo sich einen Ordner mit Lehrmaterial vor: *Fahndung, Spurenkunde, Vernehmung* – nach wenigen Minuten gab er auf, als er erkannte, dass er immer wieder die gleichen Zeilen las, ohne sie zu verstehen.

Er war müde, verkatert und verzweifelt.

Sein Pflichtgefühl ermahnte ihn, dass er die Identität des sechsten Opfers offenbaren sollte. Seine Vorsicht sprach dagegen – Kokain war im Spiel und es gab Zeugen: den Nachbarn und den Taxifahrer. Zudem war ihm der rote Honda nicht geheuer. Der Typ, der ihn bis zur Jagenberg-Villa verfolgt hatte. Leo kam zu dem Ergebnis, dass Freunde oder Angehörige die junge Frau ohnehin identifizieren würden, sobald ihr Bild im Fernsehen und in den Zeitungen war.

Er schluckte eine doppelte Dosis Aspirin und Lecithin gegen die Steifheit in seinem Körper. Er holte Gordon aus der Schublade und setzte ihn neben das Telefon – der Bär blickte geradewegs auf den Pin-up-Kalender, ein Geschenk von Kollegen, das er nach Brigittes Auszug aufgehängt hatte. Naomi Campbell lag ölig glänzend auf einem Felsen am Meer, Gischt spritzte zu ihr empor. Das Julibild.

Leo sagte: »Ich weiß, wir haben seit gestern August, aber ist sie nicht scharf?«

Er wählte die Nummer seines Kumpels Olschewski, um Neues über Massimo zu erfahren.

Heike hob ab – Olli war im Dienst. Leo erfuhr, dass das Küken unverändert im Koma lag. Sie sprach von einer Infektion, gegen die Massimo Antibiotika bekäme, und äußerte ihr Entsetzen über den Mord von gestern Abend – jeder sprach nur noch davon. Leo erwähnte, dass er als erster Kripobeamter am Tatort gewesen war, und Heike fragte: »Warum hast du Brigitte nicht erzählt, dass du nicht mehr beim Kommando arbeitest?«

Er legte auf.

Um fünfzehn Uhr hatte er wieder Schicht und sollte sich im MK-Zimmer melden, das der Sonderkommission als zentrales Büro diente. Letzte Nacht hatte er Whiskey getrunken, um die Bilder vom Blutbad zu verdrängen. Jetzt fühlte er sich wieder elend.

In der Hosentasche spürte er die Tütchen, die Jasmin

ihm am Montag zugesteckt hatte. Er erinnerte sich daran, was das Pulver bewirkt hatte – sogar das Zittern war mit einem Schlag weg gewesen. Er nahm eine Prise, vorsichtig, nur ganz wenig.

Innerhalb weniger Minuten überkam ihn das großartige Gefühl.

Er hielt es nicht mehr aus in der Wohnung, die noch Brigittes Stempel trug. Er rannte hinunter auf die Straße. Am liebsten wäre er zum Hofgarten gefahren, doch das Mädchen würde er nicht wieder treffen. Er schwor sich, ihren Mörder zur Strecke zu bringen.

Er war als Erster am Tatort gewesen. Als Einziger bei der Kripo war er geschult, einen Gewaltverbrecher auszuschalten. Er war eine große Nummer. Sonderkommission.

Was Leo störte, war das Sonnenlicht. Überall weiße Flächen, die es reflektierten. Blinkende Schilder und Spiegel, vorbeihuschende Autofenster, die ihn blendeten.

Im nächsten Moment hatte er das Gefühl, dass man ihm anmerkte, wie sehr er unter Strom stand. Er rieb sich die Nase, um Reste des weißen Pulvers abzuwischen, die vielleicht noch daran hingen. Im Schatten eines Hauseingangs blieb er stehen und lauschte seinem Herzschlag: erheblich schneller als normal – ab welcher Dosis war Kokain akut gefährlich?

Ein Hundehalter schlurfte vorbei. Die Töle knurrte, der alte Mann grüßte. Leo erkannte ihn: Jasmins Nachbar. Plötzlich wurde ihm klar, wo er sich befand.

Merkurstraße. Nur ein paar Hausnummern von der Wohnung entfernt, in der das Mädchen und er sich geliebt hatten. Sein Blick traf den schmucklosen Neubau, in dem sie gewohnt hatte.

Aus der Haustür trat eine junge Frau. Blond. Schlank. Sie trug eins der Kleider, die das Mädchen ihm vor dem Schrank im Schlafzimmer präsentiert hatte: *Das Gestreifte sieht richtig kultig aus*.

Er war sich sicher, dass *sie* es war.

Der Pulsschlag drohte seinen Kopf zu sprengen.

Jasmin.

Er rannte. An der Kreuzung blieb er ratlos stehen. Ladentüren schlossen sich, ein Taxi kam ihm entgegen, ein blauer Golf scherte aus einer Parklücke.

Eine Blondine stieg in die Straßenbahn. Leo rannte über den Asphalt, ignorierte das Hupen und sprang gerade noch rechtzeitig in den Wagen. Die Türen schlossen sich. Die Bahn klingelte und setzte sich in Bewegung. Leo ging die Sitzreihen entlang nach hinten.

Die einzige Blonde unter den Fahrgästen trug babyblaue Shorts und ein gelbes Top – er war der falschen Frau nachgelaufen.

Durch die Heckscheibe starrte Leo nach draußen ins blendende Licht.

Da war sie wieder.

Er winkte, schrie und klopfte gegen die Scheibe, doch die Bahn trug ihn immer weiter fort.

25.

Ela Bach studierte die Ermittlungsakten, die das KK 13, das für Brandsachen zuständige Kommissariat, zur Verfügung gestellt hatte. Um sie herum wurden Tische beiseite gerückt, Pinnwände für Mitteilungen errichtet. Sie ließ ihren Computer in das MK-Zimmer bringen. Drucker und Kopiergerät wurden installiert. Kollegen kamen und gingen, vervielfältigten Berichte, sortierten Mitteilungen in die Fächer.

Ela war die rechte Hand des Soko-Leiters, sie koordinierte die ›Soko Sauna‹ – so hatte man die Ermittlungsgruppe kurzerhand getauft. Sechzig Beamte waren aus verschiedenen Dienststellen der Zentralen Kriminalitätsbekämpfung zusammengetrommelt worden.

Die größte Sonderkommission in der Geschichte des Düsseldorfer Polizeipräsidiums.

Berge von Zeugenaussagen und Gutachten. Drei bislang ungeklärte Brandanschläge – ein möglicher Zusammenhang.

Mittwoch, 17. Mai, Bagelstraße, Hinterhof: Anwohner melden kurz vor Mitternacht ein Klirren und einen Feuerschein – ein oder mehrere Unbekannte hatten zwei Molotow-Cocktails gegen die Eingangstür des *Body and Soul* geworfen. Nur eine Flasche war zerbrochen und hatte ihr Benzin über die Fassade verteilt. Der Sachschaden war gering.

Montag, 26. Juni, Akademiestraße: Passanten beobachten in den frühen Morgenstunden starke Rauchentwicklung im Restaurant *Zur Keule*. Wieder waren es Molotow-Cocktails, drei Stück, die durch die Fenster geschleudert worden waren. Diesmal war das Glas angeritzt worden, alle drei Benzinbehältnisse zersprangen, die Einrichtung des gutbürgerlichen Lokals ging in Flammen auf.

Dienstag, 25. Juli, Bolker Straße: Wie bei der *Keule* waren die Brandsätze professionell präpariert. Die Täter hatten sich mit einem Vorschlaghammer Einlass verschafft, waren die Treppe zur Disko hinuntergelaufen und hatten insgesamt fünf Benzinflaschen gegen Theke und Musikanlage geworfen. Die Sprinkleranlage des *Power House* war machtlos gegen das Feuer gewesen. Technik und Mobiliar im Wert von gut eineinhalb Millionen verbrannten. Bei dieser Tat war zum ersten Mal der gelbe Geländewagen gesichtet worden.

Jetzt war ein mehrfacher Mord hinzugekommen.

Der Bericht des Munitionsvergleichs traf ein – die Kollegen des Bundeskriminalamts hatten sich ins Zeug gelegt: Die Waffe war vor dem gestrigen Massaker noch bei keinem Verbrechen benutzt worden.

Null-Null-Schrot verwendeten Jäger vorzugsweise bei der Nachsuche auf angeschossene Wildsauen – gegen aggressive Tiere zählten größtmögliche Feuerkraft und weiter Streuwinkel. Die nötige Flinte, ob als Handrepetierer oder als automatisches Gewehr mit Gasdrucklader, gab es in jedem Frankonialaden. Ein Waffenscheinbesitzer konnte hingehen und einen solchen Schießprügel erwerben. Wer nicht über das Papier verfügte, konnte sich auf dem schwarzen Markt eindecken. Der Mörder musste kein Jäger sein. Er musste nicht einmal gut schießen können.

Spurensicherung und Pathologie arbeiteten an der Rekonstruktion des Tatablaufs. Um Viertel vor zehn befanden sich drei Mitglieder des Studios in der Umkleide. Der Polizist und die Unbekannte saßen in der Sauna, die gerade abgeschaltet worden, aber noch heiß genug war. Als Einzige befand sich die Angestellte in den vorderen Räumen. Laut Spusi putzte sie gerade die Saftbar. Als sie sich sträubte, brach der Täter ihr das Nasenbein und trieb sie nach hinten. Er sammelte die Sportler in der Umkleide ein und stieß die Opfer zu den beiden Letzten in die Sauna.

Wenn er über ein Gewehr mit Gasdrucklader verfügte, war es sehr schnell gegangen. Neun Patronen fasste das Magazin. Wenn eine weitere im Lauf gesteckt hatte, so hatte der Täter einfach draufgehalten, bis das Magazin leer war und sich niemand mehr regte. Zehn Schuss, das waren achtzig Bleigeschosse. Ela wunderte sich nicht, dass es keine Spuren von Gegenwehr gab.

Sie erinnerte sich an die Klamotten der Opfer, die im Keller der Festung lagerten und sicher längst trocken waren. Sie veranlasste, dass sie ins LKA-Labor an der Völklinger Straße gebracht wurden. Vielleicht hatte der Täter Körperkontakt mit einem der Opfer gehabt. In dem Fall würde man Fasern seiner Kleidung finden.

Ständig klingelten Telefone. Die ganze Stadt stand Kopf, nicht nur die Behörde. Die Pinnwand füllte sich. Jede Menge Listen: Opfer, Zeugen, Spuren, Angestellte des Studios, zahlende Mitglieder.

Keine weiteren Augenzeugen – mit jeder Stunde schwand die Hoffnung, dass sich ein Fitnesskunde meldete, der beim Verlassen des Studios dem Unbekannten begegnet war.

Der Lange kam mit zwei Kaffeebechern von der Pressekonferenz. Sie nippte und vermisste den Zucker. »Wie war's?«, fragte sie.

»Wir haben das Foto der noch nicht identifizierten Toten verteilt. Zum Glück hat ihr Gesicht kaum etwas abbekommen. Für die Medien ist das alles wie Weihnachten. Sechs Tote bei einer Schießerei mitten in Deutschland – das belebt die Auflage und die Einschaltquote. Poetsch war sauer, dass er nicht auf dem Podium sitzen durfte.« Engel nahm einen Schluck, dann fragte er: »Was hältst du von unserer Schutzgeldtheorie?«

»Ich weiß nicht recht. Wenn das Massaker der bisherige Höhepunkt einer Serie ist, die dazu dient, Gastronomen und andere Geschäftsleute zu erpressen, dann war der Killer jedenfalls kein Irrer.«

Engel zog einen Stuhl heran und setzte sich. »Er wollte ein Zeichen setzen. Die Erpressungsopfer sollten eingeschüchtert sein und zahlen. Ich frag mich nur, was das für uns bedeutet.«

»Ganz einfach. Entweder seine Rechnung geht auf, sie zahlen und schweigen. Oder er bewirkt das Gegenteil und sie kommen zu uns.«

»Um elf ist Schwarzenberg dran, der Besitzer des *Body and Soul*.«

Ela sagte: »Es gibt noch eine dritte Möglichkeit.«

»Du meinst, dass der Mord mit den Brandstiftungen nichts zu tun hat?«

»Immerhin ist es eine völlig neue Dimension.«

Engel schüttelte energisch den Kopf. »Zweimal der gleiche Fluchtwagen – das kann kein Zufall sein.«

Schwarzenberg kam pünktlich. Ein in die Jahre gekommener Muskelprotz mit Pferdeschwanz – Ela hatte den ehemaligen Europameister im Bodybuilding bereits gestern Abend am Tatort kennen gelernt.

Engel und ein Brandermittler vernahmen ihn, die Sekretärin des KK 11 tippte das Protokoll unmittelbar in den Computer. Ela hörte zu und bediente zugleich das Telefon.

Ihr Chef konfrontierte den Studiobesitzer ohne Vorgeplänkel mit der Schutzgeldthese – die Kollegen vom KK 13 waren seit dem Anschlag im Mai den Verdacht nicht losgeworden, dass Schwarzenberg verängstigt war und sehr wohl wusste, wer hinter der Tat steckte. Ein simpler Versicherungsbetrug schied aus – der Schaden war höher gewesen als die Summe, die Schwarzenberg von der *Victoria* erwarten konnte.

Engel versprach, den Bodybuilder und seine Familie abzuschirmen, falls er gegen seine Erpresser aussagte. Er erklärte ein paar Möglichkeiten, die das Zeugenschutzprogramm bot, und ließ nicht locker. Ela wusste, dass ihr Chef unter Druck stand – die Kollegen der Organisierten Kriminalität hockten in den Startlöchern, um die Ermittlungen unter ihre Fittiche zu nehmen, falls die Soko nicht weiterkommen würde.

Das unaufhörliche Klingeln nervte sie, bis endlich eine zusätzliche Schreibkraft eintraf und den Telefondienst übernahm – eine dralle Rothaarige, die sonst in der Datenstation Dienst tat. Trotzdem musste Ela immer wieder selbst an den Apparat – Rückmeldungen der Beamten, die draußen waren. Gerüchte, Beobachtungen, mögliche Hinweise: Schwarzenbergs Bruder sei der heimliche Boss des *Body and Soul*, Angestellte der *Keule* bezichtigten sich gegenseitig der Unterschlagung und das *Power House* habe ein Diskjockey angezündet, um sich für seinen Rauswurf zu rächen. Ein Kassierer hatte ausgesagt, dass der Türsteher mehrfach bedroht worden sei, vermutlich von Türken, die er abgewiesen hatte.

Bislang keine Bestätigung der Schutzgeldthese. Kein sichtbarer Zusammenhang mit dem Mord in der Sauna.

Ela notierte: *Schwarzenbergs Bruder, Türsteher, Diskjockey befragen.*

Der Inhaber des Fitnessstudios sagte unterdessen kein Wort mehr. Er berief sich darauf, dass er müde sei und unter Schock stehe.

Die Rothaarige unterbrach die Befragung. An der Pforte habe sich ein gewisser Andreas Schalk gemeldet, der eine Aussage machen wolle. Engels Gesicht hellte sich auf. Er bat sie, den Mann nach oben zu bringen.

Der Bodybuilder durfte gehen.

»Ich wette, der Kerl weiß, wer hinter dem Anschlag steckt«, sagte Ela, als Schwarzenberg draußen war.

»Das seh ich genauso«, antwortete der Lange und sah auf die Uhr. »Schick Beamte raus, die sein Umfeld durchleuchten.«

»Schon geschehen. Schranz und fünf Leute von der Fahndung befragen die Angestellten und prüfen die Bücher.«

»Sie sollen sich auch Schwarzenbergs Frau vorknöpfen und die Familien der Angestellten. Meinetwegen auch die Kinder. Irgendwer hat Kenntnis von der Sache und wird reden. Notfalls streuen wir in die Medien, dass sich der Anschlag auf die Muckibude wiederholen könne, und setzen Schwarzenberg auf diese Art wirtschaftlich unter Druck. Außerdem soll ihn ein MEK rund um die Uhr überwachen. Ruf bei den Drogenleuten an und frag sie, ob sie was über Dopinghandel wissen. Anabolika, Nandrolon, das ganze Zeug. Aber vorerst kein Wort zu den Kollegen von der Organisierten Kriminalität.«

»Völlig klar.«

»Wir würden beide dumm aussehen, wenn die sich in unsere Ermittlungen drängen würden«, sagte der Lange und Ela wusste, was er meinte.

Sie klemmte sich an eins der Telefone.

Die Rothaarige brachte einen schmächtigen Kerl herein. Andreas Schalk alias Dr. House – der Inhaber der Disko auf der Bolker Straße. Ende zwanzig, schlechte Zähne, seine Sonnenbrille behielt er auf.

»Sie wollen uns etwas mitteilen?«, fragte Engel.

Der Schmächtige nahm breitbeinig Platz. »Wie es aussieht, hab ich nichts mehr zu verlieren. Die Versicherungssumme ging für meine Schulden drauf. Ich hatte den Laden noch nicht lang genug, um im grünen Bereich zu sein. Es hat sich zwar ein Finanzier gemeldet, aber ...« Der Diskoboy wedelte mit der Hand.

»Aber?«

»Sein Musikgeschmack gefällt mir nicht.«

»Verstehe. Der Musikgeschmack.«

»Na ja, die ganze Art, wie sich die Leute aufdrängen, gefällt mir nicht.«

Ela erkannte, dass ihr Chef ungeduldig wurde. »Reden Sie Klartext, Schalk. Namen, Fakten. Dafür sind Sie doch hergekommen.«

Der Diskoboy lehnte sich zurück. Er bohrte im Ohr und begutachtete den Finger. »Können Sie für meine Sicherheit garantieren?«

Engel strahlte. »Endlich kapiert einer, dass wir zu den Guten gehören.«

Schalk zog einen Zettel aus der Hosentasche und las vor: »Eine neue Identität, neuer Name, neuer Pass. Den ganzen Scheiß für mich und meine Freundin. Dazu eine Wohnung, mindestens hundertzwanzig Quadratmeter in München, Hamburg oder Berlin. Innenstadtlage und trotzdem ruhig. Und fünfhunderttausend Mäuse in bar.«

Engel schrie den Kerl an: »Wollen Sie Profit aus dem Verbrechen schlagen?«

Dr. House bohrte sich im anderen Ohr. »Vorher gibt es keine Namen. Ich hab keine Lust so zu enden wie die sechs Figuren in Schwarzenbergs Schwitzbude.«

Engel erklärte, dass er Rücksprache mit dem Ministerium halten müsse. Der Lange schaute grimmig drein, aber hinter Schalks Rücken zeigte er Ela den erhobenen Daumen – die Chance zum Durchbruch.

26.

Die Erkenntnis kam über Zander wie ein Licht, das man anknipste: Falls die Schutzgeldthese ins Wanken geriet, würden die Sokoleute anfangen, das Umfeld der sechs Opfer nach einem Mordmotiv zu durchwühlen. Sie würden herausfinden, dass Arnie ein Zocker war, der Unsummen verspielte und diverse Freundinnen unterstützte. Wenn die Ermittler auf Draht waren, würden sie Haffkes Beteiligung am Juwelenklau entdecken. Der Pelzraub, all die weiteren kleinen und größeren Nebengeschäfte – es war nur eine Frage der Zeit, bis Zander selbst geliefert sein würde.

Er durchstöberte Haffkes Arbeitsplatz in der Hauptwache an der Ulmenstraße. Die Schubladen: Schreibzeug, Ersatzsonnenbrille, ein verschrumpelter Apfel.

Zander kontrollierte den Schrank, forschte nach versteckten Winkeln, packte sämtliche Unterlagen auf den Tisch und blätterte, bis er sicher war, dass es keine Hinweise auf ihre Nebeneinnahmen gab. Sauber.

Eine Notiz fiel ihm auf:

Mo. 31-07 1-120 h
Anfrage Ela Bach / KK 11
Überprüfung Christoph Larue, Mediaplaner,
geb. Remscheid 1964
Faunastr. 9, 40239 D-dorf
Überfall Matysek Opfer/Drogen?
Nachr. unter -3112

Die Sache war seltsam. Warum hatte Arnie gestern früh abgestritten, den Namen Larue gehört zu haben, wenn er am Vortag Elas Mithilfeersuchen entgegengenommen hatte?

Zander versuchte, die Mordermittlerin zu erreichen,

doch sie steckte in Sitzungen. Das hübsche Huhn machte sich: Sokoarbeit an leitender Stelle.

Immer wieder riefen Presseleute an, die Wind davon bekommen hatten, dass ein Polizeibeamter unter den Toten war. Sie wollten von Zander wissen, was für ein Mensch sein Kollege gewesen war. Ob Haffke verheiratet war, ob er Kinder hatte. Zander wimmelte sie alle ab.

Er erreichte Tina. Die Witwe heulte ihm etwas vor – Zander brauchte eine Weile, bis er verstand, was sie meinte. Sie hatte zwei Leuten von der Schutzpolizei Arnies Drachentattoo beschreiben müssen. Ihren Wunsch, den Toten zu sehen, hatten sie ignoriert. Zander wusste, warum. Tina sollte ihren Mann mit unverletztem Gesicht in Erinnerung behalten.

Sie jammerte ihm vor, dass Haffke den Vertrag mit *Body and Soul* vor Monaten gekündigt hatte, weil ihm das Studio zu schmuddelig gewesen war. Dass er sie gestern Abend um acht verlassen hatte, ohne zu sagen, wohin.

»Ich bin ihm mit dem Fahrrad hinterhergefahren. Das heißt, ich bin zu dieser Maria gefahren, weil ich dachte, er will zu ihr. Aber der Honda stand nicht dort. Martin, sei ehrlich, war er wieder mit ihr zusammen?«

»Nein. Soviel ich weiß, nicht. Wer kümmert sich um dich?«

»Meine Mutter kommt gleich.«

Zander fragte sich, was Arnie seiner Frau über die Nebengeschäfte erzählt hatte.

»Versprich mir eins, Tina. Wenn die Leute von der Mordkommission kommen, erzähl ihnen nichts, was den armen Arnie in ein schlechtes Licht rücken würde, verstehst du?«

»Mhm.«

»Wir sollten an seine guten Seiten denken, wenn wir uns an ihn erinnern.«

»Du hast Recht.«

Zander versprach, gleich bei ihr zu sein, und verließ das Büro.

Er hasste die Stille in seinem Auto. Kein Haffke mehr, der dreckige Witze zum Besten gab. Keiner, der ihn ›Padre‹ nannte.

Zander fuhr zum Autohaus und erklärte dem verdutzten VW-Händler, dass er den Kauf des Lupo rückgängig machen müsse. Der Mann im blauen Kittel erstattete die Anzahlung zurück, ohne nach dem Grund zu fragen.

Zander quittierte und atmete auf – wenn die Schnüffler vom Inneren Dienst einen Beamten unter die Lupe nahmen, knöpften sie sich zuerst seine Vermögensverhältnisse vor. Kein fabrikneuer Zweitwagen – keine peinlichen Fragen nach dem Geld, mit dem er bezahlt hatte. Auch dies war geklärt.

Seine nächste Station war Haffkes Wohnung. Es war Mittag – eins zwohundert, hätte der Bademeister jetzt gesagt.

Die Witwe warf sich ihm in die Arme. »Warum musste er bloß noch mal weg? Er sagte nur, er hätte noch etwas zu erledigen. Er wollte spätestens um elf zurück sein.«

Das arme Ding, das Haffke nach Strich und Faden betrogen hatte. Das nie eingesehen hatte, dass der Bursche sie nur benutzte, wie man eine Kaffeemaschine oder einen Wäschetrockner benutzt. Mechanisch streichelte Zander ihren Rücken, während die junge Frau sein T-Shirt mit Tränen und Wimperntusche verschmierte.

In der Glotze liefen die Nachrichten: Außenaufnahmen des Fitnesscenters und der Straße, nächtliche Bilder von Absperrbändern, Rettungswagen und Uniformierten. Graue Männer schleppten Leichen aus dem Gebäude. Der Polizeipräsident sprach in Mikrofone, seine Erschütterung wirkte echt. Der Text des Reporters erging sich in Spekulationen. Raubmord, Amoklauf, Mafia. Ein Schwarzweißbild zeigte das Gesicht des noch unbekannten Opfers – dass auch Arnie unter den Toten war, empfand Zander als seltsame Vorstellung, fern und abstrakt.

Als Tina zu ihrer Mutter in die Küche ging, begann Zander Schubladen und Schranktüren aufzureißen. Hektisch suchte er nach Juwelen oder Pelzen, die Arnie vielleicht von der Beute abgezweigt hatte. Es war zu riskant, Tina einfach zu fragen, was sie über die Nebengeschäfte wusste. Dann fiel ihm ein, dass Haffke ohnehin nicht der Bursche gewesen war, der seiner Frau Teile des Fangs geschenkt hätte.

Das Einzige, was Zander fand, war Arnies Dienstwaffe. Er entnahm das Magazin – Tina sollte sich nichts antun können.

Auf dem Tisch lag die Sonnenbrille seines Partners. Ein Hawaiihemd hing über der Stuhllehne. Zander spürte, wie sehr er den verdammten Bademeister vermisste.

Es gab Gulaschsuppe. Sie reichte für drei.

Tina berichtete: Die Zeitungen hatten auch sie belästigt. Einem Radiosender hatte sie ein Interview gegeben: wie sie ihren Mann im Karneval kennen gelernt hatte und dass sie traurig war, dass er ihr kein Kind hinterließ. Arnies gute Gene – Zander hätte sich beinahe verschluckt.

Er übte sich in Geduld, unterbrach die junge Witwe nicht und löffelte. Die Suppe war, wie sie sein sollte: scharf gewürzt und das Fleisch zerfiel im Mund. »Vorsicht, heiß«, warnte Tinas Mutter, als sie ihm Nachschlag gab.

In der Zeit, seit sie telefoniert hatten, waren die Mordermittler noch nicht da gewesen. Dafür aber Karl Thann vom Inneren Dienst.

Tina erzählte: »Er meint, ihr hättet euch gestritten, Arnie und du.«

Ein fixer Bursche, dachte Zander. Den Schnüffler durfte er nicht unterschätzen.

»Dieser Thann sagte, Arnie hätte Angst vor dir gehabt. Wie kommt er darauf?«

Zander erinnerte sich. Gestern früh: Polizeimeister Erlenmeier war hereingekommen, als Haffke auf dem Boden lag. Sein eigener Mitarbeiter hatte Zander an die internen Schnüffler verkauft.

Tinas Stimme klang schrill, ihre Nerven waren völlig überspannt: »Ich hab ihm gesagt, dass ich mir wirklich nicht vorstellen kann, dass *du* all diese Menschen in dem Fitnessstudio erschossen hast.«

»Danke, Tina.«

Sie rührte in der Suppe, ohne zu essen. »Wieso habt ihr euch gestritten?«

»Er hat die letzten zwei Tage blaugemacht, ohne Bescheid zu sagen.«

»Bei Maria war er nicht, hast du gesagt?«

»Nicht, dass ich wüsste.«

»Neulich hat sie hier angerufen.«

»Wer, Maria?«

»Sie hat aufgelegt, als ich ranging, aber ich könnte schwören, dass sie es war.«

Nach seiner Einschätzung kam jede gut aussehende Frau von achtzehn bis achtundzwanzig als Rivalin in Frage. Vor allem, wenn sie ein Drogenproblem hatte und Haffke meinte, den Sozialarbeiter spielen zu müssen.

Arnies Schwiegermutter schob ihm Tinas vollen Teller hin und nickte ihm aufmunternd zu. Zander bedankte sich und löffelte weiter.

»Ich will mich von Arnie verabschieden«, sagte die junge Witwe. Sie krallte sich über den Tisch hinweg an Zanders Arm fest. »Warum lassen sie mich nicht zu ihm in die Gerichtsmedizin?«

Er musste wieder an die Unterlagen denken, die an die Sokomitglieder verteilt worden waren. An das Gesicht seines toten Partners. Zander schob den Teller zur Seite. Er konnte nicht mehr weiter essen.

27.

Gordon saß in seiner Kordhose auf der Telefonkonsole, blickte ihn stumm mit braunen Glasaugen an und wusste keine Antwort auf Leos Fragen. Sein Zittern kehrte zurück und Leo wusste, dass die Droge ein trügerisches Mittel war. Mit ihrem Abklingen wurde alles schlimmer, als es vorher gewesen war. Statt des kurzzeitigen Kicks brauchte er Ruhe, doch die rasenden Zweifel in seinem Kopf ließen nicht zu, dass er sie fand.

Leo hackte die Nummer der Sonderkommission in den Apparat. Eine piepsstimmige Telefonistin verband ihn mit der Stallwache, einer Kollegin namens Bach. Sie klang, als stehe sie nicht weniger unter Strom als er. Leo erinnerte sich an die Mordermittlerin, die den SEK-Einsatz gegen Matysek bestellt hatte. Das Fiasko in Rath.

Er nannte das vereinbarte Codewort und hörte von Zeugen, Türstehern, Drohungen und irgendwelchen Rockertypen. Die Bach wollte wissen: »Wann beginnt deine Schicht?«

Er fragte: »Weiß man schon was über das sechste Opfer?«

»Ihre Eltern haben das Foto im Fernsehen erkannt. Es handelt sich um ...« – Leo hörte ein Rascheln – »... Ilka Fischer, 23 Jahre alt, wohnhaft in Neuss. Wie war noch mal *dein* Name?«

Leo legte auf. Das Pochen in seinen Adern war wieder da. *Ilka Fischer, nicht Jasmin Horn.*

Er schnupfte eine winzige Prise, damit das Zittern verschwand, schnappte sich die Sonnenbrille und war fünf Minuten später in der Merkurstraße. Sein Hemd fiel locker über den Hosenbund, die Ausbeulung am Gürtel konnte genauso gut ein Handy sein.

Die Haustür stand offen. Er lauschte – niemand kam ihm entgegen. Leo erklomm die Treppe. Dritter Stock. Sie lebt, dachte er.

Er überlegte, was er tun würde, falls ihr Exfreund nicht aufmachte. Was er sagen sollte, wenn er öffnete. Ein übler Kokser – laut Jasmin.

Das selbst gemalte Namensschild mit den Blümchen und Schmetterlingen ließ sein Herz schneller schlagen. Sie lebt, sie lebt, sie lebt.

Er drückte den Klingelknopf.

Schritte. Schlüsselgeklimper. Das Knirschen und Rasseln einer Kette, die Leo am Montag nicht bemerkt hatte. Eine Frau öffnete – Leo verschlug es den Atem.

Sie war es.

Sie war es nicht.

Die Frau hatte die gleiche Figur, fast das gleiche Lächeln – noch eine Spur hübscher. Das Muttermal unter dem Auge fehlte. Das Haar war etwas dunkler.

Sie fragte: »Was wollen Sie?«

In seinem Kopf pochte der Puls so laut, dass er kaum seine eigene Stimme hörte. »Frau Horn? Jasmin Horn?«

»Ja. Was gibt's denn?«

Leo zeigte seinen grünen Ausweis. »Ich würde Ihnen gern ein paar Fragen stellen. Es geht um ... Ilka Fischer.«

Sie schloss die Tür hinter Leo und führte ihn ins Wohnzimmer. Das Laken war vom Sofa entfernt, die Unordnung aufgeräumt. Das Fenster war geöffnet – Stare zeterten in den Straßenbäumen.

Sie ging in die Küche, wo sie Einkäufe in den Kühlschrank packte. Sie rief zu ihm herüber: »Irgendwie wusste ich, dass es dazu kommen würde.«

Den spöttischen Unterton fand Leo unangemessen. Seine Verwirrung wuchs. »Sie *wussten*, dass man sie ermorden würde?«

Die Frau kam aus der Küche, blieb mitten im Wohnzimmer stehen und wischte die Hände an ihrem Rock ab. »Ermorden? Mein Gott, was ist passiert?«

»Sie haben noch nichts von dem Massenmord in Pempelfort gehört?«

»Doch. Heißt das, Ilka ...?«

»Ja. Sie ist eine der Toten.«

Das Mädchen ließ sich in einen Sessel sinken. Leo betrachtete ihr feines Haar. Die schmale, geschwungene Nase. Jasmin hieß in Wirklichkeit Ilka Fischer und die richtige Jasmin Horn saß ihm gegenüber. »Tut mir Leid«, sagte er. »War sie Ihre Schwester?«

Die junge Frau verneinte. An der Art, wie sie traurig lächelte, erkannte Leo, dass sie das schon häufig gefragt worden war.

»Ilka sieht mir nur sehr ähnlich. Ich meine, sie sah ...« Sie unterbrach sich, stand auf, zog eine Schuhschachtel aus dem untersten Fach eines Regals und trug sie zum Tisch. Sie kramte ein Foto hervor und gab es Leo.

Zwei Sängerinnen im roten Hosenanzug. Eine Werbeaufnahme.

»Das ist schon eine ganze Weile her. Wir nannten uns die ›Golden Twins‹.«

»Sie wussten, dass es so weit kommen würde? Was meinten Sie damit?«

»Natürlich nicht diesen grässlichen Mord.«

»Sondern?«

»Ilka war nicht gerade das, was man als braves Mädchen bezeichnen würde. Sie nahm es nicht so genau, wenn Sie verstehen, was ich meine.«

»Nicht ganz.«

»Sie griff zu, ohne an die Folgen zu denken. Sie war ... hungrig. Sie suchte Abenteuer, Freiheit von den alltäglichen Zwängen. Sie hatte eine ungesunde Gier nach Anerkennung durch Leute, die in ihren Augen die Ungezwungenheit verkörperten, die sie selbst anstrebte. Als sie es mal wieder übertrieben hatte, erinnerte sie sich an unsere gemeinsamen Zeiten und kroch bei mir unter. Es ging nicht gut. Ich hab ... einfach nicht den Platz. Schließlich zog sie wieder zu ihren Eltern. Seitdem hab ich sie nicht mehr gesehen.«

»Das ist noch kein Grund, warum Sie die Polizei erwarten sollten.«

»Sie hat mich beklaut. Gestern Abend hab ich's entdeckt. Ich hab sofort das Schloss ausgewechselt und die Kette angebracht. Ich dachte, ich wär nicht die Einzige. Ich dachte, jemand hätte sie angezeigt, und Sie würden sie deshalb suchen.«

»Können Sie sich vorstellen, dass jemand ein Motiv hatte, sie umzubringen?«

»Ich dachte, der Mörder, den die Polizei sucht, sei ein Irrer. So stand es doch in der Zeitung.«

»Wir ermitteln in alle Richtungen. Hatte Ilka Feinde?«

Jasmin schüttelte den Kopf. »Höchstens zu viele Freunde.«

»Hat sie Ihres Wissens jemals ein Fitnessstudio besucht oder gesagt, sie hätte es vor?«

»Nicht in letzter Zeit.«

Sie entnahm dem Karton eine Mappe. Klarsichthüllen mit Zeitungsausschnitten. Schnipsel, die drittklassige Bälle ankündigten. Klein gedruckt: *Die Golden Twins singen Chansons der zwanziger Jahre.*

Leo erfuhr, dass die zwei Mädchen sich vor fünf Jahren bei einem Konzert der *Bilk Bombers* kennen gelernt hatten, als beide noch Schülerinnen waren. Jasmin stand als Sängerin auf der Bühne – Freunde machten Ilka auf die Doppelgängerin aufmerksam. Jasmin wusste nicht mehr, wer von ihnen zuerst auf die Idee gekommen war, als angebliches Zwillingspaar im Musikgeschäft groß rauszukommen. Der Gag erwies sich als nicht ausreichend – die Engagements kamen spärlich, die Karriere blieb Illusion und die *Twins* verloren sich aus den Augen, bis der Zufall sie im letzten Herbst wieder zusammengebracht hatte.

Ilka hatte eine Lehre als Zahntechnikerin gemacht. Jasmin beendete gerade ihre Diplomarbeit und jobbte nebenher in einem Laden, der dem ehemaligen Gitarristen der *Bilk Bombers* gehörte. Dessen Vater war Zahnarzt – die weitere Geschichte kannte Leo bereits. Der Vater war der reiche Zahnklempner mit prominenter Klientel, der kleinliche Ausbeuter seiner Angestellten. Der Sohn war Ilkas Exfreund.

Leo fragte sich, ob das Kokain dem ehemaligen Gitarristen gehört hatte oder Jasmin, die sich so ärgerte, dass sie beklaut worden war – sie erwähnte CDs, die fehlten, Kleider, teures Parfüm.

Er zeigte auf die Fotografien an der Wand. Die Exoten. »Haben Sie die Bilder gemacht?«

»Ja.«

»Sie reisen viel?«

»Meine Leidenschaft: fremde Kulturen. Die meisten von uns haben vergessen, dass das Leben auch ganz anders sein kann. Wenn wir uns darüber im Klaren wären, gingen wir viel gelassener durchs Leben. Die Welt wäre weniger hektisch und brutal.«

Leo fiel auf, dass die Bilder ausschließlich alte Menschen zeigten. »Vom Aussterben bedroht, nehme ich an.«

»Erst kommt Coca-Cola, dann das Fernsehen und der Massentourismus.«

»Und man kann nichts dagegen tun?«

»Ich hätte nicht erwartet, dass ein Polizist so romantisch denkt.«

»Sind Sie Völkerkundlerin?«

»Nein, Psychologin. Obwohl ich manchmal daran zweifle, dass man mit Seelenklempnerei den Menschen grundlegend helfen kann. Wenn die Gesellschaft nicht intakt ist, kann es auch die Seele nicht sein. Manchmal denke ich, ein Ethnologiestudium wäre vielleicht besser gewesen.«

»Ich hab den Eindruck, Sie sind in Wirklichkeit die Romantikerin von uns beiden.«

»Soll ich Ihnen verraten, womit ich mein Geld verdiene? Ich veranstalte Kurse. Mentales Training für Führungskräfte. Ich schlage Profit aus den Macken der Leute. Oder aus den eingebildeten Macken.«

»Indem Sie die Manager über Scherben laufen lassen?«

»Das nicht gerade. Aber im Grunde beruht jede Methode auf Hokuspokus und darauf, die Leute dazu zu bringen, daran zu glauben.«

»Und es klappt?«

»Sie glauben daran und sie empfehlen mich weiter. Die ersten Kontakte hat mir ein Professor vermittelt, einmal hab ich eine Anzeige aufgegeben, allmählich läuft es von allein.«

»Die Leute buchen Ihre Kurse, weil sie sich danach besser fühlen. Und damit haben Sie Ihr Ziel doch in jeder Hinsicht erreicht. Ein Polizist kann das nicht immer von sich behaupten.«

Jasmin zuckte mit den Schultern und schenkte ihm ein Lächeln.

Er schaute auf die Uhr. Er würde sich bei der Soko verspäten. »Sollte Ihnen noch etwas zu Ilka einfallen ...«

»Das Luder hat sogar meinen Teddy geklaut. Dabei wusste sie genau, was er mir bedeutet.«

»Ihren Teddy?«, fragte Leo. Ihm wurde klar, dass sie Gordon meinte.

»Meine Mutter hat ihn mir geschenkt, als ich klein war. Der Bär ist meine einzige Erinnerung an sie.«

»Ich bin sicher, Ilkas Eltern geben Ihnen die Sachen wieder.«

»Hoffentlich.«

Leo begutachtete das Foto der Golden Twins. Ein Glanzabzug als Werbekarte in Größe DIN-A4: Die Mädchen trugen knappe Oberteile, die viel Brust sehen ließen. »Verblüffend, diese Ähnlichkeit.«

»Alles nur Make-up und gefärbte Haare.«

»Kann ich das Bild behalten?«

»Klar.« Sie nahm eine Videokassette aus der Schachtel und überreichte sie zusammen mit einer Visitenkarte. »Vielleicht können Sie das auch gebrauchen. Und wenn Sie Fragen haben, rufen Sie mich an. Hier oder in meinem Büro. Ich wünsche mir, Sie finden Ilkas Mörder.«

Leo verabschiedete sich und verließ das Apartment erregt und verwirrt – er hatte einer Diebin geholfen und sie im Bett einer anderen Frau geliebt. Die zweite Hälfte der Golden Twins schien ihm so vertraut, als hätte er auch mit ihr geschlafen. Am liebsten hätte er Jasmin das gestanden.

28.

Ela sammelte die eingehenden Hinweise – ein Zeuge, der den Täter im Fitnessstudio gesehen hatte, war nicht dabei. Nach dem Brand im Mai war das *Body and Soul* grundlegend renoviert worden und Schwarzenbergs Bruder war seitdem als Teilhaber eingetragen. Die beiden planten die Gründung weiterer Filialen – dass ein Konkurrent deshalb zur Schrotflinte griff, konnte sich Ela nicht vorstellen. Der Bruder befand sich derzeit in Mexiko. Es hieß, er würde den Urlaub abbrechen und morgen zurückfliegen.

Der Diskobesitzer saß noch immer in Engels Büro. Die Verhandlungen waren ins Stocken geraten, Schalk alias Dr. House hatte einen Anwalt hinzugezogen. Das Ministerium bot jetzt einhunderttausend und eine Mietwohnung im Ruhrgebiet als Unterschlupf – der Diskoboy feilschte weiter und kam sich wichtig vor. Parallel verhörte Elas Chef den Inhaber des Restaurants *Zur Keule,* der genauso wie Schalk und Schwarzenberg mit der Wahrheit über den Brandanschlag auf sein Lokal hinter dem Berg hielt. Alle zwanzig Minuten ließ sich Engel in der Sokozentrale blicken und beriet sich mit Ela.

Am frühen Nachmittag verdichteten sich die Hinweise auf die Schutzgelderpressung. Befragungsteams meldeten Gerüchte über Rocker, die sowohl in der Disko auf der Bolker Straße als auch im Restaurant auf der Akademiestraße mehrfach randaliert hätten. Die Suche nach verlässlichen Augenzeugen gestaltete sich als schwierig. Türsteher, Kellnerinnen und anderes Personal waren meist nicht registrierte Schwarzarbeiter, Sozialhilfebezieher mit getürkten 630-Mark-Verträgen, Studenten, von denen oft nicht einmal die Eltern wussten, wohin sie in die Semesterferien gefahren waren. Kaum ein Mitarbeiter des *Power House* war regulär gemeldet. Die Bücher der *Keule* waren etwas ordentlicher geführt.

Die Pizza, die Ela geordert hatte, wurde kalt. Die Kollegen Becker und Biesinger kamen herein, sie hatten noch immer die Campingläden der Stadt auf der Suche nach Matyseks Komplizen abgeklappert – kein Verkäufer hatte sich an die nagelneue Ausrüstung, die bei Matyseks Leiche gefunden worden war, erinnern können oder in dem undeutlichen Foto des jungen Mannes einen Kunden erkannt. Ela setzte auch die beiden Kommissare auf den Saunafall an. Sie sollten die Liste der Mitglieder des *Body and Soul* abtelefonieren – es irritierte Ela, dass sich sämtliche Gerüchte über randalierende Rocker bislang ausschließlich auf die Disko und den Fress-Schuppen in der Altstadt bezogen.

Vernehmungen, Telefonate, Berichte zurückkehrender Sokoteams: In den Tagen vor dem Diskobrand hatten die Rocker mehrmals einen Türsteher namens Gunnar belästigt – in den Papieren, Disketten und Festplatten, die die Kollegen aus dem Büro von Dr. House anschleppten, tauchte ein Angestellter dieses Namens nicht auf. Ein Stammgast der *Keule* sagte aus, eine Bedienung namens Elke habe ihm von bärtigen Männern in Motorradkluft erzählt, die eine Woche vor dem Feuer die Bar des Lokals zertrümmert hätten. Der Restaurantbesitzer wollte sich an einen solchen Vorfall nicht erinnern. Die Buchhaltung des Restaurants verzeichnete gleich drei Elkes – Ela schickte ein Kripoteam los, das von Adresse zu Adresse raste. Am liebsten wäre sie selbst rausgefahren – das Sitzen vor Computer und Telefon hatte sie allmählich satt.

Ingo Ritter von der Kriminalwache kam herein. Wie am Sonntag trug er ein weites, groß kariertes Hemd. Er schien diese Sorte zu mögen. »Tag, Ela. Hast du Leo gesehen?«

»Wer ist das?«

»Leo Köster. Neuer Kollege bei uns in der K-Wache. Etwas jünger als ich, karottenrotes Haar.«

»Nein. Sag mal, Ritter, fährst du zufällig Motorrad?«

Er lachte unter seinem Tom-Selleck-Schnäuzer. »Kriegst du keinen Dienstwagen?«

»Nein, ich meine, kennst du dich in der Bikerszene aus? Der Mörder gehört eventuell einer Rockerbande an.«

»Frag doch die Kollegen von der Organisierten Kriminalität.«

»Das tu ich, wenn ich nicht mehr weiter weiß.«

Ritter lehnte seinen Hintern gegen ihren Tisch und sah auf sie herunter. »Du solltest mal 'ne Pause machen, Mädchen.«

Ein neuer Anruf hinderte sie daran, den Kollegen zurechtzuweisen: Fehlanzeige bei zwei Elkes, die dritte hieß Elke Möcklinghoff und wohnte in der Dörnbergstraße weit im Südosten der Stadt. Das Team weigerte sich hinzufahren – die Schicht der beiden Beamten ging zu Ende und sie hatten ihre Berichte noch nicht geschrieben. Ela notierte die Adresse und packte den Rucksack.

»Komm mit!«, forderte sie Ritter auf und angelte einen Dienstwagenschlüssel vom Schreibtisch.

29.

Zander saß in seinem Büro an der Ulmenstraße und stellte eine Liste zusammen: Informanten seines Kollegen Arnold, Pokerfreunde, Fixerinnen, denen Haffke geholfen hatte.

Seine Strategie stand fest.

Fakt eins: Die Behördenleitung hatte Matysek vor zwei Jahren still und heimlich entlassen – den Skandal unter den Teppich gekehrt.

Fakt zwei: Nur Haffke und ein, zwei weitere Drogenfahnder waren strafversetzt worden, die Vorgesetzten jedoch ungeschoren davongekommen – die Sache stank und die Presse würde über die Behörde herfallen, sobald man ihr den Skandal bekannt machte.

Die Schlussfolgerung: Zander musste Material über Matysek sammeln. Dann würde er unantastbar sein – die Obermuftis würden Schnüffler Thann zurückpfeifen.

Ein Klopfen riss ihn aus den Überlegungen, die Tür ging auf – ausgerechnet Polizeimeister Erlenmeier, der ihn verpfiffen hatte. »Hallo, Padre.«

»*Du* nennst mich nicht so, Erlenmeier. Du nicht!«

»Krieg dich ein, Zander. Der PI-Leiter will, dass wir für die Soko Sauna einem Hinweis nachgehen. Der Typ soll gleich um die Ecke wohnen.«

»Gewalttäter?«

»Nein, nur ein Zeuge, keine Festnahme. Es geht um die Disko, in der es gebrannt hat. Soll mit dem Mord von gestern zusammenhängen.«

»Ach so«, sagte Zander und steckte trotzdem die Waffe ein.

Als Leo die Sokozentrale betrat, war sie wie ausgestorben. Nur eine mollige Rothaarige schickte ihm ein Lächeln und ließ die Tastatur klappern. Unten auf dem Fürstenwall brummte ein Rheinbahnbus, durch das offene Fenster strömten Dieselabgase herauf.

Leo überflog die Zettel, Rundschreiben und Berichte an der Pinnwand. Er fand die Adresse von Ilkas Eltern, Marianne und Rolf Fischer in Neuss. Die Angaben über ihre Tochter stimmten überein mit dem, was Leo wusste. Ausführlich war das Protokoll nicht – das Interesse der Soko galt den Schutzgelderpressern.

Durchzug ließ Papier von den Tischen segeln. Ein dicker Typ streckte seinen Kopf zur Tür herein und rief: »Hat jemand die Bach gesehen?«

Er ließ Goldkronen blitzen und das Hemd spannte über seinem Kugelbauch, als er Leo die Hand entgegenstreckte. »Gerres. Auch Soko Sauna?«

»Ja.« Leo schlug ein. »Köster. Eigentlich K-Wache.«

»Ich erinnere mich. Du kommst vom SEK und hattest dich bei uns beworben. Ist übrigens an Elas Veto gescheitert. Das Huhn mag die Rambos nicht und der Lange hört auf das Huhn. Leider.« Gerres flüsterte in Leos Ohr, Speichel sprühte. »Man munkelt, es führt Vorstellungsgespräche in den Betten der Obermuftis. Offenbar mit Erfolg, denn man munkelt auch, dass das Huhn demnächst unsere Chefin werden soll. Eine verrückte Welt, nicht wahr, Köster?«

»Ermittelt sie noch im Fall Matysek?«

»Das Huhn ermittelt überall, wo es meint, Eindruck schinden zu können. Im Moment hat der Saunafall Priorität und Matysek liegt auf Eis. Wusstest du, dass der Bursche bei der Fakultät war?«

»Hab's gehört.«

»Er hat's richtig gemacht. Ist abgehauen, bevor die Hühner das Ruder übernahmen. Die Hühner haben Narrenfreiheit. Frauenförderung heißt das heutzutage.« Der Kollege entdeckte die Rothaarige und winkte ihr zu.

Das Telefon ging, Gerres hob ab. »Karstadt, Spielwarenabteilung.«

Er hörte eine Weile zu und notierte etwas, das er auf einen der Schreibtische legte. Er überlegte es sich anders und schob die Notiz unter einen Pizzakarton.

Dann sagte er zu Leo: »Schätze, wir müssen raus. Ist sonst niemand da.« Noch einmal näherte er sich Leos Ohr. »Die Rote da drüben steht auf dich, Köster.«

»Niemand da«, sagte Ritter. Ela hörte Kinderstimmen und klingelte noch einmal. Der Lichtpunkt im Türspion verdunkelte sich – sie zückte ihren Dienstausweis.

Eine Frau mit Lockenwicklern öffnete. Ihre Lippen waren über den Rand hinaus rot geschminkt, um sie voller erscheinen zu lassen.

»Elke Möcklinghoff?«, fragte Ela. »Kellnerin in der *Keule* auf der Akademiestraße?«

»Ab und zu.«

Im Wohnzimmer starrten sechs Kinder im Vorschulalter auf einen Fernseher. Die Frau mit den Lockenwicklern bückte sich nach dem Schalter, die Glotze erlosch. »Verpisst euch!«, schrie sie die Kinder an, die sich wortlos in ein anderes Zimmer trollten.

»Nit dat Sie denken, dat sin allet meine Blagen.«

Ela starrte auf die angemalten Lippen der Zeugin. Plötzlich war ihr, als platze die Haut auf, als ströme Blut in breitem Schwall aus Nase und Mund.

Die Frau blieb völlig ruhig. »Wat wollnse wissen?«

Ela schlug ihre Notizen auf. »Am dritten Juni wurde in dem Lokal randaliert. Was spielte sich da ab?«

»Zwei Typen kamen rein und isch weiß noch, wie die Corinna sagt, ach, die schon wieder. Bärtige Kerle, der eine hatte 'nen Aufnäher an der Jacke. *Ein Prozent* stonn da drop. Ohne Vorwarnung fingen die an, Gläser in die Spiegel hinter der Theke zu schmeißen. Isch frag misch noch heut, warum der Chef nit die Bullen ... die Polizei jeholt hat. Uns Frauen war dat zu viel. Isch schaff jetzt als Tagesmutter und die Corinna kellnert seitdem im Rheinturm.«

»Corinna wer?«, fragte Ela und zückte den Kugelschreiber.

Zander pulte mit dem Autoschlüssel das Schwarze unter den Fingernägeln hervor und überließ die Fragerei seinem Kollegen Erlenmeier.

»Es waren zwei«, sagte der Türsteher namens Gunnar. Er ließ sich jedes Stückchen Information einzeln aus der Nase ziehen.

»Und weiter?«

»Sie drohten Prügel an.«

»Warum?«

»Suchten Streit. Hab null Peilung, wieso.«

»Wie sahen sie aus?«

»Wie diese Freaks eben aussehen.«

Polizeimeister Erlenmeier drehte sich um. »Padre, irgendwie will der nicht. Ein Scheißzeuge.«

Zander befahl dem Türsteher aufzustehen. Der Bursche gehorchte – er war kräftig und fast einen Kopf größer. Zander schlug ihm mit der Faust in den Magen. »Du Flegel solltest wissen, dass man ausführlich antwortet, wenn man höflich gefragt wird.«

Erlenmeier grinste. Gunnar, dem Türsteher, blieb die Luft weg. Zander nahm die P6 aus dem Holster und deutete damit auf den Stuhl. »Setzen!«

Der Bursche gehorchte. Er japste: »Fragen Sie ... doch den Doktor.«

»Wen?«

»Dr. House, meinen Chef.«

»Ich scheiß auf deinen Chef«, sagte Zander. »Einer von uns wurde abgeknallt. Ich kann's nicht leiden, wenn jemand einen Polizistenmörder deckt.«

»Okay, okay. Die Rocker wollen, dass der Doktor ihre Leute als Türsteher einstellt. Sie wollen die Kontrolle über den Laden.«

»Du kannst mir nicht weismachen, dass es nur um ein paar lausige Jobs geht.«

»Sie haben den Laden früher mal kontrolliert. Bevor der Doktor ihn übernahm. Die Disko war völlig im Arsch. Der *DJ* spielte Heavymetall und auf der Toilette verkauften die Freaks Heroin und ungarische Huren. Der Doktor machte aus dem *Power House* einen echten Renner, und als die Freaks erkannten, wie gut der Laden lief, kamen sie wieder angeschissen. Sie wollten Prozente und ihre Pferdchen wieder ins Rennen schicken. Wir standen schließlich zu dritt vor der Tür und hatten Baseballschläger mit Nägeln drin. Der Doktor sagte, wenn man den Freaks nachgibt, kontrollieren sie bald jeden Laden in der Altstadt.«

»Ein Mann mit Weitblick.«

»Drei Nächte später brannte das *Power House* nieder.«

Ela startete den Dienstwagen. Als Zeugin war die Aushilfskellnerin Elke Möcklinghoff in Ordnung. Wenn ihre Kollegin im Rheinturmrestaurant die beiden Täter genauso gut beschreiben konnte, würde es ein gutes Phantombild geben. Noch bevor Engel den Diskobetreiber zum Reden bringen würde – das Ministerium könnte sich die Kosten für den Zeugenschutz von Dr. House sparen.

»Mir ist jemand eingefallen, der sich in der Bikerszene auskennt«, sagte Ritter. »Ein Kollege, der früher mal beim SEK war und zur PI Ost ging, als sein zweites Kind kam. Fanatischer Motorradfahrer.«

Ela zeigte ihm, wie er sein Handy an die Freisprechanlage anschließen konnte – sie wollte mithören.

Aus den Autolautsprechern kam ein Knacken – am anderen Ende wurde abgehoben.

»Hallo, Herbert«, grüßte Ritter. Seine Fröhlichkeit klang seltsam gekünstelt. »Wie geht's?«

»Nicht so gut. Die Katze hat Dünnschiss, meine Älteste quengelt, weil ich ihren Videorekorder noch nicht repariert habe und in zehn Minuten muss ich zum Basketball.«

»Okay, ich fass mich kurz.« Ritter erklärte, dass es um den Mord von gestern Abend ging, und erwähnte, dass Ela mithörte.

»Tach, Kollegin«, sagte Herbert. »Von dem Blutbad hab ich gehört.«

»Wir suchen einen Biker.«

»Davon gibt's drei Millionen in Deutschland.«

»Sagt dir ein Aufnäher mit der Aufschrift *Ein Prozent* etwas?«

»Das grenzt die Geschichte schon ein. In den Staaten heißt es, dass jeder hundertste Biker gewalttätig ist, und es gibt Banden, deren Mitglieder solche Aufnäher als Bekenntnis zur Militanz tragen. Diese Dinger werden auch bei uns verkauft. Ihr habt es mit einem Gewalttäter zu tun. Stimmt es eigentlich, dass es in dem Fitnessstudio auch einen Kollegen erwischt hat?«

Im Norden der Stadt, kurz bevor der Zubringer in die A 52 nach Essen überging, bog Gerres in eine Seitenstraße.

»Wohin fahren wir?«, fragte Leo.

»Anonymer Tipp. Mal sehen, was dran ist.«

Eine Kleingartenkolonie. Gerres fuhr langsamer und hielt Ausschau. *Angel's Paradise* las Leo auf einem Schild. Die Schrift war flankiert von Totenschädeln, aus denen Flügel wuchsen.

Es war das letzte Grundstück der Kolonie. Ein rostiges Tor, mit einer Kette gesichert. Ein schwarzer Briefkasten, darüber eine Videokamera. Stacheldraht. Wohin die Fahrspur führte, wenn man das Tor passiert hatte, war von der Straße aus nicht zu sehen. Neben der Parzelle verlief ein Bahndamm, die Linie nach Ratingen.

Sie rollten unter den Gleisen durch und hielten auf der anderen Seite des Tunnels. Der Dicke stieg aus, wühlte in der Tasche, die im Kofferraum stand, und holte ein Fernglas hervor. »Komm, Köster«, sagte er – als gebe er einem Hund ein Kommando.

Widerstrebend folgte ihm Leo den Bahndamm hinauf. Über dürres Gestrüpp hinweg lugten sie auf die Parzelle, die sich unter ihnen erstreckte. Flache Gebäude, Gerümpel, ein halbes Dutzend Motorräder. Gerres reichte ihm das Fernglas.

»Kannst du die Kennzeichen entziffern?«

Leo stellte scharf: frei laufende Schäferhunde, eine Frau im Bikini, die Müll raustrug, ein Mann in Lederkluft, auf dem Rücken der gefiederte Totenkopf. Der Biker schraubte an seiner Maschine. Leo versuchte, das Fernglas ruhig zu halten. Die Wirkung des Kokains schien nachzulassen.

Der Mordermittler drückte ein paar Tasten auf seinem Handy und gab die Nummern durch, die Leo ihm vorlas. Dann ließ er sich das Glas zurückgeben und spähte selbst auf die Baracken hinter dem Gestrüpp.

Leo fragte sich, was die Motorradfans mit Ilka und

dem Fitnesscenter zu tun hatten – einen gelben Geländewagen hatte er nirgendwo entdeckt.

Das Handy schrillte: die Rückmeldung. Gerres hörte zu, notierte Namen, war zufrieden.

Er fragte Leo: »Was würdest du tun, Köster, wenn unser Mann in einer der Hütten dort unten haust?«

»Du meinst, da unten hält sich der Saunamörder auf?«

»Er, seine Komplizen, die ganze Bande.«

Was Leo am liebsten tun würde? Hineingehen und dem Killer die Seele aus dem Leib prügeln. Im Namen der Golden Twins.

»Ich hab dich was gefragt, Köster.«

Leo atmete durch. »SEK-Lage. Zugriff gegen vier Uhr früh, vor dem ersten Kaffee sind die Typen leichter zu überzeugen. Ein Panzerfahrzeug macht das Tor platt, fährt als Deckung rein, acht Mann hinterher. Schrot für die Hunde und für die Fensterscheiben. Sicherheitshalber zwei komplette Kommandos, würde ich sagen.«

Ela fädelte den Omega in den dichten Verkehr der A 46, die das Stadtgebiet im Süden durchquerte. Ritter drehte am Lautsprecherknopf.

»Bis letzten November gab es in Deutschland vier große Banden«, erklärte Herberts Stimme aus dem angeschlossenen Handy. »Die *Bones*, die *Hells Angels*, die *Gelben Ghostrider* und die *Bandidos*. Diese Gruppen haben nichts zu tun mit den üblichen Motorradfreunden. Es sind abgeschottete, streng hierarchisch aufgebaute Banden. Es dauert Jahre, bis du vom *Supporter* zum *Full Member* aufsteigst. Wenn Mitglieder gegnerischer Banden aufeinander stoßen, fliegen die Fetzen. Aber nicht etwa wie bei Hooligans, wo man sich einfach nicht leiden kann und ein Ventil für den Alltagsfrust sucht. Bei diesen Gangs geht es um Marktanteile. Drogen, Waffen, Strichmädchen.«

»Also kriminelle Vereinigungen«, warf Ritter ein und rieb sich den Schnurrbart.

»Absolut.«

»Was war im letzten November?«, fragte Ela.

»Die Bones und die Hells Angels feierten ihre große *Patch Over Party*. Am nächsten Morgen hatten sämtliche Bones ihre Skeletthände vom Rücken getrennt und die Embleme der Angels angenäht. Totenköpfe mit Flügeln. Kurz darauf fusionierten auch die Ghostrider mit den Bandidos. Die Konkurrenz wird immer härter. In Kanada und in Skandinavien vergeht kein Monat ohne Tote im Krieg der Angels gegen die Bandidos. Die bisher rein deutschen Gangs schlossen sich den internationalen an, um besser ins Geschäft zu kommen.«

»Firmenzusammenschlüsse im Zeitalter der Globalisierung.«

»Absolut«, antwortete Herberts Stimme aus den Lautsprechern.

»Und in Düsseldorf?«, wollte Ela wissen.

»Hast du es seit der Fusion nur noch mit Hells Angels zu tun. Bandidos gibt es in unseren Breiten nicht. Sechshundert Angels gibt es bundesweit, verteilt auf 22 Hauptquartiere. Eins der Head Quarter ist in unserer schönen Stadt. Wenn der Typ mit dem Ein-Prozent-Aufnäher keinen geflügelten Totenkopf auf dem Rücken trug, handelt es sich um einen Supporter. Mit dem Mord wollte er der Bande vielleicht imponieren, um in den inneren Kreis aufgenommen zu werden.«

»Woher kennst du dich so genau aus?«

»Hab mal 'ne Schulung beim BKA mitgemacht. Die Kollegen von der Organisierten Kriminalität wollten mich als verdeckten Ermittler einsetzen und bei den Bones einschleusen. Ist leider nichts daraus geworden.«

Ela bedankte sich und bog in die Ausfahrt Bilk/Hafen.

Ritter beendete das Gespräch. Nach einer Weile sagte er: »Armer Kerl.«

Im Stau vor dem Südring kam Ela zum Stehen und sah den Kollegen fragend an.

»Ein Motorradunfall hat ihn aus dem Verkehr gezogen«, erklärte er. »Sitzt jetzt im Rollstuhl.«

Gerres zwinkerte Leo zu, als er in sein Handy sprach: »Herr Poetsch, wir haben den Tünnes ... Ja, die Saunasache. Er heißt Adrian Köhler und hält sich in der Kleingartensiedlung am Vogelsanger Weg auf. Das ist die NRW-Zentrale der Hells Angels ... Ja, einen Moment.« Gerres rutschte die Böschung hinunter und sprach außer Hörweite weiter.

Leo spürte, dass etwas faul war.

Er ließ sich Zeit, Gerres zu folgen. Als er beim Auto ankam, war der Mordermittler mit dem Telefonat fertig.

Leo fragte: »Warum hast du deinen Gruppenleiter informiert und nicht Engel oder die Bach? Und was war das für ein Zettel, den du in der Sokozentrale versteckt hast?«

»Den hab ich nicht versteckt, sondern hinterlassen, wie es sich gehört. Was kann ich dafür, wenn das Huhn nicht an seinem Platz ist? Bei Poetsch ist die Information über den Tünnes in besten Händen. Was hast du, Köster? Hast du die Paranoia, oder was?«

»Bei deiner Intrige spiel ich nicht mit.«

»Pass auf, Köster. Keiner im KK 11 will das Huhn als Chefin haben. Und du hast nur 'ne Chance, zu uns zu kommen, wenn es weg ist vom Fenster. Du willst doch zu uns, Köster?«

Leo schwieg.

Gerres sagte: »Hey, du zitterst ja wie 'n Opa.«

»Gib mir dein Handy.«

»Wozu?«

»Ich will es Engel melden oder der Bach.«

»Reg dich ab, Köster. Ich seh doch, was los ist. Du hast den Tatterich und wahrscheinlich bist du deshalb für das SEK nicht tragbar. Du hast beim Einsatz gegen Matysek einen Kollegen umgenietet, der jetzt im Sterben liegt, und Häuptling Enders, dein Chef, hat dich auf kaltem Weg abgeschoben, damit er nicht in die Geschichte hineingezogen wird. Wenn Friedrichsen das mitkriegt, bist nicht nur du dran, sondern auch Enders und all deine lieben

Kumpel, die dich gedeckt haben. Überleg dir also gut, was du tust. Du willst doch nicht, dass die internen Schnüffler gegen deine Kumpels ermitteln?«

Leo dachte daran, wie es wäre, Gerres im Dunkeln aufzulauern und ihn gründlich zu vermöbeln.

Der feiste KK-11-Mann ließ sich auf den Fahrersitz fallen. »Ich wusste, wir würden uns verstehen, Köster.«

30.

Sie trafen Corinna Keil an ihrem neuen Arbeitsplatz, dem *Günnewig*-Restaurant im Rheinturm auf 172 Meter Höhe. Die groß gewachsene, schwarzhaarige Frau führte Ela und Ritter an einen leeren Tisch. Unter ihnen lag der Hafen – Ela sah die Jachten im Sonnenschein leuchten, den *WDR*, die neuen Gehry-Türme, die Weizenmühlen auf dem Industriegelände daneben. Jenseits der Hammer Brücke verlor sich der Blick im Dunst.

Die Kellnerin hatte ihrem ehemaligen Chef versprochen, über die Vorfälle in der *Keule* zu schweigen. Ela breitete die Akte aus und zeigte der Kellnerin Bilder vom Tatort. Die sechs Opfer in der Sauna – bereits beim ersten Foto rannen der Frau die Tränen über die Wangen.

Ela reichte ihr ein Tempo. »Also?«

»Sie meinen, das waren die gleichen Kerle?«

»Sie haben die *Keule* und die Disko in der Bolker Straße bedroht und angezündet. Nach dem Feuer in der Disko wurde das gleiche Fluchtfahrzeug gesehen wie nach dem mehrfachen Mord. Auch auf das Fitnesscenter wurden Brandbomben geworfen. Es *waren* die gleichen Kerle.«

»Mein Chef sagte, er würde nicht nachgeben, aber ich wusste, die Typen kriegen ihn klein. Neuerdings sitzen in der *Keule* Prostituierte aus Osteuropa an der Bar. Ich hab mit einer Kollegin geredet. Jeden Abend zur Sperrstunde kommt ein Rocker und kassiert. Es ist dieser Adrian, der damals die Bar zertrümmert hat.«

»Adrian?«

»So hat ihn der andere Rocker genannt. Das hab ich mir gemerkt.«

»Erinnern Sie sich noch, wie die beiden Männer ausgesehen haben?«

»Klar. Den Abend werde ich so schnell nicht vergessen.«

»Können Sie uns ins Präsidium begleiten? Wir würden gern mit Ihrer Hilfe Phantombilder erstellen.«

»Ich muss nur kurz Bescheid sagen.«

Corinna Keil löste ihre Schürze und ging zur Küche.

Ela rief die Polizeiinspektion Südost an, damit die Kollegen einen Streifenwagen losschickten, um die Exkellnerin Elke Möcklinghoff abzuholen. Dann sagte sie dem Phantombildspezialisten Bescheid, dass in Kürze zwei Zeuginnen eintreffen würden.

»Gratuliere«, sagte Ritter.

Elas Blick suchte den Horizont. Strahlend weiße Wolkentürme stiegen in der Ferne auf – die Kraftwerke am Rande des Braunkohletagebaus bei Grevenbroich. Das Restaurant hatte sich nur wenig weitergedreht.

Sie dachte daran, dass der Molli-Anschlag auf das *Body and Soul* eine andere Handschrift getragen hatte als der auf die beiden Altstadtlokale – dilettantischer, weniger verheerend, nur die Fassade war angekokelt worden. Nach dem gelben Geländewagen war in der letzten Woche öffentlich gefahndet worden – was wäre, wenn der Saunamörder sich ein solches Fahrzeug verschafft hatte, um die Polizei auf eine falsche Fährte zu schicken?

Die Kellnerin ließ sich Zeit, womöglich machte ihr Chef Schwierigkeiten. Ela wurde ungeduldig. Sie hatte ihren Platz im MK-Zimmer verlassen, seit fast einer Stunde war die Soko ohne Koordinatorin. Sie packte die Akte in ihren Rucksack.

Die *Kleine Nachtmusik*. Ihr Diensthandy. »Ja?«

»Ela, bist du's? Martin Zander hier. Dein alter Partner in Sachen Matysek.«

»Schieß los.«

»Die Rocker, die du suchst, sind Hells Angels.«

»Ich weiß.«

»Ich habe diesen Gunnar ausgegraben sowie einen weiteren Burschen, der in der Disko auf der Bolker Straße als Türsteher gearbeitet hat. Ich hab sie in die Festung geschickt. Hör nicht auf die beiden, wenn sie sich über meine Befragungsmethoden beschweren.«

»Ich danke dir trotzdem.«

»Sag Bescheid, wenn ich wieder was für dich tun kann. Arnold Haffke war mein Partner.«

Weitere Zeugen – ein umso besseres Bild für die Fahndung.

Die Kellnerin kam zurück, ohne Schürze, die Lippen nachgezogen, die Wangen gepudert.

Elas Handy meldete sich ein zweites Mal.

Es war Engel.

Ela berichtete: »Wir haben vier Zeugen. Es waren die Hells Angels.« Sie blickte sich um – keiner der Gäste saß nah genug, um sie hören zu können. »Einer der Biker heißt mit Vornamen Adrian. Die Zeugen können zwei Täter beschreiben. Bis jetzt sind Angriffe auf die *Keule* und auf das *Power House* nachgewiesen. Es geht um Schutzgeld, Drogenhandel und Prostitution. Die OK-Kollegen sind immer noch außen vor, wie du es wolltest.«

»Die Angels, ja.« Engels Stimme klang mürrisch, fast aufgebracht. »Adrian Köhler lautet der vollständige Name. Und die Planung für den SEK-Einsatz gegen das Hauptquartier ist bereits in vollem Gang.«

Ihr Blick suchte die Kellnerin, dann den Kollegen Ritter. »Wie kann das sein?«, fragte sie ins Handy.

Engel brauste auf, sein Groll war nicht zu überhören: »Das frage ich dich! Der Abteilungsleiter hat mich unterrichtet. Und Friedrichsen hat es von Poetsch. Ich bin als Letzter informiert worden. Du kannst dir denken, wie peinlich das ist!«

»Tut mir Leid.«

»Ist das alles, was dir einfällt?«

»Ich hab's selber gerade erst erfahren«, sagte Ela, doch der Lange hatte das Gespräch bereits unterbrochen.

Es waren nur dreihundert Meter bis zur Festung. Ela jagte den Dienst-Omega auf Hochtouren. Auf dem Rücksitz saß die Zeugin, als Einzige angeschnallt.

Ritter sagte: »Nimm's nicht so tragisch, Ela.«

Über Funk bat sie, das Tor zu öffnen. Es dauerte eine Ewigkeit. Ela setzte den Omega auf den Hof und überließ die Zeugin dem Kollegen. Ela rannte die Treppe hoch bis in den dritten Stock. Außer Atem erreichte sie das MK-Zimmer.

Polizeirat Enders von den Spezialeinheiten stand über einen Plan gebeugt und paffte Zigarre. Ein Kommandoführer namens Adomeit empfahl gerade, wie er es machen würde: drei Gruppen, zwei Panzerfahrzeuge für Tor und Deckung. Schrotgewehre, Blendgranaten, der ganze Rambozauber. Zugriff am frühen Morgen, wenn die Zielpersonen im Tiefschlaf sein würden.

GS-Leiter Friedrichsen nickte zu allem. Kripochef Dresbach versprach, sich um Verstärkung aus Essen oder Köln zu kümmern. Giftzwerg Poetsch war völlig aufgedreht. Er wippte auf den Zehen und sah glatt zwei Zentimeter größer aus.

Engel lehnte mit verschränkten Armen an der Wand und sagte kein Wort. Ela fühlte sich für die Blamage verantwortlich. Hinter ihrem Rücken hatte Poetschs Seilschaft ermittelt und war schneller gewesen.

Ela schlug vor, noch am Abend den Zugriff zu starten.

Die Männer ignorierten sie. Enders sagte, die Stunden vor dem Morgengrauen seien erfahrungsgemäß am besten geeignet.

Friedrichsen schlug mit der Faust auf den Tisch – wahrscheinlich hielt er das für ein Zeichen von Tatkraft. »Ich schenke den Männern vom Spezialeinsatzkommando mein volles Vertrauen. Herr Engel und Frau Bach, Sie führen anschließend die Verhöre. Wir brauchen schnelle

Geständnisse. Pressekonferenz im großen Frühbesprechungsraum morgen früh um neun Uhr. Herr Dresbach und Herr Poetsch, ich will, dass Sie dabei sind. Die Einladung an die Medien geht noch heute raus. Ich danke Ihnen.«

Noch vor den Obermuftis stürmte der Lange aus dem Raum. Ela hätte gern noch mit ihm gesprochen.

Als Ritter mit den Phantombildern kam, hatte sich die Besprechung längst aufgelöst.

31.

Um siebzehn Uhr gab es die letzte Soko-Vollversammlung des Tages. Mordermittlerin Bach hatte alle verfügbaren Leute zusammengeholt und brachte sie auf den neuesten Stand. Der Chef der Kriminalgruppe für Gewaltverbrechen hörte zu, als müsse er aufpassen, dass die Frau nichts Falsches sagte. Der lange Sokoleiter ließ sich nicht blicken. Gerres zwinkerte Leo verschwörerisch zu.

Die Machtspielchen in der Festung kotzten Leo an und von den Vorbereitungen des SEK-Einsatzes wollte er nichts wissen. Die Soko wurde in zwei Gruppen aufgeteilt. Die einen hatten Pause bis nach dem Zugriff, die anderen sollten die Befragungen fortsetzen, um weiteres Material gegen die Biker zu sammeln. Die Observation des Hauptquartiers am Vogelsanger Weg übernahm ein mobiles Einsatzkommando.

Leo stahl sich davon und fuhr nach Hause.

Er versuchte, Neuigkeiten über das Küken zu erfahren, und erreichte Häuptling Enders' Sekretärin. Massimo schien es besser zu gehen, doch aufgewacht war er noch nicht. Sein unverändert hohes Fieber bereitete den Ärzten Sorge. Die Sekretärin versprach Leo Bescheid zu geben, sobald sich am Zustand des Jungen etwas ändern würde.

Er nahm den Naomi-Campbell-Kalender von der Wand und pinnte das Foto der Golden Twins an dessen Stelle. Zwei süße Mädels auf der Suche nach Ruhm – als eine von sechs Leichen hatte es Ilka bis in die Fernsehnachrichten gebracht.

Die Twins hielten Mikros in der Hand und taten, als würden sie singen. Ein gestelltes Foto, aufgenommen in einem Studio. Leo sah Ilka an, dass sie Spaß daran hatte, sich so nuttig zu zeigen. Jasmin wirkte, als betrachte sie das Ganze als Parodie – die Psychologin besaß wirkliche Klasse.

Eine fixe Idee ließ Leo nicht los. Ilka war ganz offensichtlich kein Mädchen, das Hanteln stemmte, auf Steppern trainierte oder regelmäßig Sit-ups absolvierte. Er hätte beschwören können, dass sie noch nie eine Muckibude betreten hatte. Er hatte mitgehört, wie zwei Sokoleute spekuliert hatten, das sechste Opfer habe vielleicht ein Probetraining absolviert – er glaubte nicht daran. Ilka fiel aus dem Rahmen.

Er zwang sich dazu, eine Minute still zu sitzen und die Augen geschlossen zu halten. Dabei beschloss er, seinen Kokainpegel nicht aufzufrischen. Das Gift half nicht weiter.

Dann nahm Leo den Teddy mit ins Auto und fuhr über die Südbrücke nach Neuss.

Der seltsame Brief ging ihm durch den Kopf – wenn in den Nachrichten nicht vom Saunamord die Rede war, dann berichteten sie über den *Geminag*-Chef Jagenberg und die bevorstehende Konzernfusion.

Darius Jagenberg, Albrecht-von-Hagen-Platz 14.

Die Absenderin des Umschlags lag seit sechzehn Stunden im Kühlraum des rechtsmedizinischen Instituts – die Brust des Mädchens durchsiebt von drei Ladungen Achtmillimeter-Schrot.

Leo musste noch einmal mit Jasmin reden.

Zweimal studierte er an einer roten Ampel den Stadtplan, dann fand er die Straße, in der Ilkas Eltern lebten.

Er hatte lange überlegt, was er sagen sollte, wenn er den Teddy abgab.

Aus dem Kofferraum holte er einen Spurenbeutel. Er schrieb *Für Ilkas Freundin Jasmin Horn* auf das Etikett. Er stopfte den Bär in die Tüte, legte ihn vor den Hauseingang und drückte auf die Klingel.

Vom Auto aus beobachtete er, wie eine schwarz gekleidete Frau öffnete und den Teddy auflas. Sie schaute sich um, ohne Leo zu entdecken. Eine jüngere Frau kam heraus, nahm den Beutel entgegen und holte den Bären heraus, als wollte sie nachsehen, ob noch alles dran war.

Jasmin.

Die Psychologin hatte seinen Rat befolgt und war gekommen, um die Sachen abzuholen, die Ilka ihr geklaut hatte. Platten, Kleider, den Teddy.

Gordon, der Bär. Die einzige Erinnerung an ihre Mutter, hatte Jasmin gesagt. Es hatte wehmütig geklungen – vielleicht reichten die Gründe für ihre Berufswahl in eine traurige Kindheit zurück.

Leo wendete und fuhr zurück.

An seiner Wohnungstür klebte ein Zettel: *Wir sind im* Unbehaun. *Wenn du willst, kannst du nachkommen. Bis ca. 18 Uhr – Dani und Brigitte.*

Das *Unbehaun* war eine Eisdiele, fünf Häuser weiter. Die Frist war vor zehn Minuten abgelaufen. Leo glaubte nicht, dass die beiden schon gegangen waren. Dani pflegte große Portionen zu bestellen, für die er mindestens eine halbe Stunde brauchte.

Vor dem Lokal das übliche Jungvolk mit Mofas und Eisbechern, am Tresen standen die Leute um Nachschub an. Drinnen saß sein Sohn mit Brigitte an einem der runden Tischchen und löffelte sein Schokoeis, das bereits zur Suppe geschmolzen war.

Brigitte fragte Leo, ob sie es nicht noch einmal miteinander versuchen sollten. Sie hätten beide Dummheiten gemacht. Er sah Dani an – die dunkle Sauce troff vom Kindermund, die Augen des Kurzen strahlten.

»Ihr wollt wieder bei mir einziehen?«

»Korrekt!«, rief Dani.

Seine Geschiedene erklärte, sie wolle ihre Wohnung vorläufig behalten. Sie würde nicht gleich mit allen Sachen bei ihm einziehen. Ein zweiter Anlauf – auf Probe.

Leo willigte ein. Der Kurze ballte die Faust wie ein Torschütze nach dem Elfmeter.

Seine Ex bemerkte, Leo sehe miserabel aus und müsse dringend aufgepäppelt werden. Er verriet nichts über sein Zittern und die Droge, mit der er es von Zeit zu Zeit bekämpfte. Nichts über Massimo.

Und kein Wort über Ilka und Jasmin, an die er unablässig denken musste.

Als er wieder in seiner Wohnung war, genoss er das Gefühl, allein zu sein. Ab morgen würde er die Räume mit seiner Familie teilen. Es kam alles so plötzlich.

Er tat es nur für Dani.

32.

Das warme Licht der tief stehenden Sonne ließ die Stadt leuchten und tauchte ihre Winkel in tiefe Schatten. Zander fuhr südostwärts, vorbei an Videotheken, Pizzabuden, Sonnenstudios. An Büdchen, vor denen die Schnapsdrosseln abhingen.

Er betrat ein muffiges Wohngebäude an der Leverkusener Straße im Stadtteil Wersten, in dessen Treppenhaus bereits Dämmerung herrschte – als Beleuchtung diente eine Funzel über jedem zweiten Treppenabsatz. Zander hatte vergessen, in welchem Stock Marias Wohnung lag. Er wusste nicht einmal, ob sie noch hier lebte.

Ihre Aussage gegenüber einem Beamten, der sie wegen eines popeligen Ladendiebstahls vernahm, hatte die Behörde vor zwei Jahren auf Matysek aufmerksam gemacht – Maria hatte gedacht, sich mit ihrem Wissen über den korrupten Drogenfahnder freikaufen zu können.

Nach seinem Rauswurf rächte sich Matysek, indem er sie krankenhausreif schlug. Arnie Haffke nahm sich ihrer an, obwohl ihre Aussage auch zu seiner Strafversetzung geführt hatte. Er besorgte ihr einen Platz bei der Drogenhilfe und Maria schaffte den Entzug. Zander hatte Haffkes Freundin seit etwa einem Jahr nicht gesehen.

Er fand ihren Namen neben einer Tür, deren Schloss aussah, als habe es als Zielscheibe gedient. Er hörte Musik und drückte die Klingel. Niemand öffnete. Er lehnte sich gegen die Tür – sie sprang auf.

Zander erkannte den lauten Krach – die frühen Pink Floyd. Der Geruch von Räucherstäbchen erinnerte ihn an die Bude, in der er nach dem Abitur gehaust hatte – dreißig Jahre war das her. Er stieß gegen Unmengen von Hölzern, Metallstäben und Glöckchen, die von der Decke der Diele baumelten – das vielstimmige Geklingel übertönte sogar die Rockmusik.

Zander trat in Marias Zimmer und erkannte, dass das Räucherwerk nötig war, damit man nicht den Dreck roch, der den Boden bedeckte: verschimmelte Essensreste, Puddingbecher voller Kippen, Kotze, die auf dem Teppich trocknete.

Maria lag auf dem Sofa ausgestreckt, eine Spritze im Arm. Sie blickte ihn mit weit geöffneten Augen an und fuhr fort, sich den blutigen Inhalt in die Vene zu drücken – ganz langsam.

»Großer Gott«, entfuhr es Zander.

Er fand die Anlage und drehte die Musik aus.

»Grüß dich, Martin«, sagte Maria leise. Sie sah aus wie vierzig, aber Zander wusste, dass sie erst Ende zwanzig war.

»Du solltest deine Tür reparieren.«

»Scheißegal.«

Zander kippte kaffeeverklebte Zeitschriften und eine Untertasse mit weiteren Kippen von einem Stuhl. Maria hatte Räucherstäbchen in die Polsterung gesteckt – Zander warf sie auf den Boden, damit er sich setzen konnte.

Haffkes Freundin zog sich die Nadel aus dem Arm. Zander reichte ihr ein sauberes Papiertaschentuch, das sie auf den Einstich drücken konnte, um ein Hämatom zu vermeiden.

»Ich fick nicht mit jedem, nur um an den Stoff zu kommen«, sagte sie matt.

»Schon gut.«

»Sag Arnie, ich hab's mal wieder nicht geschafft.«

Zander antwortete, dass Haffke tot war. Dass man ihn umgebracht hatte.

Ihre Lider flatterten. Er sah das Weiße in ihren Augen und bekam Angst, dass sie eine Überdosis gespritzt hatte. Er brauchte die Frau für seine Strategie.

Nach einer Minute war sie einigermaßen klar.

»Ich dachte, du bist clean«, sagte Zander.

»War ich auch. Dank Arnie hab ich's geschafft.«

»Dann erklär mir mal ...« Zander entdeckte, dass die Glut eines Räucherstäbchens begann, den Teppich in Brand zu setzen. Mit einem Kissen erstickte er die Flamme.

Maria sagte: »Ich hab ihm einen Scheißdreck bedeutet.«

»Du weißt genau, dass das nicht stimmt.«

»Er hat nicht einmal mehr meine Handtasche kontrolliert. Er hat sonst jedes Mal nachgesehen, ob ich Stoff hatte.«

»Wann hast du Arnie zuletzt gesehen?«

»Keine Ahnung. Vorgestern.« Sie zupfte Tabak aus einer Packung und begann, eine Zigarette zu drehen. »Er hat es fertig gebracht, mit mir zu pennen und gleich darauf mit einer anderen am Telefon zu turteln. Er hat sie Schatz genannt. In meinem Beisein. Ich hab ihn rausgeschmissen.«

»Und dann?«

»Bin ich zum Bahnhof gegangen und hab ein paar Leute eingeladen, die ich von früher kannte.«

Nur zwei Tage, um aus ihrer Wohnung diesen Saustall zu machen.

»Ich dachte, wenn ich an der Pumpe hänge, kümmert er sich wieder um mich. Bist du sicher, dass er tot ist?«

»Wer war die Frau, die er anrief?«

Sie ahmte die Sprechweise des Bademeisters nach: »Wo bist du jetzt, Schatz? Hast du alles installiert, wie wir es besprochen haben? Großartig, Schatz. Du bist ein tolles Mädchen, Schatz.«

»Wann war das genau?«

»Scheiß drauf. Montag. Kurz vor den Tagesthemen.«

Zander fiel auf, dass kein Fernseher im Zimmer stand. Er fragte sich, was Marias Freunde vom Hauptbahnhof sonst noch mitgenommen hatten.

»Arnie sagte, ich solle mir nichts denken. Sie sei nur eine Kokstante, um die er sich vorübergehend kümmere. Ich hab ihm das Gesicht zerkratzt.«

»Den Kratzer habe ich gesehen. Ganze Arbeit.«

Sie leckte schon zum dritten Mal über das Zigarettenpapier. Tabakkrümel klebten an ihren Mundwinkeln, hingen an ihrer Brust und rieselten auf das Sofa. Namen und Adresse der Kokstante wusste Maria nicht.

»Erzähl mir von Matysek«, forderte Zander sie auf.

Haffkes Freundin schlug mit der Faust gegen ihr eingedelltes Kinn. »Das war das Arschloch Matysek, gemeinsam mit diesem Milchbubi, der immer mit ihm herumzog. Dirk Matysek ist ein brutales, schmieriges, verkommenes, perverses Schwein! Ich krieg Vaginalwarzen, wenn ich bloß an ihn denke!«

»Er ist auch tot. Jemand hat ihn erschossen.«

»Bravo.«

»Erzähl mir, was Matysek in letzter Zeit getrieben hat.«

»Das kenn ich nur vom Hörensagen. Das hab ich Arnie auch gesagt.«

»Arnie?«

»Ich hatte ihn eine Woche nicht gesehen und dachte, wir machen uns einen schönen Abend. Aber er fragt nur Matysek hier, Matysek da. Dann nimmt er mein Telefon und turtelt mit seinem Schatz.«

»Was weißt du über Matysek?«

»Du fragst schon genauso wie Arnie.«

»Dann verrat mir, was du ihm gesagt hast.«

»Hat das mit Arnies Tod zu tun?«

»Vielleicht.«

Maria zündete die Selbstgedrehte an. Sie nahm einen Zug, dann reichte sie Zander das knittrige Ding. Er lehnte ab.

Sie erzählte von Matyseks Zeit als Drogenbulle. Zander hörte gespannt zu und schrieb mit. Wie der Exkollege sich von Dealern schmieren ließ. Wie er dazu überging, sämtliche Fixer und Rauschgifthändler abzukassieren, die ihm über den Weg liefen. Wie er im Dienstzimmer beschlagnahmtes Heroin schnupfte. Wie er einmal Marias Cousin Stoff abnahm und die ganze Portion an Ort und Stelle vertilgte. Vor den Augen seiner Kollegen. Maria sagte, die Namen der Kollegen wisse ihr Cousin.

Sie wusste auch, wer Matysek schließlich zur Strecke gebracht hatte. Es war, wie Zander vermutet hatte: Nicht die Kollegen von der Drogenfahndung, sondern die internen Ermittler hatten dem Treiben ein Ende bereitet.

Während Maria sich über die Ärzte beklagte, die ihr Gesicht nicht reparieren konnten, fragte sich Zander, warum der Bademeister auf einmal so scharf auf den Exbullen gewesen war. Er erinnerte sich an Haffkes Geheimniskrämerei in Sachen Larue. Ein Schuss ins Blaue: »Sagt dir der Name Christoph Larue etwas?«

»Larue? Vielleicht einer dieser oberen Zehntausend, mit denen das Arschloch Matysek in letzter Zeit Geschäfte machte.«

»Tatsächlich? Was weißt du darüber?«

»Nichts. Aber Arnie war ganz besessen von der Idee. Er hat mir Löcher in den Bauch gefragt. Hat dieser Larue Arnie umgebracht?«

»Keine Ahnung. Angeblich war es ein Rocker, und dass Larue ein Mitglied der Hells Angels ist, halte ich für unwahrscheinlich.«

Maria zog an ihrer Zigarette. Eine Flamme flackerte auf. Die Fixerin hustete, Asche schneite, ein Stückchen Glut tropfte auf ihr T-Shirt. Zander gab ihr zwei, höchstens drei Tage, bis sie ihre Wohnung in Brand stecken würde, wenn sie so weitermachte.

Er fragte: »Hat Arnie mal ein Fitnessstudio namens *Body and Soul* erwähnt?«

»Nein, aber wenn du willst, kannst du ein Stück Soul in meinen Body stecken.«

Sie lächelte. Trotz ihrer Fixerkarriere waren ihre Zähne noch weitgehend intakt. Arnie hatte gut für sie gesorgt.

Zander erwiderte das Lächeln. »Zieh dich aus.«

»Arnie hat immer ›Süße‹ gesagt.«

»Zieh dich aus, Süße.«

»Und du musst mir versprechen, dass du mir beim nächsten Mal Stoff mitbringst.«

»Geht in Ordnung.«

Das Mädel schälte sich aus der engen Jeans und streifte den Slip ab.

»Sei zärtlich, Martin. Arnie war immer zärtlich.«

Zander hob die Hose auf und untersuchte die Taschen. Treffer: zwei Briefchen Heroin. Er ließ den Stoff in der Faust verschwinden und verließ die Wohnung.

Das Klingelwerk im Flur schlug zweimal an – die Fixerin kam ihm nach.

»Verpiss dich, du Wichser!«, hallte ihre Stimme durch das Treppenhaus.

Um eins neunhundert drückte Zander die Klingel am Eingang zur Faunastraße neun. Er lächelte in das Objektiv der kleinen Kamera – feine Gegend, gut gesichert. Bevor Larues Frau den Türöffner summen ließ, musste Zander Namen und Dienststelle buchstabieren und seinen Dienstausweis vor die Kamera halten.

Er dachte an die Vergewaltiger. Matysek war tot, von seinem Komplizen fehlte jede Spur. Zander erinnerte sich an Ela Bachs Verdacht, dass die Larues keine Zufallsopfer gewesen seien und der Hintergrund der Tat im Drogenmilieu zu suchen sei. Arnie hatte ihm Elas Bitte um Mithilfe verschwiegen, stattdessen aber seine Freundin Maria mit Fragen über Matysek und Larue genervt. Haffke hatte auf eigene Rechnung Informationen gesammelt.

Wozu?

Die Larues waren seit ihrer Beschwerde über den Spanner umgezogen, von der Krahkampstraße in Volmerswerth ins schicke Zooviertel. Das Haus verströmte den Geist rheinischen Großbürgertums zu Beginn des zwanzigsten Jahrhunderts. Die Wohnung war von der gleichen Geräumigkeit wie Eingang und Treppenhaus, aber viel heller und nach dem neuesten Stand der Mode eingerichtet. Es roch nach frischer Wandfarbe. Viel Glas. Der Blick vom Wohnzimmer auf den Park hatte Klasse. Ein Voyeur würde hier einen Kran aufstellen müssen.

Verena Larue war eine feingliedrige, zarte Frau, jünger, als Zander sie sich vorgestellt hatte. Unter ihrem Make-up schimmerten an Kinn und Wangenknochen blaue Flecken durch, ihre Oberlippe war halbseitig leicht geschwollen. Das junge Ding schien nervös und interessiert zugleich. Zander spürte, dass ihr sein Besuch willkommen war – die Unterbrechung des Alleinseins in einer Wohnung, die zum Tatort geworden war. Ihr Mann sei um diese Stunde noch in seinem Büro, sagte sie.

Sie servierte gekühlten Apfelsaft in Weinkelchen, die aussahen wie bei Schmiedinger gekauft, und erklärte, dass sie eigentlich allen Grund habe, die Polizei nicht zu mögen. Der Beamte, zu dem sie wegen des Voyeurs gegangen waren, hatte sich geweigert, ihre Anzeige entgegenzunehmen. Er habe geraten, bei Einbruch der Dunkelheit die Vorhänge zu schließen – Verena hatte das Gefühl, dass man sie und ihren Mann nicht ernst genommen hatte. Sie besaßen aus Prinzip keine Vorhänge und hatten ohnehin vorgehabt umzuziehen, weil sie ein Baby erwarteten. Trotzdem hatte der Spanner an den

Nerven gezerrt – immer wieder hatten sie die Lichter gelöscht und mit der Taschenlampe in die Nacht hinausgeleuchtet, um ihn zu ertappen. In den ersten Juliwochen entdeckten sie ihn dreimal – die Silhouette eines mittelgroßen Mannes. Genauer konnte Verena ihn nicht beschreiben, da der Spanner sich jedes Mal verkrümelt hatte, sobald ihn der Lichtstrahl erfasst hatte. Als die Larues die Wohnung an der Faunastraße in Aussicht hatten, gab Verena auf, am Jürgensplatz anzurufen und sich von desinteressierten Beamten mit dummen Sprüchen abfertigen zu lassen.

»Aber das alles hatte ich schon fast vergessen«, sagte die zierliche Frau. »Richtig schlimm war die Kommissarin, die nach dem Überfall am Sonntag zu uns kam. Sie hat meinen Mann und mich wie Verbrecher behandelt. Der Kerl hat mich und mein Baby womöglich mit Aids angesteckt und diese Frau benimmt sich, als seien wir daran schuld.«

Zander tat, als teile er ihre Empörung. Er schimpfte über Kollegen, die entweder übereifrig waren oder faul. Er ließ seinen Charme spielen. Sie schenkte ihm nach.

Kein Zeichen von Drogenkonsum.

Haffkes Verwirrspiel um den Namen Larue – Zander fragte sich, ob Arnie ebenfalls hier gewesen war. Er beschrieb ihr den Bademeister. Verena sagte, sie kenne ihn nicht.

»Ist der Bursche, der Sie belästigt hat, auch bei Ihnen eingebrochen? Oder ist in der Zeit, als er Ihnen auffiel, bei Ihnen eingebrochen worden?«

»Nein.«

»Kennen Sie den Laden *Skin Bizarre*?«

»Nein.«

»Dort wird so genannte Fetischmode verkauft. Lack und Latex. Bitte verzeihen Sie die Indiskretion, aber ...«

Sie lächelte: »Nein, so etwas trage ich nicht.«

»Danke. Kennen Sie zufällig eine Frau in Ihrem Alter namens Sina Dorfmeister?«

»Auch nicht.«

Viermal nein – Zander hatte nicht den Eindruck, dass Verena ihm etwas verheimlichte. Offenbar war seine Spekulation doch zu gewagt gewesen, dass der Spanner, der die Larues belästigt hatte, möglicherweise identisch war mit dem Einbrecher, der Sina Dorfmeisters Mieder gestohlen und es in der Villa des *Geminag*-Managers hinterlassen hatte. Wahrscheinlich war Zander nur deshalb auf diese Idee gekommen, weil ihn der Name Larue neugierig gemacht hatte.

Zander gelangte zu dem Ergebnis, dass er in dieser Wohnung seine Zeit vergeudete. Verena Larue wusste von nichts und vielleicht war auch der Verdacht gegen ihren Mann nur ein Schuss in den Ofen.

Zander lehnte ab, als die junge Frau ihm etwas zu essen anbot. Er hatte nur noch eine letzte Frage: »Kennen Sie Claudia und Darius Jagenberg – ich meine, persönlich?«

Sie entspannte sich und ihre Augen zeigten ein Leuchten, als denke sie an schöne Momente zurück. »Sehr gut sogar. Wir waren bereits Nachbarn, als ich ein Kind war. Darius und mein Vater arbeiteten in der gleichen Firma und waren befreundet. Nach der Wende gingen wir in den Osten, nach Dresden. Für meinen Vater war es die Chance zum Aufstieg, für mich war es schrecklich. Grau und ruppig. Ich war froh, als wir vor vier Jahren zurückkamen. Darius, also Herr Jagenberg, war Vorstandssprecher geworden und holte Papa in die Zentrale. Mit Marco, seinem Sohn, war ich so gut wie verlobt. Dann gab es eine Reihe von Schicksalsschlägen, aber Darius kümmerte sich um mich wie ein zweiter Vater. Als ich mit der Schule fertig war, verschaffte er mir den Job in der Marketingabteilung der *Geminag*. Dadurch lernte ich meinen Mann kennen.«

»Schicksalsschläge?«

»Leben *Ihre* Eltern noch, Herr Zander?«

»Ich verstehe. Vergessen Sie meine Frage, Frau Larue. Sie müssen nicht darüber sprechen.«

»Ich sage mir immer, dass es den beiden gut geht, wo auch immer sie jetzt sind. Kurz nach unserer Rückkehr hatte mein Vater einen schrecklichen Autounfall. Es war Fahrerflucht und der Täter wurde nie ermittelt. Meine Mutter hat es nicht verkraftet. Keine vier Wochen nach der Beerdigung nahm sie sich das Leben.«

»Tut mir Leid.«

»Gut, dass ich die Jagenbergs hatte. Ich kam gerade in die dreizehnte Klasse. Sie nahmen mich auf und regelten alles für mich. Das Leben musste weitergehen.«

»Und Marco, Ihr Verlobter?«

»Wir waren sogar verheiratet.« Sie kicherte. »Als wir elf waren, wickelte mich meine Mutter in eine Gardine und warf Reis. Als wir aus dem Osten zurückkehrten, wurde beinahe Ernst daraus. Aber Marco veränderte sich. Er schmiss die Schule und haute ab. Er geriet in schlechte Gesellschaft.«

Er fragte: »Haben Sie ihn wieder gesehen?«

»Nein. Seit er von zu Hause weglief, nicht mehr. Er hat nur noch sporadischen Kontakt zu seiner Mutter. Soviel ich weiß, sitzt Marco derzeit im Gefängnis.«

»Weswegen?«

Verena versteifte sich. »Ich denke, das hat jetzt wirklich nichts mehr mit Ihrem Fall zu tun. Wissen Sie, die Jagenbergs haben immer alles darangesetzt, dass nichts über Marco an die Presse ging, und sie können sich vorstellen, dass das nicht einfach war. Ich hoffe, ich kann mit Ihrer Verschwiegenheit rechnen. Die beiden haben so viel für mich getan und ich möchte sie nicht enttäuschen.«

»Keine Angst. Die Leute von den Medien kann ich noch weniger leiden als Sie die Polizei.«

Sie lächelte. »Ich frag mich, wie Sie mich dazu gebracht haben, dass ich so viel geplaudert habe. Sie Armer, ich habe Sie voll gequatscht mit dummen, alten Geschichten.«

»Nichts daran war dumm, Frau Larue.«

Sie brachte ihn zur Tür und winkte ihm kurz nach. Dann fiel die Wohnungstür ins Schloss und mehrere

Riegel fuhren nacheinander mit sattem *Klack* in ihre Verankerung.

33.

Phantombilder an der Pinnwand: zwei bärtige Bikergesichter.

Ela schaltete das Transistorradio aus. Die Nachrichten meldeten immer das Gleiche.

»Ich werde beim Zugriff vor Ort sein«, sagte sie zu Ritter. »Es reicht, wenn du dich um acht hier im MK-Zimmer meldest.«

»Mein Dienst beginnt erst um drei.«

»Auch gut.«

»Und jetzt?«, fragte Ritter.

»Pause, was sonst?«

Er lud sie ein, etwas trinken zu gehen. Er schmunzelte dabei unter dem Magnum-Schnäuzer, als habe er ihre geheimsten Wünsche erraten. Sie warf einen Blick auf seinen Ehering. Als er von französischem Weißwein sprach, willigte sie ein.

Auf dem Hof stand Ritters BMW. Er machte ein Geheimnis daraus, wohin er fahren wollte. Ela glaubte nicht, dass der Kollege sie in eine Situation bringen würde, die sie nicht mehr kontrollieren konnte.

Ritter startete und fragte: »Wie geht's dir sonst so?«

»Bitte nicht«, antwortete sie. »Ich kann das nicht hören.«

»Was ist los?«

»Jeder fragt mich das, als sei ich gerade aus dem Krankenhaus entlassen worden. Damals war keiner auch nur halb so besorgt. Aber seit ein paar Tagen will jeder wissen, wie es mir geht.«

»Also ist es nur ein Gerücht.«

»Was denn?«

»Na ja, dass du ... ein kleines Problem hast.«

»Welches Problem?«

»Mit den Nerven. Anspannung und so.«

»Es geht nichts über Kollegen, die sich Sorgen machen.«

»Tut mir Leid.«

Nach einer Weile sagte sie: »Es muss dir nicht Leid tun. Wer in unserem Job keinen Knacks kriegt, ist nicht normal.«

»Du hast Recht«, antwortete Ritter und gab Gas. Er fädelte in die Spur, die auf die Brücke führte, und überquerte den Fluss. Sie fuhren den letzten Sonnenstrahlen entgegen.

Kurz hinter der Brücke hielt Ritter an. Es war ein Privathaus, das der Kollege mit einem großen Schlüsselbund öffnete. Sie folgte ihm in einen Aufzug, dessen Kabine aus Holz war. Der Kollege drehte einen zweiten Schlüssel und langsam ruckelten sie nach oben. Ela schloss die Augen – die Panikattacke blieb aus.

Als Ritter im dritten Stock die Tür aufdrückte, fiel ihr sein Nebenjob als Makler ein. Sie hätte nicht gedacht, dass er solche Luxusdomizile im Angebot hatte: Der Saal, den sie betraten, war zugleich Wohn- und Esszimmer, mindestens fünfzig Quadratmeter groß. Ela ging zum Erker und blickte durch das Fenster auf den Kaiser-Wilhelm-Ring und über die Wiesen, die sich bis zum Fluss erstreckten.

Ritter erklärte: »Das Rheinufer von Oberkassel gehört zu den begehrtesten Wohnlagen der Stadt. Das sage ich immer, aber hier stimmt es wirklich.«

Die Fassaden der Altstadtseite schienen zu glühen, überall gingen jetzt Lichter an. Ela versuchte sich an Ritters Vornamen zu erinnern. Das letzte Sommerfest der Behörde fiel ihr ein. Brauereitische, Altbierausschank, eine Countryband – Musik, die sie eigentlich nicht mochte. Trotzdem hatte sie sich von Ritter zum Tanz überreden lassen.

Der Kollege mimte den Verkäufer: »Die angebotene Wohnung befindet sich in der Beletage eines herrschaftlichen Hauses aus der Jahrhundertwende. 1991 kernsaniert unter Beibehaltung der historischen Bauelemente. Sie erreichen das Objekt über die wunderschön restaurierte Jugendstiltreppe oder über einen Aufzug, der direkt in die Wohnung führt. Die international renommierte Innenarchitektin Karin Saale hat den Innenbereich in zeitloser Form in Anlehnung an das Bauhaus ...«

»Lass die Werbesprüche, Ingo.«

Ritter schaltete den CD-Player ein. Vivaldi. Er holte eine Flasche aus dem Kühlschrank der Bar.

Ela fragte: »Wo sind die Leute, denen das gehört?«

»Keine Angst. Die richten sich gerade auf Mallorca ein. Chardonnay?«

»Du Schweinepriester.«

»Den Wein habe *ich* gekauft.«

»Genau das meine ich.«

»Wieso?«

»Wie viele Frauen hast du schon hierher gelockt?«

Der Kollege schenkte ein. Der Makler sprach: »Die Schwimmhalle im Kellergeschoss gehört exklusiv zur angebotenen Wohnung. Finnische Sauna, Whirlpool mit Blick auf den Garten, dessen alleiniges Nutzungsrecht bei Ihnen liegt.« Er gab ihr ein Glas. »Lust darauf, eine Runde zu schwimmen?«

Selbst Handtücher hatte Ritter mitgebracht. Handgreiflich wurde er nicht einmal im Whirlpool. Sie rieben sich trocken – Ela registrierte Ritters braun gebrannten Körper, die behaarte Brust, den schlanken Bauch, das, was noch an ihm dran war.

Sie zogen sich an und fuhren wieder hoch in die Wohnung. Ritter zeigte ihr die Bibliothek – der Traum eines Bücherwurms. Die Inhaber seien Schriftsteller, erklärte der Kollege. Er verfasse Kinderbücher, sie Krimis. Den Reichtum hatten sie geerbt. Über eine Treppe aus altem Eichenholz ging es ins Dachgeschoss.

Eine Terrasse zum Garten. Aussicht auf alte Bäume, die gegenüberliegenden Häuser weit weg. Nicht sehr spektakulär, fand Ela. Der Blick von ihrem Balkon in Pempelfort war ähnlich.

Es war dunkel geworden. Sie hielt Ausschau nach Sternschnuppen.

Ritter sah auf die Uhr. Er sagte: »Das Schlafzimmer hab ich dir noch nicht gezeigt.«

Eine letzte Treppe hinauf in den Spitzboden. Links ein Badezimmer, rechts der ausgebaute Dachfirst mit Glasfront zur Gartenseite. Ritter knipste das Licht an, dimmte es etwas herunter. Über dem Bett war ein Spiegel angebracht. Ela fragte sich, ob er auch auf das Konto der international renommierten Innenarchitektin ging.

»Guck mal hier durch«, sagte der Kollege.

Vor dem Fenster stand ein Fernrohr. Ritter stellte scharf und machte Ela Platz.

Ihr Blick fand zwei Menschen in einem fremden Zimmer. Ein Pärchen auf einem Bett. So nah, als wäre es keine zehn Meter entfernt. Zuerst wollte Ela den K-Wachen-Mann beschimpfen, dass er sie zur Voyeurin machte, doch dann sah sie wieder hin. Die Anmaßung, mit der Ritter die Wohnung seiner Klienten in Beschlag genommen hatte, steckte sie an und ihr Schamgefühl schwand – die Distanz zu dem Pärchen, das sie beobachtete, gab ihr Sicherheit.

Sie schaute zu – ein prickelndes Gefühl.

Ela fragte leise: »Hast du die beiden bezahlt, damit sie es gerade jetzt machen?«

»Es ist ihre Zeit. Zumindest wochentags. Wenn sie von der Arbeit kommen, fallen sie übereinander her. Nicht jeden Tag. Aber meine Trefferquote ist enorm.«

»Ingo, du bist ein Schwein«, sagte sie, ohne das Auge vom Fernrohr zu nehmen.

Die Bewegungen der beiden wurden langsamer und hörten schließlich auf.

»Machen sie es noch einmal?«

»Meistens nicht«, antwortete Ritter. Er stand jetzt ganz nah hinter ihr. Sie roch sein Rasierwasser und tippte auf

Cool Water. »Schwenk ein Stück nach links. Vorsichtig. Nur ein kleines Stück.«

Ela bewegte das Fernrohr. Ihr Blick wanderte über einen Sessel, ein Fernsehgerät, durch leeren Raum zwischen Fenster und Wand.

»Siehst du es?«, fragte er.

»Ja.« Elas Antwort kam als heiseres Flüstern.

»Heiße Sache, nicht wahr?«

Ela starrte auf ein zweites Fernrohr. Es war genau auf sie gerichtet.

Ritter sagte: »Ich frage mich, ob die beiden Paare Kontakt haben oder ob sie sich sozusagen nur vom Sehen kennen.«

Sie setzte sich auf das Bett, das den Schriftstellern gehörte, und zog die Bluse aus.

Der Kollege blickte sie an, als hätte er damit nicht gerechnet.

»Worauf wartest du?«, fragte sie.

Ritter löste das Band, das den Vorhang raffte.

»Feigling«, sagte Ela.

Irgendwann bat sie ihn, sie nach Hause zu bringen. Als sie zurück über die Rheinkniebrücke fuhren, sagte der Kollege: »Wenn du mal jemanden brauchst, um dich auszusprechen ...«

»Hältst du mich für vereinsamt oder ist das ein verkappter Antrag?«

Ritter konzentrierte sich darauf, einen Tanklastzug zu überholen.

»Du hast dein Hemd falsch geknöpft«, stellte Ela fest.

»Danke.«

»Bring's in Ordnung, bevor deine Frau etwas merkt.«

»Wir leben getrennt.«

Ela fragte sich, ob sie einen Fehler gemacht hatte. Womöglich würde der Kollege mehr von ihr wollen. Sich wie eine Klette an sie hängen und ihr die Luft rauben. Männer waren so. Ihre Mutter hatte sie schon als neurotisch bezeichnet, aber Ela hielt die Kerle lieber auf Distanz, sobald sie den Eindruck bekam, sie könnten ihr die Selbstständigkeit rauben.

Der Schnauzbart sagte: »Nehmen wir die Wohnung oder suchen wir weiter?«

»Willst du *wirklich* hören, wie es mir geht?«

Er sah kurz zu ihr herüber.

»Meine Kollegen behaupten, ich schlafe mit meinem Dienststellenleiter. Manche tratschen sogar, ich würde es mit dem Kripochef treiben. Als ich 94/95 in Köln bei der Sitte gearbeitet habe, hatte ich einen Fall, wo ein Zuhälter eine Frau vergewaltigt hatte. Er schlug sie zusammen, weil sie sich weigerte, sein Sperma zu schlucken. Nach der Vernehmung des Opfers fragte mich ein Kollege: Und, schluckst du? Ich hab ihm eine runtergehauen.«

»Richtig so.«

»Danach begann das Mobbing. In meiner Akte steht, ich hätte dem psychischen Druck nicht standgehalten, den die Arbeit bei der Kripo mit sich bringt. Ich hab mich zum LKA versetzen lassen und dachte, ich sei die Geschichte los. Ich war in der Abteilung, die alte Nazis aufspürt.« Sie zündete sich eine Zigarette an, ohne zu fragen, ob es ihn störte. »Es gibt tatsächlich noch Schweine von früher, die irgendwo in Europa frei rumlaufen. Bei einigen konnte ich mithelfen, sie zu schnappen. Ich bin eine verdammt gute Mordermittlerin, auch wenn ich nicht so lange dabei bin wie Gerres oder Schranz. Dann wollte mein Chef beim LKA mir an die Wäsche. In einem Aufzug, den er zwischen zwei Stockwerken anhielt. Ich hab ihm in die Eier getreten und die ganze Scheiße fing wieder an.«

Ingo schwieg.

»Ich musste mich sogar von einer Psychotante begutachten lassen, um überhaupt vom KK 11 aufgenommen zu werden. Das war, bevor der Kannibale mich auf seine Werkbank fesselte. Mit der Kannibalensache hat das gar nichts zu tun. Engel weiß das. Er ist in Ordnung. Ich hab noch nie gehört, dass er Kolleginnen als Hühner bezeichnet hätte. Er schätzt meine Arbeit. Aber ich habe Angst, dass die anderen über mich herfallen, sobald er weg ist. Es hat jedes Mal mit solchen Gerüchten begonnen.«

Der BMW hielt vor dem Haus, in dem Ela wohnte.

»Manchmal bekomme ich plötzlich keine Luft mehr«, fuhr sie fort. »Manchmal rast mein Herz, wenn die U-Bahn in die Erde taucht. Manchmal stehe ich auf der Straße und hab keinen Schimmer, was ich überhaupt wollte. Aber geht das nicht jedem von uns so? Das Massaker von gestern Abend war keine fünf Straßen entfernt von hier. Natürlich geht mir nicht aus dem Kopf, wie es dort ausgesehen hat. Ist man deswegen unfähig, seinen Job zu machen?«

»Ich muss auch ständig daran denken.«

Als sie ihn ansah, hielt er den Blick auf die Straße gerichtet. Seine Hände umklammerten das Lenkrad.

»Danke«, sagte Ela. »Mach's gut.«

Sie stieg aus und schaute sich nicht um. Eine Lampe im Treppenhaus flackerte und summte. Die Zeitschaltuhr ließ ein leises Rattern hören. Der Belag der Stufen war aus Linoleum – vielleicht gar nicht rotbraun, sondern grünlich.

Aber sie hatte das Gefühl, irgendwo da oben sei ein Schlachthaus, jemand habe die Klappe geöffnet und die blutige Sauce flösse ihr in breitem Strom entgegen.

Langsam setzte sie die Schritte, bis sie ihre Tür erreichte.

34.

Endlich hörte Zander Gelächter und Gitarrengeklimper. Er stellte das Fass ab und verschnaufte. Am Flussufer entdeckte er den Schein eines Lagerfeuers. Er wusste, dass er richtig war. Als er das Fass wieder aufhob, spürte er ein Stechen im Kreuz.

Pia lief ihm entgegen. Sie wollte ihm um den Hals fallen, aber zehn Liter Altbier waren zwischen ihnen. Er schleppte das Fass bis ans Feuer. Zwanzig junge Leute jubelten und Zander zweifelte, ob er genug gekauft hatte.

»Herzlichen Glückwunsch, junge Dame«, sagte er zu Pia und ließ sich umarmen.

Ihr Freund stand auf und gab Zander artig die Hand – eigentlich war der Bursche ganz in Ordnung. Er gab dem Jungen die Autoschlüssel, damit er Gläser und Zapfwerkzeug holte.

Auf dem Grill brutzelten Würstchen und Scheiben vom Schweinenacken. Zander spürte Hunger, seit der Gulaschsuppe bei Tina hatte er nichts gegessen. Pia lud ihm einen Teller voll, ein paar ihrer Freunde sangen zur Gitarre. Zander fand es wohltuend, wie normal die jungen Leute waren – ganz anders als die Kids, mit denen er dienstlich zu tun hatte.

Ein Junge mit Pferdeschwanz begann, Beatles-Lieder zu spielen. Zander war gerührt, dass die Kids den alten Kram kannten. Er sang mit – Hits aus seiner Zeit. Er war rasch der Star der Truppe. Alle wollten seine Dienstpistole sehen und Geschichten aus dem Polizeialltag hören. Er wehrte ab – keine Lust auf diesen Scheiß.

Dann bat er Pia, mit ihm zum Auto zu gehen. Er holte das Päckchen aus dem Handschuhfach. Sie riss es auf und biss sich auf die Unterlippe, als sie das Handy sah.

»Damit rufst du hoffentlich mal deine Eltern an, wenn du im Campingurlaub bist.«

»Ich hab schon eins. Wusstest du das denn nicht?«

Er nahm es zurück. »Schade. Ich lass mir etwas anderes einfallen.«

Zander hatte gedacht, sie wollte so schnell wie möglich zurück zu ihren Freunden, aber Pia setzte sich auf den Beifahrersitz. Sie ließen die Türen geöffnet. Der Wind trug die Geräusche vom Fluss herauf. Die Kids sangen *Maxwell's Silver Hammer*.

»Fahren die alle mit nach Holland?«, fragte Zander.

»Nicht alle. Nur Kevin, Anna, Katja, Nicole, Lukas, Klaus und Drago.«

»Morgen früh geht's los?«

»Ja. Mit dem VW-Bus von Drago.«

»Nette Freunde.«

Maxwell Edison, majoring in medicine ...

»Paps?«

»Ja.«

»Warum habt ihr euch gestritten?«

Zander wusste nicht, was er sagen sollte.

»Hast du eine Geliebte?«

»Hat sie das behauptet?«

»Nein. Sie spricht mit mir nicht darüber.«

»Glückskind. Mit mir redet sie gar nicht mehr.«

»Was ist los mit Mami? Sie war bei Dr. Heinrich.«

»Ich weiß. Sie will wieder arbeiten.«

»Nein, er hat ihr neue Tabletten verschrieben. Irgendwelche Ruhigmacher. Was ist los, Paps? Sag's mir, bitte.«

Pia war achtzehn. Volljährig. Und manchmal tatsächlich so verständig wie eine Erwachsene.

Zander begann zu erzählen. Dass kein Mensch ohne Fehler ist. Dass er in all den Jahren als Kommissar im Einsatztrupp zu oft wie ein Gangster fühlen und denken musste. Dass es nur natürlich war, dass er irgendwann auch so gehandelt hatte.

Auch Beate war kein Engel gewesen. Jahrelang hatte sie einigen Geschäftsleuten in der Nachbarschaft die Steuererklärung gemacht. Ihnen geholfen, Schwarzgeld zu vertuschen. Einer von ihnen war Schmiedinger, der Trödler und Hehler.

Die Juwelensache vom Wochenende erwähnte Zander nicht. Auch nicht den Pelzraub und die Unterschlagung der Beute. Erst recht nicht das Wiesel.

Pia sagte: »Mein Vater ist also ein korrupter Bulle.«

Zander blickte in den Rückspiegel. Kein Mensch in der Nähe. »Ich hab nie jemandem wehgetan, der es nicht verdient hätte. Nur einmal etwas unterschlagen, was andere geklaut haben, statt es abzuliefern. Die Ganoven kamen trotzdem in den Knast. Verstehst du?«

»Nur einmal?«

»Es ist besser, wenn du keine Einzelheiten kennst.«

»Sie können mich nicht zwingen, gegen meinen Vater auszusagen.«

Das war die Antwort, die Zander gefiel. »Dazu wird es nicht kommen. Ich habe mich abgesichert. Außerdem höre ich auf. Es geht nur nicht so schnell wie deine Mutter es gerne hätte. Manchmal kommt etwas dazwischen und man muss erst noch einiges in Ordnung bringen.«

»Sie wusste Bescheid?«

»Ja. Aber sie hat ihre Meinung geändert.«

»Hat das mit ihrem Jesusfimmel zu tun?«

»Ja. Mit Schuldgefühlen und Selbstvorwürfen.«

»Weil sie dich dazu ermuntert hat?«

»Vielleicht.«

Im Rückspiegel flackerte das Feuer. Die Kids sangen: *Bang-bang, Maxwell's silver hammer came down on her head ...*

Zander sagte: »Du weißt, wie religiös sie aufgewachsen ist. Irgendwann hat sie das eingeholt und plötzlich glaubt sie an Dinge wie Himmel und Hölle, Sünde und Vergebung.«

Bang-bang, Maxwell's silver hammer made sure that she was dead.

»Es geht um Basti«, erriet Pia.

»Wahrscheinlich.«

»Ist Mami krank?«

»Ich weiß es nicht.«

»Aber sie braucht sich wegen Bastis Tod doch keine Vorwürfe zu machen.«

»Sie saß am Steuer.«

»Aber der andere ist ihr reingefahren. Außerdem war das Schwein betrunken. Oder war es nicht so?«

»Doch. Was meinst du, wie oft ich versucht habe, ihr das klarzumachen. Deine Mutter ist etwas komplizierter als wir beide.«

Ein Pärchen schlenderte eng umschlungen vorbei. Zander und Pia schwiegen eine Weile.

»Und ich dachte immer, du wärst ein dröger Bulle, der den Leuten verbietet, Spaß zu haben«, sagte Pia schließlich.

»Hab ich dir jemals verboten, Spaß zu haben?«

Sie lachte. »Heute noch nicht.«

»Ich muss ein fürchterlicher Vater sein.«

»Der beste, den es gibt.« Sie legte die Arme um seinen Hals und küsste ihn auf die Wange. »Pass auf Mami auf, wenn ich in Holland bin«, sagte sie.

In diesem Moment wusste Zander, dass er seiner Tochter vertrauen konnte.

35.

Die Kassette, die Jasmin ihm gegeben hatte, zeigte nur noch ein Flimmern. Leo spulte das Band zurück und startete von neuem.

Wieder und wieder: die Golden Twins.

Er konnte nicht genug davon kriegen. Die Täuschung war perfekt – Leo hatte Mühe, die Sängerinnen zu unterscheiden.

Show me the way to the next whiskey bar – der Klang war verzerrt, die Aufnahme verwackelt, das Licht viel zu schwach. Die beiden Frauen raubten ihm den Atem.

Flimmern – zurückspulen – starten.

Die eine hatte ihn auf dem Tiefpunkt seines Lebens aufgefangen und ihn zum Komplizen gemacht – am Tag darauf war sie einen sinnlosen und brutalen Tod gestorben. Er nahm die Bilder ihres Auftritts in sein Herz auf und schwor, Ilkas Spur zu folgen. Der Mord an ihr durfte nicht ungesühnt bleiben.

Die andere lebte – nur wenige Straßen entfernt.

Als er die Whiskeyflasche leer getrunken hatte, erkannte Leo, dass Jasmin *ihn* meinte, wenn sie vom Mond über Alabama sang, vom Haifisch mit den Zähnen und von dem Mann mit dem Messer, das man nicht sah.

Dieser Film würde nicht alles sein.

Mühsam erhob sich Leo aus dem Sessel. Er wankte hinüber zur Konsole und nahm den Hörer ab. Er wählte Jasmins Nummer.

Die Stimme auf ihrem Anrufbeantworter überrumpelte ihn und der Piepston kam, bevor Leo den Spruch verstanden hatte. Keine Zeit, zu überlegen.

Er überwand den Impuls, einfach aufzulegen.

»Hier spricht Leo Köster von der Sonderkommission. Ich habe noch eine wichtige Frage an Sie und würde mich freuen, wenn Sie zurückrufen würden.«

Jasmin würde wissen, welche Frage er meinte. Sie lebte und er wollte sie.

Dann begriff er, dass er vergessen hatte, ihr seine Telefonnummer mitzuteilen. Er rief ein zweites Mal an und sprach die Nummer auf das Band.

Er kehrte vor den Bildschirm zurück.

Wärme durchflutete seinen Körper. Er schloss die Augen und die Zwillinge waren bei ihm.

Sie sangen und tanzten und trugen ihn in eine Welt, die den Tod nicht kannte.

TEIL VIER

Zeugen in der Nacht

»Du hast mich als Talisman in dein Versteck mitgenommen. Ich habe als Glücksbringer versagt. Deshalb will ich dein Zeuge sein. Dein Tod bestimmt mein Leben. Ich will die Liebe finden, die wir nie erlebten, und sie in deinem Namen erklären.«

James Ellroy, *Die Rothaarige*

Donnerstag, 3. August, *Blitz*, Titelseite:

DER IRRE SAUNAKILLER:
POLIZEIBEAMTER UNTER DEN OPFERN
RÄTSEL UM HINTERMÄNNER DER BLUTTAT

Von Alex Vogel. *Der Tag nach dem Massaker. Mehr als sechzig Kripobeamte einer Sonderkommission vermessen den Tatort, analysieren Spuren, durchkämmen das Umfeld des ›Body and Soul Gym‹. Am Vormittag ließ Volker Dresbach, Leiter der Zentralen Kriminalitätsbekämpfung, die Bombe platzen: Ein einzelner Täter habe am Dienstagabend die fünf Gäste des Fitnesscenters und eine Angestellte erschossen. Das Fluchtfahrzeug sei möglicherweise dasselbe, das auch beim Brandanschlag auf die Diskothek ›Power House‹ verwendet worden war. Ein Zusammenhang zur Feuerteufel-Serie, von der im Mai auch das ›Body and Soul‹ betroffen war, sei nicht auszuschließen, so Dresbach. Nach Informationen des BLITZ stand in der Nacht eine Festnahme unmittelbar bevor.*
Unter den Toten des unglaublichen Verbrechens ist auch ein Polizist: Arnold Haffke, 26, Kommissar im so genannten Einsatztrupp der Polizeiinspektion Nord. Er war lange Zeit Mitglied des Fitnesscenters gewesen. Kollegen schildern Haffke als engagierten Kriminalisten. »Wir haben einen hoffnungsvollen, jungen Beamten verloren, der unter anderem bei der Drogenfahndung Großartiges geleistet hat«, so ZKB-Leiter Dresbach. »Wir trauern um einen hervorragenden Kollegen, der es weit hätte bringen können. Unser Mitgefühl gilt seiner Witwe.«
Über weitere Details des Massenmords und seiner Hintergründe verhängte die Behördenleitung am Nachmittag eine weitgehende Nachrichtensperre, um Ermittlungser-

folge nicht zu gefährden. Erster Hauptkommissar Benedikt Engel, 40, Leiter der Sonderkommission, erklärte gegenüber dem BLITZ: »Meinen Leuten ist es gelungen, innerhalb kürzester Zeit aus der Flut der eingegangenen Hinweise eine Spur herauszufiltern, die wir für sehr heiß halten. Wir sind zuversichtlich, zeitnah über entscheidende Fortschritte berichten zu können.« Bereits für heute Morgen, neun Uhr, wurde eine Pressekonferenz anberaumt.
Lesen Sie auf den folgenden Seiten: Alles über die unschuldigen Opfer. Die Chronik der Anschläge. Was Düsseldorfer Prominente dazu sagen. Fotos vom Tatort, die Bilder des Grauens – exklusiv in BLITZ.

36.

Um zwanzig vor fünf trafen die Busse mit den Festgenommenen vor dem Polizeigewahrsam ein. Die ersten Nachrichten vom Zugriff am Vogelsanger Weg: kein Schusswechsel, keine Gegenwehr. Vier Männer und drei Frauen im Schlaf überrascht. Drei kleine Kinder – das Jugendamt kümmerte sich. Sprengstoff, Munition und Waffen jeder Sorte waren gefunden worden. Hundertsiebzigtausend Mark Schwarzgeld in bar. Giftzwerg Poetsch spuckte große Töne – euphorisch in Erwartung der Pressekonferenz.

Drogenspürhunde schnüffelten vor Ort nach Verstecken in Baracken, Fahrzeugen und unter freiem Himmel. Kriminaltechniker klebten die vorgefundenen Kleidungsstücke mit Folienstreifen ab, damit die Labortanten nach Übereinstimmungen mit Fasern auf den Klamotten der Opfer des Saunamords forschen konnten – die Suche nach der Nadel im Heu, ohne die oft die Beweisführung nicht möglich war.

Der gelbe Geländewagen war bislang nicht entdeckt worden.

Ela Bach klingelte am Eingang zum Gewahrsam, der Summer tönte und der Wachhabende hinter dem Fensterchen sagte: »Wenn das so weitergeht, mische ich diesen Verrückten Valium ins Frühstück.«

Rhythmisches Trommeln gegen Stahltüren. *Wumm-wumm, wumm-wumm.*

Ela ging die Treppe hoch. Nervtötender Lärm. Im Gang traf sie auf Gerres und drei Uniformierte mit gezogener Waffe. Sie drückten einen der Rocker auf einen Holzstuhl. Davor das Pult, auf dem die Fingerabdrücke genommen wurden.

Es war ein großer Kerl mit hochrotem Kopf, dicker noch als Gerres. Tätowierungen am Hals, Zottelbart bis auf die Brust – das erste Phantombild passte.

Während seine Freunde in den Zellen immer heftigeren Krach schlugen, leistete der Biker auf dem Stuhl keinen Widerstand. Gerres presste die Fingerkuppen des Korpulenten nacheinander auf das Farbpolster und rollte sie auf das Formularblatt.

Fuck the Bandidos stand auf dem T-Shirt des Bikers. Der Kerl starrte auf Elas Brüste.

Sie zeigte ihm das zweite Phantombild. »Kennst du den?«

Der Biker sagte: »Ich kann deine Fotze riechen, Kleine.«

Gerres grinste.

Der Kerl, dessen Namen sie hatten, war nicht unter den Festgenommenen: Adrian Köhler. Ela wunderte sich, dass sie nichts über ihn im Computer fand, weder im Melderegister noch beim Kraftfahrzeugbundesamt.

Sie gab Namen und Phantombild an die Fahndung weiter. Gemeinsam mit Engel verhörte sie die Rocker. Einer von ihnen bezeichnete sich als Präsident der nordrhein-westfälischen Sektion der Hells Angels. Die Männer verweigerten die Aussage und verlangten nach ihrem Anwalt, einem bekannten Strafverteidiger, der für die

CDU im Rat der Stadt saß – ein Freund des Rockerpräsidenten. Jeder der vier hatte eine lange Karriere als Straftäter, eine bunte Palette von Vorstrafen.

Poetsch schaute vorbei und zeigte Anzeichen von Ungeduld – draußen wurde es hell, die Pressekonferenz rückte näher.

Ela knöpfte sich die Frauen vor. Eine Rockerbraut wirkte nervöser als die anderen. Ela trieb sie mit immer gleichen Fragen zur Verzweiflung, verweigerte Kaffee und Zigaretten.

Kurz nach sieben verriet die Bikertussi, wo Adrian Köhler wohnte.

Sie wurde immer gesprächiger: Ein gelb lackierter Jeep Cherokee habe dem Präsidenten gehört. Er sei in einem der Angermunder Baggerseen versenkt worden – aus Angst, man könne das Fahrzeug wieder erkennen.

Engel bestellte Taucher und ein Bergungsfahrzeug des Technischen Hilfswerks, um den Geländewagen sicherzustellen.

Adrian Köhlers Festnahme war SEK-Sache. Ela und ihr Chef fuhren los, um dabei zu sein. Engel sprach darüber, dass er befürchtete, nur noch Schreibtischarbeit machen zu müssen, wenn er in zwei Jahren als Kriminalrat von der Führungsakademie zurückkehren würde. Ela fand, dass der Lange es nicht nötig hatte zu kokettieren. Es war natürlich, Karriere machen zu wollen. Die Vorteile überwogen.

Ela dachte daran, wie sie es Gerres heimzahlen würde, dass er sich über die Beleidigung des Bikers amüsiert hatte. Wenn sie erst einmal die Chefin des Dicken sein würde.

Sie erreichten den Fahrzeugpulk, zwei Blocks von Köhlers Adresse entfernt. Ein rot-weißer Notarztwagen, die schnellen Limousinen der Rambos, ein Mercedesbus, der die Gerätebasis des SEK beherbergte. Ein grüner Transit zum Abtransport von Festgenommenen.

Es ging alles glatt – kein Fluchtversuch, keine Schießerei, kein SEK-Bulle, der einen anderen niederknallte. Es dauerte nur Sekunden.

Engel und Ela gingen hinein.

Ein amerikanisches Straßenemblem mit Aufschrift *Route 666* an der Wohnungstür – die dreifache Sechs als Zeichen Satans. Im Flur Motorradposter. Ein halbes Dutzend Mal Harley Davidson. In der Küche die übliche Unordnung: Reste des Frühstücks auf dem Boden, Teegeschirr war zu Bruch gegangen. Eine implodierte Bildröhre, heruntergefetzte Vorhänge. Die Elitecops waren nicht zimperlich gewesen.

Vor dem umgestürzten Tisch lag bäuchlings ein junger Mann in Unterwäsche, zwei Schwarzvermummte knieten auf seinem Rücken und schnürten Fußknöchel und Handgelenke mit Plastikriemen zusammen. Zwei weitere SEK-Männer zielten mit Maschinenpistolen. Über ihnen hing eine Südstaatenfahne.

»Ende des Hausbesuchs«, sagte der Kommandoführer. »Das Päckchen ist geschnürt.«

Engel drehte den Rocker auf den Rücken und half ihm, sich gegen die Tischplatte zu lehnen. Der junge Kerl machte einen gefassten Eindruck. Bärtig wie ein arabischer Fundamentalist. Elas Blick fiel auf das T-Shirt: *Ein Prozent*.

Sie dachte an die Leichen im *Body and Soul* – im Sanitärbereich abgelegt und mit Tüchern bedeckt. Sie dachte an das Blut, das Boden und Wände der Sauna bedeckt hatte, an die Patronenhülsen, die darin schwammen. *Mit dem Mord wollte er der Bande imponieren, um in den inneren Kreis aufgenommen zu werden.*

»Adrian Köhler?«, fragte Engel.

Der Rocker nickte.

Engel erklärte ihm, dass er vorläufig festgenommen sei.

Der Bärtige fragte: »Was soll das? Nur noch eine Woche und wir hätten den ›Paten‹ gekriegt. Wissen die OK-Kollegen überhaupt Bescheid?«

Ela brauchte ein paar Sekunden, bis sie begriff.

Der Gefesselte war verblüfft: »Ihr wusstet wirklich nicht, dass ich ein Kollege bin?«

»Mach keine Witze«, sagte Engel.

Der Frühbesprechungsraum war gerammelt voll. Der zweite Tag nach dem Saunamord – die Medienfuzzis waren heiß. Friedrichsen erklärte die Razzia gegen die Angels. Acht Festnahmen, darunter der Präsident der nordrhein-westfälischen Sektion. Beschlagnahmtes Heroin, Dynamit und Waffen, darunter Handgranaten und ein kriegstaugliches Maschinengewehr. Der Vorwurf lautete auf Bildung einer kriminellen Vereinigung, Brandstiftung, Erpressung, unerlaubter Besitz von Kriegswaffen, Handel mit Waffen und Betäubungsmitteln.

Über den sechsfachen Mord verlor Friedrichsen kein Wort.

Ela verfolgte das Desaster aus der hintersten Reihe.

Der Abteilungsleiter deutete an, dass einer der Festgenommenen aus dem Umfeld der Rockerbande bereit sei, als Kronzeuge auszupacken. Uniformierte enthüllten einen Tisch mit Asservaten: das Maschinengewehr, die Handgranaten. Pistolen und Revolver. Heroin in großen Tüten. Zur Dekoration eine Lederjacke mit dem geflügelten Schädel und der Aufschrift *Hells Angels Deutschland* – malerisch und für einige Minuten wirksam. Ein Pulk von Fotografen und Kameraleuten drängelte sich nach vorn, die Leute schubsten einander und schossen schimpfend ihre Bilder.

Die Aufregung legte sich. Dann kam die erste Frage nach Ermittlungsergebnissen im Mordfall *Body and Soul*.

Friedrichsen erklärte die Pressekonferenz für beendet – Tumult im Frühbesprechungsraum.

Ela eilte hinüber ins MK-Zimmer, wo Adrian Köhler saß, der in Wirklichkeit Langhammer hieß und Kriminaloberkommissar im KK 21 war, der Dienststelle für organisierte Rauschgiftkriminalität, eines von drei Kommissariaten der Gruppe Organisierte Kriminalität, kurz: OK.

Er weigerte sich, mehr als seine Personalien zu nennen. Er wartete ab, dass seine Vorgesetzten ihm grünes Licht gaben.

Innerhalb der nächsten Minuten kamen sie herein: Kommissariatschefs und Gruppenleiter. Der Kripochef. Abteilungsleiter Friedrichsen mit Schweiß auf der Stirn und gelockerter Krawatte – dicke Luft.

Langhammer wählte seine Worte mit Bedacht – die Runde war zu groß, als dass er eingestehen konnte, als verdeckter Ermittler gegen bestehendes Gesetz verstoßen zu haben. Immer wieder redete der Gruppenleiter OK dazwischen, um den Eindruck abzuwehren, sein Mann habe die Hells Angels aktiv unterstützt.

Allmählich begriff Ela das Ausmaß der Katastrophe.

In Kooperation mit den Kriminalämtern von Bund und mehreren Ländern hatte die OK-Gruppe seit über einem Jahr versucht aufzudecken, wie die Hells Angels mit der albanischen Mafia zusammenarbeiteten. Die Albaner schafften Heroin in großen Mengen über den Balkan nach Mitteleuropa und tauschten es zum Teil auf Düsseldorfer Stadtgebiet gegen Waffen, die sie im Kosovo benötigten. Dort terrorisierte die UCK als militärischer Arm der Mafiapaten alles, was sich ihnen in den Weg stellte: Serben, konkurrierende Clans, Kosovaren, die neutral bleiben wollten. Das alles unter den Augen der Kfor-Truppen, die machtlos waren.

Die Hells Angels waren zwar nur ein Zwischenglied von lokaler Bedeutung, aber zugleich die einzige Gruppierung im gesamten Spiel, in die man erfolgreich einen Spitzel schleusen konnte. Es hatte viele Wochen gedauert, Langhammer auszubilden, und weitere Monate, bis er sich bei den Bikern eingeschmeichelt hatte und im Rang eines Supporters Einblick in das Treiben bekam.

Ela wurde klar, dass Langhammer bereits der zweite

Anlauf der OK-Leute war, nachdem Ritters Freund Herbert wegen seines Unfalls ausgeschieden war.

Die Operation unterlag strengster Geheimhaltung. Nur der OK-Gruppenleiter und zwei Beamte, die Kontakt zu Langhammer hielten, wussten über alles Bescheid. Nach Rücksprache mit dem Bundeskriminalamt hatten sie die Hells Angels sogar in ihrem Krieg gegen Düsseldorfs Altstadtwirte gewähren lassen – die Brandstiftungen und Schutzgelderpressungen waren Peanuts im Vergleich zu den europaweiten Geschäften, deren Höhepunkt unmittelbar bevorstand: Am kommenden Sonntag erwarteten die Biker Besuch vom obersten Clanchef der Albaner, dem Paten der Heroinmafia, den die OK-Leute *Onkel Hashim* nannten. Von zweihundert Kilogramm Heroin war die Rede, die der Pate im Gepäck haben würde. Stoff im Wert von dreißig bis vierzig Millionen Mark. Heroin gegen Waffen – was Engels und Elas Leute am Morgen im Hauptquartier der Hells Angels beschlagnahmt hatten, war nur ein kleiner Vorgeschmack.

Es hätte der wahrscheinlich bundesweit größte Drogendeal des Jahres werden sollen.

Der Zugriff der Soko Sauna hatte alle Pläne zunichte gemacht. Der eingeschleuste Undercover-Mann war verbrannt. Nie wieder würde man dem Paten der Albaner so nahe kommen.

Der Gruppenleiter der OK-Ermittler tobte: Die Eigenbrötlerei der Sonderkommission habe den Schlag gegen den international tätigen Drogenring verhindert. Engel und Bach hätten ihn informieren müssen, als sie ihre Ermittlungen gegen die Biker richteten. Mit der Festnahme einiger Hells Angels könne man allenfalls für ein, zwei Tage die Spalten der Lokalnachrichten füllen – das Heroin würde weiter nach Deutschland strömen.

»Wenn ein Beamter auf Onkel Hashims Gehaltsliste stünde, hätte er es nicht besser einfädeln können«, giftete der Chef der OK-Ermittler.

Ela platzte heraus: »Was willst du damit sagen?«

»Es wäre nicht das erste Mal, dass sich ein deutscher Kriminalpolizist von der albanischen Mafia bestechen ließe.«

Ela sah, dass Engel leicht den Kopf schüttelte – ein Zeichen, dass sie sich zurückhalten sollte.

Abteilungsleiter Friedrichsen erregte sich darüber, dass innerhalb der Zentralen Kriminalitätsbekämpfung die Linke nicht wusste, was die Rechte tat – ein deutlicher Vorwurf an Kripochef Dresbach.

Nach Elas Empfinden hatte erst die Geheimniskrämerei der OK-Ermittler die Panne möglich gemacht. Ela schwieg. Nicht einmal Dresbach traute sich, gegen Friedrichsen und die OK-Leute Stellung zu beziehen.

Die weiteren Beschlüsse nahm sie hin wie eine Abfolge von Naturkatastrophen, gegen die sie machtlos war: Die Leitung der Soko Sauna übertrug Friedrichsen dem Chef der Kriminalgruppe eins, Giftzwerg Poetsch – Engel und Ela waren abgesetzt. Daraufhin erklärte der Lange, dass er bis zu seinem Antritt bei der Führungsakademie in Hiltrup Überstunden abzufeiern habe und der Düsseldorfer Kripo ab sofort nicht mehr zur Verfügung stünde.

Ela dachte an die Schlussfolgerungen, die sich für den Mord im *Body and Soul* ergaben.

Den Jeep Cherokee ihres Präsidenten hatte die Bande bereits versenkt, als im Zusammenhang mit dem Diskobrand über das Fahrzeug berichtet worden war – fünf Tage vor dem Massenmord. Der Geländewagen, den der sechsfache Mörder benutzt hatte, war ein anderer.

Mit dem Massaker im Fitnesscenter hatten die Hells Angels nichts zu tun. Die Sache musste völlig neu aufgerollt werden.

Giftzwerg Poetsch ermahnte Ela: »Die neue Soko Sauna trifft sich in einer Stunde. Seien Sie pünktlich. Wir werden einige Fragen an Sie haben, Frau Bach.«

Wortlos ging Ela neben dem Langen die Lorettostraße entlang. Die Luft über dem Asphalt flirrte. Kurz vor der

Bilker Kirche fanden sie ein Lokal, das noch Frühstück anbot. Sie waren die einzigen Gäste.

Engel redete über Urlaubspläne. Sie sagte sich, dass sie ihm nicht böse sein durfte. Es war sein Recht, Überstunden abzufeiern. Er ließ sie nicht absichtlich im Stich.

Schließlich fragte sie ihn: »Wenn es die Biker nicht waren, wer dann? Doch ein Psycho?«

Ihr Handy spielte Mozart. »Ja?«

Es war Thilo Becker. Ihr Mitarbeiter klang aufgeregt: »Die Kleidung eines Opfers fehlt. Die Angestellte des Fitnessstudios wurde doch zunächst ins Krankenhaus eingeliefert.«

»Scheiße«, entfuhr es ihr. »Hab ich vergessen. Ruf sofort dort an.«

»Hab ich schon. Sie sagen, wenn die Klamotten beschädigt und blutig sind, kommen sie sofort in die Abfallverbrennung. Es steht nicht gut für dich, Ela.«

»Wieso?«

»Der Giftzwerg wird dir daraus einen Strick drehen. Du erinnerst dich an die Blutspur, die zur Sauna führte?«

»Natürlich.«

»Das Labor hat bestätigt, dass das Blut von der Angestellten stammt. Es sieht so aus, als habe der Täter sie unmittelbar vor sich hergetrieben. Wenn er mit einem Opfer Körperkontakt hatte, dann mit dieser Frau. Der Giftzwerg ist völlig aus dem Häuschen.«

»Hat die Besprechung schon begonnen?«

»Vergiss es. Du sollst dich wieder um den Mord an dem Vergewaltiger kümmern.«

»Ich bin in drei Minuten da.«

»Verstehst du nicht, Ela? Du gehörst nicht mehr zur Soko. Du machst jetzt Matysek. Biesinger und ich sollen weiter an der Saunasache arbeiten. Das heißt, du bist allein auf dich gestellt. Tut mir Leid, Ela. Der Giftzwerg hat dich ausgebootet ... Ich ... ich muss jetzt aufhören.«

Ela hörte Stimmen im Hintergrund, Thilo beendete das Gespräch.

Sie erklärte Engel, was los war.

Der Lange versuchte, sie zu beruhigen: »Mit der Festnahme der Angels wird die Behörde nach außen hin glänzen. Über Onkel Hashim und die Albaner wird kein Schwein etwas erfahren. Und in Personaldingen hat das Ministerium eine eindeutige Marschrichtung ausgegeben und die heißt Durchsetzung der Frauenquote auf der mittleren Führungsebene. Lass den Kopf nicht hängen. Du wirst die nächste KK-11-Chefin sein.«

Ela war sich nicht sicher, ob sie den Job noch wollte.

37.

Leo und Brigitte trugen die Sachen hoch. Unglaublich, wie viel Spielzeug Dani besaß. Der Kurze packte sofort sein Lego aus und legte los.

Brigitte fand eine Vase für die Blumen, die sie mitgebracht hatte. Sie wollte umarmt werden – Leo stellte fest, dass sie abgenommen hatte. Sie fragte: »Weißt du, was heute für ein Tag ist?«

Leo antwortete: »Donnerstag, der dritte August. Der Tag, an dem wir den zweiten Anlauf wagen.«

»Nicht nur das. Heute vor vierzehn Jahren haben wir uns kennen gelernt.«

»Ich dachte, das war der fünfte.«

»An dem Tag sind wir zum ersten Mal miteinander ins Bett gegangen. Typisch, dass du nur daran denkst.«

Seine Ex entdeckte das Werbefoto über der Telefonkonsole. Die Golden Twins. »Was ist denn das?«

»Material zu dem Fall, an dem ich arbeite.«

»Material?«

»Ja. Das Mädchen links ist eins der Mordopfer.«

»*Muss* das hier hängen?«

Leo nahm das Bild von der Tapete.

»Danis Zimmer muss gestrichen werden«, stellte Brigitte fest. »Die ganze Wohnung braucht eine Renovierung. Morgen fangen wir damit an.« Sie hatte die Oberhoheit zurückerobert.

Leo gesellte sich zu seinem Sohn. Der Kurze führte ihm ein Monstrum aus Legosteinen vor, eine Art Raumschiff, mit dem man angreifende Klingonen abschießen konnte. Offenbar hatte Dani auch gelogen, als er sagte, er dürfe *Star Trek* nicht sehen.

»Mama sagt, du hast die Arbeit gewechselt.«

»Ja, aber es ist kein stinknormaler Stino-Job.«

»Du arbeitest jetzt mit dem Verstand, nicht mehr mit den Muskeln, stimmt's?«

»Manchmal braucht man beides. Ich bin froh, dass ihr wieder da seid. Ab jetzt bleiben wir zwei unzertrennlich, korrekt?«

Sein Sohn war zu beschäftigt, um zu antworten. Er setzte eine Raumstation zusammen – ein Geschenk von Thomas, erklärte der Kurze.

Das Telefon im Wohnzimmer klingelte. Bevor Leo rangehen konnte, hatte Brigitte abgehoben. Sie lauschte und knallte den Hörer wieder hin.

»Wer war's?«, fragte Leo.

»Keine Ahnung. Hat aufgelegt, ohne etwas zu sagen.«

Das Telefon meldete sich erneut. Diesmal war Leo schneller.

Es war Jasmin.

»Haben Sie gerade schon einmal angerufen?«, fragte er.

»Ja. Ich dachte, ich hätte mich verwählt. Dann war das sicher Ihre Frau.«

Leo warf einen Blick auf Brigitte, die mit verschränkten Armen abwartete. »Meine geschiedene Frau«, sagte er.

»Sie haben noch Fragen? Soll ich ins Präsidium kommen?« Die Psychologin klang bedrückt. Weit mehr noch als gestern, als sie vom Tod ihrer Freundin Ilka erfahren hatte.

»Wir können uns auch bei Ihnen treffen. Sagen Sie mir, wann es passt.«

»Egal. Kommen Sie jetzt, dann hab ich's hinter mir.«

Leo legte auf und sagte zu Brigitte: »In spätestens einer Stunde bin ich wieder da.«

»Wer war das?«

»Eine Zeugin, die ich vernehmen muss.«

»Ich dachte, dein Dienst beginnt erst um fünfzehn Uhr.«

»Das gilt für die K-Wache, nicht für die Sonderkommission. Du hast von dem Mord in der Muckibude gehört?«

»Grässlich.«

»Wenn das aufgeklärt ist, werde ich wieder viel Zeit für euch haben.«

»Und warum hast du dieser Zeugin gesagt, wir wären geschieden?«, wollte Brigitte wissen.

»Weil es stimmt.«

38.

Beate redete immer noch nicht mit ihm, aber sie lief auch nicht mehr weg, wenn sie ihn sah. Martin Zander nahm es als Zeichen der Besserung.

In ihrem Teil des Spiegelschranks hatte er ein Medikament gefunden, das sie früher nicht genommen hatte. *Tavor* – er studierte den Beipackzettel: *zur symptomatischen Behandlung von akuten und chronischen Spannungs-, Erregungs- und Angstzuständen.* Er nahm an, dass Dr. Heinrich wusste, was er tat.

Zuerst schaute er bei Tina vorbei. Kripokollegen hatten sie gestern Abend eine Stunde lang über Arnie ausgefragt. Warum er ein paar Wochen vor dem Brandanschlag auf das *Body and Soul* den Vertrag gekündigt habe. Warum er am Dienstag hingegangen sei. Ob er Schwarzenberg, den Besitzer, gekannt habe. Ob Kriminalkommissar Arnold Haffke Feinde gehabt habe.

Tina war sich sicher, dass es Soko-Leute gewesen waren, nicht die Burschen vom Inneren Dienst. Zander wunderte sich – soviel er wusste, jagte die Sonderkommission Rocker und Feuerteufel.

Von Haffkes Apparat aus wählte er die Soko-Nummer und fragte nach Ela Bach. Er wurde mit einem Kollegen namens Gerres verbunden, der ihn nach dem vereinbarten Codewort fragte.

»Scheiß auf das Codewort«, sagte Zander. »Ich will die Kollegin Bach sprechen.«

»Das Huhn?«

»Ja, das Huhn, das die Soko Sauna gemeinsam mit Engel leitet.«

»Es hat sich ausgeleitet. Die beiden haben mit der Soko nichts mehr zu tun. Das Huhn hat Mist gebaut und der Lange hat sich verpisst. Will nicht die zweite Geige spielen. Poetsch führt jetzt die Sonderkommission an.«

Gerres fragte ihn, ob er der Kollege sei, der das Wiesel erschossen habe.

Zander bejahte. Dem Soko-Mann schien das zu imponieren, denn ohne Umschweife verriet er, dass sich der Mordverdacht gegen die Hells Angels in Luft aufgelöst hatte. Der Fall würde ganz neu aufgerollt werden. Das Codewort sei geändert worden und heiße bis zum Freitagabend *Brandblase* – nach dem Gesicht des Kollegen, den es in der Sauna erwischt habe.

Zander legte auf und beschloss, dass er Gerres nicht leiden konnte.

Die Mordsache war jetzt wieder völlig offen – er überlegte, was das für ihn bedeutete.

»Hast du eine Ahnung, wo Arnies Auto ist?«, fragte Tina.

Hatte er nicht.

»Es ist auch mein Auto«, sagte sie. »Ich will es wiederhaben.«

Haffkes Karre – vielleicht würde er dort etwas finden, das Aufschluss gab, was sein Partner in den Tagen vor seinem Tod getrieben hatte. Zander steckte Tinas Ersatzschlüssel ein und versprach, sich darum zu kümmern.

Sein nächstes Ziel war Marias Cousin – der Bursche, der wusste, welche Kollegen aus der Drogenfahndung Matysek gedeckt hatten. Er war auch einer von Arnies Pokerfreunden, früher hatte er für Dealerjäger Haffke die Szene bespitzelt. Er hatte es besser als Maria geschafft, von der Nadel loszukommen. Aber Zander schätzte, dass es ihm wie jedem Exjunkie ging – sicher träumte auch Marias Cousin ab und zu von einem Schuss.

Zanders kackbrauner Dienst-Vectra rumpelte durch das Hafengebiet, die Kesselstraße rauf und runter, bis er endlich das Schild entdeckte: *Jan Terlinden – Innenausbau und Möbeltischlerei.* Er bog in die Einfahrt, der Vectra schaukelte, als es über Schienen und schadhaftes Pflaster ging. Zander stoppte vor einer Rampe mit Blick auf schmutziges Wasser, das gegen die Einfassung des Hafenbeckens schwappte.

Ein Junge im Blaumann schnauzte ihn an, er könne hier nicht parken. Zander fragte nach dem Chef. Der Junge deutete nach oben.

Über die Außentreppe gelangte Zander in das Büro. Keiner da. Durch ein Fenster ging der Blick in das Halleninnere. Der Junge schleppte Bretter, ein zweiter Bursche sägte sie zurecht.

Zander hörte eine Klospülung.

Eine Tür ging auf, die er übersehen hatte, weil sie keine Klinke hatte und in ganzer Breite mit Pamela Anderson im Baywatch-Dress bedeckt war.

Terlinden trat aus der Toilette, ein faltiger Bursche mit dünnen Fransen rund um die Glatze. Er schloss die Tür, indem er den Daumen gegen einen von Pamelas Nippeln drückte.

»Was darf's sein?«, fragte er und grinste breit.

Zander zog die Dienstpistole. »Polizei. Routinekontrolle. Umdrehen und Hände an die Wand.«

Er tastete den Burschen rasch ab – keine Waffe. Er ließ ihn die Arme herunternehmen und legte ihm Handschellen an. Dann griff er in die eigene Hosentasche.

»Was haben wir denn da?«

Terlinden glotzte auf Marias Heroinbriefchen, die Zander hochhielt.

»Was willst du, Zander?«

»Sieh an, du erinnerst dich an mich?«

»Ich hab ein gutes Personengedächtnis. Ich weiß, dass du mit Arnie im Einsatztrupp arbeitest und euer Revier jenseits des Hofgartens liegt. Was soll der Scheiß?«

Zander verriegelte die Tür und zog ein zusammengerolltes Tuch aus der Jackentasche. Er wickelte Spritze, Löffel und Feuerzeug aus. »Ich bin dein schlimmster Alptraum, wenn du dich wehrst. Du gewinnst einen wohlgesonnenen Freund und Helfer, wenn du kooperierst.«

Terlinden schwieg.

Zander sagte: »Ein gutes Personengedächtnis ist eine wertvolle Gabe. Und gute Gaben soll man nutzen.«

»Tu das Zeug weg.«

»Der Anblick lässt dich nicht kalt. Nach all der Zeit noch immer nicht. Stimmt's, Terlinden?«

»Du kannst mich mal.«

»Klar. Und zwar im Handumdrehen in die Hölle schicken. Ich weiß, wie man eine Spritze setzt. Ich weiß nur nicht, ob sie sauber ist.« Zander schüttete ein Häufchen auf den Löffel, spuckte darauf und rührte mit dem Finger um. Er hielt das Feuerzeug darunter, um den Stoff aufzukochen. Die Brühe warf Blasen.

»Du bist das schlimmste Schwein, das ich kenne, Zander.«

Zander tunkte die Nadel in die Brühe und zog die Spritze auf. »Es gibt nur noch ein Problem. Wie leicht erwischt man eine Überdosis.«

Terlinden trat der Schweiß auf die Stirn. Er hob die gefesselten Hände. »Ich sag dir, was du willst, aber mach die Dinger ab.«

»Erst erzählst du mir alles über Matysek. Ich hoffe, du erinnerst dich auch an ihn.«

Marias Cousin ließ ein nervöses Lachen hören. »Frag Arnie. Ich hab keine Lust, alles zweimal zu erzählen.«

Zander legte das Spritzbesteck weg und rammte dem Schreiner den Ellbogen in den Magen. Er blickte aus dem Fenster. Die beiden Angestellten waren brav bei der Arbeit. Terlinden krümmte sich und keuchte.

Haffke hatte also auch Marias Cousin nach dem Exbullen gefragt. Der Bademeister war fleißig gewesen – und alles hinter Zanders Rücken. »Mich interessiert nur eins: Wer hat Matysek gedeckt, als er noch bei der Drogenfahndung war?«

Der ehemalige Junkie stöhnte.

»Was sagst du?«

»Sein Chef.«

»Poetsch? Glaub ich nicht.«

»Doch. Genau der.«

Terlinden zählte eindeutige Situationen auf, deren Zeuge er damals gewesen war. Er nannte die Namen weiterer Mitwisser und Zander notierte alles auf Millimeterpapier, das er auf dem verstaubten Zeichentisch fand.

Poetsch persönlich. Der Giftzwerg hatte gewusst und gedeckt, dass Matysek sich schmieren ließ, Junkies beklaute, beschlagnahmtes Heroin für den Eigengebrauch abzweigte und überschüssige Mengen an Süchtige verkaufte, die er als seine Informanten ausgab.

Angeblich war Poetsch an Matyseks Geschäften nicht beteiligt gewesen. So etwas gab es häufig: Schwache Dienststellenleiter arrangierten sich mit schwarzen Schafen, um Ruhe im Laden zu bewahren.

Damit hatte Zander das Erpressungspotenzial, das er brauchte, um im Dienst zu bleiben, selbst wenn die internen Schnüffler der Pelzgeschichte auf die Spur kamen.

»War's das?«, wollte der Schreiner wissen.

»Hat Arnie auch nach einem gewissen Christoph Larue gefragt?«

»Er hat ihn sich sogar zeigen lassen.«
»Wie meinst du das?«
»Ich hab für Larue Möbel gebaut. Er ist ein Kunde von mir. Arnie besuchte mich mit seiner neuen Freundin. Sie standen hier am Fenster und beobachteten, wie Larue sich in der Halle Furnierholz aussuchte.«
»Was wollte Arnie von Larue?«
»Warum fragst du ihn nicht selbst?«
»Weil er tot ist.«
Terlinden musste die Information erst verdauen.
»Arnie ist ermordet worden. Liest du keine Zeitung?«
»Weiß es Maria schon?«
Zander bejahte. Er trug den Löffel mit dem aufgelösten Heroin zum Waschbecken und spülte ihn ab. In Terlindens Augen las er: Welche Verschwendung!
Er löste die Handschellen. Der Schreiner rieb sich die Gelenke und fragte: »Hat Larue ihn getötet?«
»Komisch. Du bist schon der Zweite, der das für möglich hält.«
»Wie ist es denn passiert?«
»Hast du nicht von der Geschichte im *Body and Soul* gehört?«
»Jesses.«
»Erzähl mir mehr über Arnies neue Freundin.«
»Ein junges Ding. Arnie fragte sie, ob Larue der Typ sei, den sie meinte. Soviel ich weiß, ging es um Kokain. Das Mädel hatte vorher bei einem Zahnarzt gearbeitet, der das Pulver an seine Patienten verkauft. Banker, Politiker, Figuren aus dem Showgeschäft, du weißt schon. Die oberen Zehntausend. Das Mädel hatte Schulden bei ihrem Chef und Arnie kaufte sie frei. Ich schätze, sie war selbst schwer auf Koks und Arnie spielte mal wieder den Samariter. Du weißt ja, wie er war. Und Larue war offenbar an einen größeren Posten Schnee gekommen und machte dem Zahnarzt Konkurrenz.«
»Also ging es um Erpressung.«
»Arnie war immer scharf auf Geschäfte, und Dealer

hasste er wie die Pest. Wahrscheinlich wollte er wiederkriegen, was er in das Mädel investiert hatte.«

Zander schätzte, dass Haffke mit der Erpressung in erster Linie seiner neuen Freundin imponieren wollte und dafür seinen Anteil aus dem Juwelenklau vom Samstag verschleudert hatte. Typisch Bademeister: *Baby you can turn me on.*

»Bleibt die Frage, wen Arnie ausquetschen wollte – Larue oder den Zahnarzt?«

Terlinden zuckte mit den Schultern. »Keine Ahnung. Weiß man schon, wer Arnie ...«

»Nein. Der Täter ist noch nicht ermittelt.«

Zander griff nach Terlindens Telefon. Zum zweiten Mal an diesem Tag versuchte er, Ela Bach zu erreichen. Mit seinem Wissen konnte sie Haffkes Mörder schnappen. Mit ihrer Hilfe würde er den Inneren Dienst ruhig stellen. Sie waren beide in einer Situation, in der man Verbündete brauchte.

Im KK 11 war sie nicht, ihr Handy war ausgeschaltet und bei ihr zu Hause meldete sich nur der Anrufbeantworter.

Er wickelte das Spritzbesteck ein und registrierte, dass Terlinden seit geraumer Zeit die beiden Herointütchen anstarrte. Er fragte den Schreiner: »Hat das Mädel zufällig auch einen Namen?«

»Imke oder Inka. Irgend so 'n komischer Name.«

Zander erinnerte sich an das Opfer, das zuletzt identifiziert worden war – die Frau, mit der Haffke in der Sauna gesessen hatte. »Du meinst Ilka. Ilka Fischer.«

»Genau.«

Zander warf ihm das Heroin zu. »Das Zeug kannst du behalten. Mach dir 'n schönen Tag. Wenn du ein Herz hast, lässt du etwas für deine Cousine übrig.«

Der Schreiner murmelte ein Dankeschön.

Eine halbe Stunde kurvte Zander durch die Straßen rund um das *Body and Soul*, ohne Arnies roten Honda zu entdecken. Dann klapperte er die Hinterhöfe ab. So weit es Abstellmöglichkeiten gab, waren sie ausnahmslos den Anwohnern vorbehalten – Warntafeln drohten mit dem Abschleppdienst.

Ein Anruf und Zander wusste, dass Arnies Auto auf dem Gelände der Firma Bender auf seinen Besitzer wartete.

Es kostete Zander einhundertsechsundsiebzig Mark, den Wagen auszulösen. Er schloss ihn mit Tinas Ersatzschlüssel auf und entschied, das Honda Coupé an einem Ort zu untersuchen, an dem es kein Publikum gab. Den Dienstwagen ließ er an der Einfahrt zur Abschleppfirma stehen.

Er fuhr hinauf zum Grafenberger Wald. Die Rennbahn hatte mehrere Parkplätze. Der entlegenste wurde außerhalb der Renntage nur von Wanderern genutzt und an einem Donnerstagvormittag war kaum jemand unterwegs. Zander riss die Fußmatten heraus, hebelte die Radkappen ab, lugte unter das Reserverad. Er befühlte die Seitenverkleidung, demontierte die Sitze und stocherte im Tank. Er zerlegte die großen Lautsprecherboxen, die nach Bademeisterart unter dem Heckfenster lagen, und kam sich vor wie Gene Hackman als Popeye Doyle in *French Connection* auf der Suche nach geschmuggeltem Heroin.

Es dauerte vierzig Minuten, bis er alles wieder zusammengebaut hatte.

Nichts. Kein Schmuck aus der letzten Beute. Kein Rauschgift, kein Bargeld. Keine verräterischen Aufzeichnungen, auch nicht im Stadtplan. Nicht einmal der Müll hinter den Sitzen gab Auskunft über Haffkes Aktivitäten.

Außer einem Funkscanner, einem Sony-Walkman der teuren Sorte, der auch als Aufnahmegerät funktionierte, sowie einem halben Dutzend unbeschrifteter Kassetten gab es nichts Interessantes.

Der Scanner war ein Ding, wie man es in Läden bekam, die Überwachungsanlagen verkauften. Haffke hatte ihn und den Walkman mit dem Autoradio verkabelt. Zander schaltete den Empfänger ein und drehte den Lautstärkeregler des Autoradios auf. Hier draußen herrschte auf der eingestellten Frequenz völlige Stille.

Für den Polizeifunk hatte sich Haffke jedenfalls nicht interessiert.

39.

Jasmin sah verkatert aus. Sie wirkte mürrisch und schenkte Leo zunächst kaum einen Blick. Sie nahm die Gießkanne auf, die sie abgestellt hatte, und fuhr fort, ihren Pflanzen Wasser zu geben.

»Ich weiß nicht, was Sie noch von mir wollen«, sagte sie.

»Haben Sie ein Interesse an der Aufklärung des Mordes an Ihrer Freundin oder nicht?«

Jasmin musterte ihn mehrere Sekunden lang. Dann goss sie die Palmen zu beiden Seiten des Sofas.

»Ilka Fischer ist das einzige Opfer, auf das mehrmals geschossen wurde«, fuhr Leo fort. »Sie ist das einzige Opfer ohne jeden Bezug zu dem Fitnessstudio. Sie haben selbst erklärt, dass sie kein Bodybuilding betrieben hat. Vielleicht ging es bei dem Mord um Drogen.«

»Wie kommen Sie darauf?«

»In Ilkas Körper wurden Spuren von Kokain gefunden«, behauptete Leo. Es war nicht wirklich eine Lüge – wenn der Pathologe danach suchte, würde er es finden. »Nehmen Sie selbst Kokain?«, fragte er.

»Sie sind ein seltsamer Kripobeamter.«

Unwillkürlich tastete Leo nach den Kokspäckchen in seiner Hosentasche. Eins war fast leer. »Wieso?«

»Na, hören Sie mal. Was wäre, wenn ich eine solche Frage mit ja beantworten würde?«

»Wussten Sie, dass Ilka kokste?«

»Ja. Und ich hab sie unter anderem deshalb rausgeworfen. Ich wollte nicht, dass sie das Zeug in meine Wohnung bringt. Sie hat mich als spießig bezeichnet. Sie begriff nicht, dass sie mich und meinen Freund damit in Schwierigkeiten bringen würde.«

Jasmin hatte einen Freund. Natürlich.

Leo fielen die schicken Anzüge ein, die er im Schrank gesehen hatte, die Rasiersachen im Badezimmer. Sie gehörten dem Freund der Psychologin, nicht Ilkas Exlover, dem Exmusiker und Zahnarztsohn, der nie hier gewohnt hatte.

Leo riss sich zusammen. »Ich hätte gern den Namen und die Anschrift Ihres Freundes.«

»Wozu?«

»Vielleicht müssen wir ihn als Zeugen vernehmen.«

»Er kannte sie kaum. Außerdem habe ich mich von ihm getrennt und will nicht, dass er in diese Sache hineingezogen wird.«

Sie trug die Gießkanne ins Schlafzimmer.

Er folgte ihr. »Er ist also Ihr ehemaliger Freund?«

Sie schüttete Wasser in einen Terrakottatopf, aus dem eine Bananenstaude ragte.

»Er heißt Darius Jagenberg, wohnt am Albrecht-von-Hagen-Platz, und wenn Sie ihn nach mir fragen, wird er wahrscheinlich sagen, er kennt mich nicht. Er ist verheiratet und leitet den *Geminag*-Konzern. Wenn Sie ihn nach Ilka fragen, wird er erst recht dementieren, sie zu kennen. Er ist ihr höchstens ein-, zweimal über den Weg gelaufen.«

Das Schwarzweißfoto mit dem älteren Herren, den er am Montag für Ilkas Vater gehalten hatte, stand nicht an seinem Platz auf der Obstkiste. Es lag auf dem Bett – Jasmin folgte Leos Blick.

Sie drehte das Bild um. »Ich war bis gestern seine Geliebte. Und heute geht es mir nicht gut. Sind Sie jetzt zufrieden?«

»Glauben Sie, er war erpressbar? Dadurch, dass Sie eine Affäre hatten?«

Jasmin ließ sich Zeit mit der Antwort.

Sie gingen zurück ins Wohnzimmer. Leo fiel auf, dass es außer dem Schwarzweißfoto im Schlafzimmer und den Exoten an der Wand keine Bilder gab. Keine Erinnerungen an früher, keine Fotos der Familie.

Die Psychologin fingerte eine Zigarette aus der Packung, die auf dem Tisch lag. Leo griff nach dem Feuerzeug und ließ die Flamme hochschießen. Jasmin stand ganz nah bei ihm.

Er zitterte trotz der Prise, die er genommen hatte, und wechselte das Feuer in die Linke.

Sie beugte sich über seine Hand und berührte sie mit ihrer. »Darius ist nicht erpressbar. Er hatte vor mir Affären und er wird sie weiter haben. Er ist nicht der Mann, der sich erpressen ließe. Er kennt keine Skrupel und steht dazu.«

Leo sah, dass neben ihrem Telefon ein Notizblock lag. Obenauf stand seine Nummer. »Sie können mich jederzeit anrufen, falls Ihnen noch etwas zu Ilka einfällt. Tag und Nacht.«

»Soweit ich gelesen habe, hat der Mord an Ilka etwas mit den Brandstiftungen zu tun, die es in der Altstadt gegeben hat. Ilka war demnach nur ein Zufallsopfer.«

Leo spürte, wie ihm heiß wurde. »Wie gesagt, wir ermitteln derzeit in alle Richtungen.«

»Sie haben nicht etwa ein persönliches Interesse an dem Fall?«

Treffer. Er wartete ab, bis er sicher war, mit ruhiger Stimme antworten zu können. »Lernt man als Seelenklempnerin Gedankenlesen?«

»Sie haben Ilka also gekannt?«

Treffer, versenkt. Ihm blieb nur die Flucht nach vorn. »Wenn ich ehrlich sein soll, gilt mein persönliches Interesse eher dem anderen Teil der Golden Twins.«

»Ach. Ist das Ihre Masche? Zeuginnen anbaggern?«

»Ich weiß nicht. Sie sind die erste.«

Jasmin griff nach seiner rechten Hand. Sie zitterte leicht in ihrer. »Hat es Sie *so* schlimm erwischt?«

»Zu viele Überstunden. Das legt sich wieder.«

Sie ließ los und verschränkte die Arme. »Wenigstens bin ich nicht der Auslöser.«

»Du löst in mir noch etwas ganz anderes aus.«

»Dann solltest du vielleicht mal zum Arzt gehen.«

Er spürte, dass er es behutsam angehen musste. »Hast du Lust, heute Abend mit mir essen zu gehen?«

»Ilka hätte jetzt ja gesagt.«

»Und Jasmin?«

»Ich kann nicht an dem einen Abend mit meinem Freund Schluss machen und mir am nächsten einen neuen anlachen.«

»Ich rede vom Essen. Ich rede vom Italiener im Stadttor. Du erzählst mir von deinen Reisen zu fremden Völkern und ich erzähl dir von unserer Stadt, wie du sie garantiert noch nicht kennst.«

»Nur essen und plaudern?«

»Essen und plaudern.«

»Aber nicht vor acht.«

Leo schloss die Tür zu seiner Wohnung auf.

»Wie war's?«, rief ihm Brigitte aus der Küche entgegen. Sie hatte Geschirr und Gläser auf die Arbeitsplatte gepackt und putzte die Innenseite der Hängeschränke. Andere Frauen arbeiteten als Zahntechnikerin oder als Psychotrainerin. Brigitte machte Hausarbeit. Als hätte er nicht bewiesen, dass er auch ohne ihren Putzwahn nicht im Dreck versank. Brigitte hatte die Wohnung in Besitz genommen, als sei sie nie ausgezogen.

Ihm wurde bewusst, wie langweilig seine Exfrau war.

Leo wollte nach Dani sehen.

Brigitte sagte: »Olli hat übrigens angerufen.«

»Und?«

»Ich soll dir ausrichten, dass ein gewisser Massimo heute Nacht gestorben ist.«

40.

Während im Frühbesprechungsraum die Sonderkommission ihre Versammlung abhielt, räumte Ela ihren Tisch im MK-Zimmer. Sie schleppte ihren Computer zurück in ihr Büro. Sie nahm sich die Akte Matysek vor und versuchte, den Ärger über die Entwicklungen der letzten Stunden zu verdrängen.

Sie erinnerte sich an ihren Verdacht gegen Larue, der zunächst den Überfall durch Matysek und seinen Komplizen sowie die Vergewaltigung seiner Frau vertuschen wollte. Nach ihrer Ansicht bewegte sich Larue selbst mit einem Bein in der Illegalität.

Die Zuckerdose – unter Amateuren ein beliebtes Drogenversteck. Vielleicht hatte sich Larue als Dealer versucht, ein Profi fühlte sich gestört und schickte seinen Handlanger Matysek. Genau der Job, den Ela dem Exbullen zutraute. Matyseks Auftraggeber konnte sich ausrechnen, dass Larue nicht zur Polizei gehen würde. Er musste seinen Handlanger jedoch beseitigen, als sie ihn identifiziert hatten.

Der Komplize des Vergewaltigers war die Schlüsselfigur – entweder Matyseks Mörder oder ein wichtiger Zeuge.

Ela trug zusammen, was sie über den zweiten Mann wusste: Nach Aussage des Nachbarn war er einsachtzig groß und Anfang zwanzig. Laut Verena etwas füllig. *Er hat kein Wort gesagt*, stand in der Niederschrift ihrer Aussage. *Er benahm sich seltsam*, hatte ihr Mann zu Protokoll gegeben. *Als sei er nicht damit einverstanden*, dass Matysek die Prinzessin vergewaltigte. *Als würde er weinen.*

Vermutungen.

Sie las die Berichte Beckers und Biesingers, die sich auf die Suche nach dem Laden gemacht hatten, in dem die Campingausrüstung gekauft worden war, mit deren

Hilfe sich Matysek im Dickicht hinter dem Neusser Rheinhafen versteckt hatte. Die Kollegen hatten sämtliche Geschäfte in Düsseldorf aufgesucht.

Ela blieb dabei. Wenn die Ausrüstung erst nach Matyseks Untertauchen am Montag gekauft worden war, dann hatte es wahrscheinlich der Komplize getan – an Stelle des Flüchtigen hätte sie sich nicht unter die Leute begeben. Die Gefahr, erkannt zu werden, wäre zu groß gewesen.

Von der Sekretärin des KK 11 ließ sich Ela die Gelben Seiten geben und suchte nach außerbezirklichen Einträgen. Sie telefonierte mit einem Geschäft in Hilden und beschrieb die Gegenstände, die am Tatort sichergestellt worden waren. Der Verkäufer erinnerte sich nicht, seine Chefin war nicht im Laden.

Das brachte Ela dazu, sich die Berichte der Kollegen genauer anzusehen. Biesinger hatte sorgfältig vermerkt, dass das Personal, mit dem er gesprochen hatte, auch den ganzen Montag über im Laden gewesen war. In Beckers Aufzeichnungen fehlte dieser Hinweis. Sie würde nachhaken müssen und notfalls die Geschäfte, in denen der Blondschopf gewesen war, noch einmal aufsuchen. Momentan war ihr Kollege nicht zu erreichen – Soko-Sitzung.

Es klingelte – Thann, der Hauptkommissar vom Inneren Dienst. »Ich möchte dich warnen, Ela.«

»Wovor?«

»Kriminalrat Poetsch fährt dir gerade frontal an den Karren. Ich hab den Eindruck, in deiner Dienststelle hat sich etwas gegen dich aufgebaut und jetzt, wo Engel weg ist, bringen sie den Gruppenleiter gegen dich in Stellung.«

»Das ist nichts Neues.«

»Kripochef Dresbach hat ein Dossier auf den Tisch bekommen. Poetsch gibt dir die Schuld, dass die Soko nicht mit der OK-Gruppe zusammengearbeitet hat. Außerdem sollst du im Saunafall eine wichtige Spur verklüngelt haben. Ist da was dran, Ela?«

»Und wenn schon. Jeder macht mal einen Fehler.«

»Ich will offen mit dir reden, Ela. Der Kripochef hält das für schwere Vorwürfe und ist hin und her gerissen. Immerhin geht es nicht um irgendeine Leichensache. Du weißt, ich bin so etwas wie Dresbachs rechte Hand und ich habe einen gewissen Einfluss auf ihn.«

»Was willst du?«

»Dienstaufsichtsverfahren und Suspendierung sind schwere Geschütze und mir wäre es lieber, wenn sie der Kripochef gegen die anwendet, die es verdienen.«

Suspendierung – dass es so dick kommen würde, hätte Ela nicht gedacht. Sie überlegte, ob Thann sie nur einschüchtern wollte. Sie fragte sich, ob der Kerl glaubte, sie aufs Kreuz legen zu können.

Er fragte: »Bist du noch dran?«

»Ja. Ich warte auf den Handel, den du mir vorschlagen willst.«

»Ich hab mit Zanders Informanten gesprochen, diesem Stotterer. Bodo Heintze, du kennst ihn. Ich hab den Verdacht, dass Zander und Heintze im letzten Jahr den Einbruch ins Pelzatelier Schenkenstein ausbaldowert haben. Wiesmann ging als Kopf der Bande in den Knast. Als ihm klar wurde, dass er nur Zanders Marionette war, türmte er und wollte sich seinen Anteil sichern. Zander hat ihn mit Vorsatz getötet.«

»Das glaub ich nicht.«

»Er hat es so gedeichselt, dass du als Zeugin der Schießerei seine Notwehrversion unterstützt hast. Bei unserem Gespräch am Dienstag hatte ich den Eindruck, dass du nichts vom Pelzraub und der verschwundenen Beute wusstest. Ist das so?«

»Ja.«

»Dann hat Zander dich schamlos benutzt, um Wiesmann umzubringen. Denk mal drüber nach.«

»Ich kann mir das nicht vorstellen.«

»Männer wie Zander unterhöhlen das System. Spiel nicht die Naive, Ela. Es gibt nur zwei Möglichkeiten.

Entweder du sagst gegen Zander aus oder du steckst mit ihm unter einer Decke.«

»Was soll ich aussagen?«

»Ich werde etwas schriftlich vorbereiten. Du brauchst es nur zu unterschreiben.«

»Was springt für mich dabei heraus?«

»Keine Suspendierung, kein Verfahren, nicht einmal ein Eintrag in die Personalakte.«

»Das ist mir zu wenig.«

»Ich denke, das ist ein faires Angebot. Aber ich werde mit Dresbach darüber reden, ob mehr drin ist.«

»Was ist mit der K-Leiterstelle?«

»Engels Nachfolge? Das sind große Schuhe. Ich weiß nicht, ob das eine gute Idee ist. Die Stimmung in deiner Dienststelle ist eher gegen dich. Vielleicht findet der Kripochef eine geeignetere Stelle für dich. Wir reden morgen früh darüber. Um acht in meinem Büro?«

»In Ordnung«, sagte Ela.

Sie legte auf und fühlte sich leer.

Eine geeignetere Stelle – was bildeten sich die Herren ein?

Sie spürte Durst und öffnete ihren Spind. Sie angelte eine Wasserflasche aus der Kiste, die sie dort aufbewahrte. Als ihr Blick in den Spiegel an der Innenseite der Tür fiel, entdeckte sie etwas Dunkles an ihrem Ohr.

Sie drehte den Kopf. Die Ohrmuschel war schwarz verfärbt.

Sie rieb daran, doch die Farbe blieb. Sie stürzte zum Schreibtisch und strich mit dem Finger über den Telefonhörer. Die Fingerkuppe lief schwarz an.

Silbernitrat.

Eine Substanz zum Präparieren von Geldscheinen. Sie verätzt die Hautoberfläche und färbt sie dunkel.

Ela rannte hinaus auf den Gang. Die Sokobesprechung war gerade zu Ende gegangen. Die Beamten strömten aus dem Frühbesprechungsraum. Einige kicherten, als sie Elas Ohr sahen.

Sie fing Gerres ab: »Ich kann das nicht witzig finden, du Arschloch!«

Dann verließ Ela das Präsidium.

In der Straßenbahn bedeckte sie das Ohr, als stütze sie ihren Kopf auf die Hand. Zu Hause rubbelte sie mit dem Waschlappen und viel Seife. Dann entkorkte sie eine Flasche Wein.

Anzeige erstatten? Den Kampf fortsetzen?

Wenn sie Thann glauben konnte, stand der Kripochef nicht mehr hinter ihr.

Du ziehst immer den Kürzeren.

Ela dachte an Kolleginnen, die wegen solcher Vorfälle den Dienstort gewechselt hatten und es vorzogen, mehr als hundert Kilometer pro Tag zu pendeln. Manche Frauen quittierten den Job. Einige fanden nicht einmal darin einen Ausweg und nahmen sich das Leben – dass Frauen in der einstigen Männerdomäne gleichberechtigt waren, war reines Wunschdenken, dem nur Berufsneulinge und Politiker nachhingen.

Ela trank einen tiefen Schluck. Sie ignorierte das Telefon, das immer wieder klingelte.

Der Anrufbeantworter sprang an und eine Männerstimme sprach auf Band: »Hallo, Ela. Ich bin's, Ingo Ritter. Ich hätte eine interessante Wohnung, die ich dir gern einmal ...«

Sie riss das Telefonkabel aus der Wand.

Irgendwann polterte es an ihrer Wohnungstür.

»Ela?«, rief jemand von draußen.

Sie hob die noch halb volle Flasche, goss sich ein und roch das Bukett: Frühlingsblumen, Gräser, grüne Äpfel.

Sie dachte daran, dass die Kollegen am schlimmsten waren, die vorgaben, es gut mit ihr zu meinen. *Verpisst euch! Lasst mich endlich in Ruhe!*

»Mach auf. Bitte!«

Ela schaute aus dem Fenster. Laut Wetterbericht zog vom Atlantik ein Tiefdruckgebiet heran. Noch lag blauer

Himmel über der Stadt. Warum saß sie nicht längst auf dem Balkon? Vielleicht die letzte Chance, Sonne zu tanken.

»Ich hab etwas erfahren, das dich interessieren sollte«, rief der Kerl vor ihrer Tür. »Ich glaub, dass der Fall Matysek und das Massaker im *Body and Soul* zusammenhängen!«

Ela stutzte. Sie dachte nach und kam zu keinem Ergebnis.

»Lass uns zusammenarbeiten!«

Sie warf ein paar umherliegende Kleidungsstücke ins Schlafzimmer. Sie fegte Zeitungsblätter vom Tisch und beförderte sie mit einem Fußtritt unter das Sofa.

Poch-poch-poch – der alte Macho gab keine Ruhe.

Ela öffnete.

Nach einer Kanne Kaffee und drei Zigaretten fühlte sie sich wieder halbwegs nüchtern. Sie versuchte zu erkennen, was die Geschichte des Kollegen für sie bedeutete. Für ihre Position im KK 11 und für den Deal, den Thann ihr angeboten hatte.

Laut Martin Zander hatte sein Partner Haffke gemeinsam mit Ilka Fischer einen großen Kokaindealer erpresst. Der Mediaplaner Larue und ein Zahnarzt, für den Ilka gearbeitet hatte, waren angeblich in die Sache verwickelt. Der erste Teil passte zu dem, was Ela sich bereits zurechtgelegt hatte: Larue als Konkurrent des Zahnarztes, Matysek als dessen Handlanger – Zander sagte, er habe dafür einen Zeugen.

Der Rest war pure Spekulation.

»Warum sollte Haffke ausgerechnet die Sauna im *Body and Soul* als Ort der Geldübergabe gewählt haben?«, fragte Ela.

»Weil er es im Kino gesehen hat. Er hielt es für sicher. Er hat mir mal erzählt, wie cool er es fand, dass sich im Film zwei verfeindete Mafiabosse zu Verhandlungen im Schwitzbad trafen. Und die Sauna im *Body and Soul* war die einzige, die er kannte.«

»Das ist doch Blödsinn!«

»Haffke war so. Du hättest ihn sehen sollen.«

»Hab ich, danke.«

»Ich meine, als er noch lebte.«

Ela wusste nicht, ob sie dem alten Macho trauen konnte. Als sie das letzte Mal mit ihm gemeinsame Sache machte, musste ein entflohener Sträfling sterben, der Zander im Weg stand.

»Warum kommst du mit der Geschichte zu mir?«, fragte sie.

»Weil ich Poetsch nicht zutraue, dass er den Mörder meines Partners fängt.«

»Wir müssen es Poetsch sagen. Ohne die Sonderkommission können wir weder etwas gegen den Zahnarzt noch gegen Larue ausrichten.«

»Das seh ich anders, Ela.«

Ela fragte sich, woher Zanders Vorbehalte gegen den Giftzwerg rührten. Der eine arbeitete in der Polizeiinspektion Nord, der andere in der Festung – die beiden konnten sich nicht in die Quere gekommen sein.

»Dann gehen wir zum KK 34. Die sind für Rauschgiftdelikte zuständig.«

»Unmöglich. Du kannst keinem trauen, der zu Matyseks Zeiten bei der Drogenfahndung war. Das trifft mindestens auf die halbe Dienststelle zu.«

Ela fiel ein, dass Poetsch bis vor zwei Jahren das KK 34 geleitet hatte. Daher wehte also der Wind. Zander wusste etwas über ihren Gruppenleiter, was er Ela nicht verraten wollte.

Er sagte: »Sprich am besten mit Dresbach selbst. Als Kripochef kann er alles veranlassen, was nötig ist, um die Dealerbande zu überführen.«

»Damit wäre auch Thann im Spiel. Mit Matysek und Haffke sind zwei ehemalige Beamte verwickelt. Grund genug, um den Inneren Dienst einzuschalten. Und wenn der Kripochef deine Vorbehalte gegen die Drogenfahndung teilt, muss er das sogar tun.«

Zander ließ sich nichts anmerken – der alte Sack war höchst gerissen. »Wo liegt das Problem, Ela? Mit deinem Charme wirst du auch die internen Schnüffler für dich einspannen können.«

Das war das ganze Geheimnis, dachte Ela: Jeder benutzt jeden.

Jeder haut jeden aufs Kreuz. Oder versucht es zumindest. So lauteten die Spielregeln und Ela konnte sie nicht ändern.

41.

Zander hoffte, dass das Huhn seine Anspielung verstanden hatte. Er hatte das Gefühl, dass Thann mit ihr gesprochen hatte und daran arbeitete, Ela gegen ihn in Stellung zu bringen, Nicht unbedingt ein schlechtes Zeichen, dachte Zander. Die Schlinge um seinen Hals wurde zwar immer enger, aber der Schnüffler hatte noch nicht genügend Beweise, um sie zu schließen.

Zander sagte sich, dass die Rückversicherung perfekt war: eine Liste von Zeugen, die gegen Poetsch aussagen würden.

Auf Haffkes Beifahrersitz lagen noch immer der Funkempfänger und der Walkman – auf der Rückfahrt zur Polizeiinspektion Nord legte Zander das erste der sechs Bänder ein.

Ein Rauschen, dann zwei Stimmen im Dialog. Ein Mann und eine Frau.

Er: *Wenn ich an diesen Jeep denke, wird mir jetzt noch schlecht.*

Sie: *Vor eurem Haus?*

Ganz in der Nähe. Ich musste über eine Gartenmauer springen, um mich zu retten.

Er war sicher betrunken.

Ihre Stimme klang jung. Deutlich jünger als die des Mannes.

Ich weiß nicht.

Meinst du, die Briten wollen dich umbringen?

Nein. Du hast Recht. Der Bursche muss betrunken gewesen sein.

Bleib heute Nacht hier. Bei mir bist du sicher. Ich hab keinem etwas von uns verraten.

Zander ignorierte das Hupen hinter ihm – einem Taxifahrer fuhr er zu langsam auf der linken Spur des Rheinufertunnels. Abhören und mitschneiden – es passte perfekt zu seiner Theorie, dass Arnie jemanden erpresst hatte.

Die Spulen drehten sich weiter. Hip-Hop, Rap, Boygroup-Schlager. Jingles: *Eins Live macht hörig*. Zander hörte Radiomusik in schlechter Tonqualität, bis das Band ans Ende kam. Mein Gott, wie lange hatte Haffke auf der Lauer gelegen?

Meinst du, die Briten wollen dich umbringen – die Briten als Codewort für eine konkurrierende Drogenbande?

Die Kassetten waren unbeschriftet – Zander konnte nicht erkennen, in welcher Reihenfolge sie aufgenommen worden waren. Er wusste nur, dass kein Gericht sie als Beweismaterial gegen die Rauschgifthändler anerkennen würde. Haffke hatte die darauf gespeicherten Gespräche illegal aufgezeichnet.

Zander erreichte die Hauptwache an der Ulmenstraße und fuhr weiter. Er hatte es sich anders überlegt – im Büro war er vor neugierigen Kollegen nicht sicher.

Mit den Kassetten in der Hand schloss er die Tür zu seiner Wohnung auf. Beate lag im Wohnzimmer und hielt Mittagsschlaf. Zander ging in Pias Zimmer.

Die Anlage seiner Tochter machte »Plopp«, als er sie einschaltete.

Er legte das Band ein, das er gerade gehört hatte. Die andere Seite.

Die Frauenstimme sagte: *One, two, testing, testing. Die Golden Twins sind wieder on tour*. Es klang, als spreche sie direkt ins Mikro – nicht so hallig wie die Stimmen zuvor.

Zander riet: Ilka hatte gerade die Abhörwanze installiert. Also enthielt diese Seite der Kassette das, was Haffke als Allererstes aufgenommen hatte. Er suchte einen Filzstift mit wischfester Farbe und schrieb *Nr. 1* auf das graue Plastikteil.

Weiter. Zander hörte Schritte, dann Musik. Bei Tom Jones musste Zander wieder an Bademeister Haffke denken: *Baby you can turn me on!*

Ein Klingeln, das Lied wurde leiser gedreht.

Die Frau begrüßte den älteren Burschen. Was sie redeten schien belanglos. Essen, Wetter. Er beschwor sie, das Rauchen aufzugeben – und beschwerte sich über endlose Sitzungen mit Aufsichtsräten, die ihm die Bude voll qualmten. Die beiden klangen wie ein Liebespaar, das sich lange genug kannte, um nicht mehr sofort ins Bett zu steigen, aber noch nicht gut genug, um die Phase des gegenseitigen Abtastens schon abgeschlossen zu haben.

Die beiden wechselten das Zimmer, es wurde still. Zuletzt wieder Radiomusik, überlagert von einer kurzen Verabschiedung. Worte des Hörfunksprechers: *Acht Uhr, Sie hören Nachrichten.* Offenbar hatte Haffke morgens wie abends auf seinem Horchposten gesessen.

Nächstes Band.

Radiomusik. Nachrichten, wieder Musik. Zander erkannte Mariah Carey. Er tröstete sich damit, dass es für Haffke noch viel frustrierender gewesen sein musste, im Auto zu warten und nichts anderes zu hören als Schnulzengeträller. Zander ging in die Küche, um sich ein Glas Milch zu holen. Als er wiederkam, brach die Musik gerade ab.

Zeitsprung: eine andere Stunde, vielleicht ein neuer Tag. Ein jüngerer Mann als auf dem ersten Band sagte: *Du kannst reinkommen, Jasmin. Er ist nicht da.*

Sie erwiderte: *Bleib bitte, bis ich gepackt habe.*

Kein Problem.

Warte bitte an der Tür. Ich möchte nicht, dass mein Ex uns überrascht.

Geräusche. Knistern und Rascheln. Es dauerte eine ganze Weile.

Dann kam ihre Stimme leise und ganz nah: *One, two, testing, alles klar? Die Golden Twins jetzt auch live aus dem Schlafzimmer.*

Ein weiterer Raum verwanzt.

Du hast was verpasst, Süßer. Ich weiß jetzt, wer den Brief überbringen wird.

Das Mädel hatte sich direkt an Arnie Haffke gewandt. Sie wusste, dass er mithörte.

Fast überlappend begann der Mann zu sprechen: *Ich bin's, Leo. Hast du mich angepiepst?*

Ein Telefonat, folgerte Zander, vom anderen Zimmer aus geführt.

Wanze Nummer eins übertrug: *Heißt das, ich bleibe im Kommando?*

Klack. Bandende.

Wieder nichts über Kokaingeschäfte. *Du hast was verpasst* – Der zweite Bursche hieß Leo. Dass er die Frau Jasmin nannte, irritierte Zander. Dem Schreiner hatte Haffke das Mädel als Ilka vorgestellt. Und welches Kommando meinte der Bursche?

Noch eine Kassette.

Der erste, ältere Mann sagte: *Meine Frau säuft und mein Sohn spinnt. Ich habe es so satt. Es hat einen Einbruch gegeben und Claudia tut so, als sei ich dran schuld. Sobald ich die Sache abgeschlossen habe, reiche ich die Scheidung ein. Ich bin morgen Abend wieder da und dann habe ich jede Menge Zeit für dich.*

Die Frau antwortete: *Das hast du schon so oft gesagt.*

Ich werde dich nicht mehr enttäuschen, Liebes.

Was ist mit der Amerikareise? Musst du nicht noch einmal diese Fondsmanager treffen?

Das hat sich erübrigt. Ich hab mich mit den Briten im Prinzip geeinigt.

Zander wusste jetzt, wer der Mann war, dessen Ehefrau Claudia hieß. Die Briten waren nicht der Codename für eine Drogenbande, sondern ein konkurrierender Konzern.

Die Geliebte sagte: *Aber in den Nachrichten heißt es ...*

Ich verhandle nur noch für mich, nicht für die Geminag. Die Briten bieten fünfzig Millionen, wenn ich meinen Aufsichtsrat dazu bringe, dass sie im neuen Konzern die Mehrheit bekommen. Bei siebzig schlage ich ein. Das nennt man goldener Fallschirm.

Und die Aktionäre?

Es wird bis zuletzt so aussehen, als verhandle ich in ihrem Interesse. Ich bin stärker denn je. Ich lege die Regeln fest.

Und die Arbeitsplätze, die auf der Strecke bleiben? Du hast gesagt, sie werden einige Sparten schließen.

Sie bringen sie als eigene Gesellschaft an die Börse.

Das kommt doch auf das Gleiche raus.

Zander kaute Müsliriegel.

Ich hätte es früher oder später auch tun müssen. Ich denke jetzt nur noch an dich und mich. Sobald ich die Provision kassiert habe, ist Schluss mit dem Versteckspiel. Jasmin, ich liebe dich. Bald sind wir nur noch füreinander da.

Zander spulte zurück.

Es hat einen Einbruch gegeben und Claudia tut so, als sei ich dran schuld.

Das Gespräch war am Dienstag aufgenommen worden. Am Morgen war der Einbruch bei den Jagenbergs entdeckt worden, am Abend um zehn war Arnie tot.

Auf der B-Seite war zu hören, wie die beiden vögelten.

Auch Jagenberg nannte das Mädel Jasmin. Etwas stimmte nicht. Als sie die Mikros installierte und mit dem Burschen namens Leo sprach, klang die junge Frau abgebrüht. Wenn sie mit Jagenberg zusammen war, klang es, als liebe sie ihn wirklich.

Sie spielte perfekt. Zu perfekt.

Zander wechselte die Kassetten. Wieder und wieder. Er lauschte und verglich die Stimmen, bis er den Unterschied hörte. *Die Golden Twins sind wieder on tour* – die Mädels waren offenbar Zwillinge. Jasmin und Ilka. Gegenüber Leo war Ilka in die Rolle ihrer Schwester geschlüpft. Als Jasmin hatte sie für Haffke die Wohnung der Schwester verwanzt.

Anhand der Radionachrichten, die auf allen Bändern irgendwo zu hören waren, brachte Zander die Aufzeichnungen in die richtige Reihenfolge.

Auf einer weiteren Kassette hörte er einen Jagenberg, der den Kampf gegen die Briten noch nicht aufgegeben hatte.

Der Flieger hatte mal wieder Verspätung.

Jasmin, die echte Jasmin, fragte: *Wie war dein Tag?*

Ich hasse diese Road-Shows. Aufgeblasene Arschgesichter.

Du schaffst es. Du brauchst die Fondsmanager. Du wirst sie auf deine Seite ziehen.

Fällt das jetzt unter mentales Training?

Lachen.

Er: *Das Bündnis mit den Franzosen ist geplatzt.*

Das tut mir Leid.

An der Fusion führt jetzt kein Weg mehr vorbei. Die Frage ist nur noch, wer die 51 Prozent bekommt. Wir oder die Briten.

Dein Aufsichtsrat wird auf dich hören, Darius. Wer Stärke ausstrahlt, formuliert die Regeln.

Ich hab dir etwas mitgebracht. Würdest du das für mich tragen?

Sieht aus wie ein Taucheranzug.

Jagenberg fragte: *Was machst du da?*

Zander hörte ein Geräusch. Es klang wie das Rattern einer Jalousie, die heruntergelassen wurde.

Jagenberg: *Ist dieser Spanner wieder auf dem Dach?*

42.

Sie hatten das Küken in der Leichenhalle des Südfriedhofs aufgebahrt. Massimo steckte in Uniform, die schwarzen Haare waren zurückgekämmt. Das Gesicht hatte die wächserne Farbe des Todes.

Massimo Buonaccorso, der so vieles vom Leben erwartet hatte. Das Küken hatte ihm nachgeeifert – und war durch sein Vorbild getötet worden.

Leo beschloss, zu Friedrichsen zu gehen und alles zu beichten. Er hatte es von Anfang an vorgehabt. Er durfte auf Enders und Adomeit keine Rücksicht mehr nehmen. Er musste aufhören, seine Depressionen mit Schnee und Schnaps nur vor sich herzuschieben.

Schritte hallten auf den grauen Fliesen.

Es war Massimos Freundin, ganz in Schwarz. Sie grüßte nicht, aber Leo spürte, dass Ivana ihn wieder erkannt hatte. In stillem Einvernehmen standen sie vor dem Toten.

»Er sieht so anders aus«, sagte das Mädchen nach einiger Zeit.

»Ich dachte, die Operationen seien gut verlaufen und er sei allmählich über dem Berg.«

»Die Schwester auf der Intensiv hat gesagt, Massi sei an der Sepsis gestorben.«

»Sepsis?«

»Eine Infektion. Am Projektil müssen irgendwelche Erreger gewesen sein. Der Schuss hat sie in der ganzen Lunge verteilt. Sie haben es mit allen möglichen Antibiotika versucht.« Ivana begann zu schluchzen.

Er fühlte sich nicht in der Lage, sie in den Arm zu nehmen. Er konnte keinen Trost spenden. Er war schuld an allem.

Als sie sich beruhigte, fragte er: »Hast du schon gehört, wann die Beerdigung ist?«

»Montag um zehn.«

Friedhöfe gehörten wie Krankenhäuser und Arztpraxen zu den Orten, die Leo seit dem Tod seines Bruders gemieden hatte.

Ivana sagte: »Ich hab gehört, einer aus eurem Kommando soll Massi angeschossen haben.«

»Ich hab ... das auch gehört«, erwiderte Leo und kam sich feige vor.

»Massi soll seinen Platz verlassen haben und so ist es dann passiert.«

»Er war ein guter Junge.«

»Ja. Mach's gut, Massi.« Sie wandte sich von dem Toten ab. »Er hat nach dir gefragt.«

»Nach mir?«

»Heute Nacht. Er ist aufgewacht, für kurze Zeit. Die Schwester auf der Intensiv hat gemeint, Massi wollte sich bei dir entschuldigen. Das wollt ich dir noch ausrichten.«

Die Räume des polizeiärztlichen Dienstes lagen am Ende des Gangs, an dem sich die Kriminalwache befand. Leo meldete sich im Geschäftszimmer an und setzte sich nebenan zu den Wartenden – ausnahmslos Männer, die auf die Beine der Arzthelferin starrten, wenn sie hereinkam und etwas im Aktenschrank suchte. Sie trug einen Walkman und ihr Kittel war sehr knapp. Einmal bückte sie sich nach der untersten Schublade. Als sie wieder draußen war, sagte der Kollege neben Leo: »Man kann sogar sehen, was sie gegessen hat.«

Leo dachte die ganze Zeit nur an Massimo, den er auf dem Gewissen hatte, und an all die Lügen, die es ihm unmöglich machten, zu seiner alten Gelassenheit zurückzufinden.

Nach einer Weile schob die Arzthelferin das Verbindungsfenster auf und meldete Leo, dass er an der Reihe sei.

Im Sprechzimmer begrüßte ihn der Polizeiarzt, ein freundlicher Brillenträger kurz vor dem Pensionsalter. »Sie sind zum ersten Mal in meiner Sanitätsstelle?«

Leo antwortete: »Ich bin eigentlich auch nicht krank. Es sind nur die Nerven.«

»Dann erzählen Sie mal, wo's drückt.«

Er zählte auf: Belastung in der Arbeit und private Sorgen. Eine Scheidung. Finanzielle Probleme. Die Auseinandersetzungen um das Sorgerecht, die ihm in den letzten Wochen besonders zu schaffen gemacht hatten. Er erkannte, dass der Arzt jeden Tag Beamte vor sich hatte, denen es ähnlich ging. Er fügte hinzu: »Bei meinem letzten Einsatz als SEK-Angehöriger wurde einer von den Jungs in meinem Beisein tödlich verletzt. In der Nacht zum Montag. Ich hab's noch nicht verdaut.«

»So so«, sagte der Mediziner. »Sie zittern.«

Leo streckte die Hand aus. »Ich brauch nur etwas Ruhe. Vielleicht können Sie mich für den Rest der Woche ... Die Kollegen kommen auch mal ein paar Tage ohne mich zurecht.«

»Legen Sie bitte die Hände auf den Tisch.«

Er gehorchte. Die Rechte zuckte weiter, obwohl sie auf der Tischplatte lag. Der ganze Arm wackelte. Ärzte hatten Leo schon immer nervös gemacht. Götter, die in einen hineinsahen. Seinen Bruder hatten sie von einem Tag auf den anderen mit Chemikalien und Gammastrahlen bombardiert. Er hätte etwas Schnee schnupfen sollen, aber der Mediziner hätte es vielleicht bemerkt.

Leo sagte: »Bitte schicken Sie mich jetzt nicht zum Seelenklempner. Normalerweise werd ich mit dem Stress schon fertig.«

Der Weißkittel ließ ihn aufstehen und im Sprechzimmer auf und ab gehen. Er ließ ihn etwas schreiben. Er fragte Leo: »War Ihr Schriftbild früher etwas größer?«

»Kann sein.«

»Kommen Sie morgens nur schwer aus den Federn?«

»Wem geht das nicht so?«

»Straucheln Sie manchmal, ohne dass ein Hindernis da ist?«

Leo schwieg.

»Wann haben Sie den Tremor zum ersten Mal festgestellt?«

»Das Zittern? Vor einer guten Woche.«

Der Arzt nahm ein Formular aus der Ablage und kritzelte etwas. »Ich überweise Sie erst mal zum Neurologen.«

Neurologe – war das nicht bloß eine andere Bezeichnung für Psychiater? Leo hatte keine Lust wegen ein paar freier Tage zu noch einem Arzt zu gehen. Er bereute, dass er überhaupt hierher gekommen war.

»Das ist wirklich nicht nötig, Doktor. Ich muss nur mal richtig ausspannen. Meine Frau ist zu mir zurückgekehrt. Das renkt sich wieder ein. Eigentlich bin ich nur wegen des Todes meines Kollegen so nervös. Ich bin keiner, der bei jedem Wehwehchen zum Arzt rennt, ehrlich.«

»Das glaube ich Ihnen. Trotzdem sollte der Neurologe mit Ihnen ein Magnetresonanztomogramm machen.«

»Ein was?«

»Wenn es das ist, was ich glaube, sollten wir nicht damit warten. Im Frühstadium ist die Krankheit am besten zu behandeln.«

»Welche Krankheit?« Für einen Moment sah sich Leo wegen seines Kokainkonsums auf der Anklagebank sitzen. Ein Bulle als Schneemann. Doch um das nachzuweisen, würde man ihm Blut abnehmen müssen. Dafür brauchte man kein Magnetresonanzding.

Der Arzt nahm die Brille ab und rieb seine Augen. »Ich bin Chirurg von Hause aus, nicht Neurologe. Aber die Symptome sind eindeutig. Das Wackeln der Hand, als würden Sie einen Teig rühren.«

Leo beschloss, den Polizeiarzt nicht ernst zu nehmen. Er war wie alle seiner Zunft. Sie lebten von den Krankheiten der Leute und entdeckten sie überall.

»Morbus Parkinson, Herr Köster. Auf Deutsch Schüttellähmung. Die meisten bekommen es erst jenseits der sechzig. Kennen Sie Michael J. Fox, den amerikanischen Schauspieler? *Zurück in die Zukunft?* Der hat es ebenfalls in Ihrem Alter bekommen.«

»Ich kann diese Art von Witzen nicht leiden.«

Als sei Leo des Lateinischen mächtig, redete der Medizinaldirektor über zerstörte Substantia nigra und Dopaminmangel, über Hypokinese und Akinese, Decarboxylasehemmer und Nebenwirkungen. In Großbritannien gebe es Versuche mit Mittelhirn-Stammzellen abgetriebener Föten und eine schottische Universität habe ein

Verfahren patentieren lassen, nach dem solche Zellen aus befruchteten Eizellen zu züchten seien. Doch das sei logistisch anspruchsvoll, im ethischen Sinn barbarisch und zudem in Deutschland verboten.

Leo konnte nicht begreifen, was diese schrecklichen Fremdwörter mit ihm zu tun haben sollten. Er erinnerte sich nur daran, wie erschüttert er gewesen war, als er Muhammad Ali vor einigen Jahren im Fernsehen beobachtet hatte. Der größte Sportler des zwanzigsten Jahrhunderts, der das olympische Feuer in Los Angeles entzündete – am ganzen Körper zuckend und dadurch fast bewegungsunfähig.

Würde er bald selbst so aussehen – wie ein hilfsbedürftiger Idiot?

Der Arzt sagte: »Heilbar ist es nicht, aber mit L-Dopa lassen sich die Symptome ganz gut abmildern. Ich werde mich mit dem Neurologen kurzschließen. Wir werden Ihnen einen Klinikplatz vermitteln. In Aachen sind sie ganz gut auf dem Gebiet. Versprechen Sie sich bitte keine Wunder, aber bei richtiger Behandlung schreitet die Krankheit zumindest deutlich langsamer voran.«

Leo nahm den gelbweißen Überweisungsschein entgegen. »Geht das nicht auch anders? Ich nehme Vitamine und Mineralstoffe und hab den Eindruck, es ist schon besser geworden.«

Der Polizeiarzt schrieb etwas auf. Eine Telefonnummer. »In Neuss gibt es einen Verein, der Ihnen eine Selbsthilfegruppe vermittelt. Da lernen Sie Leute kennen, die das gleiche Problem haben. Sie sind nicht allein. Sie können es meistern.«

»Sagten Sie Parkinson?«

Der Arzt nickte.

»Ich kann's mir nicht leisten, dienstuntauglich zu sein. Außerdem macht mir der Job Spaß.«

»Wir werden schauen, was sich machen lässt. Wir haben auch zwei Beamte mit multipler Sklerose in der Behörde. Und wenn es im Polizeidienst nicht mehr gehen sollte, dann finden wir etwas in der allgemeinen Verwaltung. Finanzbehörde oder so. Machen Sie sich keine Sorgen. Wir nehmen unsere Fürsorgepflicht ernst, Herr Köster.«

»Eigentlich wollte ich nur für ein paar Tage ...«

»Ja sicher, die Krankschreibung. Das machen wir natürlich auch«, sagte der Arzt und fingerte einen türkisblauen Zettel aus der Ablage.

Als Leo durch die Anmeldung nach draußen ging, lächelte ihm das junge Ding mit dem Walkman und den langen Beinen zu. Er beschloss, sich nicht in Panik versetzen zu lassen. Dieser Arzt hatte keine Ahnung. Der Weißkittel hatte es selbst gesagt: Parkinson bekam man normalerweise erst jenseits der sechzig und der Mann war Chirurg, nicht Neurologe.

43.

Ela stieg vor der Festung aus der Straßenbahn. Immer noch ein strahlender Nachmittag.

Der Pförtner hob die Augen aus seiner Zeitung – nicht höher als bis zu Elas Brüsten.

Im Vorzimmer Dresbachs roch es nach frisch gebrühtem Kaffee. Die Sekretärin lächelte: »Klopfen Sie einfach.«

Dresbach kaute gerade am letzten Bissen eines Brötchens. Er knüllte das Papier zusammen und warf es in Richtung Papierkorb. »Ich habe Sie erwartet, Frau Bach.«

»Ich komme nicht wegen der Soko«, antwortete Ela. »Ich habe Fehler gemacht und verlange nicht, dass Sie mich wieder an die Spitze der Sonderkommission setzen. Es ist wegen des Falls Matysek. Ich brauche Ihre Hilfe.«

Sie berichtete, was sie über Matysek, Larue und über den Promi-Zahnarzt wusste. Arnold Haffke und Ilka Fischer als Erpresser, die im *Body and Soul* aus dem Weg geräumt worden waren. Als Ela die Theorie wiederholte, spürte sie, dass sie selbst daran zu glauben begann. Dass Zander ihr den Floh ins Ohr gesetzt hatte, erwähnte sie nicht.

»Das würde der Sache eine interessante Wendung geben«, stellte der Kripochef fest.

Ela fragte sich, wie sie ihm erklären sollte, dass sie nicht mit Sokoleiter Poetsch zusammenarbeiten wollte.

Dresbach kam ihr zuvor: »Bevor wir die Sonderkommission verrückt machen, sollten ein paar zuverlässige Leute von der Drogenfahndung und vom Inneren Dienst den Hinweisen nachgehen.« Er drückte einen Knopf seiner Telefonanlage. »Paula, sagst du bitte Thann, er soll mal zu mir kommen? Und Juretzki vom KK 34. Jetzt gleich. Danke.«

Ela überlegte. *Bevor wir die Sonderkommission verrückt machen* – auch der Kripochef hielt ihren Gruppenleiter, Giftzwerg Poetsch, für unzuverlässig.

Thann staunte nicht schlecht, als er Ela im Büro seines Chefs sah. Drogenfahnder Juretzki bestätigte, dass er Gerüchte aus der Szene kannte. Dass die Anhaltspunkte bislang zu dünn gewesen seien, um eine Telefonüberwachung oder eine Hausdurchsuchung gegen den Zahnarzt zu beantragen. Das Gleiche gelte für seinen Sohn, einen ehemaligen Musiker, der in der Innenstadt einen Laden für Fetischmode betreibe.

Dresbach ließ seine Sekretärin Kaffee servieren. Dann sagte der Kripochef: »Die Telefonüberwachung bekommen wir genehmigt, sobald wir die Aussage dieses Schreiners über Ilka Fischer und ihren Freund Haffke schriftlich vorliegen haben. Juretzki, Sie kümmern sich darum. Bis dahin soll das mobile Einsatzkommando den Zahnarzt überwachen und seinen Sohn und diesen Larue gleich mit. Rund um die Uhr. Thann, das erledigen Sie. Frau Bach, Sie kümmern sich weiter um den Mord an Matysek. Kein Wort zur Sonderkommission und auch im KK 34 muss sich nicht herumsprechen, dass wir gegen den Zahnarzt ermitteln.«

Als die Besprechung zu Ende ging, wusste Ela, dass sie wertvolle Punkte gesammelt hatte. Thann begleitete sie über den Flur. Bis zum Treppenhaus hatte er den gleichen Weg.

»Gratuliere«, sagte er.

Sie fragte: »Was ist mit Poetsch?«

»Reden wir lieber über Martin Zander.«

»Morgen früh.«

Vor dem Paternoster blieben sie stehen. Thann sagte: »Zander hat dir diesen Schreiner geliefert. Er will dich auf seine Seite ziehen.«

»Zander ist ein Fuchs. Vielleicht wirst du bei ihm auf Granit beißen. Ich wette, er weiß, was an Poetsch faul ist. Damit hat er die Behörde in der Hand.«

»Nichts hat er.« Thann stützte sich lässig gegen die Wand, leckte sich über die Lippen und musterte Ela. »Sollte an Poetsch tatsächlich etwas faul sein, wie du sagst, dann ist das ganz allein eine Sache, die Poetsch betrifft. Wir trennen uns von ihm, die Behörde bleibt sauber und Zander läuft ins Leere. So stehen die Dinge.«

»Du Heuchler.«

»Ich will nur vermeiden, dass du dir falsche Vorstellungen über die Kräfteverhältnisse machst. Poetsch ist harmlos. Zander ist ein schlimmer Stinkstiefel. Und es wäre jammerschade, wenn über ihn eine Kollegin stolpern würde, die gerade erst am Beginn ihrer Karriere steht.«

»Ist das eine Drohung oder ein Angebot?«

»Darüber unterhalten wir uns morgen um acht in meinem Büro.«

44.

In den Schaufenstern standen Figuren, die mit ihren Masken und Anzügen wie Wesen aus einem Sciencefiction-Film wirkten – eine Kreuzung aus Insekt und

Mensch. Zander fand die Vorstellung lächerlich, dass jemand, der bei Verstand war, so etwas freiwillig anzog.

Er hörte keine Ladenklingel, als er eintrat. Die helle Beleuchtung im Inneren überraschte ihn. Wände und Böden in kühlem Weiß – Zander hatte einen muffigen Rotlichtschuppen erwartet. Die Frau am Tresen telefonierte und beachtete ihn nicht.

Im vorderen Teil des Ladens hing die Kleidung wie in einer Boutique an der Stange. Nur dass sie fast ausnahmslos schwarz und aus Gummi war. Auf einem Tisch lagen Werbezettel: *Institut für Gummiexzentrik, die ultimative Party* – die Verrückten outeten sich immer unverschämter.

Das Ladenmädel mit den vielen Ringen im Gesicht telefonierte noch immer. Zander schlenderte weiter. Regale lösten die Kleiderständer ab. Ketten, Riemen, Nieten. Klammern und Gewichte. Kappen, Knebel, Dildos mit Pumpen. Gummihosen und Gasmasken. Sattel, Peitschen, Stahlhalsbänder. Ein aufblasbarer Bodysack aus doppelwandigem Gummi für 495 Mark. Eine Strafmaske mit Ventil und Atembeutel für 425 Mark. Der einknöpfbare Mundknebel Marke *Butterfly* im Angebot. Ein Handbuch trug den Titel: *Die Gummihosen-Zofe* – Zander starrte auf das Umschlagfoto und wusste nicht, ob er lachen oder kotzen sollte.

Endlich hatte Sina Dorfmeister ihn entdeckt. »Sind Sie nicht der Kommissar, der letzte Woche wegen des Einbruchs bei mir war? Gibt's was Neues?«

»Ja. Der Bursche scheint auch woanders aktiv gewesen zu sein.«

Zander fragte sie, ob sie Claudia oder Darius Jagenberg kenne.

Kopfschütteln.

Eine Frau in ihrem Alter namens Verena Larue.

Auch nicht.

Ihm fiel das Gespräch ein, das er abgehört hatte: Jagenbergs Mitbringsel für die Geliebte. *Sieht aus wie ein*

Taucheranzug – der Spanner hatte die beiden beobachtet, das Gummimieder der Dorfmeister geklaut und es in Jagenbergs Villa deponiert.

Zander fragte: »Kennen Sie eine gewisse Jasmin?«

»Ja, klar. Jasmin hat hier ein paar Mal als Aushilfe gejobbt, als sie noch studierte. Der Chef kannte sie von früher. Sie haben mal miteinander Musik gemacht.«

»Haben Sie vielleicht ihre Adresse?«

»Nein, aber ich glaub, dass sie in Bilk wohnt. Martinstraße, Merkurstraße oder so. Irgendwas mit M.«

»Wann hat sie aufgehört?«

»Vor ein paar Monaten, als sie ihr Diplom hatte und sich selbstständig machte. Sie veranstaltet inzwischen Psychokurse für Manager oder so. Sie spielt jetzt in einer anderen Liga als ein Ladenmädel wie ich.«

Stimmt, dachte Zander. Immerhin hatte Jasmin den *Geminag*-Boss aufgegabelt.

In Arnies rotem Honda kreuzte er durch Bilk. Die Martinstraße hinunter, die Merkurstraße hinauf. Er sah im Stadtplan nach und entschied sich dafür, Merowingerstraße, Max-Brandts-Straße und auch die Mühltalerstraße jenseits des Südrings mit einzubeziehen.

Neben ihm lagen Walkman und Funkscanner – die Justierung tastete Zander nicht an. Er hatte Schmiedinger um Rat gefragt. Der Alte meinte, dass Zander etwas hören müsste, sobald er im Abstand von weniger als zweihundert Metern an der verwanzten Wohnung vorbeifahren würde – vorausgesetzt, in einem der Zimmer gab es Geräusche.

Zander drehte die Lautstärke auf. Aus Arnies Boxen kam nur Rauschen.

45.

Leo hatte Brigitte in dem Glauben gelassen, er sei zur Arbeit gegangen.

Die Zeit bis zum Rendezvous dehnte sich. Er bummelte die Kö entlang. Er studierte die Aushänge von *Blitz* und *Morgenpost* in den Arkaden entlang des Pressehauses. Noch nie hatte Leo sich so sehr für den Wirtschaftsteil interessiert. Er war voller Meldungen über den Exgeliebten Jasmins. *Handymann Jagenberg kämpft um Düsseldorfer Arbeitsplätze,* schrieb der *Blitz.* Die *Morgenpost* titelte pessimistischer: *Allianz mit France Telenet wackelt – verliert Geminag Bündnispartner im Kampf um Unabhängigkeit?* Unter einer Grafik stand: *Mobilfunkaktien auf Berg- und Talfahrt.*

Leo fand ein öffentliches Telefon, rief den Italiener an und reservierte einen Tisch für zwei Personen. In der Zelle spielte er mit dem Gedanken, etwas zu schnupfen. Er ließ es – bis zum Abend würden die Entzugserscheinungen abgeklungen sein. Dann würde er das Zeug nicht mehr brauchen, hoffte er.

Ziellos schlenderte er durch den Hofgarten. Einzelne Wolken zogen auf, für die Nacht war Gewitter vorhergesagt. Eine junge Frau, die ihm entgegenjoggte, ließ ihn an Ilka denken. Ein dunkelhaariger Typ, der im Gras saß und las, erinnerte ihn an Massimo. Am Teichufer stand ein Greis und stützte sich auf ein Laufgestell. Leo verfluchte die Gespenster, die ihn verfolgten. Würde er selbst bald ein Laufgestell brauchen? Er schalt sich und den Polizeiarzt einen Narren. Parkinson – was hatte sich der Weißkittel bloß dabei gedacht, ihm einen solchen Schrecken einzujagen? Leo knüllte den Überweisungsschein und den Zettel mit der Nummer der Selbsthilfegruppe zusammen und warf sie in den nächsten Papierkorb.

Er fand einen Parkplatz in der Sackgasse neben dem Stadttor. Die Rolltreppe trug ihn auf die Ebene von Foyer und Restaurant. Er war zu früh dran, sein Tisch war noch nicht frei. Leo wunderte sich, wie voll das Lokal war. Er studierte die Speisen, die auf der Schiefertafel angeschrieben waren. Wenn er sich mit einem Nudelgericht begnügte, würde es nicht zu teuer werden. Jasmin würde Seezunge oder Kalbsfilet wählen – sie war verwöhnt. Durch Jagenberg.

Auf der Toilette nahm er nun doch eine Prise Schnee. Er dachte daran, dass Geld nicht alles war – Jasmin hatte dem Manager den Laufpass gegeben. Leo war mindestens fünfzehn Jahre jünger. Er war sportlich und sah gut aus. Er konnte auch einer Psychologin eine Menge bieten.

Um halb acht war noch immer nichts frei. Der Chef wuselte durch sein Restaurant, sagte an jedem zweiten Tisch: »Scusi, Essen kommt gleich« oder: »Signore, Signori, hat geschmeckt?«

Leo beschwerte sich und bekam ein Glas Prosecco. Von seinem Platz an der Bar aus konnte er das Foyer überblicken, die Rampe vor dem Eingang, die Brücke, die vom Parkhaus herüber führte.

Pünktlich um acht bekam er seinen Tisch für zwei, direkt am Fenster, das Richtung Bürgerpark und Landtag ging. Perfekt. Ein Kellner brachte zwei Speisekarten, Butter und rohes Gemüse, offenbar gratis. Der Chef kam vorbei: »Va bene?«

Leo bestellte eine große Flasche Mineralwasser. Als es der Kellner brachte, erklärte Leo, dass er mit der Bestellung des Essens noch warten wolle, bis seine Freundin eingetroffen sei. Der Kellner hatte Verständnis.

Zwanzig vor neun. Das San Pellegrino war zur Hälfte geleert. Die Nachbarn tuschelten über Leo, der immer wieder aufstand, um zu überblicken, wer das Restaurant betrat.

Schließlich gab er auf und bestellte eine Portion *Penne alla Siciliana.*

46.

Zander schloss die Tür auf. Im Flur lief ihm Beate entgegen und fiel ihm schluchzend um den Hals. Ihr ganzer Körper zuckte, ihre Augen waren rot und verquollen.

»Vertragen wir uns wieder?«, fragte er.

»Ja, bitte.«

»Du musst nicht weinen. Alles wird gut.« Zander fiel nichts anderes ein.

»Wirf die Tabletten fort, bitte«, sagte sie.

»Der Arzt ist der Meinung, dass sie dir helfen.«

»Sie machen mich nur müde. Ich muss trotzdem dauernd an Basti denken. Wo er jetzt wohl ist?«

»Ich weiß es nicht.« Er wusste, wie gern sie hören würde, dass Sebastian im Himmel sei. Dass der Herr ihn zu sich gerufen habe. Aber Pfaffensprüche brachte Zander nicht über die Lippen. Er spürte, dass sie ihr ohnehin nicht genügen würden.

Beate sagte: »Er würde noch leben, wenn er angeschnallt gewesen wäre.«

»Das ist reine Spekulation.«

»Und ich bin viel zu schnell gefahren.«

»Das hat der Unfallgegner behauptet. Aber das stimmt nicht. Du weißt doch, dass das Gericht bestätigt hat, dass du nicht zu schnell warst. Mach dir nicht ständig Gedanken, Beate. Der Mercedesfahrer war betrunken. Er hatte die volle Schuld.«

»Mit null Komma sieben Promille ist man nicht betrunken.«

»Bitte, hör auf damit. Wir haben das doch schon tausendmal durchgekaut.«

»Sag mir, dass du die Sache nicht manipuliert hast.«

»Unsinn. Hab ich nicht.«

»Warum warst du so schnell am Unfallort?«

»Das weißt du doch. Ich war unterwegs und hatte den

Funk an.« Er hatte tatsächlich nichts beeinflussen müssen. Als Zander eintraf, verzichteten die Kollegen von sich aus, Beates Bremsspur auszumessen. Der Sachbearbeiter in der Hauptwache schrieb Angaben in die Akte, die er sich ausdachte. Dass der Unfallgegner von links gekommen und nachweislich in seiner Fahrtüchtigkeit gemindert war, hatte die Sache vereinfacht. Seit damals spielte Zander manchmal Schach mit dem Sachbearbeiter. Der Schupo-Kollege fragte jedes Mal, wie Beate es verkraftet habe.

Sie klammerte sich an ihn. Es tat fast weh. »Ich bin so froh, dass ich dich habe.«

Nach der Tagesschau ging Zander ins Badezimmer und kontrollierte die Schublade mit den Medikamenten und Beates Seite im Spiegelschrank. Die Packung *Tavor* war das Einzige, was Zander fand. Er entschied, die Pillen nicht wegzuwerfen – Dr. Heinrich kannte Beate seit vielen Jahren.

Zander erklärte Beate, dass er noch einmal losmüsse.

Arnies Honda – Scanner und Walkman lagen auf dem Beifahrersitz.

Nach zwanzig Minuten erreichte Zander den Stadtteil Bilk. Weitere zwanzig Minuten gondelte er durch die Straßen, bis plötzlich ein Krächzen aus Arnies Boxen kam. Es riss ab, kam wieder, wurde deutlicher: Radiomusik. *Eins Live*, die junge Welle des *Westdeutschen Rundfunks*.

Zander hörte ein Telefonklingeln und Jasmins Stimme: *Ja? ... Du wolltest doch deine Sachen abholen lassen. Ich hab die ganze Zeit auf deinen Fahrer ...*

Plötzlich war nur noch Rauschen im Äther.

Er war zu weit gefahren. Er gab Gas, bog dreimal rechts ab und stand wieder vor der Martinstraße.

Jasmin fragte: *Von wo rufst du an? Nein, ich will nicht, dass du kommst. Frag nicht so blöd. Ich muss erst über alles nachdenken.*

Wusste sie, dass sie überwacht wurde? Zander bog in die Martinstraße, diesmal in die andere Richtung. Wenn der Sound so klar wie auf Haffkes Kassetten war, würde Zander wissen, dass er ihr Haus erreicht hatte.

Nein, Darius. Komm nicht. Bitte!

Ein Klacken – sie hatte aufgelegt.

Im Schritttempo fuhr Zander weiter. Irgendwo hier wohnte sie. Im Umkreis von zweihundert Metern.

47.

Leo zahlte und verdrückte sich. Er konnte jetzt nicht nach Hause fahren.

Der Neubau an der Merkurstraße.

Im dritten Stock war Licht. Jasmin.

Er verbarg sich im Hauseingang auf der anderen Seite und starrte nach oben auf die erleuchteten Fenster. Ab und zu huschte ein Schatten vorbei.

Die Haustür in seinem Rücken war unverschlossen. Leo stieg eine abgewetzte Steintreppe hoch. Er machte kein Licht. Er hörte Geräusche aus den Wohnungen, Musik, Fernsehapparate, glückliche Menschen.

Leise stieg er höher. Er stellte sich vor, dass plötzlich eine Tür aufginge und ein Bewohner ihn fragte, was er hier tue. Er wollte nur einen Blick auf Jasmin werfen.

In jedem Stockwerk das Gleiche: keine Fenster, nur Glasbausteine, durch die nichts zu erkennen war. Er hätte das Nachbarhaus nehmen sollen.

Die Stufen endeten vor einer Stahltür. Er betrat den Dachboden, der über die ganze Länge des Hauses ging.

Es war heiß und muffig, kaum ein Luftzug. Am anderen Ende war ein Gurren. Durch kleine, schräge Fenster drang nur wenig Licht – ein schwacher Widerschein der Straßenlaternen.

Leo ging weiter, stieß gegen Gebälk, verfing sich in leeren Wäscheleinen. Seine Schuhe wirbelten Staub auf –

getrockneter Taubenkot. Entlang des Kamins führte eine stählerne Leiter zu einer Klappe im Dach. Er stieg hoch.

Die Verriegelung klemmte. Leo schlug dagegen, bis seine Handballen schmerzten. Endlich knirschte der Bolzen, Leo konnte die Luke öffnen und ins Freie klettern.

Er wagte nicht zu testen, ob die Dachschindeln sein Gewicht trugen – an Ort und Stelle verharrte er und kauerte sich gegen den Kamin.

Vor den Sternenhimmel hatten sich Wolken geschoben. Vom Südring wehte das Rauschen des abendlichen Verkehrs herüber, irgendwo in einem der Höfe erreichte eine Party den Höhepunkt. Leo musste an Olschewskis Geburtstagsfeier denken. Wenn Olli und Adomeit ihn jetzt hier oben sehen würden.

Seine Augen suchten die gegenüberliegende Häuserfront ab und entdeckten Jasmins Wohnung. Von seinem Standpunkt aus erkannte er Obstkiste und Bett in dem einen Zimmer, Palme und Sofa in dem anderen. Die Fotos an der Wand blieben ihm verborgen. Als Jasmin in die Küche ging und dort Licht machte, sah er durch die geöffnete Zimmertür nicht mehr als einen Teil des Fußbodens. Ab und zu ihre Beine.

Rund fünf Minuten blieb sie dort, dann lief sie zwischen den beiden Zimmern hin und her, als räume sie auf. Leo war sich sicher, dass sie allein war.

Wieder verschwand sie in der Küche.

Der Wind frischte auf. Erste Regentropfen klatschten auf das Dach. Leo beschloss, den Posten aufzugeben. Er war kein verdammter Spanner, der darauf wartete, dass die junge Psychologin sich auszog.

Leo wusste nicht, warum sie ihn versetzt hatte. Er war froh, dass Jagenberg nicht bei ihr war. Er tastete nach der Klappe.

Zwei schwarze Autos hielten unten vor der Haustür in zweiter Reihe. Mercedes S-Klasse. Aus dem vorderen stieg ein Mann und klingelte. Leo erkannte, dass es Jasmin galt, denn sie lief auf den Flur und wischte die Hände an den Hosenbeinen ab. Sie öffnete die Wohnungstür, lief zurück und zündete Kerzen an, die sie auf die Obstkiste gestellt hatte.

Jetzt standen vier Männer auf dem Gehsteig, sandten Blicke die Straße hoch und hinunter, hievten eine Pilotentasche aus dem Kofferraum, spannten einen Schirm auf, öffneten eine Tür im Fond der zweiten Limousine. Es regnete stärker.

Ein weiterer Anzugträger stieg aus, nahm den Koffer an sich und eilte zur Haustür, schneller als der Mann mit dem Schirm folgen konnte.

Die Bodyguards kletterten wieder in die Wagen, die Staatskarossen rollten davon.

Leo suchte die Fenster im dritten Stockwerk.

Zuerst sah er nur zwei Paar Beine im Flur. Dann betrat Jagenberg Jasmins Wohnzimmer. Sakko und Koffer war er bereits losgeworden. Er streifte die Krawatte ab, feuerte sie durch den Raum und ließ sich auf das Sofa plumpsen.

Jasmin trat ans Fenster. Ihr Haar strahlte im Licht einer Lampe. Das Mädchen löste die Schnur einer Jalousie, die Lamellen fuhren hinab.

Leo wusste, dass er verloren hatte.

In diesem Moment nahm er ein Schluchzen wahr. Irgendwo links von ihm, keine fünf Meter entfernt.

48.

Zander tippte den Scheibenwischer an. Er hatte Mühe, die Unterhaltung zu verstehen. Vielleicht störte der Regen den Empfang.

Etwas stimmte mit den beiden nicht. Jasmin klang schrill, sie sprach davon, dass sie Bedenkzeit brauche. Dass es so nicht weitergehen könne – als sei sie die Verheiratete, deren Partner fremdging. Jagenberg ignorierte ihre Stimmung. Euphorisch sprach er über das Geschäft.

Zweiundsiebzig Millionen. Alles unter Dach und Fach. Und so, dass Claudia nicht rankommt. Mein Anwalt regelt die Scheidung. Bald bin ich so frei, wie es ein Mensch nur sein kann. Wir werden alles miteinander teilen.

Warum begreifst du nicht, dass es nicht geht?

Zander bekam Angst, dass die Übertragung abbrach. Ihm fiel ein, dass die Merkurstraße innerhalb der Zweihundertmeterdistanz lag. Er startete den Honda.

Zuerst kamen Störgeräusche, dann war der Empfang besser als zuvor. Zander ließ den Rekorder laufen. Ein Pärchen, das eine Beziehungskrise durchlebte.

Zander versuchte, sich in Haffke hineinzuversetzen. Worauf hatte der Bursche es angelegt?

Leo lauschte, um das Schluchzen zu orten. Es kam vom Nachbardach, gleich hinter dem nächsten Kamin.

Er stand auf, seine Beine waren fast taub. Ein kräftiger Schauer prasselte nieder. Die Platten unter seinen Füßen glänzten und waren schlüpfrig geworden.

Leo balancierte voran. Er wollte wissen, wer der zweite Gast der Show war. Eine Schindel knirschte, eine zweite klapperte. Leo hoffte, dass der peitschende Regen seine Schritte übertönte. Er erklomm das Dach des Nachbarhauses, das etwa fünfzig Zentimeter höher war – der breite Kamin ragte als dunkler Würfel direkt vor ihm auf. Er schob sich auf den Schornstein zu, fand Halt und kletterte auf der Firstseite weiter.

Der andere war jetzt fast zum Greifen nah. Eine pummelige Gestalt mit kurzem Haar, so groß wie Leo und jünger als er.

Die Tonqualität war bestens. Zander wartete auf ein Wort über Drogen, Spanner oder Einbrecher. Mord wäre ihm auch recht gewesen. Hatte Haffke den *Geminag*-Boss erpresst?

Das Mädel war mit den Nerven fertig. Sie weinte und sagte: *Ich muss daran denken, wie wir uns kennen lernten.*

Jagenberg sagte: *Deine Annonce im Handelsblatt. Mentales Coaching für Führungskräfte. Ich wusste sofort, dass du mich meintest. Oder hattest du es darauf abgesehen, alte Knacker mit dicken Brieftaschen aufzureißen?*

Red nicht so einen Scheiß. Weißt, du, was ich mich frage?

Dachziegel schepperten. Das Geräusch ging im Klatschen des Regens unter. Der Unbekannte richtete sich auf und tappte auf einen Aufbau mit schräger Holztür zu.

»Stehen bleiben!«, rief Leo.

Der andere griff nach der hölzernen Klappe. In der Hand hielt er etwas Metallisches, das im Licht der Straßenlampen blitzte – eine Waffe, dachte Leo.

Er sprang und packte den Ärmel des Jungen.

Unter Leos Schuhen lösten sich Schieferplatten. Er rutschte und musste loslassen, um sich am First festzuklammern. Er strampelte. Ziegel zerschellten auf der Straße.

Nicht nach unten schauen, sagte sich Leo. Nur eine Übung.

Der Typ neben ihm öffnete die Klappe.

Auf der anderen Straßenseite klirrten Dachziegel auf den Asphalt. Die Scheibenwischer arbeiteten im zweiten Gang. Von innen beschlugen die Scheiben. Zander wischte und konnte trotzdem nichts sehen.

Die Stimme des Mädels überschlug sich fast: *Wusstest du, wer ich bin, als du auf die Annonce geantwortet hast?*

Der Manager antwortete: *Ich habe dich immer gesucht. Deinen Namen in dieser Anzeige zu lesen war eine Offenbarung.*

Mein Gott!

Ich wusste, dass es wundervoll werden würde.

Wie konntest du nur so etwas tun?

Es ist vorbestimmt. Mit dir fängt ein zweites Leben für mich an. Es ist wie in meiner Studentenzeit. Nein, es ist besser. Es ist perfekt.

Bitte verschwinde jetzt.

Für den Starken gelten eigene Gesetze. Das hast du mir beigebracht. Weißt du noch?

Das stimmt nicht. Daran hast du schon geglaubt, als wir uns trafen.

Leo zog sich hoch und kam auf die Beine.

Er packte die Holztür, als der andere sie gerade von innen schließen wollte. Die raue Holzkante riss Leos Hände auf.

Wer als Erster losließ, hatte verloren.

Der Unbekannte hing mit seinem ganzen Gewicht am Griff der Innenseite. Leos Sohlen rutschten. Er zitterte.

Leo ließ los.

Die Tür knallte. Er hörte ein Knirschen, Schritte auf dem Dachboden unter ihm. Er rüttelte, nichts bewegte sich. Die Klappe war verriegelt.

So schnell er konnte, balancierte er zurück. Leo erreichte den ersten Kamin, die Luke, durch die er gekommen war.

Hinein ins Trockene. Wäscheleinen, Taubenkot, endlos viele Treppenstufen. Er hoffte, dass keiner das Gepolter auf dem Dach gehört hatte.

Er trat hinaus auf die Straße und schaute sich um.

Autos fuhren vorbei, Motoren sprangen an. Der Schauer hatte die Hinterhofparty beendet. Regenschleier wehten über die Straße.

Dann sah Leo die Gestalt. Sie stand im dunklen Hauseingang gegenüber, rüttelte an der Tür und schrie.

Als Zander die Schüsse hörte, war er hellwach. Er dachte zuerst, der Krach käme aus den Boxen hinter ihm, eine Übertragung aus Jasmins Wohnung. Dann wurde ihm klar, dass auf der Straße der Teufel los war.

Leute, die gerade in ihr Auto steigen wollten, kreischten und rannten in Panik zurück in die Häuser.

Jasmin: *Was war das?*

Jagenberg: *Mach nicht auf.*

Er schreit, wir sollen ihn hereinlassen. Was ist los dort unten?

Ich ruf die Polizei.

Zander sprang aus dem Wagen und wurde sofort nass. Er versuchte, sich zu orientieren.

Er hörte einen weiteren Knall und sah Mündungsfeuer. Zwei Häuser entfernt.

Der erste Schuss traf Leo am Bein. Beim zweiten war er rechtzeitig hinter seinem Auto in Deckung gegangen. Eine Frau kreischte. Menschen rannten in Panik über die Straße. Der Irre mit der Flinte zielte zu Leo herüber. Schrot durchsiebte das Blech des Fiesta.

Jetzt schrie der Typ wieder in die Sprechanlage des Hauseingangs. Er richtete die Waffe auf das Türschloss. Es krachte – die Tür sprang auf.

Buckshot. Null-Null-Schrot.

Leo rannte hinterher.

»Mörder!«, schrie der Irre und meinte jemanden weiter oben.

Leo nahm zwei Stufen auf einmal. Sein Bein schmerzte, aber es konnte keine schwere Verletzung sein. Er nestelte am Holster und bekam die Pistole in seine Hand. Er beugte sich über das Geländer und lugte nach oben, doch der Typ war nicht zu sehen.

»Stehen bleiben!«, rief Leo, um ihn aus der Deckung zu locken. Er sprang zurück und drückte sich gegen die Wand.

Ein Donnern, Holzsplitter flogen, das Geländer auf Leos Stockwerk zersprang in Fetzen. Leo trat nach vorn, feuerte blind in die Höhe und zog sich wieder zurück.

Poltern. Der andere rannte weiter. Leo hinterher.

Zwei Schüsse aus dem Schrotgewehr, rasch hintereinander. Schreie. Der Irre hatte Jasmins Wohnung erreicht.

»Mörder! Du Schwein!«

Töte Jagenberg, aber nicht das Mädchen, dachte Leo.

Er kam im dritten Stockwerk an, sein Bein erlaubte nur noch ein Humpeln. Er stand vor der offenen Tür.

Der Verrückte stand im Flur und zielte in ein Zimmer.

Leo feuerte aus seiner P6 – daneben.

Der Typ ignorierte Leo. Er ging weiter und schrie: »Komm raus, du Dreckschwein!« Er öffnete die Schlafzimmertür und zielte.

Leo stabilisierte die Schusshand mit der Linken und drückte ab. Er schrie auf, als er merkte, dass er wieder nicht getroffen hatte.

Der Typ verschwand im Zimmer und warf die Tür hinter sich ins Schloss.

Leo zählte drei weitere Schüsse in rascher Folge. Vor Leos Augen tauchten die Bilder aus der Sauna auf: zerschossene Leiber, Blut und nochmals Blut.

Jetzt war es still. Leo begriff: Der Irre hatte das Magazin leer geschossen – die Chance zum Zugriff. Wenn der Killer sich die Mühe machte, alle neun Patronen nachzuladen, würde er schätzungsweise fünfundzwanzig Sekunden dafür brauchen.

Im Treppenhaus waren Schritte. Leo fuhr herum. Ein untersetzter Endvierziger. In der einen Hand hielt er eine Pistole, die andere schwenkte einen grünen Dienstausweis. Ein Kollege.

Leo rief ihm zu: »Du sicherst, ich gehe rein!«

Als der andere sich nicht sofort rührte, trat Leo gegen die Tür und sprang hinein.

Dunkel. Eine Gestalt, die nicht Jasmin war.

Leo drückte ab – einmal, zweimal.

Dann wurde ihm klar, dass er auf den Bademantel schoss, der am Garderobenständer hing. Das Fenster stand auf, der Vorhang flatterte.

Der Kripokollege war ihm gefolgt. »Wo hast du das gelernt?«

Leo blickte aus dem Fenster. Ein betonierter Hof. Genau unter ihm lagen Schachteln und Tüten in einem

Müllcontainer. Es war möglich, den Sprung zu schaffen, dachte Leo. Man musste mutig sein. Oder verrückt.

»Martin Zander«, sagte der andere und streckte die Hand aus. »Auch von der Fakultät?«

»Leo Köster. Fünfzehn Jahre SEK, jetzt Kriminalwache.« Er drückte den Lichtschalter: Der Spiegel und Jagenbergs Foto hatten Schrot abbekommen.

»Du bist Leo?«, fragte Zander und musterte ihn, als sei er eine neue Spezies.

»Was ist?«

»Ich glaub, ich hab schon mal von dir gehört.«

Leo kontrollierte den Rest der Wohnung. Als er die Badezimmertür aufzog, flog ihm eine Klobürste entgegen. Jagenberg stand halb nackt im Raum und schwang ein geknotetes Badetuch.

»Polizei«, sagte Leo. »Sie sind in Sicherheit.«

Er half Jasmin aus der Duschkabine, in der sie sich versteckt hatte. Das Mädchen war nicht ansprechbar, aber unverwundet. Sie schien Leo gar nicht wahrzunehmen. Im Flur sackte sie zusammen.

Verstärkung traf ein, Schupos mit gezogener Waffe. Der Kripokollege wies die Uniformierten an, den Häuserblock zu umstellen. Der Notarzt versorgte Leos Bein. Sanitäter hüllten Jasmin in Decken und trugen sie hinaus.

Der Manager erklärte, dass er keinen Schimmer habe, wer der Irre sei.

Der Kripokollege telefonierte. Er forderte weitere Kräfte an, um die Nachbarhäuser zu durchkämmen. Er verständigte die Mordbereitschaft.

Leo wusste, dass es zwecklos war. Matysek war die Flucht schließlich auch gelungen.

49.

Ela vernahm den Manager gleich an Ort und Stelle in Jasmins Wohnzimmer. Zander hatte praktischer Weise einen Kassettenrekorder dabei, den er aus dem Auto hochbrachte. Darius Jagenberg sagte aus, er habe seine Freundin besucht, um mit ihr Pläne für die Zeit nach seinem Berufsausstieg zu schmieden. Etwa um Viertel nach zehn habe es geklingelt. Sie hätten niemanden erwartet. Jasmin sei an die Sprechanlage gegangen, habe aber nicht geöffnet. Als die ersten Schüsse fielen, habe er, Jagenberg, die Polizei alarmiert. Als der Schusslärm näher kam, seien sie ins Badezimmer geflohen.

Zwischendurch rief Ela das Krankenhaus an, in das Jasmin Horn gebracht worden war. Die junge Frau war vor morgen nicht vernehmungsfähig. Der Arzt hatte ihr ein starkes Schlafmittel gegeben.

Auf Nachfrage erklärte Jagenberg, dass er sie im Juni dieses Jahres kennen gelernt habe. Seine Sekretärin habe die junge Frau auf seine Anweisung hin als eine Art psychologische Expertin angeheuert. Mit ihrer Hilfe habe sich der Manager auf die zahlreichen Werbeauftritte im Rahmen der Abwehrschlacht gegen die feindliche Übernahme seines Konzerns vorbereitet. Dabei seien sie sich näher gekommen. Ohne dass Ela ihn danach gefragt hätte, betonte Jagenberg, dass seine Ehe seit langem nur noch auf dem Papier bestünde und er sich scheiden lassen wollte. Morgen sei sein letzter Tag als Vorstandsvorsitzender der *Geminag*. Sobald der Aufsichtsrat den Modalitäten der Fusion mit den Briten zustimme, werde er vor die Presse treten und das Ergebnis verkünden. Übermorgen werde er mit Jasmin verreisen. Vorausgesetzt, sie sei wieder auf den Beinen.

»Vorausgesetzt, wir haben mit ihr gesprochen und lassen sie aus der Stadt«, sagte Ela.

»Dessen bin ich mir sicher«, antwortete Jagenberg.

»Und Sie meinen, dass Sie keine Feinde haben?«

»Die *Geminag* hat mehr als hunderttausend Beschäftigte. Die weltweiten Beteiligungen nicht mitgerechnet. Kein Manager wird von allen geliebt. Nicht einmal von all den Aktionären, für die er seine Arbeit tut. Aber ein

Motiv für solch einen Amoklauf kann ich mir nicht vorstellen.«

Zander mischte sich ein. Er fragte: »Sie haben also noch nie um Ihr Leben gefürchtet? Auch nicht zum Beispiel in einer Situation, die vielleicht als Unfall getarnt gewesen sein könnte, sagen wir, als Verkehrsunfall?«

»Nein, noch nie. Vier Bodyguards sind fast ständig an meiner Seite und ich habe sie noch nie gebraucht. Bis auf heute Abend. Gut, dass Sie so schnell zur Stelle waren.«

Ela bat Jagenberg, nach der morgigen Pressekonferenz zur Unterzeichnung des Protokolls ins Präsidium zu kommen. Der Manager packte ein paar Sachen und ließ sich von einer Funkstreife zu einem Hotel begleiten. In seinem Düsseldorfer Haus wollte er nicht übernachten. Der Zwist mit seiner Frau war offenbar ernst zu nehmen.

»Was sollte deine dämliche Frage nach dem Verkehrsunfall?«, wollte Ela wissen, als der Konzernchef gegangen war.

Zander zog eine Hand voll Kassetten aus seiner Jackentasche. Er legte eine davon in den Rekorder. »Pass auf«, sagte er und drückte den Startknopf.

Ela hörte Jagenbergs Stimme: *Wenn ich an diesen Jeep denke, wird mir jetzt noch schlecht.*

Eine junge Frau antwortete: *Vor eurem Haus?*

»Das ist Jasmin Horn«, erklärte Zander.

Ganz in der Nähe. Ich musste über eine Gartenmauer springen, um mich zu retten.

Er war sicher betrunken.

Ich weiß nicht.

Zander schaltete aus. »Blanke Todesangst. Der Bursche hatte zum Zeitpunkt dieser Aufnahme gerade einen Mordanschlag überlebt. Ich wette, dass er erst danach seine vier Leibwächter angeheuert hat.«

In diesem Moment kamen Thilo Becker und K-Wachen-Mann Köster zurück, ein Rotschopf mit Sommersprossen rund um die Nase. Becker sagte: »Die Spurensicherung meint, die Munition sei Null-Null-Schrot, also die gleiche Sorte, die im *Body and Soul* verschossen wurde. Wenn das BKA-Labor fix ist, wissen wir morgen, ob es aus derselben Waffe stammt. Köster meint, er hätte eine abgesägte Automatikflinte bemerkt.«

Der Rothaarige nickte zur Bestätigung.

»Köster hat dem Erkennungsdienst auch die Stelle gezeigt, wo der Irre aufs Dach gestiegen ist. Jede Menge Fingerabdrücke.«

»Was macht Biesinger?«, fragte Ela. Sie hatte beide Mitarbeiter ihrer Mordkommission an den Tatort zitiert.

»Redet mit den Leuten, die auf der Gartenparty waren, zwei Häuser weiter.«

»Frag ihn, ob er Hilfe braucht.«

Becker verließ die Wohnung.

»Kann ich jetzt auch gehen?«, wollte Leo Köster wissen.

»Nein«, sagten Ela und Zander zugleich.

Ela forderte ihn auf: »Erzähl uns erst, wie du in diese Geschichte geraten bist.«

»Ich wohne nicht weit weg von hier. Ich bin ein wenig spazieren gegangen und dabei fiel mir der Kerl auf, der dort drüben auf dem Dach saß. Als er aus dem Haus kam, schoss er um sich und ich folgte ihm.«

Kösters Geschichte stimmte nicht, fand Ela. Würde sie beim Spazierengehen bemerken, wenn jemand hoch oben über die Dächer turnte? Bei diesem Wetter würde sie erst gar nicht aus dem Haus gehen.

Zander legte eine zweite Kassette ein. Er spulte zurück, dann hatte er die Stelle, die er vorspielen wollte. Es begann mit Knistern und Rascheln.

Eine Stimme, die wie Jasmins klang: *... two, testing, alles klar? Die Golden Twins jetzt auch live aus dem Schlafzimmer. Du hast was verpasst, Süßer. Ich weiß jetzt, wer den Brief überbringen wird.*

Dann: *Ich bin's, Leo. Hast du mich angepiepst?*

Der Karottenschopf verbarg sein Gesicht in beiden Händen. Ela fiel auf, dass der Kollege zitterte.

Heißt das, ich bleibe im Kommando?

Zander stand auf und untersuchte das Telefon, die Steckdosen. Er befingerte den Heizkörper, wühlte in den Zimmerpflanzen.

»Wurde das in dieser Wohnung aufgenommen?«, fragte Ela.

Köster nickte.

»Mein Partner Arnie und Ilka Fischer haben diesen Raum und das Nachbarzimmer verwanzt«, erklärte Zander, während er das Bücherregal abtastete. »Und weißt du was, Ela? Vergiss die Kokainscheiße. Vergiss den Zahnarzt und Larue. Arnie Haffke hat Jagenberg erpresst. Außer unserem ehemaligen Rambo ist nämlich nur das Geseiere von diesem Manager auf dem Band. Und daraus geht klar hervor, dass der Firmenboss im Begriff ist, seine Aktionäre zu bescheißen. Zugunsten der Briten, die ihm dafür eine dicke Provision bezahlen. Das nennt man Untreue, und wie ich Arnie kenne, wollte er sich einen Anteil sichern.«

Er kam mit einem schwarzen Kästchen zurück. »Batteriegespeist, kleiner Senderadius. Arnie hat gespart. Aber es hat seinen Zweck erfüllt.«

Zander legte den Arm um den Rothaarigen. »Sei ehrlich, Köster. Ilka hat von dir geredet. Hast du tatsächlich den Erpresserbrief an Jagenberg geliefert?«

Der K-Wachen-Mann atmete tief durch und schwieg.

»Also hast du«, sagte Zander.

»Ich wusste nicht, was drin war. Ich wollte ihr nur einen Gefallen tun.«

Zander grinste. Ela schlug vor, die Unterhaltung in ihrem Büro fortzusetzen.

50.

»Du kannst einen wie Köster aus dem SEK holen, aber du bekommst den Rambo nicht aus ihm heraus«, sagte Zander, nachdem Leo Köster gebeichtet hatte. Sie saßen in

Elas Zimmer im dritten Stock der Festung. Die Kaffeemaschine blubberte bereits die zweite Ladung Brühe in die Kanne – sie hatten Haffkes Bänder noch vor sich.

»Was macht ein hirnloser Befehlsempfänger, wenn man ihn bittet, einen Brief abzugeben?«, fragte Zander und antwortete selbst: »Er tut es, ohne zu fragen, wozu.«

»Halt's Maul«, blaffte Köster.

Ela legte die erste Kassette ein.

Zander kannte die Stellen, die sie überspringen konnte, weil sie nichts als Musik enthielten. Dennoch dauerte es über zwei Stunden, bis sie alles abgehört hatten, was Arnold Haffke aufgezeichnet hatte. Außer dem Geständnis der Untreue gegenüber den Aktionären gab es drei Stellen, die Ela interessant fand.

Jasmin war beunruhigt gewesen, weil ein Voyeur sie beobachtete – der Attentäter hatte sie also schon länger im Visier. Jagenberg sprach über einen Einbruch in seiner Villa, für den ihn seine Frau seltsamerweise verantwortlich machte. Und das Auto, das ihn in der Nähe des Hauses fast überfahren hätte, bezeichnete der Manager als Jeep.

Der gelbe Geländewagen – es könnte passen.

Noch etwas machte Ela stutzig. Köster hatte davon gesprochen, dass Jasmin die Beziehung mit Jagenberg beendet hatte. Zanders Aufnahme der Minuten vor der Schießerei belegten, dass das Mädchen den Manager am Telefon gebeten hatte, sie nicht zu besuchen. Als er bei ihr war, forderte sie ihn auf zu gehen. Es klang zwar nicht sehr eindringlich, aber dass zwischen den beiden etwas nicht mehr stimmte, war offensichtlich.

Jasmin fühlte sich nicht wohl in Jagenbergs Nähe. Sie ging auf Distanz und der Manager wollte es nicht wahrhaben.

Ela fragte die Kollegen, was sie davon hielten.

»Klar will der Bursche es nicht wahrhaben«, sagte Zander. »Das Wirtschaftsgenie glaubt, er stehe über allen Dingen. Wie hat er es ausgedrückt? Für den Starken gelten eigene Gesetze. Ein Bursche, der hunderttausend Sklaven dirigiert, muss früher oder später größenwahnsinnig werden.«

Köster spekulierte: »Sie hat erkannt, dass Jagenberg für seine Millionen über Leichen ging, dass ihn die Arbeitsplätze gar nicht interessierten, sondern nur sein Profit.«

»Nein, deshalb hat sie nicht Schluss gemacht«, urteilte Ela. »Das wusste sie schon vorgestern und die ganzen Tage zuvor. Sie kennt ihn seit Juni. Der Manager Jagenberg ist ihr egal. Sie beurteilt ihn als Mann.«

»Als Mann ist er viel zu alt für sie.«

»Sie steht eben auf ältere Kerle. Vielleicht hat sie ihren Vater früh verloren. Es liegt weder an seinem Beruf noch an seinem Alter. Irgendetwas muss vorgefallen sein, und zwar erst am Mittwoch.«

Sie grübelten. Ela erkannte, dass sie zu müde waren für Gedankenblitze.

Zander verteilte den letzten Rest Kaffee auf die Tassen. »Das geht alles in die falsche Richtung. Vergesst das Mädel. Arnie Haffke hat ihn erpresst. Jagenberg hat einen Killer bestellt. Und vielleicht hat er nicht bezahlt und so wendet sich der Killer gegen den Auftraggeber. Wir sollten Jagenberg gleich morgen nach seiner verdammten Pressekonferenz aus dem Verkehr ziehen und festnageln.«

»Ohne Beweise?«, fragte Köster.

»Gebt ihn mir und er wird singen.«

Ela sagte: »Mit deinen Methoden kommst du dieses Mal nicht weiter. Jagenberg hat mehr Geld als Gott und garantiert die besseren Anwälte.«

Es klopfte. Ela sah auf die Uhr: zehn nach zwei. Noch einer, der keinen Feierabend kannte.

Der Spurenkundler kam herein, mehrere Bogen Papier in der Hand.

»Ich dachte, ich sag's euch gleich, wenn ihr noch da seid.« Er breitete die Blätter auf den Tisch aus. »Ela, du erinnerst dich noch an den Teilabdruck auf dem Zuckerglas bei Larue? Die Papillarlinien mit Spühwachs verklebt, bis auf einen Teil des kleinen Fingers. Nur sechs Minutien, kein ausreichender Beweis. Das hier sind die Fingerspuren von der Dachluke an der Merkurstraße. Er hat wieder Sprühwachs verwendet, aber noch unvollständiger als beim Überfall auf Larue. Er ist schlampig geworden.«

»Du meinst, es war in beiden Fällen derselbe Täter?«

»Ich hab auch hier einen rechten kleinen Finger und die sechs Merkmale stimmen überein. Wie gesagt, zu wenig für einen Beweis. Aber ein starkes Indiz.«

»Matyseks Komplize?«, fragte Zander. »Demnach hat Jagenberg seinen Killer in der Drogenszene rekrutiert.«

Aus der Schublade zog Ela die Akte. Sie entnahm das Videoprint und zeigte es dem ehemaligen SEK-Mann.

Die Seitenansicht eines mittelgroßen, jungen Kerls im Halbdunkel zwischen den Regalen eines Tankstellenshops. Die grobkörnige Vergrößerung eines Bildausschnitts. Der Blickwinkel einer Überwachungskamera, die unter der Decke hing. Vergangener Sonntag, 16.51 Uhr.

»Könnte sein«, sagte Köster.

Ela erklärte: »Die Prinzessin meinte, er sei etwas füllig.«

Zander fragte: »Welche Prinzessin?«

»Mein Spitzname für Verena Larue, das Vergewaltigungsopfer.«

Köster nickte: »Ja. Das ist der Typ auf dem Dach.«

TEIL FÜNF

Wenn die Asche glüht ...

»Eines Tages fing das Leben an, ihn auszulachen, und dann hat es nicht mehr aufgehört zu lachen.«

Philip Roth, *Amerikanisches Idyll*

Präsidialblatt des Polizeipräsidiums Düsseldorf Nr. 15/00 von Freitag, 4. August:

Stellenausschreibung – intern –

ZKB / KG1 / KK 11 / L

Wesentliche Tätigkeiten:

Bewertung der Eingänge im Hinblick auf rechtliche Qualifizierung und Dringlichkeit; Koordinierung der Aufgabenwahrnehmung im Kommissariat; Analyse und Bewertung der Kriminalitätslage; Leiten von Einsätzen.

Anforderungsprofil:

Bereitschaft zur selbstständigen und eigenverantwortlichen Aufgabenwahrnehmung; Erfahrung in der Mitarbeiterführung; langjährige Diensterfahrung.
Des Weiteren wird auf die Aufgabenbeschreibung für den Leiter KK hingewiesen.

Für diese Ausschreibung gilt Folgendes:

Die Stelle ist zum 1.9. d. J. zu besetzen; bewerben können sich Polizeivollzugsbeamtinnen/-beamte, die ein Amt der Bes. Gr. A12/A13 BBO innehaben.
Das PP Düsseldorf beabsichtigt, gemäß Frauenförderungsgesetz des Landes NRW den Anteil der Polizistinnen in allen Arbeitsbereichen zu erhöhen und fordert Frauen ausdrücklich auf, sich zu bewerben.

Freitag, 4. August, *Blitz*, Titelseite:

GELDGIER DER AKTIONÄRE HAT GESIEGT: JAGENBERGS ABWEHRSCHLACHT GESCHEITERT SKYPHONE SCHLUCKT DEUTSCHLANDS VORZEIGEKONZERN GEMINAG

Von Alex Vogel. *Der eine ist einer der größten in Deutschlands Mobilfunkgeschäft, der andere ist Marktführer in Großbritannien. Gemeinsam werden sie knapp 30 Mio. Kunden und einen Börsenwert von über 400 Milliarden Mark besitzen – und damit mit Abstand an der Spitze der Global Player stehen. Heute wollen Darius Jagenberg (Geminag) und Brian Burns (Skyphone-Telecom) die Unterschrift unter die Rekordfusion setzen. Die Zustimmung ihrer Aufsichtsräte gilt als sicher. Die Geldgier der Aktionäre hat gesiegt, Verlierer ist Jagenberg (50), der sich wochenlang gegen die feindliche Übernahme wehrte und für den im neuen Vorstand kein Platz mehr sein wird. 130 Milliarden kostet die Briten der Megadeal, bezahlt wird in Aktien. Dreimal hat Skyphone-Chef Burns sein Angebot verbessert, schließlich wurden die Shareholder schwach.*

Für die Arbeitsplätze im Mobilfunkbereich der Geminag hat Burns eine Bestandsgarantie abgegeben. Offen bleibt das Schicksal von zigtausend Beschäftigten anderer Geschäftsbereiche.

Voraussichtlich um 12 Uhr wird heute auch der Geminag-Schriftzug fallen, der den Firmensitz im Hochhaus am Düsseldorfer Rheinufer krönt. Dass der neue Konzern den Namen Skyphone tragen wird, ist beschlossene Sache. Weitere Details wollen die Unterhändler Jagenberg und Burns im Lauf des Tages bekannt geben.

51.

Null sechshundert – Martin Zander beschloss, dass es keinen Zweck hatte, länger schlaflos im Bett zu liegen.

Beate regte sich nicht. Zander sammelte seine Sachen ein, um sich im Badezimmer anzuziehen, und schlich sich aus dem dunklen Zimmer. Er nahm sich vor, mit ihr in die Eifel zu fahren: wandern, frische Luft schnappen, einfach mal auf andere Gedanken kommen. Vielleicht morgen schon – er spürte, dass er kurz vor der Aufklärung des Mordes an seinem Partner stand.

Der Regen hatte aufgehört. Der Himmel war bleiern, das Licht trüb. Im Vergleich zu den vergangenen Sommertagen war es kühl geworden. Als Zander in Haffkes roten Honda stieg, fiel ihm ein, dass sein Dienstwagen noch immer draußen in Flingern parkte, an der Einfahrt der Abschleppfirma. Wahrscheinlich hatte die Firma Bender den braunen Vectra bereits an den Haken genommen und auf ihren Stellplatz gezogen – Zander machte sich darauf gefasst, noch einmal einhundertsechsundsiebzig Eier löhnen zu müssen.

Er fuhr zur Hauptwache. Er legte die Füße auf seinen Schreibtisch und dachte nach.

Die Prinzessin.

Zander las durch, was er bei der Befragung von Verena Larue, geborene Meweling, notiert hatte. Er beschloss, sie noch einmal zu besuchen. Er musste sie fragen, ob sie Jasmin Horn kannte.

Der Mörder hatte auch Jasmin beobachtet. Verena, Jasmin und Latexverkäuferin Sina Dorfmeister – alle drei hatten die gleiche Statur und etwa das gleiche Alter. War der Mörder auf einen bestimmten Frauentyp fixiert?

Claudia Jagenberg fiel aus dem Rahmen. Größer, deutlich älter.

Jagenberg.

Der Manager war die Verbindung. Ehemann der einen, Liebhaber der anderen. Und ehemaliger Nachbar der Prinzessin.

Zander zog die Bilder aus dem Umschlag und arrangierte sie, wie er sie auf dem Bett des Managers vorgefunden hatte. Er holte den Gummifummel vom Schrank und drapierte die Beine um das Ganze. Die Pornofotos: ein älterer Mann und eine junge Frau. Der schwarze Overall: ein Hinweis auf Jasmin, die in dem Fetischladen gejobbt hatte und für ihren Geliebten Gummifummel trug. Vielleicht hatte der Mörder das Mädchen mit Jagenberg in dessen Ehebett beobachtet – der Irre sah von der Terrasse aus zu, wenn die beiden es in Abwesenheit der Ehefrau in der Golzheimer Villa trieben.

Warum zum Teufel hatte er sich seit Juni auch vor den Fenstern der Larues herumgetrieben?

Gedankenspiele.

Zander knipste sämtliche Lichter an, um die Collage besser studieren zu können. Manager des Jahres. Jagenberg als Rennfahrer. Unfallbilder.

Wenn ich an diesen Jeep denke, wird mir jetzt noch schlecht.

Der Mörder hatte vor ein paar Tagen versucht, den Konzernboss zu überfahren – die aufgeklebten Zeitungsfotos waren die klare Drohung, dass er es wieder versuchen würde.

Wie ein Stromstoß überkam Zander die Erinnerung an Verena Larues Schicksalsschläge. Ihm wurde heiß und kalt. *Kurz nach unserer Rückkehr hatte mein Vater einen schrecklichen Unfall. Es war Fahrerflucht und der Täter wurde nie ermittelt.* Vater Meweling – vor vier Jahren das erste Mordopfer des irren Killers.

Zander wählte die Privatnummer Ela Bachs. Nach dem zweiten Klingeln war sie dran. Sie klang hellwach, trotz der frühen Stunde. Dem Mädel ging es nicht besser als ihm.

»Ich glaube, ich weiß, wer unser Tünnes sein könnte«, sagte er.

»Sprich.«
»Matyseks Komplize – du hattest den Verdacht, dass Larue ihn kannte?«
»Ja. Ich glaube, sie sprachen miteinander. Der Werbefritze wollte ihn dazu bringen, gegen Matysek einzuschreiten.«
»Und weiter?«
»Das ist eine wirklich seltsame Geschichte. Larue behauptete, der Komplize hätte geweint, als Matysek die Prinzessin vergewaltigte.«
»Und wenn nicht Larue den Komplizen kannte, sondern umgekehrt? Unser Mann kannte die Prinzessin?«
»Worauf willst du hinaus?«
»Verena Larue sagte, Jagenbergs Sohn Marco sitze derzeit im Knast. Sie kann sich irren. Wir müssen das überprüfen.«
»Du meinst, sein eigener Sohn will Jagenberg umbringen?«
»Ihn und vielleicht auch Jasmin. Erinnerst du dich, was der Konzernboss über seine Familie sagte?«
»Ja. Meine Frau säuft und mein Sohn spinnt.«
»Pass auf: Verenas Familie und die Jagenbergs waren Nachbarn. Die Kinder waren befreundet. Vor vier Jahren wurde Marco seltsam. Er schmiss die Schule und geriet in schlechte Gesellschaft. Das habe ich von Verena. Was ist, wenn Matysek die schlechte Gesellschaft war? Eine Fixerin, die Matysek kannte, hat mir erzählt, dass er damals mit einem Milchbubi umherzog. Marco kam in den Knast. Wegen Verstoßes gegen das Betäubungsmittelgesetz? Das müssen wir abklären. Noch etwas: Ebenfalls vor vier Jahren wurde Verenas Vater bei einem Verkehrsunfall getötet und ihre Mutter beging Selbstmord. Die Umstände des Unfalls wurden laut Verena nie aufgeklärt.«
»Mein Gott.«
»Marco war mit Verena so gut wie verlobt. Kannst du dir vorstellen, wie ihm zumute gewesen sein muss, als

Matysek ihn zu den Larues mitnahm und er mit ansehen musste, was das Schwein mit Marcos ehemaliger Prinzessin machte?«

52.

Tagträume von Sängerinnen in roten Hosenanzügen verfolgten Leo Köster, als er über die Südbrücke raste. Sein linker Oberschenkel pochte an der Stelle, wo die Schrotkugel des Irren ihn gestern gestreift hatte. Er scherte sich nicht um den Starenkasten, der ihn knipste. Er fuhr mit Blaulicht, hupte seinen Vordermann auf die rechte Spur und gab Gas. Er fuhr wieder GTI – das Auto flog.

Leo war klar geworden, wie sehr die Mordermittlerin Recht hatte.

Irgendetwas muss vorgefallen sein, und zwar erst am Mittwoch.

Jasmin hatte es selbst gesagt: Bis Mittwoch war sie Jagenbergs Geliebte gewesen. Am Abend hatte sie Schluss gemacht. Was war vorgefallen?

Leo hatte die Psychologin am Mittwochnachmittag bei Ilka Fischers Eltern gesehen, als er den Teddy abgab, der Jasmin so am Herzen lag.

Er fuhr langsamer und bog in die ruhige Wohnstraße. Reihenhäuser, Vorgärten mit einheitlichem Jägerzaun. Er fand das Haus auf Anhieb wieder.

Marianne und Rolf Fischer stand auf dem Klingelschild – diesmal lief Leo nicht weg.

Die kleine, schwarz gekleidete Frau öffnete ihm. Sie roch aufdringlich nach dem gleichen Parfum, das auch Ilka benutzt hatte. Ihre Augen waren rot und verquollen.

Er wies sich aus und sie führte ihn in das Wohnzimmer.

Eine Kommode beherrschte den Raum wie ein Altar. Fotos in silbernen und hölzernen Rähmchen standen in

Reih und Glied: Ilka als Kind, als Teenie, als junge Erwachsene. Allein und mit den Eltern. Die Golden Twins auf der Bühne.

Inmitten der Fotosammlung thronte Gordon.

Leo war verwirrt. »Ich dachte, der Teddy gehört Jasmin. Hat sie ihn nicht mitgenommen?«

»Doch. Das ist Ilkas Bär. Sie hatte den gleichen. Als sie noch klein war, hat sie ihn sehr geliebt.«

Frau Fischer bat ihn, Platz zu nehmen. Sie rang sich ein Lächeln ab und wartete auf seine Fragen.

»Eigentlich bin ich wegen Jasmin Horn gekommen. Sie war am Mittwoch bei Ihnen. Ich würde sie lieber selbst danach fragen, aber es gab gestern einen zweiten Mordanschlag und ...«

»Nein!«

»Es ist niemandem etwas passiert. Frau Horn hat nur einen Schock erlitten und ist momentan nicht vernehmungsfähig.«

Die Augen der kleinen Frau schimmerten. »Will er mir beide Töchter nehmen?«

Leo setzte sich.

»Bitte sagen Sie mir ehrlich, wie es ihr geht.«

»Jasmin ist ... Ich dachte, die Golden Twins ...«

»Was ist mit Jasmin?«

»Es sind nur die Nerven. Sie liegt im Krankenhaus, aber ich denke, spätestens morgen wird sie entlassen.«

Die kleine Frau öffnete zitternd eine Keksdose, bediente sich und schob die Plätzchen zu Leo hinüber.

Er sagte: »Ich dachte, es war bloß ein Werbegag. Zu mir sagte Jasmin, sie seien keine Schwestern.«

»Sie wusste es selbst nicht. Sie hat es sozusagen erst durch Gordon erfahren.«

Die Frau begann zu erzählen und Leo erfuhr, dass sich Marianne Fischer als junge Studentin in einen Mann verliebt hatte, dessen Eltern sie für nicht standesgemäß gehalten hatten. Obwohl sie schwanger wurde, hörte er auf seine Eltern und sie gab Jasmin, ihre erste Tochter, zur

Adoption frei. Die Trennung stürzte sie zuerst in eine Nervenkrise, dann in die überstürzte Heirat mit Rolf Fischer, einem jungen, tüchtigen Schlossermeister. Ein gutes Jahr nach Jasmin kam Ilka auf die Welt. Eine Zeit lang hielt Frau Fischer Kontakt zu ihrer ersten Tochter, doch das gefiel weder ihrem Mann noch den Adoptiveltern. Bei ihrem letzten Besuch brachte die Mutter der kleinen Jasmin einen Teddy mit. Den gleichen Bären, den sie auch für Ilka gekauft hatte.

Gordon-Brüder für die Schwestern.

Die Horns verrieten ihrer Adoptivtochter erst Jahre später, dass die nette Frau, die ihr den Teddy geschenkt hatte, ihre Mutter war.

Die Frau in Schwarz sagte: »Als Jasmin vorgestern auf der Treppe stand, konnte ich nicht anders. Mein Gott, sie hatte doch ein Recht darauf, es endlich zu wissen. In den Tagen zuvor hatte ich mit Ilka so oft darüber gesprochen, dass ich dachte, sie hätte es ihrer Schwester gesagt.«

»Ilka wusste Bescheid?«

»Ursprünglich nicht. Sie kannten sich zwar von früher und sind sogar ein paar Mal gemeinsam als Sängerinnen aufgetreten, ohne etwas zu ahnen. Erst nachdem sie zu Jasmin gezogen war, entdeckte Ilka den Gordon ihrer Schwester und es funkte bei ihr. Man kann ihr vielleicht vorwerfen, dass sie oberflächlich war, aber sie war immer ein pfiffiges Mädchen gewesen.« Marianne Fischer wischte sich eine Träne aus dem Gesicht und knabberte Kekse.

Leo malte sich aus, wie überrascht Jasmin gewesen sein musste, als sie erfuhr, dass diese Frau ihre Mutter war. Ihm blieb jedoch unklar, was die Neuigkeit für Jasmins Beziehung zu Jagenberg bedeutete. Und worin lag der Zusammenhang mit dem Mord an Ilka und den anderen fünf Menschen in der Muckibude?

Die Mutter der Twins schob zwei Kekse zugleich in den Mund, als wollte sie ihre Aufregung ersticken. Krümel klebten an ihren Lippen.

»Ilka war sehr klug, aber nicht immer vernünftig. Ich

glaube, Jasmin ist da ganz anders. Aus Ilka bin ich manchmal nicht schlau geworden. Immer lernte sie neue Leute kennen und immer brauchte sie Geld. Warum sie dann ihren letzten Job aufgab, ist mir ein Rätsel. Letzte Woche hat sie uns gefragt, ob sie wieder bei uns einziehen könne. An dem Abend kam die ganze Geschichte auf den Tisch. Es begann damit, dass mein Mann Tagesschau guckte und sagte, schau mal, Marianne, wie berühmt dein früherer Freund geworden ist.«

Leo starrte die Frau an.

»Ich langweile Sie jetzt«, sagte sie.

»Überhaupt nicht.«

»Es vergeht ja kein Tag, ohne dass Darius in den Nachrichten ist. Jedenfalls redeten wir an dem Abend nur noch über das eine. Wie ich Darius kennen gelernt habe. Was für ein Schwein er war, weil er mich sitzen ließ. Wie ich mich gefühlt habe, als ich Jasminchen weggeben musste. Ilka hat sich nicht mehr eingekriegt. Dass ihr das nicht schon viel früher aufgefallen war. Diese Ähnlichkeit. Was ihre Schwester wohl dazu sagen würde. Irgendwann wurde es mir zu bunt, denn Ilka sprach davon, wie reich die Jagenbergs seien. Sie müssen wissen, dass mein Mann schon immer eifersüchtig auf Darius war. Mich wundert, dass Ilka es Jasmin nicht gleich erzählt hat, dass sie dieselbe Mutter haben.«

Leo fühle sich schwindlig. »Jagenberg ist also der Vater von ...«

»Ja, der Vater meiner ersten Tochter. Ich hätte Jasminchen vielleicht nicht weggeben dürfen. Aber damals war ich zu stolz, um von den Jagenbergs Unterhalt zu fordern. Darius hat nie etwas von sich hören lassen. Plötzlich, zwei Jahrzehnte später, stand er hier auf der Matte. Vier Jahre ist das jetzt her. Aber Sie müssen mir etwas versprechen, Herr Kommissar.«

»Was?«

»Kein Wort darüber zu meinem Mann. Rolf kann wirklich schrecklich eifersüchtig sein.«

»Versprochen.«

»Ein bedeutender Manager war aus Darius geworden, aber mir gegenüber tat er so vertraulich wie früher. Er machte einen ziemlich verzweifelten Eindruck. Er wollte unbedingt seine Tochter kennen lernen. Er wusste nicht, dass ich Jasminchen weggegeben hatte. Ich gab ihm den Namen der Adoptiveltern. Ich glaube nicht, dass er sie fand, denn die Horns waren längst umgezogen. Darius jammerte mir vor, dass seine Ehe im Eimer und dass sein Sohn so gar nicht nach ihm geraten sei. Ich hatte Mühe, ihn wieder loszuwerden. Danach ist er nicht noch einmal aufgekreuzt. Gott sei Dank. Rolf wäre ausgeflippt.«

Bei Marianne Fischer hatte sich der Manager seitdem nicht blicken lassen, dachte Leo. Aber bei seiner Tochter.

Ich habe dich immer gesucht.

Leo fuhr zurück in die Stadt, ohne den Verkehr um sich herum bewusst wahrzunehmen. Auf der Brücke ließ er das Fenster auf der Beifahrerseite heruntergleiten und schleuderte das restliche Kokain in den Rhein.

53.

Feiner Nieselregen setzte ein und kühlte die Stadt noch weiter ab. Den Kohlmeisen, die durch die Kronen der Platanen hüpften, schien es nichts auszumachen. Zander wartete im Auto auf Ela und beobachtete, wie die Tropfen auf der Windschutzscheibe sich vereinten und in unruhigen Bahnen nach unten liefen. Allmählich beschlug das Glas von innen.

Zander erschrak, als die Kollegin die Beifahrertür öffnete – er hatte ihren Dienstwagen gar nicht gehört. Sie stieg zu ihm in das Honda-Coupé und bemerkte die entkleidete Barbiepuppe, die vom Rückspiegel baumelte – Brustwarzen und Scham mit Filzstift aufgemalt.

»Euer Maskottchen beim Einsatztrupp?«

»Haffkes Privatauto.«

»Warum muss ich an eine Leiche denken, wenn ich das Ding sehe?«

»Ich hab's nicht aufgehängt.«

»Schon gut.«

»Und ich mag's nicht, wenn man über meinen toten Partner herzieht.«

»Tu ich nicht.«

»Allemal besser als ein Duftbaum ...?« Zander streichelte die Barbiepuppe, um die Kollegin zu ärgern.

Sie fragte: »Willst du nicht wissen, was ich rausgekriegt habe?«

Er antwortete: »Marco wurde Anfang Juni aus der Haft entlassen.«

»Woher weißt du das?«

»Zu der Zeit begann der Spanner, Verena Larue zu verfolgen. Marcos ehemalige Verlobte, die inzwischen den Werbefuzzi geheiratet hatte. Verstoß gegen das Betäubungsmittelgesetz?«

»Ja. Man hat ihn erwischt, als Matysek gerade bei den Drogenfahndern rausgeflogen war und ihn nicht mehr schützen konnte.«

»Warum keine Bewährungsstrafe? Wo waren Jagenbergs Starjuristen?«

»Es gab keine Starjuristen. Offenbar hat Jagenberg keinen Finger für seinen Sohn gerührt.«

»Dann wollen wir mal.«

Sie stiegen aus und liefen über die Straße. Aus den Sträuchern des Vorgartens fielen dicke Tropfen auf sie herab. Frau Stiegler, die Haushälterin, öffnete und erklärte, dass ihre Chefin Besuch habe. Der Hotelier Königstein, fügte sie hinzu – als müssten Zander und Ela den Mann kennen. Ob die Polizei nicht am Nachmittag wieder kommen könne.

Es gehe um Marco, antwortete Zander.

Die Putzfrau ließ ihn und Ela in der Diele warten. Durch die halb geöffnete Tür sahen sie Claudia Jagenberg mit einem älteren Herrn im dunkelblauen Anzug am Küchentisch sitzen. Gut gelaunt, zwei Sektgläser auf dem Tisch.

Frau Stiegler kehrte zurück und bot ihnen an, im Wohnzimmer Platz nehmen. Zander beobachtete die Gartenarbeiten vor dem Fenster. Die Büsche waren jetzt gepflanzt. Die Arbeiter mauerten ein Wasserbecken. Für solchen Kram gaben reiche Leute ein Vermögen aus, wenn ihnen danach war. Sie folgten irgendwelchen Trends aus Paris oder Hongkong und heuerten berühmte Architekten an.

Endlich gesellte sich Claudia Jagenberg zu ihnen – noch faltiger und dünner als am Dienstag.

»Was ist mit meinem Sohn?«, wollte sie wissen.

Zander sagte: »Wir vermuten, dass er in Ihr Schlafzimmer eingebrochen ist.«

»Und wenn schon. Wir haben keine Anzeige erstattet. Ich weiß nicht, was Sie noch wollen.«

»Wann haben Sie Ihren Sohn zuletzt gesehen?«, fragte Ela.

»Am Dienstag. Einmal pro Woche kommt er, um seine Post abzuholen. Er hat sich übrigens bei mir entschuldigt. Die Sache ist erledigt.«

»Wo wohnt Marco?«

»Was wollen Sie von ihm?«

»Er steht unter Verdacht, sechs Menschen ermordet zu haben. Und er hat gestern Abend versucht, Ihren Mann zu töten.«

»Das kann nicht wahr sein!«

Zander erklärte: »Sie tun ihm keinen Gefallen, wenn Sie uns verheimlichen, wo er steckt.«

»Ich weiß es wirklich nicht«, sagte die Managergattin. »Ein Bekannter von ihm hat ihm eine Wohnung besorgt. Rath, Unterrath, irgendwo im Norden der Stadt. Nach Hause kommt Marco nur, wenn mein Mann nicht da ist.«

»Wie erreichen Sie ihn?«

Claudia Jagenberg nannte eine Handynummer. Zander schrieb mit.

Ela gab ihr das Videoprint – Zander sah der Jagenberg an, dass sie ihren Sohn erkannte.

Seine Kollegin sagte: »Er überfiel am Sonntag gemeinsam mit einem Komplizen die Wohnung von Christoph und Verena Larue. Verena wurde dabei vergewaltigt.«

»Das muss erst recht eine Verwechslung sein«, widersprach die dünne Dame. »Marco hat das Mädchen vergöttert. Die beiden kennen sich von Kindesbeinen an. Marco würde Verena niemals etwas antun.«

»Kennen Sie Dirk Matysek?«

»Ich erinnere mich nur, dass der Bekannte, der ihm die Wohnung besorgte, Dirk hieß.«

Elas Handy piepste. Die Kollegin verschwand damit in der Küche.

Zander erläuterte der Hausherrin: »Dirk Matysek ist ein ganz übler Kunde. Kokainschmuggler, Schläger und Vergewaltiger. Er war mit Marco bei Verena. Am Tag darauf wurde er erschossen. Wenn Sie mich fragen, war das ebenfalls Ihr Sohn. Vielleicht hatten die beiden Streit wegen der Vergewaltigung – und peng.«

»Was wissen Sie schon über Marco!«

Zander antwortete nicht. Er wartete darauf, dass die Jagenberg es ihm erzählte.

»Nur weil er mal ein Drogenproblem hatte, können Sie ihm nicht gleich all Ihre ungelösten Fälle anhängen.«

»Wodurch geriet Ihr Sohn auf die schiefe Bahn?«

»Falsche Freunde. Sie wissen doch, wie das ist.«

»Was geschah vor vier Jahren?«

»Ich verstehe nicht, was Sie meinen.«

»Der Tod Ihres Nachbarn Meweling. Hat Ihr Sohn den Unfall verursacht?«

Er registrierte, dass die Frau nervös ihre Perlenkette befingerte. Sie sagte: »Marco hatte damals noch nicht einmal den Führerschein.«

Ela kam zurück.

»Köster hat angerufen. Er hat mit Ilkas Mutter gesprochen. Sie ist ...« Ela warf einen Blick auf die Dame des

Hauses, bevor sie weitersprach. »Marianne Fischer ist die Mutter von Ilka *und* Jasmin. Und rate mal, wer Jasmins Vater ist.« Wieder musterte sie die Jagenberg.

Die dünne Frau starrte hinaus in den Garten.

Zander begriff. »Das heißt, er schläft mit seiner ...?«

»Laut Köster wusste er sogar über seine Vaterschaft Bescheid, als er sie zur Geliebten machte.«

Claudia Jagenberg streckte den Rücken durch und hob das Kinn. Zander hatte den Eindruck, dass es in ihr kochte.

Sie sagte: »Darius hat Holger Meweling ermordet. Darius hat ihn von der Straße gedrängt. Mit voller Absicht.«

Zander legte eine leere Kassette aus seinem Vorrat ein. Er drehte den Walkman mit der Mikrofonseite zu ihr auf den Tisch – sie hatte in die Aufnahme eingewilligt. Kollegin Bach klärte sie darüber auf, dass sie die Aussage gegen ihren Mann verweigern durfte.

Claudia Jagenberg schüttelte energisch den Kopf. Sie wollte reden.

»Er hat Marco nie geliebt«, sagte sie an Zander gewandt, als sei der männliche Beamte automatisch der wichtigere. »Er wollte immer ein Mädchen. Er hat all die Jahre bedauert, seinen Eltern nachgegeben zu haben. Ich war ihnen gut genug, aber nicht ihm. Er trauerte seiner ehemaligen Freundin nach und dem kleinen Mädchen, das sie ihm angehängt hatte. Das wurde mir im ersten Jahr unserer Ehe bewusst.«

Zander nickte – erzählen lassen, Interesse bekunden.

Claudia berichtete, wie sie sich an Jagenberg rächte, indem sie ein Verhältnis mit einem gut aussehenden Burschen aus der Nachbarschaft einging. Holger Meweling erschien ihr wie das Gegenteil ihres Mannes: höflich, zurückhaltend. Kein Spross eines alten Familienclans, sondern aus eigener Kraft zu einem guten Job gekommen – wie Jagenberg bei der *Geminag*. Auf die Idee, ihre Ehe zu lösen, war Claudia Jagenberg all die Jahre nicht gekommen. Mit Mewelings Frau Petra hatte sie sich wie mit einer Schwester verstanden. Die Nachbarin ahnte nichts, genauso wie Darius.

Claudia gab Jagenbergs Wunsch nach einem Kind nach, setzte die Pille aber erst ab, als sie fünf Tage lang nur mit Holger schlief. Der nette Bursche schwängerte beide Frauen. Verena und Marco kamen mit nur drei Wochen Abstand zur Welt.

Achtzehn Jahre lang litt Claudia unter Jagenbergs Kälte und tröstete sich damit, Marco zu einem Abbild Holger Mewelings heranwachsen zu sehen. Sie verdrängte, dass die doppelte Vaterschaft ihres Liebhabers eines Tages zum Problem werden könnte.

Holger wurde versetzt und ging mit seiner Familie nach Dresden. In dieser Zeit traf Claudia ihren Geliebten ein einziges Mal in einem Frankfurter Hotel. Holger hatte eine Polaroidkamera dabei und sie knipsten sich gegenseitig – obszöne Fotos zur Erinnerung, die Claudia in einer Schatulle hütete, die den Schmuck ihrer Großmutter enthielt.

Ausgerechnet Darius hatte eines Tages die Idee, einen hohen Posten in der *Geminag*-Zentrale mit Meweling zu besetzen. Claudia ahnte nicht, dass sich noch ein zweites Liebespaar auf die Rückkehr der Nachbarn freute: Marco und Verena hatten sich in den Ferien besucht und beschlossen, dass sie füreinander geschaffen seien.

Im Juni 1996 zogen die Mewelings wieder in ihr altes Haus in der Andresenstraße. Erneut war es Darius' Idee, in der Mittsommernacht die Heimkehr groß zu feiern. Ein traditioneller Termin für Familienfeste – es war Marcos Geburtstag und zugleich der Hochzeitstag der alten Jagenbergs, Darius' Eltern.

Es sollte ein besonderes Fest werden.

Am Morgen des 21. Juni eröffnete ein freudestrahlender Marco seiner Mutter, dass er und Verena Meweling am Abend ihre Verlobung bekannt geben würden. Claudia versuchte, ihm klarzumachen, dass er zu jung dazu sei. Marco blieb bei seinem Entschluss – stolz zeigte er die Ringe, die er gekauft hatte.

Claudia verbrachte Stunden, ihrem Sohn zu erklären, warum das Liebesverhältnis unmöglich war. Als er ihr endlich das Versprechen gab, mit niemandem über ihr Geheimnis zu reden, glaubte sie, der Schaden sei noch einmal abgewendet.

Schicksalsschläge.

Marco packte seine Sachen und verschwand.

Gegen Mittag desselben Tages kam Holger Meweling auf der Fahrt zu einem Arbeitsessen von der Fahrbahn ab, prallte gegen einen Baum und verlor sein Leben. Am Unfallwagen gab es weiße Lackspuren, ein Hinweis auf Fremdeinwirkung.

Nur Darius' Eltern feierten unbeirrt ihre goldene Hochzeit, als ginge sie alles nichts an. Claudia versuchte Petra Meweling und Verena zu trösten – und trauerte selbst um den Geliebten.

Als Darius schlief, stöberte sie in der alten Schatulle mit ihrem Familienschmuck. Die Polaroids fehlten.

Die Polizei ermittelte wegen fahrlässiger Tötung, kam jedoch nicht voran. Claudia behielt ihren Verdacht für sich. Sie hatte Anhaltspunkte, aber keinen Beweis.

Ihr Mann hatte Meweling zum Essen in den *Deichgraf* bestellt. Darius' schneeweißes Cabrio, das seit Jahren abgemeldet im Schuppen gestanden hatte, war verschwunden. Als Claudia ihren Mann danach fragte, zeigte er ihr einen Verkaufsvertrag. Sie hielt das Papier für gefälscht.

Auf die verschwundenen Fotos sprach sie ihn nicht an.

Die Polizei wurde nicht stutzig – das Motiv kannte nur Claudia. Zudem hatte Darius einen Namen, Geld, einflussreiche Freunde. Er leitete einen Konzern, der gerade begann, Deutschlands Börsenliebling Nummer eins zu werden. Verbandsfunktionäre, Aufsichtsräte und Politiker gingen in der Villa ein und aus. Jagenberg galt als einer der einflussreichsten Männer der Republik.

Vier Jahre lang schwieg Claudia über ihren Verdacht. Aus Rücksicht auf die Kinder, wie sie sagte. Und aus Scham, nachdem Petra Meweling sich aus Trauer um ihren Mann die Pulsadern aufgeschnitten hatte.

»Verstehe«, sagte Zander – schließlich hätte der Ruf der Unicef-Botschafterin schwer gelitten, wenn sie als Beteiligte eines Eifersuchtsdramas in die Schlagzeilen geraten wäre.

Nach ein paar Wochen kehrte Marco zurück und Claudia Jagenberg hoffte, zumindest die Fassade der normalen Familie aufrechterhalten zu können. Doch dann blieb der Sohn endgültig weg – der Konzernchef trieb ihn aus dem Haus, indem er Verena aufnahm, die von allem nichts ahnte.

Darius kümmerte sich um mich wie ein zweiter Vater – Zander verstand, dass der Junge es nicht ertragen konnte, unter einem Dach mit der Prinzessin zu leben, die er nicht lieben durfte.

Erst nach seiner Entlassung aus dem Gefängnis traf Marco seine Mutter regelmäßig wieder. Sie sprachen über ihre Geheimnisse und schworen einander Beistand gegen den verhassten Jagenberg. Sie gab ihm Geld und verschloss die Augen vor den Veränderungen, die in dem Jungen stattgefunden hatten.

Darius Jagenberg hatte sich unterdessen jüngeren Frauen zugewandt. Er suchte sich Freundinnen, die der jungen Studentin glichen, die er zweieinhalb Jahrzehnte zuvor geliebt hatte.

Irgendwann im Juli hatte Claudia einen letzten Versuch unternommen, die Familie zu kitten. »Halt mir bloß deinen Bastard vom Leib«, war Darius' Antwort gewesen.

»Ein paar Fragen haben wir noch.« Zander drehte die Kassette um. Claudia Jagenberg, die zweite.

»Klagen Sie Darius an«, sagte die Hausherrin. »Aber lassen Sie meinen Jungen in Ruhe.«

Ela bat sie um aktuelles Foto ihres Sohnes.

»Sie glauben doch nicht ernsthaft, dass Marco ein Mörder ist?«

Mütter, dachte Zander.

Ela fragte: »Was geschah am Dienstag?«

»Ich rief Marco an, um mit ihm über diesen dummen Einbruch zu reden. Er kam vorbei und entschuldigte sich.«

»Holte er auch seine Post ab?«

»Ja. Die Post und die Unterstützung, die ich ihm gelegentlich gebe. Er sagte, er hätte Darius beobachtet und wollte ihm einen Schrecken einjagen. Er war davon ausgegangen, dass die Zeitungen über den Einbruch berichten würden. Deshalb diese Inszenierung mit Andeutungen über seine Liebschaften und über den Unfall vor vier Jahren. Marco war sauer, dass ich auf die Anzeige verzichtet hatte. Ich versuchte ihm zu erklären, dass keine Zeitung der Welt über seinen Unfug berichten würde.«

Zander fragte: »War in der Post auch ein Erpresserbrief?«

»Über diesen Schweinkram möchte ich mich nicht äußern.«

»Können wir den Brief haben?«

»Marco hat ihn mitgenommen.«

»Er hat also von der Erpressung gewusst?«

»Ich hab ihm gesagt, dass nicht einmal Darius so skrupellos wäre, mit seiner eigenen Tochter ...«

Zander nickte Ela zu. Es war, wie er es sich gedacht hatte.

Die Kollegin fragte: »Was geschah dann?«

Zander sah es vor sich: Haffke und die kleine Ilka Fischer, die überlegten, wie sie ihren Coup ausführen sollten. Als Claudia Jagenberg nicht gleich antwortete, fragte er: »Haben sich die Erpresser auch telefonisch gemeldet?«

»Ja.«

»Was sagten sie?«

»Es war eine Frau. Sie sagte: Aus Jasminchen, dem Waisenkind, ist die Hure ihres eigenen Vaters geworden, und wenn Sie Wert auf Diskretion legen, sollten Sie die Summe heute noch bereitstellen.«

»Und weiter?«

»Mein Sohn übernahm die Verhandlungen.«

»Und?«

»Hören Sie, ich kann mir denken, worauf Sie hinauswollen. Ich werde meinen Sohn nicht belasten. Schalten Sie das Ding aus und gehen Sie.«

»Wir haben genügend Beweise gegen Marco«, sagte Ela. »Es gibt Fingerabdrücke. Wir werden die Tatwaffe finden. Er wird die Tat vielleicht selbst gestehen. Marco braucht Hilfe. Wenn Sie sagen, was Sie wissen, geben Sie uns die Möglichkeit, ihn zu verstehen. Vielleicht war er zum Zeitpunkt der Tat nicht schuldfähig. Das würde großen Einfluss auf das Urteil haben.«

Zander bewunderte, wie geschickt die Kollegin es vermied, unzulässige Versprechungen zu machen. Schuldunfähigkeit würde den Burschen in die Psychiatrie bringen – dass er für immer weggeschlossen sein würde, wäre dann sogar noch wahrscheinlicher.

Die Jagenberg brauchte eine Weile. Dann sagte sie: »Während seiner ganzen Kindheit hat er von Darius nie das Gefühl bekommen, erwünscht zu sein. Und ich kann mich erinnern, wie Marco sagte, dass er jedes Mal ein Ticken im Kopf spürt, wenn er an Verena denkt. Nach dem Telefonat war Marco sehr aufgebracht. Er glaubte, dass Jasmin selbst angerufen hätte. Ich versuchte, ihm begreiflich zu machen, dass man solche Schmähungen am besten ignoriert.«

»Hat er sich mit der Anruferin verabredet?«, fragte Ela.

»Ich glaube, ja. Er sagte, Darius würde der Spaß ein für alle Mal vergehen.«

Als sie zu ihren Autos gingen, sagte Zander: »Von deiner Verhörtaktik kann ich noch lernen.«

»Mir will nicht in den Kopf, dass Jasmin die Erpresserin gewesen sein soll.«

»War sie auch nicht. Würdest du deinen richtigen Namen nennen, wenn du jemanden erpresst?«

»Du meinst, es war Ilka Fischer?«

»Und von Haffke stammte der Plan.«

Zander konnte sich gut vorstellen, wie sein Partner Arnie dem Mädchen einflüsterte: *Bestell den Tünnes in die Sauna des Body and Soul, heute Abend kurz vor zehn, wenn kaum noch Leute da sind. Sag ihm, er soll die Kohle in der Umkleide einschließen und uns den Schlüssel zum Spind in die Sauna bringen.*

Wahrscheinlich hatte Ilka den Hörer abgedeckt und gefragt: *Wieso zum Teufel in die Sauna?*

Todsicher hatte Haffke geantwortet: *Weil sie es neulich in diesem Spielfilm genauso gemacht haben. Wenn alle Beteiligten nackt sind, kann keiner Waffen oder Mikros dabeihaben. Und sag dem Tünnes, dass du mit deiner Geschichte in alle Talkshows gehst, wenn er das Geld nicht mitbringt.*

Bademeisterphantasien.

Baby, you can turn me on.

Als Zander an Arnie Haffke dachte, erlosch in ihm das kleine Fünkchen Verständnis, das er kurzzeitig für Marco Jagenbergs Hass auf Großkotz Darius gespürt hatte.

Elas Funktelefon dudelte, als er den Honda aufschloss.

»Bach. ... Vergiss es ... Du kannst mich mal.«

Als die Kollegin das Handy in ihren Rucksack steckte, fragte Zander: »Versuchst du mal wieder, deine Beliebtheit zu steigern?«

»Das war Thann vom Inneren Dienst.«

»Und?«

»Offenbar gefällt es ihm nicht, dass wir zusammenarbeiten.«

Zander lachte. »Eine aufstrebende, hübsche Kollegin und ein attraktiver Mann im besten Alter, was soll daran auszusetzen sein?«

54.

Auf dem Weg zur Festung kaufte Ela den *Blitz*. Die Freitagsausgabe war randvoll mit Meldungen über Jagenbergs *Geminag*. Die Schießerei in der Merkurstraße hatte noch nicht ins Blatt gefunden.

In ihrem Büro klingelte das Telefon. Die Obermuftis wollten den Bericht über die Ereignisse der letzten Nacht. Sie beschloss, sich kurz zu fassen, um nicht zu viel Zeit zu verlieren.

Thann rief ein zweites Mal an und kochte, weil sie die Verabredung mit ihm nicht eingehalten hatte. Er bedrängte sie, die vorbereitete Erklärung zu unterschreiben, die Zander belasten sollte. Dass der Schnüffler nicht locker ließ, bewies ihr, dass er nichts Handfestes gegen den alten Macho in der Hand hatte. Thann lockte sie mit halb garen Versprechungen – sie sagte ihm, er solle sich mit der Erklärung den Hintern putzen.

Sie veranlasste die Fahndung nach Marco Jagenberg. Personenbeschreibung, Foto, ein gelber Geländewagen als mutmaßliches Fluchtfahrzeug. Ela nahm an, dass sich der Kerl noch in der Stadt aufhielt.

Ihr Kollege Thilo Becker klopfte. Er hatte seinen Bericht über die Suche nach dem Laden überarbeitet, in dem Marco den Campingkram für Matysek erstanden hatte. In zwei Fällen hatte Becker nicht mit den Verkäufern gesprochen, die am fraglichen Tag Dienst hatten. Er versprach, dort nachzuhaken.

Der Blondschopf sagte: »Poetsch tut so, als sei Matysek dein letzter Fall für das KK 11. Weiß er etwas, das ich nicht weiß?«

»Keine Ahnung. Gibt's etwas Neues von der Sonderkommission?«

»Wir wissen jetzt, wer im Mai das Feuer am Eingang zum *Body and Soul* gelegt hat. Vor einigen Jahren wurden

Schwarzenberg und sein Bruder in der Türkei festgenommen. Haschisch. Schwarzenberg schob die Schuld auf den Bruder. Während der Bodybuilder Karriere machte, schmorte der andere im türkischen Knast. Als er nach Deutschland zurückkam, verlangte er einen Anteil am Fitnesscenter und verlieh der Forderung mit heißen Argumenten Nachdruck. Poetsch glaubt, der Bruder könnte der Mörder sein, aber er beißt auf Granit.«

»Was zu erwarten war.«

»Und der Luxusjeep des Rockerpräsidenten war übrigens tatsächlich nicht das Fluchtfahrzeug des Saunakillers. Der Gutachter hat bestätigt, dass der Cherokee schon länger im See gelegen hat.«

»Auch klar.«

»Nach der Morgenbesprechung hab ich übrigens spaßeshalber ein zweites Mal bei den Fahrzeugdiebstählen nachgeschaut. Und rate mal, was Thilo Becker gefunden hat.«

»Mach's nicht so spannend.«

»Ein gewisser Norbert Scholl kam gestern aus dem Urlaub zurück und entdeckte, dass jemand seine Garage geknackt hat. Ein gelber Nissan Patrol ...«

»Adresse?«

»Robert-Bernadis-Straße 4.«

Bei den Jagenbergs um die Ecke – Marco las in der Zeitung, dass wegen des Brandanschlags auf die Disko ein solches Fahrzeug gesucht wurde und klaute den gelben Nissan aus der Nachbarschaft. Vielleicht wusste er sogar, dass dieser Scholl in Urlaub war. Zu Recht nahm er an, dass die Polizei für jede Tat, bei der das Auto als Fluchtwagen diente, zunächst den Feuerteufel verdächtigen würde. »Gut gemacht, Thilo«, sagte Ela.

»Ein Lob aus deinem Mund. Ich werde den Tag im Kalender anstreichen!«

Sie nahm sich die Zeitung vor und überflog die Titelseite. Der Artikel über die *Geminag*-Übernahme endete mit dem Satz: *Weitere Details der Fusion wollen die Unterhändler Jagenberg und Burns im Lauf des Tages bekannt geben.*

Ela glaubte, dass Marco nicht aufgeben würde. Die Pressekonferenz bei der *Geminag* wäre eine Gelegenheit. Ela stellte sich vor, wie sich der junge Kerl mit der abgesägten Flinte unter die Gäste mischte, um Jagenberg zu töten.

Er sagte, Darius würde der Spaß ein für alle Mal vergehen.

Dreimal hatte es der Junge bereits versucht. Mit dem geklauten Nissan Patrol wollte er Jagenberg überfahren, der Manager konnte sich mit einem Sprung über die Gartenmauer retten. Am Dienstag in der Sauna hatte Marco mit Ilka Fischer die Falsche erschossen. Gestern Abend war er in Jasmins Wohnung dank Kösters Eingreifen nicht zum Zug gekommen.

Die Psychologin lag im Krankenhaus, noch immer nicht vernehmungsfähig. Ela veranlasste Personenschutz – zwei Schupos auf dem Gang vor ihrem Zimmer.

Ela rief die *Geminag* an und ließ sich mit Jagenbergs Sicherheitsabteilung verbinden. Der Leiter hieß Feldkamp und strotzte mit schnarrender Stimme vor Selbstbewusstsein. Der Vorstandsvorsitzende tue keinen Schritt ohne Leibwächter. Jeder Journalist werde kontrolliert. Videokameras überwachten Saal, Foyer und Pressezentrum. Ohne Anmeldung habe niemand Zutritt.

Vertreter von mehr als zweihundert Redaktionen und Nachrichtenagenturen aus dem In- und Ausland hatten sich akkreditiert. Fernsehteams von drei Dutzend Sendern, vor allem aus Deutschland und Großbritannien. *Phönix* und *n-tv* würden die Pressekonferenz live übertragen. *ARD*, *ZDF* und *RTL* hatten seit dem frühen Morgen Übertragungswagen vor dem Verwaltungsgebäude postiert, um ihre Reporter zuschalten zu können, sobald es Neuigkeiten gab.

Laut Sicherheitschef Feldkamp würde an diesem Tag die größte Konzernfusion der Wirtschaftsgeschichte jedes andere Ereignis der Welt an Nachrichtenwert übertreffen. Vorausgesetzt, es gebe keinen Anschlag auf den US-Präsidenten, sagte der Abteilungsleiter und schickte ein Lachen durch die Leitung, das Ela an den Rottweiler ihrer Nachbarin erinnerte.

55.

Als Zander den Honda seines toten Partners durch den Berufsverkehr nach Hause lenkte, wurde ihm klar, wie sehr er Beate seit Sebastians Tod mit ihrer Trauer allein gelassen hatte. Ihn hatte die Existenz seiner prächtigen Tochter getröstet und sein Job hatte für Ablenkung gesorgt.

Warum ist das Leben so, wie es ist? Zander wusste, dass nur der sich diese Frage stellte, für den es nicht perfekt war. Viele Jahre hatte das Glück auf ihn und seine Familie herabgelächelt – ein gewöhnliches Glück, dem er ab und zu auf ungewöhnliche Weise nachgeholfen hatte. Der Tod hatte die Normalität zerrissen und die Frage nach dem Sinn des Lebens auf die schlimmste aller möglichen Arten beantwortet.

Im Supermarkt um die Ecke kaufte Zander Frühstückseier, Leberpastete, Croissants und einen Bund Rosen. Er nahm zwei Stufen auf einmal, als er die Treppen hinaufstürmte. Er bewegte den Schlüssel, die Tür sprang sofort auf – seine Frau war also da.

Als Zander erkannte, dass sie noch schlief, setzte er Kaffee auf und stellte die Blumen in einen Topf, weil er nicht wusste, wo Beate die Vasen aufbewahrte. Er wählte das Geschirr, das sie sonst nur an Festtagen auflegten. Für zwei – Pia vergnügte sich noch an der Nordsee.

Der Kaffee blubberte. Die Croissants waren noch warm und dufteten nach Ferien. Er legte sie in den Brotkorb, trug ihn hinüber zu Beates Bett und hielt ihn unter ihre Nase.

»Guten Morgen«, sagte er leise.

Sie reagierte nicht. Zander verfluchte die Beruhigungsmittel. »Bea, Frühstück!«

Er stupste sie an und rief. Er schüttelte sie und gab ihr Klapse auf die Wangen.

Er schrie.

Er brüllte sie an und schlug sie, bis ihm klar wurde, dass alles nichts half.

Seine Frau war kalt und fast steif.

Zander verständigte den Notarzt, dann rief er Dr. Heinrich an. Er rannte ins Badezimmer und fand das leere Tablettenröhrchen. Er durchstöberte die gesamte Wohnung – kein letzter Gruß, den sie ihm hinterlassen hatte.

Er hielt ihre Hand, als könne er seine Wärme auf ihren Körper übertragen.

Die Ärzte trafen fast gleichzeitig ein. Dr. Heinrich sprach Zander Mut zu und wirkte selbst verzweifelt. Der Notarzt maß Beates Temperatur und schätzte den Todeszeitpunkt auf vier bis fünf Uhr morgens. Zander begriff, dass sie schon tot gewesen war, als er am Morgen gegangen war.

Ihm fielen sämtliche Fälle von Suizid und Selbstmordversuchen ein, die ihm je begegnet waren. Frauen, Tabletten, kein Abschiedsbrief – er brach zusammen, als ihm klar wurde, was diese Kombination bedeutete.

Beate hatte damit gerechnet, dass er sie rechtzeitig finden würde. Sie hatte die Pillen geschluckt, um ihm klarzumachen, dass sie ihn dringender brauchte als Arnie Haffke und all die Toten, die Claudia Jagenbergs Bastard auf dem Gewissen hatte.

Zander hatte den Hilferuf seiner Frau nicht wahrgenommen. Später als beabsichtigt war er nach Hause gekommen. Müde war er auf seine Seite des Ehebetts gekrochen, ohne sich um Beate zu kümmern. Er hatte nicht bemerkt, dass sie bereits bewusstlos war. Während er schlief, hatte sie den Kampf mit dem Tod verloren.

Er wehrte sich nicht, als der Notarzt ihm eine Spritze

gab. Er brauchte eine Weile, bis er begriff, dass Dr. Heinrich ihn etwas fragte.

»Kann ich etwas für Sie tun, Herr Zander?«

»Nein.«

Er dachte an Pia. *Pass auf Mami auf, wenn ich in Holland bin.* In Filmen gab es immer eine zweite Chance. Zander hätte alles für eine zweite Chance getan.

56.

Noch zwei Stunden bis zu Jagenbergs Pressekonferenz. Ela raste über den Jürgensplatz. Am Ende schlüpfte sie durch die Lücke, die Einsatzfahrzeugen vorbehalten war, und fädelte in die Kavalleriestraße ein.

Köster fragte: »Warum nehmen wir Jagenberg nicht einfach fest?«

»Weil es keine Beweise gegen ihn gibt. Mewelings Auto wurde verschrottet, nachdem die Ermittlungen eingestellt wurden. Jagenbergs altes Cabrio ist verschollen. Wenn seine Frau behauptet, er selbst habe ihr den Mord gestanden, wird er es vor Gericht bestreiten. Wir haben nichts in der Hand. Der Staatsanwalt sieht das genauso.«

Ihr Beifahrer schwieg.

Sie erreichten das Hochhaus. Ein Kerl in blauer Uniform winkte sie in die Tiefgarage. Im ersten Untergeschoss war ein Bereich für Pressefahrzeuge reserviert. Ela fand einen Stellplatz – noch hatte der Rummel nicht richtig begonnen.

Kahler Beton, Reihen von Blechkarossen, Neonröhren. Grüne Lichter, die zum Ausgang wiesen. Die Decke war so niedrig, dass Ela unwillkürlich den Kopf einzog.

Schwere Feuerschutztüren führten zum Treppenhaus. Eine Aufzugkabine stand bereit. Ela drückte den Knopf für das Erdgeschoss.

Nichts tat sich.

Sie nahmen die Treppe und erreichten eine Schleuse mit Metalldetektoren. Weil die Fahrstühle abgeschaltet waren, gab es keinen anderen Zugang zum Gebäude. Die ersten Journalisten standen Schlange und beschwerten sich. Ela stellte fest, dass jeder, der zur Pressekonferenz wollte, anhand seiner Akkreditierung überprüft und registriert wurde. Es sah aus wie auf einem Flughafen. Handys, Kameras, Geldbörsen und Schlüsselbunde wurden in Körben an der Schleuse vorbeigereicht. Sicherheitsleute der Firma *Fichte Security* tasteten die Besucher ab und überprüften die Geräte der Fernsehteams. Sogar ein Sprengstoffspürhund stand bereit.

Ela fiel ein, dass Dirk Matysek Angestellter des gleichen Wachunternehmens gewesen war – Marco konnte sich dessen Ausweis verschafft haben. Wenn er dessen Uniform trug, war sie ihm zu klein und er würde auffallen.

Etwas abseits vom Trubel entdeckte Ela den Sicherheitschef des Konzerns. Feldkamp war ein vierschrötiger Gorilla im grauen Anzug, sein Hals so breit wie der Kopf. Sein optimistisches Strahlen noch breiter. Köster ging mit ihm, um die *Fichte*-Leute zu überprüfen.

Ela begutachtete den Saal, in dem die Pressekonferenz stattfinden würde. An seinem Ende war eine Tür, die nur von außen zu öffnen war. Durch die würde Jagenberg das Podium erreichen. Es gab einen Nebenraum mit Telefonen, Faxgeräten und Modems. Erfrischungsgetränke auf den Tischen. Mitarbeiter der Konzernpressestelle verteilten stapelweise Informationsblätter – gedruckter Jubel über die Rekordfusion, die zur Stunde von den Aufsichtsräten abgesegnet wurde.

Hier würde Marco nicht an Jagenberg herankommen, ob bewaffnet oder nicht.

Ela rekapitulierte den weiteren Ablauf: Nach dem Auftritt vor den Medien würde sich der Konzernboss von seinen Bodyguards zu einem Hotel geleiten lassen, das er erst während der Fahrt bestimmen würde. Ein gelber Geländewagen, der ihm folgen würde, musste auffallen.

Ela erkannte, wo der Schwachpunkt lag: die Tiefgarage – bei der Einfahrt waren sie und Köster nicht kontrolliert worden.

Sie ließ sich erklären, wo die Wagen des Konzernvorstands parkten: in Ebene fünf, dem untersten Parkdeck.

Auf der Treppe drängten sich ihr weitere Journalisten entgegen. Sie hörte Wortfetzen in Englisch und Spanisch. Sie sah japanische Gesichter, Afrikaner. Kameraassistenten schleppten Stative und Kabeltrommeln, Reporter riefen in ihre Handys.

Unterhalb der ersten Ebene war Ela allein unterwegs.

Das letzte Untergeschoss. Die Treppe endete vor einer rot lackierten Tür. Ela öffnete – ein kahler Vorraum. Als hinter ihr die Außentür ins Schloss krachte, zuckte sie zusammen. Sie packte den Griff der Innentür und stemmte ihr Gewicht dagegen. Massiver Stahl öffnete sich knarrend. Parkdeck fünf lag im Dunkeln.

Ela spürte ihren Herzschlag. Ihre Schritte hallten von entfernten Betonwänden wider.

Er hat die Lampen zerschossen.

Nur die Hinweisschilder verstrahlten einen grünen Schimmer. Die parkenden Autos waren dunkle Schatten. Tausend Verstecke für den Mörder.

Ela stellte fest, dass es keine Glassplitter auf dem Estrich gab. Die Neonröhren waren intakt. Sie atmete auf – es musste an der Stromversorgung liegen. Kein Grund zur Panik.

Ihre Augen gewöhnten sich an das matte Licht. Es gab kein Geräusch, außer ihrem Atmen und dem Knirschen ihrer Sohlen auf dem nackten Beton.

Sie tastete sich voran bis zu einer Gruppe von Mercedeslimousinen – der Fuhrpark des Vorstands. Ela umrundete die Wagen und spähte sorgfältig die Reihen der anderen Autos entlang. Sie kniete sich hin und war zufrieden, nirgendwo ein Paar Füße zu entdecken.

Als sie hochkam, glaubte sie, am Rand ihres Blickfelds eine Bewegung zu erkennen. Sie fuhr herum – niemand, der weglief oder näher kam, keine Silhouette hinter den Scheiben.

Nur ein leises Knistern. Der Kühler eines Autos, dessen Motor vor kurzem noch auf hohe Touren gejagt worden war.

Ela ging langsam darauf zu. Ein wuchtiges Fahrzeug. Chrom schimmerte. Eine helle Lackierung – im grünlichen Licht konnte Ela die Farbe nicht mit Sicherheit bestimmen. Sie tastete nach dem Holster ihrer Dienstwaffe und öffnete es.

Hinter ihr war ein Donnern, das Ela zusammenschrecken ließ. Die schwere Tür. Noch jemand, der Ebene fünf betreten hatte.

Ela zog die Pistole und hielt die Luft an. Sie ignorierte die Schritte, die sich vom Eingang her näherten, und ging weiter auf das bullige Fahrzeug zu. Sie fixierte die Windschutzscheibe, ohne dahinter etwas ausmachen zu können.

Nur noch wenige Meter. Ela richtete die P6 auf das Auto. Ein Geländewagen.

»Polizei! Verlassen Sie das Fahrzeug!«

Wie zur Antwort heulte der Motor auf, Scheinwerfer blendeten, Getriebe knirschte.

Ela erkannte die Umrisse des Fahrers, der sich gerade noch versteckt hatte.

Reifen quietschten, der Geländewagen raste auf Ela zu.

»Pass auf!«, schrie Kösters Stimme hinter ihr.

Mit einem Sprung brachte sich Ela in Sicherheit. Das bullige Auto dröhnte in Richtung Ausfahrt und verschwand. Das Kreischen der Reifen auf den Windungen der Rampe hallte nach.

Der Kollege erreichte Ela. »Ich dachte schon, du lässt dich überfahren. Du standst da wie das Kaninchen vor der Schlange.«

»War das Fahrzeug gelb?«

Köster nickte.

Sie rannten die Treppen hoch auf die Ebene eins, fanden den Dienstwagen und brausten ins Freie.

Köster fuhr, Ela bediente das Funkgerät. Sämtliche Streifenwagen, die im Stadtgebiet unterwegs waren, beteiligten sich an der Suche. Ständig wurde der gelbe Nissan Patrol irgendwo gesichtet und entpuppte sich als Kleinbus oder normaler Kombi. Mit jedem Fehlalarm schwand Elas Hoffnung auf einen raschen Erfolg.

Wieder war der Kerl vor den Augen der Polizei entwischt.

»Er wird es noch mal versuchen«, sagte Ela.

»Meinst du, er fährt zurück zur *Geminag*?«

»Keine Ahnung.«

Jagenberg war gewarnt. Seine Sicherheitsleute durchsuchten die Tiefgarage nach Bomben, die Marco versteckt haben könnte.

»Vielleicht probiert er es bei Jasmin, wenn er an Jagenberg nicht rankommt«, überlegte Köster.

»In der Klinik? Dort sitzen zwei Kollegen vor ihrer Tür.«

Sie kreuzten durch die Wohnstraßen des Golzheimer Villenviertels. Sie klingelten bei Claudia Jagenberg und ignorierten ihre Proteste, als sie Haus und Garten durchstöberten.

Kein Mörder, kein Geländewagen weit und breit.

Im Funk herrschte die Meinung vor, der Flüchtige sei über eine der Rheinbrücken entwischt und längst über alle Berge.

Köster war anderer Ansicht. Er begann, einen Vortrag zu halten über die Vernichtungskraft einer Ladung Null-Null-Schrot und die rasche Schussabfolge, die der Gasdrucklader erlaube. Gefahr und Chance zugleich – der Schütze sei verführt, die Munition rasch zu verballern. Um das Stangenmagazin vollständig aufzufüllen, benötige selbst ein geübter Schütze wie er mindestens zwanzig Sekunden, schätzte Köster – die Möglichkeit zum Zugriff.

Ela dachte daran, was Marco mit den zehn ersten Schüssen anrichten konnte. Sie erinnerte sich an Bilder des Schreckens: knöcheltiefes Blut, zersplittertes Holz, Leichen unter weißen Laken.

Köster schlug vor, zu Jasmin zu fahren. Er hielt die beiden Beamten in der Klinik nicht für ausreichend. Marco würde sie umpusten, bevor sie ihre Pistolen in die Hand bekämen.

Ganz automatisch griff Ela nach der Zigarettenpackung. Plötzlich fiel es ihr ein.

»Dreh um!«, rief sie dem Kollegen zu.

»Wohin willst du?«

»Denk nach, Köster. Bei wem könnte der Junge Zuflucht suchen?«

»Bei seiner Mutter.«

»Okay, aber da ist er nicht.«

»Er hat niemanden sonst. Matysek ist tot.«

»Wen liebt er über alles?«

»Verena«, fiel dem Rotschopf ein und seinem Blick entnahm Ela, dass er davon genauso überzeugt war wie sie. Wahrscheinlich war die Prinzessin zu dieser Zeit allein zu Hause. Ihr Mann hatte ein Büro in der Innenstadt.

Köster jagte den Omega ostwärts: Klever, Jülicher. Hinter der S-Bahn bogen sie nach Süden Richtung Brehmplatz.

Ela funkte Verstärkung an. Sie bat die Besatzungen der Streifenwagen, auf das Martinshorn zu verzichten, sobald sie sich der Adresse der Larues näherten.

Köster fuhr wie der Teufel. Sie erreichten den Park. Die Faunastraße war voller Dienstfahrzeuge. Ela zählte: fünf, sechs, sieben Grün-weiße. Überall flackerte Blaulicht.

Der gelbe Geländewagen war umringt von Uniformierten. Noch mehr Kollegen standen vor dem Eingang der Nummer neun und blickten Ela fragend an.

Sie bekam Angst um das Leben der Prinzessin.

57.

Die alte Dame, die im ersten Stock wohnte, ließ Leo ein. Nachdem er sich ausgewiesen hatte, lieh sie ihm sogar eine Leiter, mit deren Hilfe er von ihrem Balkon auf den der Larues gelangen konnte.

Die Glastür zum Schlafzimmer stand offen – er stieg ein, ohne Lärm zu verursachen.

Hausbesuch – Ela und er hatten beschlossen, nicht bis zum Eintreffen des SEK zu warten.

Was Leo nicht gefiel, war die Sig Sauer P6 mit ihren Vollmantelgeschossen, die den Gegner im schlimmsten Fall glatt durchschlugen, ohne ihn zu stoppen.

Was ihm noch weniger passte, war das Zittern seiner Hand. Es hatte sich in den letzten Stunden nicht gelegt.

Leo lauschte.

Wenn Marco Verena Larue bereits getötet hatte, dann hatte er es nicht mit der Schrotflinte getan – selbst die schwerhörige Alte im Stockwerk darunter hätte den Schuss bemerkt.

Leo musste damit rechnen, dass Marco sich im Flur aufhielt. Wenn das der Fall war, würde er abdrücken, sobald Leo die Schlafzimmertür öffnete.

Sie ging nach links auf. Leo musste die Waffe in die Rechte nehmen. Die Erinnerung an die Diagnose des Polizeiarztes trieb ihm den Schweiß aus den Poren – der tiefste Abgrund, in den er in den letzten Tagen gestürzt war.

Mit der Linken riss er die Tür auf – der Gang war leer.

Kein Laut drang aus dem Badezimmer. Bodenbretter knarzten leise unter seinen Sohlen. Leo erreichte die Küchentür und legte das Ohr gegen das Holz. Eine leise Unterhaltung, wahrscheinlich dahinter im Wohnzimmer. Das Mädchen lebte.

Diesmal musste Leo die Tür aufdrücken – er würde

erst etwas erkennen, wenn sie ganz zur Seite geschwungen war. Zu viel Zeit für den Gegner zu reagieren.

Leise öffnete Leo zunächst nur einen Spalt. Adrenalin pulste in seinen Adern, seine Schläfen pochten. Was er hörte, war kein Streit. Er nahm an, dass die beiden sich viel zu erzählen hatten. Vielleicht konnte er Marco tatsächlich überrumpeln.

Er stieß die Tür auf, rannte durch die Küche ins Wohnzimmer, stabilisierte die Waffe mit der Linken, zielte auf das Sofa und brüllte: »POLIZEI! KEINE GEGENWEHR!«

Marco starrte ihn an. Verena Larue stieß ein kurzes Kreischen aus.

Der Junge sah aus wie auf dem Foto, das Ela von Claudia Jagenberg erhalten hatte. Nur die dunklen, in der Mitte gescheitelten Haare waren gewachsen und quer über die Stirn verlief eine Tätowierung in Form eines Stacheldrahts – ein Andenken an den Knast. Die weiten Jeans trug Marco tief auf der Hüfte, sie bauschten sich über den Turnschuhen.

Hinter ihm splitterte die Wohnungseingangstür. Ela Bach und drei, vier Uniformierte stürmten durch die Diele herein.

Ela schrie: »POLIZEI! LEGEN SIE DIE WAFFE NIEDER!«

Der Jagenberg-Junge drückte die Mündung der abgesägten Flinte an Verenas Wange. Die Prinzessin starrte Leo an. Nackte Angst in ihren Augen.

Pattsituation.

Marco zog Verena vom Sofa hoch. Er strich die Haare zurück, die in die Stirn gefallen waren. Spärliche Bartstoppeln standen auf seinem Kinn. Fast noch ein Kindergesicht, dachte Leo.

»Stecken Sie Ihre Waffen weg«, sagte der Junge mit brüchiger Stimme – völlig durchgedreht oder kurz davor.

Leo wusste, dass er jetzt abdrücken musste. Seine Scheißkrankheit verbot es ihm – Marco und seine Geisel standen zu dicht beieinander. Leo ließ die Pistole sinken, behielt sie aber in der Hand. Wenn der Mörder Verena erschoss, würde Leo den zweiten Schuss abgeben.

Er gab sich Mühe, Ruhe auszustrahlen. »Sie werden doch Ihrer Freundin nichts antun. Es ist zu Ihrem Besten, wenn Sie aufgeben. Schauen Sie hinunter auf die Straße. Sie würden nicht weit kommen.«

Ela zielte weiter, flankiert von den Uniformierten. Auch sie trauten sich nicht zu schießen – weder die Mordermittlerin noch die Schupos besaßen die nötige Übung und den Mumm, um abzudrücken.

Marco beachtete die Beamten in seinem Rücken nicht einmal. Er schob seine Geisel in Richtung Fenster und nahm den Aufmarsch wahr, der unten stattfand.

Leo dachte an Adomeits Kommando. Noch zwanzig Minuten. Sein Kumpel Olli würde seinen Platz als Nummer eins innehaben. Wahrscheinlich brachten die Jungs die Verhandlungsgruppe mit – die Spezialisten für den Umgang mit Geiselnehmern.

Bis dahin musste Leo die Zielperson hinhalten. Eine völlig neue Situation für ihn. Er sagte: »Lass es, mein Junge. Du machst es nur schlimmer. Denk an die Sorgen, die sich deine Mutter macht.«

»Was wissen Sie schon über meine Mutter!«

»Wir haben mit ihr geredet, Marco, und sie findet auch, dass es am besten ist, wenn du aufgibst. Lass uns die Sache friedlich regeln. Wir verstehen, dass du sauer auf deinen Vater bist, und vielleicht ...«

»Er ist nicht mein Vater!«

»Das wissen wir, mein Junge. Und wir wissen, was er dir und Verena angetan hat. Wir wollen ihn hinter Gitter bringen. Wir ziehen an einem Strang, du und ich.«

Marco zeigte ein Grinsen, das zeigen sollte, dass er dem Polizisten kein Wort glaubte.

»Damit Jagenberg seine gerechte Strafe bekommt, brauchen wir dich als Partner, nicht als Gegner. Leg also die Waffe hin und lass uns darüber reden, was du weißt. Wir brauchen deine Zeugenaussage, Marco.«

Leo registrierte, dass Ela ihm zunickte. Er war auf dem richtigen Weg.

»Gemeinsam kriegen wir ihn. Lass Verena los. Du weißt genau, dass sie nichts dafür kann.«

Marcos Gesicht lief hochrot an. Sein Blick wanderte nervös zwischen Leo und den Leuten auf der Straße hin und her. Er wedelte mit der Schrotflinte und schrie: »Verpisst euch! Ihr Bullen habt ihn damals laufen lassen, ihr werdet auch diesmal nichts tun!«

Der Junge stieß den Lauf wieder gegen Verenas Hals – Leo hatte die zweite Möglichkeit verpasst, Marco zu erschießen.

»Die ganze Welt soll wissen, was Darius Jagenberg getan hat! Ich werde sein Ankläger und Richter sein!«

Marco schob seine Geisel vor sich her. Leo glaubte nicht, dass der Junge seine Drohung wahr machen und Verena erschießen würde. Aber Leo wollte es nicht provozieren. Er musste zusehen, wie die beiden sich der Küche näherten, und fühlte sich wie ein stinknormaler Schreibtischbeamter.

Der Täter und die Geisel erreichten die Küche. Als Leo folgen wollte, knallte Marco die Tür hinter sich zu.

Ela eilte herbei und griff nach der Klinke. Leo riss sie zurück.

Ein ohrenbetäubender Schuss schnitzte Löcher in das Türblatt. Ein zweiter Knall, Splitter regneten durch das Zimmer, die Tür war in Fetzen.

»Danke, Leo«, sagte die Mordermittlerin.

»Kennt Marco die Wohnung?«, fragte Leo.

»Er war am Sonntag mit Matysek hier.«

»Der Junge weiß, dass er nach vorn zur Straße keine Chance hat. Er wird über den Balkon klettern und versuchen, über die Gärten zu fliehen.«

Sie rannten hinunter und wiesen die Schupos an, das gesamte Viertel abzuriegeln, um den Täter an der Flucht zu hindern. Aber kein Festnahmeversuch, solange der Junge die Geisel bedrohte.

Noch fünfzehn Minuten bis zum Eintreffen der Jungs vom Kommando und der Verhandlungsspezialisten.

Leo und Ela sprangen in ihren Dienstwagen und kreuzten um den Block, zwei kolorierte Vectras folgten ihnen. Sie überlegten, wohin Marco und Verena auf der Flucht durch die Hinterhöfe gelangen würden.

Auf der Graf-Recke-Straße stand ein Mann mitten auf der Fahrbahn und winkte. Leo kurbelte das Fenster herunter.

Der Mann war außer sich – rote Wangen, Schweiß auf der Stirn. »Das Schwein hat mir mein Auto abgenommen!«

58.

Der Kerl konnte nicht viel Vorsprung haben. Während Köster auf der Lindemannstraße beschleunigte, gab Ela über Funk die Angaben zum neuen Fluchtfahrzeug durch: silberner Mercedes, C-Klasse, Diesel. Sie dirigierte das Spezialeinsatzkommando um, das bereits gestartet war und sich auf halber Strecke zwischen Flughafen und Innenstadt befand. Der Irre fuhr mit seiner Geisel offenbar zurück zum *Geminag*-Hochhaus.

An der ersten roten Ampel pflanzte Ela das Blaulicht auf das Dach. Köster drückte die Hupe und überquerte die Kreuzung. Dann gab er wieder Gas.

»Stimmt es, dass du verhindert hast, dass ich in deine Dienststelle versetzt werde?«, fragte er.

»Tut mir Leid. Du warst ein Rambo und ihr hattet gerade Matysek entkommen lassen.«

»Du magst keine hirnlosen Befehlsempfänger.«

»Inzwischen kenn ich dich besser, Leo.«

Köster hob die Rechte vom Lenkrad. »Bald tauge ich höchstens noch für das Geschäftszimmer.«

»Was ist das?«

»Parkinson.«

»Hey, die Wissenschaft macht Fortschritte. Hab ich neulich erst gelesen.«

Sie entdeckten den Mercedes. Drei Autos waren zwischen ihnen.

Ela schaltete das Blaulicht aus, um den Geiselnehmer nicht zu provozieren. Köster versuchte, aufzuholen und sich vor den Mercedes zu setzen, doch der Verkehr war zu dicht.

Kruppstraße, Oberbilker Allee – in weitem Bogen umfuhren sie die Innenstadt und näherten sich der *Geminag*-Zentrale aus östlicher Richtung. Zweimal überfuhr der Kerl vor ihnen eine rote Ampel. Auch Köster bretterte durch. Für Sekunden schloss Ela die Augen.

Jetzt jagten sie unmittelbar hinter dem Mercedes her. Sie flogen auf ein blaues Flackern zu. Streifenwagen.

»Das geht nicht gut«, rief Köster. »Die gefährden die Geisel!«

Drei grün-weiße Einsatzfahrzeuge blockierten die Fahrbahn. Dahinter duckten sich Uniformierte mit gezogenen Waffen.

»Wer hat die Sperre angeordnet?«, schrie Ela in das Funkgerät.

Marco raste auf die Kollegen zu.

Köster fuhr langsamer. Ela stützte sich instinktiv ab.

Die Schupos schossen in die Luft, der Fluchtwagen hielt Kollisionskurs. Im letzten Augenblick kurvte der silberne Benz zur Seite, das Heck brach aus, der Wagen schlitterte krachend über den Bordstein, streifte eine Laterne und schrammte an den Häusern entlang. Funken sprühten, der Mercedes schlingerte.

Schreie, weitere Schüsse. Ungezielt – die Kollegen wollten vermeiden, die Geisel zu treffen.

Der Benz bekam wieder die Straße unter die Reifen und raste davon.

Auch Köster rumpelte über den Bürgersteig. Jenseits der Absperrung beschleunigte er und fuhr wie der Teufel, um dranzubleiben.

Das Hochhaus tauchte vor ihnen auf. Mit heiserer Stimme teilte Ela den anderen die Position über Funk mit – wer auch immer zuhörte.

Vom Dach wurden gerade die ersten Neonbuchstaben des *Geminag*-Schriftzuges abgeseilt – die Fusion war beschlossen, die alte Firma gab es nicht mehr. Die Pressekonferenz hatte bereits begonnen, schätzte Ela.

Mit quietschenden Reifen schleuderte der Benz die Rampe zur Tiefgarage hinab.

Ela verständigte per Handy die Sicherheitsabteilung des Konzerns und befahl, das Foyer zu räumen und sämtliche Türen zu verriegeln, vor allem den Zugang zum Schauplatz der Pressekonferenz. Marco durfte keinem Menschen begegnen. Die Gefahr war zu groß, dass er Amok lief, wenn er sein Ziel nicht erreichte, Jagenberg zu töten.

Das Spezialeinsatzkommando würde in höchstens zehn Minuten eintreffen.

Der Mercedes vor ihnen schrammte die Betonwand entlang. Es wurde dunkel. Parkdeck Nummer fünf. Sie stiegen aus und liefen geduckt die Reihen der parkenden Autos entlang. Im Schimmer der grünen Hinweisleuchten folgten sie den Schemen von Marco und seiner Geisel.

Licht – der Täter öffnete die Tür zum Vorraum.

Hinterher.

Der Junge richtete die Flinte auf die Geisel. Die gleiche Pattsituation wie zuvor in Verenas Wohnung.

»Waffen runter oder ich schieße!«, schrie Marco.

Sie gehorchten.

»Lass Verena gehen«, bat Ela. »Sie kann nichts dafür. Lass sie gehen und nimm mich stattdessen.«

Ela spürte Kösters fragenden Blick.

Doch der Junge ging auf ihr Angebot nicht ein. Er zog das Mädchen in die Aufzugkabine. Ela wusste, dass dies die Endstation sein würde. Die Fahrstühle waren abgeschaltet. Sie würden alle vier hier festsitzen, bis das SEK eintraf.

Patt – nur noch ein paar Minuten.

Marco tippte auf die Tasten eines Kästchens, auf dem ein Hörer lag. Das Aufzugtelefon für den Notfall, dachte Ela. Zu ihrer Überraschung schloss sich die Kabinentür und die Anzeige sprang um: *–4, –3* ...

Der Aufzug glitt nach oben.

Die Steuerung für die Chefs – offenbar hatte Marco schon als Kind gelernt, wie Darius Jagenberg den Fahrstuhl benutzte. Ein Spitzenmanager hielt nicht unterwegs für andere.

»Macht nichts, er sitzt in der Falle«, keuchte Ela, als sie die Treppe hochstürmten. »Er kann das Foyer nicht verlassen. Sämtliche Ausgänge sind versperrt, die Tür zur Pressekonferenz ebenso.«

Sie erreichten das Erdgeschoss. Die Sicherheitsschleuse war verlassen, die weite Halle menschenleer. Glastüren zum Ausgang und zu den abzweigenden Fluren – geschlossen. Hinter der Tür zum Pressebereich standen einige Sicherheitsleute. Ela erkannte Obergorilla Feldkamp, der telefonierte.

Nirgendwo Marco und die Geisel.

Die Anzeige über der Fahrstuhltür stand auf *+1*.

»Er hat uns ausgetrickst!«, fluchte Ela. »Es gibt einen zweiten Zugang zum Saal. Marco kennt ihn. Ich folge ihm über den ersten Stock. Du gehst ihm durch den Saal entgegen.«

Leo klopfte gegen die Scheibe, winkte dem Sicherheitschef und ließ sich aufschließen. Im Vorraum zum Saal errichteten Kellner ein kaltes Büfett. Leo lief zwischen Stehtischen hindurch auf die große Doppeltür zu.

Er wusste nicht, wie Ela den Mörder stoppen wollte. Wenn Marco den voll besetzten Saal erreichte, war das nach den Maßstäben der Polizeitaktik der Super-Gau.

Jagenberg redete. Hunderte von Journalisten lauschten. Leos Augen entdeckten die Tür, durch die laut Ela der Junge mit seiner Geisel kommen würde. Am anderen Ende, links vom Podium. Kameras und herumstehende Reporter versperrten ihm den Weg.

Er schnappte sich eine Pressemappe, um die gezogene Dienstwaffe zu verbergen. Er begann, sich zwischen den Journalisten hindurchzuschieben, die Augen unablässig auf die Tür gerichtet.

Ela spürte Seitenstechen. Die erste Etage sah ganz anders aus als das Foyer. Sie überschlug, wie oft sie im Treppenhaus die Richtung geändert hatte, und wählte den Gang zu ihrer Rechten.

Geöffnete Bürotüren, leere Zimmer. Sie lief weiter und hörte Jagenbergs Stimme aus einem Konferenzraum. Angestellte drängelten sich um einen Monitor, auf dem die Bilder der Pressekonferenz flimmerten. Auf dem Flur kam Ela eine Frau entgegen.

Ela hielt sie an. »Wie komme ich zur Pressekonferenz?«

Die Angestellte starrte auf die Waffe, die Ela in der Hand hielt.

»Polizei«, erklärte sie. »Was ist der kürzeste Weg zum Saal?«

Wortlos zeigte die Frau in die Richtung, aus der Ela gekommen war.

Für einen Moment glaubte Ela, sie habe sich in der Richtung geirrt. Sie bemühte sich, ruhig zu bleiben. »Nein, der Weg, den die Manager nehmen.«

»Da vorn ist eine Tür. Aber ohne den Code ...«

Der Sicherheitschef kam angewetzt und rief Ela atemlos zu: »Kommen Sie!«

Sie liefen zur Tür, von der die Angestellte gesprochen hatte. Ein Kästchen mit Tasten, wie im Aufzug. Feldkamp gab die Geheimnummer ein, ein Summen tönte und der Gorilla drückte die Tür auf.

Rufe schallten ihnen von unten entgegen.

»Es hat doch keinen Zweck, Marco!«

Ein kahles, fensterloses Treppenhaus. Ela rannte los.

»Es sind so viele. Er kann die Wahrheit nicht länger unterdrücken. Sie wird ihn vernichten.«

»Du bist verrückt! Die Polizei wird dich erschießen!«

Ela stolperte, fing sich, hetzte weiter.

»Das werden sie nicht wagen.«

Verena schrie auf.

»Wenn du mich jetzt im Stich lässt, erschieße ich dich als Erste!«

Ela erreichte das Erdgeschoss. Ein langer, schmaler Gang. Am anderen Ende zog Marco eine Tür auf und stieß die Prinzessin in den Saal.

Eine Videowand machte Darius Jagenberg für alle sichtbar. Die Stimme kam klar und verständlich aus den Lautsprechern. Der *Geminag*-Chef versicherte, dass durch die Fusion nur ein einziger Arbeitsplatz verloren ginge – seiner. Er wünschte seinem bisherigen Gegenspieler Brian Burns viel Erfolg und strahlte, als habe er gewonnen und nicht der Brite.

Die Medienleute murrten, als Leo sich nach vorn drängte. Er hielt seinen Dienstausweis hoch, dennoch wollte ein angemieteter Sicherheitstyp mit ihm diskutieren.

Oben am Rednerpult appellierte Jagenberg an die Aktionäre der *Geminag*, das Tauschangebot der *Skyphone* wahrzunehmen. Er habe sich davon überzeugen können, dass deren Bewertung der Anteile der tatsächlichen Wertentwicklung entspreche. Zum Beweis zeigte die Videowand Kurven und Tabellen.

Als die Tür aufging, war Leo noch rund zwanzig Meter entfernt. Die Waffe in Marcos Hand glänzte im Licht der Scheinwerfer. Sofort warfen sich Bodyguards auf Jagenberg und zerrten ihn hinter den Tisch. Ein Raunen ging durch den Saal, dann war es still.

Verena wehrte sich nicht. Der Junge presste die abgesägte Flinte an ihre Seite.

Die Kameras liefen weiter. *Phönix* und *n-tv* waren auf Sendung. Leo schätzte, dass die Programmchefs sich die

Hände rieben. Die Übertragung eines Amoklaufs – selbst die Wiederholung würde für Rekordeinschaltquoten sorgen und die Werbepreise in die Höhe treiben.

Ela trat in die Tür und zielte, die P6 in beiden Händen. Der Adrenalinstoß jagte Elas Herz bis in den Hals. Sie wusste, dass sie nicht genug trainiert hatte, um einen platzierten Schuss abzugeben. Die Geisel stand zu dicht bei Marco. Ela schob sich zögernd näher. Auch Leo Köster kam herangeschlichen. Wo zum Teufel blieb das SEK?

Der Irre schob Verena zum Podium. Ela nahm sich vor zu schießen, sobald der Mörder die Waffe auf Jagenberg richten würde.

Zu ihrem Erstaunen griff der Junge nach dem Mikrofon.

»Ich werde Ihnen jetzt die Wahrheit ...« Eine Rückkopplung pfiff. Sie verebbte, als Marco mehr Abstand zum Mikro hielt. »... die Wahrheit über Darius Jagenberg verraten. Mein Name ist ...«

Die Lautsprecher verstummten. Ein Techniker hatte die Regler runtergezogen.

»Marco Jagenberg. Und bis vor vier Jahren ...« Er hielt inne und klopfte gegen das Mikrofon. Kein Laut mehr aus den Boxen im Saal.

Der Junge begriff, dass ihn nur noch die wenigen Leute in seiner Nähe hören konnten. Sein Blick schweifte in den Saal. Dann schaute er sich nach Jagenberg um. Verena begann zu schluchzen.

Leo gab Ela ein Zeichen, das sie nicht verstand.

Die Leibwächter deckten ihren Boss. Die anderen Vorstandsleute drückten sich in die Ecke.

»Zur Seite!«, schrie Marco die Bodyguards an, die sich nicht rührten. Er ließ das Mädchen los und richtete die Flinte auf die Männer, die den Manager abschirmten. Der erste trat zaghaft zur Seite.

Nur für Ela sichtbar wiederholte Leo sein Zeichen. Dann hechtete er auf Verena zu und riss sie zu Boden.

Marco drehte sich um und bemerkte Ela. Er richtete die abgesägte Flinte auf sie.

Ela schoss. Sie drückte noch einmal ab, als der Mörder zu Boden sackte. Am liebsten hätte sie das gesamte Magazin in den Körper des Irren verschossen. Sie zitterte am ganzen Leib und ließ die Waffe fallen.

Hinter ihr tobte der Saal. Die Kameraleute stürmten nach vorn, um den Mann zu filmen, der auf dem Podium blutete. Reporter versuchten, Jagenberg zu einem Statement zu bewegen.

Ela war dankbar, dass Leo sie und die Prinzessin vor der Meute abschirmte und nach draußen führte.

Der Sicherheitschef öffnete eine Stahltür, die ins Freie führte. Die plötzliche Helligkeit blendete Ela. Verena erklärte, dass ihr schlecht sei. Leo stützte das dünne Mädchen und führte es zur nächsten Parkbank. Auf dem Rhein tuckerten Schiffe, Touristen flanierten auf der Promenade, als sei nichts geschehen.

»Verschwindet hier!«, brüllte plötzlich eine aufgeregte Stimme. »Weg hier, schnell!«

Scheinwerferlicht. Ein Kerl mit Spitzbart und Baseballkappe stürmte auf sie zu und wedelte mit einem Klemmbrett. »Wir sind in zehn Sekunden auf Sendung!«

Ela starrte in eine Kamera. Techniker, Kabel, ein Reporter, der einen Ohrstöpsel fest drückte und einem fernen Moderator lauschte. Der Aufnahmeleiter schob Ela und die anderen an einem Transporter vorbei aus dem Blickfeld der Kamera. *ARD* stand auf dem Fahrzeug – ein Übertragungswagen.

Ein Skater mit Hund raste vorbei. Die Spaziergänger drehten sich nach Verena um, dann fesselte das Fernsehteam ihre Aufmerksamkeit.

Die Prinzessin ließ sich auf die Bank sinken. »Er hat ihn vier Jahre lang mit sich herumgetragen.«

Ela erkannte, dass sie den Ring meinte, den sie zwischen den Fingern drehte.

Verena fragte: »Ist er tot?«

»Ich weiß nicht.«

Immer mehr Leute blieben stehen und sahen dem Reporter zu, der beim Reden den Kopf von einer Seite zur anderen neigte und nickte, wenn der Moderator ihn etwas fragte.

»Ich hab Marco zuerst kaum erkannt. Er war voller Hass. Er hat geweint vor lauter Wut. Er meinte, dass das Ticken in seinem Kopf in letzter Zeit lauter geworden ist.«

Aus dem Konzerngebäude rannten Kollegen des Spezialeinsatzkommandos, vermummt und ganz in Grau. Der Aufnahmeleiter verzweifelte. Der Reporter war verwirrt, die Passanten begeistert.

Verena schaute nicht hin. Sie umfasste ihren dünnen Körper, als würde sie frieren. »Marco hat mir etwas vorgetragen. Er nannte es unser Verlobungsgedicht. Ich hab mir leider nur den Schluss gemerkt.«

Die Prinzessin bewegte sich, als zerre der Wind an ihr. Sie sprach so leise, dass Ela Mühe hatte, die Verse zu verstehen. Das Gedicht, aus dem sie stammten, musste sehr alt sein, dachte Ela. So romantisch drückte sich heute niemand mehr aus.

Von der Vorderseite des *Geminag*-Gebäudes wehte jetzt Blasmusik herüber. Die Kamera des *ARD*-Teams schwenkte zum Dach hinauf, von dem ein riesiges Transparent herabgelassen wurde. Es bauschte sich im Wind und trug das Logo des Konzerns, der gewonnen hatte. Konfetti regnete herab und die Umstehenden applaudierten, als der aufbrandende Jubel von der anderen Seite herüberwehte. Sogar die SEK-Leute reckten die Hälse.

Verena blickte Ela in die Augen und wiederholte: »Wenn der Funke sprüht, wenn die Asche glüht, eilen wir den alten Göttern zu.«

Samstag, 5. August, *Blitz*, Titelseite:

KONZERNHOCHZEIT VON ATTENTATS-VERSUCH ÜBERSCHATTET
UNBEKANNTER ZIELTE AUF GEMINAG-CHEF
VERZWEIFLUNG ÜBER KÜNDIGUNG?

Sonntag, 6. August, *Blitz am Sonntag*, Titelseite:

MIT 72 ... (MILLIONEN!) *... IN DEN RUHESTAND*
REKORDABFINDUNG FÜR SCHEIDENDEN GEMINAG-BOSS

Blitz am Sonntag, Titelseite – weiter unten:

MASSIVE KRITIK AM POLIZEIEINSATZ
WIE KAM DER IRRE GEISELNEHMER IN DAS HOCHHAUS?

Montag, 7. August, *Blitz*, Titelseite:

SKANDAL UM GEMINAG-ÜBERNAHME:
AKTIONÄRE BETROGEN? STAATSANWALTSCHAFT ERMITTELT
HERR JAGENBERG, WOFÜR SIND DIE 72 MILLIONEN?

59.

Sechs Kollegen aus Kösters ehemaligem Spezialeinsatzkommando rollten den Sarg zur Grabstelle. Ela fand, dass die Rambos selbst in Kutte nicht wie normale Polizisten wirkten. Dem Pfarrer folgte die Familie: dicke, italienische Mammas in Schwarz, kleine Männer, Kinder mit Blumensträußen. Schier endlos war die Kolonne von Beamten, die sich anschloss. Eine stille Demonstration gegen das postume Dienstaufsichtsverfahren gegen Massimo Buonaccorso – die Behördenleitung wollte den Toten rückwirkend wegen groben Fehlverhaltens vom Dienst ausschließen, um sich vor irgendwelchen Rentenzahlungen oder Versicherungsansprüchen zu drücken.

Die Polizeicombo hatte ihr Trauerständchen gerade beendet, als Ela die Grube erreichte – sie warf etwas Erde auf den Sargdeckel und nickte den Eltern zu, die zu sehr mit sich beschäftigt waren, als dass sie die Beamtin registrieren konnten.

Etwas abseits stand Köster. Er trug eine Sonnenbrille trotz des trüben Wetters. Ein Kollege redete auf ihn ein und Ela verstand, dass er Leo dazu bewegen wollte, den Dienst nicht zu quittieren.

Als Köster dem Ausgang zusteuerte, fing sie ihn ab und nahm ihn beim Arm.

Er sagte: »Noch eine Beerdigung schaff ich nicht.«

»Komm schon.«

»Bitte nicht, ich heul nicht gern in der Öffentlichkeit.«

Ela führte ihn zu ihrem Auto und drückte ihn auf den Beifahrersitz. Als sie losfuhr, kramte der Kollege ein Handy hervor – eine Neuerwerbung. Er tippte eine Nummer und sprach lauter als nötig: »Warte nicht mit dem Essen. Ich muss noch zu der zweiten Beerdigung.« Er steckte das Handy weg.

»War das deine Frau?«, fragte Ela.

»Nein. Wir sind geschieden.«

»Interessant.«

»Wir haben einen Sohn.«

»Verstehe. Und was ist mit Jasmin?«

»Wie kommst du darauf?«

»Ich hab mich lang genug mit ihr unterhalten.«

»Und?«

»Bleib am Ball, Köster.«

Durch den Tunnel und über den Kennedydamm schafften sie den Weg in zwanzig Minuten. Die Kapelle des Nordfriedhofs war leer, die Trauergemeinde hatte sich schon auf den Weg gemacht. Nach kurzem Suchen fanden sie die kleine Gruppe.

Zander wirkte alt in seinem zu engen schwarzen Anzug. Das hübsche Mädchen an seiner Seite musste seine Tochter sein.

Als Ela dran war, umarmte sie Zander. Leo drückte lange die Hand des älteren Kollegen.

Auf dem Rückweg führte Pia Zander ihren Vater, als müsse sie ihn stützen. Der Kiesweg war vom Regen der Nacht noch feucht. Auf dem Parkplatz machte Zander sich von seiner Tochter los. Sein Blick suchte Ela. Er wirkte, als fühle er sich als Gastgeber und müsse Interesse an ihr zeigen, ohne mit den Gedanken wirklich bei dem zu sein, was er ansprach. »Was ist eigentlich mit dem Irren, den du geschnappt hast, Ela?«

»Wir drei haben ihn geschnappt. Leo, du und ich. Und irgendwann holen wir die Feier nach.«

Köster erzählte: »Seine Mutter hat die besten Anwälte angeheuert, die man kaufen kann.«

»Ich hab gehört, dass die Staatsanwaltschaft einen Insidertipp wegen Jagenbergs Provision erhalten hat«, sagte Ela. »Warst du das, Zander?«

»Ein Schachpartner von mir ist mit einer Staatsanwältin verwandt. Ich glaub, ich hab aus Versehen Haffkes Abhörbänder bei ihm liegen lassen.«

Ela fuhr Köster nach Hause. Er sagte: »Was hältst du davon, wenn wir heute Abend ein Bierchen mit Jasmin ... ich meine, von ihrer Aussage hängt doch einiges ab. Sie sollte sich von dem Scheißkerl Jagenberg lösen und dem Staatsanwalt verraten, was sie über den Fusionsschwindel weiß. «

»Mach das mal allein. Ich hab heute Abend eine Wohnungsbesichtigung.«

Der Regen setzte wieder ein. Der Verkehr war dicht, als wären bereits alle aus dem Urlaub zurückgekehrt.

Nach einer Weile sagte Ela: »An deiner Stelle, Köster,

würd ich noch einmal nachhaken. Ich meine, das KK 11 könnte einen wie dich gut gebrauchen.«

»Hängt davon ab, wer Chefin ist.«

Im Kühlschrank fand Ela einen Joghurt, dessen Datum noch nicht abgelaufen war. Beim Löffeln griff sie nach dem Versetzungsgesuch, über dem sie in den letzten Tagen und Nächten gebrütet hatte. Jeder Gedanke an Gruppenleiter Poetsch füllte sie noch immer mit Wut und sie wusste, dass ihr Entschluss richtig war.

Statt ihren Ermittlungserfolg anzuerkennen, hatte Poetsch ihr vor der versammelten Soko-Mannschaft vorgeworfen, Marco Jagenberg zur Geiselnahme provoziert zu haben. Sie hätte damit rechnen müssen, dass der labile Junge durchdrehen würde, sobald er unter Druck geriet. Vor allem hätte sie verhindern müssen, dass er in den Saal gelangte – dabei litt Ela schon genug darunter, dass sie einen Menschen niedergeschossen hatte. Obendrein hatte der Giftzwerg seine Anschuldigungen offenbar an die Presse weitergegeben.

In der Festung ging es mal wieder rund. Auf den Fluren hieß es, dass Dresbachs Gastspiel als Kripochef bald enden würde. Ein hoher Posten im Ministerium sei frei geworden, auf den er schon seit langem scharf sei.

Über Engels Nachfolge als Leiter des KK 11 gab es ebenfalls eine Menge Gerüchte. Dass diesmal eine Frau dran war, schien sicher. Als Favoritin galt derzeit Hillu Sachs, die Leiterin der Sitte.

Ela hatte sich nach ihrem Zoff mit Gruppenleiter Poetsch vorgenommen, sich auf einen ruhigen Provinzposten zu bewerben. Irgendwo am Niederrhein, wo allenfalls auf Schützenfesten geschossen wurde. Eine überschaubare, bodenständige Kreispolizeibehörde, in der es keine Intriganten wie Poetsch und Gerres gab. Bei reichlich Entre-deux-mers hatte sie darüber mit Ingo Ritter diskutiert, ihrem Westentaschen-Tom-Selleck, mit dem sie sich in einer Wohnung in Grafenberg getroffen hatte.

Er hatte versucht, ihr den Wechsel auszureden. Seine Argumente hatten ihr geschmeichelt, aber sie hatte das Gerangel in der Festung satt.

Sie las den Brief an die Verwaltung noch einmal durch. Kein Rechtschreibfehler. Die Wortwahl könnte um einiges schärfer sein, dachte sie.

Ihr Handy meldete sich – sie hatte die Bedienungsanleitung gefunden und den Rufton umprogrammiert, nur um festzustellen, dass es nicht an Mozart gelegen hatte. Das neue Getriller nervte ebenso.

Friedrichsen war dran.

»Wo bleiben Sie, Kollegin Bach? Den Termin für die Pressekonferenz haben wir auf 15 Uhr festgesetzt und Sie sollten unbedingt dabei sein.«

»Ich dachte, der Gruppenleiter ...«

»Sie haben den Mörder überführt, also machen Sie das. Es gab natürlich ein wenig internen Wirbel, weil die Familie des Mörders in dieser Stadt immerhin ... wie soll ich sagen, der Minister ist ein Jagdgenosse Jagenbergs und die Mutter des Täters hat als Unicef-Botschafterin großes Ansehen. Aber nachdem Jagenberg nach Zeitungsberichten offenbar den Hals nicht vollkriegt ...«

»Hat der Minister seinen Freund fallen lassen wie eine heiße Kartoffel.«

»Das haben Sie gesagt, Kollegin Bach. Vorbesprechung um halb drei. Stimmt es eigentlich, dass Sie der Drogenfahndung den Tipp gegeben haben, der zur Festnahme dieses Zahnarztes und seines Sohnes geführt hat?«

»Was ist mit Christoph Larue?«

»Er wird noch überwacht, aber bislang gibt es keine Anhaltspunkte, dass er in den Dealerring verwickelt ist.«

»Er war es. Ich hoffe es für seine Frau, dass er die Finger davonlässt.«

»Also dann bis halb drei.«

»Wird Poetsch dabei sein?«

Friedrichsen zögerte. »Sie sprechen da einen sehr unangenehmen Punkt an. Ich hatte ein Gespräch mit

Hauptkommissar Zander von der Polizeiinspektion Nord. Nach allem, was der Kollege mir über die Affäre Matysek mitzuteilen hatte, wird Kriminaldirektor Poetsch sich beruflich neu orientieren müssen.«

Ela bewunderte Zander, der trotz seiner Trauer die Kraft gefunden hatte, den Giftzwerg abzuschießen. Womöglich hatte der alte Macho es ihr zuliebe getan. Zu spät, dachte Ela. Sie wollte Friedrichsen sagen, dass auch sie plane, die Behörde zu verlassen, doch der Abteilungsleiter hatte die Verbindung bereits unterbrochen.

Sie zündete sich eine Zigarette an und ging hinaus auf den Balkon. Ein einsames Kind schlug seinen Fußball gegen die Hauswand. Elstern zankten sich in einer Baumkrone. Der Himmel klarte auf und ein Windstoß ließ Tropfen aus den nassen Blättern regnen.

Eine alte Erinnerung drängte sich Ela auf: ihr Vater in Hausjacke und Pantoffeln, wie er ihrer Mutter Überweisungsscheine geben wollte. Sie sollte die Formulare bei der Bank abgeben, in der er einst als Kassierer gearbeitet hatte. Nach dem zweiten Überfall war er krankgeschrieben worden und sein Antrag auf Frühverrentung lief. Ein Gutachter hatte ihm bereits bescheinigt, dass er aufgrund einer traumatischen Störung keine Schalterhalle mehr betreten konnte.

Kurt Bach lief seiner Frau hinterher und streckte ihr die Zettel hin – sie ignorierte ihn, um zu demonstrieren, dass sie seine Schwäche missbilligte. Elas Mutter band sich umständlich den Schal um, schlüpfte in den Mantel und war schon an der Tür, als sie sich endlich erbarmte, dem alten Herrn die Scheine entriss und sie in ihre Einkaufstasche stopfte. Mutters Seitenblick auf Ela sagte: Was für ein Schlappschwanz nur aus ihm geworden ist.

Ela zerriss den Versetzungsantrag und warf die Schnipsel in die Toilette. Dann packte sie Handy und Pistole in ihren Rucksack und machte sich auf den Weg zur Pressekonferenz.

Danksagung

Mein herzlicher Dank gebührt meinem Bruder Klaus und meiner Frau Kathie. Sie haben mir in bewährter Weise geholfen, aus einem Roman einen besseren Roman zu machen.

Unter den Fachleuten, bei denen ich Rat einholen durfte, möchte ich Achim Rode in besonderer Dankbarkeit hervorheben. Er hat mich mit technischen Aspekten und Arbeitsabläufen vertraut gemacht, die für Teile des Romans von großer Bedeutung sind und für mich bis dahin Neuland waren. Klaus Dönicke und Jörn Weber gehörten ebenfalls zu denen, die Unterstützung boten, wenn ich in Detailfragen nicht weiterwusste – Freunde und Helfer im besten Sinn.

Unterstützung in medizinischen Fragen fand ich zudem in Karsten Kasperek, Dietrich Kissner und Christoph Müller. Vielen Dank auch an sie.

Die Verse, die Verena Larue nach ihrer Befreiung zitiert, sind die Schlusszeilen aus Goethes Gedicht *Braut von Korinth*.

Krimis von Horst Eckert

»... durch einen ganz eigenen originellen Blick auf die Ereignisse und Personen schafft Eckert es, den üblichen Krimi-Klischees zu entkommen.« (WAZ)

Finstere Seelen
ISBN 3-89425-218-9 DM 19,80
Ist der ›Kannibale‹ nach 11 Jahren wieder aktiv geworden? Gibt es einen Trittbrettfahrer? Ein komplexer Fall voller Emotionen für die Mordermittler vom KK 11.

Aufgeputscht
ISBN 3-89425-078-X DM 19,80
Marlowe-Preis 1998 der dt. Chandler-Gesellschaft
Drei Kommissare - ein Wettlauf um Karriere und Geld, drei Fälle, die zu einem einzigen verschmelzen, erzählt auf die harte amerikanische Art.

Bittere Delikatessen
ISBN 3-89425-059-3 DM 16,80
Feinkostkönig Fabian wird niedergestochen; die Bluttat ist für die Medien ein gefundenes Fressen. Kommissar Engel gerät unter Druck - getrieben von Publicitysucht, gefordert vom Chef, angefeindet von Kollegen, angezogen von einer schönen Verdächtigen.
»Ebenso unverzüglich wie unverhofft wird der Leser ... mitten in eine packende Geschichte hineingezogen.« (Weinheimer Nachrichten)

Annas Erbe
ISBN 3-89425-053-4 DM 16,80
»Eine spannende, geheimnisumwitterte Geschichte, ... bitterböse Quasi-Enthüllungen über Filz, Korruption und Sittenpolizei, ein bißchen Liebe - und eine gekonnte Schreibe. ... ein vielversprechendes Debüt.« (Überblick)